龍馬が惚れた男

―明治維新を財政面から支えた越前藩士由利公正―

仲俊二郎

栄光出版社

龍馬が惚れた男

目次

第一部

第二部

龍馬が惚れた男

―明治維新を財政面から支えた越前藩士由利公正―

第一部

1　蟄居《ちっきょ》幽閉

福井藩主松平慶永《よしなが》が将軍継嗣《けいし》問題で幕府の大老井伊直弼《なおすけ》の怒りを買い、切腹に次ぐ重い処罰の隠居屹度《きっと》慎みを命じられたのは、安政五年（一八五八）七月であった。

それから四年弱が過ぎた文久二年四月（一八六二）、慶永は晴れて謹慎御免となった。今は松平春嶽《しゅんがく》と号している。まだ三十五歳と、働き盛りの年齢である。井伊大老はすでに二年前の桜田門外の変で暗殺され、この世にいない。

その暗殺後、朝廷のある西国を中心として、尊王攘夷の風潮がいっそう激しく燃え上がった。これに対し、開国論の幕府はもはや強硬な手段に出る余裕はなく、一転して融和路線に舵を切り替えた。春嶽赦免の二ヵ月前、反対する朝廷と公卿《くぎょう》を何とか取り込もうと、将軍家茂《いえもち》の妻に孝明天皇の妹にあたる和宮親子《かずのみやちかこ》内親王を迎えたのである。このとき幕府は朝廷をなだめるため、あろうことか攘夷論へと大きく妥協した。

「七、八年から十年以内に外夷《がいい》を拒絶し、すでに結んだ修好通商条約を破棄する」

と約束してしまったのだ。この短慮が後に自分の首を絞めることになる。

「頼りは春嶽侯だ」

幕府は、疲弊していた福井藩（越前藩）の財政改革を成功させ、各方面の声望を一身に集めている松平春嶽を味方にしたいと考えた。一方、朝廷とそれを支える薩摩藩も春嶽に期待していた。春嶽はいわば幕府対朝廷という利害目的の異なる双方から期待を集めたのである。幕府は「政事総裁職」という新職名を考え出し、辞を低くして春嶽に就任するよう懇願した。

春嶽も満更ではない。朝廷と幕府との公武合体を推進し、挙国一致体制をつくりたいと考えている。

（ようやく自分の出番が来たか……）

さっそく国許（福井）にいる相談役の儒学者横井小楠を江戸へ呼び寄せ、幕政改革について意見を交わした。

かくて春嶽は幕政の最上位に躍り出、次々と改革を進めていく。参勤交代を廃止したり、さらに外国貿易、軍制改革等の実現に向け、動き出した。

ところが孝明天皇ら攘夷論者たちはそんな春嶽の政道を評価せず、ますます攘夷一辺倒にのめり込んでいく。一方、幕府は頭を抱えるだけで、世間では異人切りなどの攘夷攻撃が頻発した。春嶽自身もこんな時に公武合体を唱えるものだから、守旧派の旗本や尊攘派の双方から命を狙われる羽目になる。

そんな中、朝廷派はしびれを切らした。幕府に対し、和宮降嫁の際に約束した外夷拒絶を実行するよう強引に迫った。幕府はその迫力に押された。このまま開国論に固執していたら倒幕の動きに直結すると恐れ、仕方なく攘夷の方針を正式決定すると共に、将軍の上洛を決めたのである。

どう攘夷を実行するのかという案は皆無で、まるで「えいやっ」とばかりに攘夷決定に突っ走ったのだった。

文久三年（一八六三）一月二十二日。春嶽は将軍家茂の上洛に先立って、海路で江戸から京都へ向かった。公武合体の希望をまだ捨ててはいない。何度も職を辞したいと投げやりになったこともあったが、思い直している。儒学者横井小楠の献策もあり、薩摩藩島津久光と土佐藩山内容堂に連絡をとって共に入洛して、そこで三人が協力して公武合体の実現に全力をあげようと画策をしていた。

幕府の軍艦順動丸に乗った。艦長を務める勝海舟と時局を談じながら、大坂に向かうが、途中、嵐があったりして、二条堀川の福井藩邸には予定よりかなり遅れて二月四日に着いた。

そんな荒れた世情のなか、春嶽は用心した。事前に国許の藩士三岡八郎（後の由利公正）を上京させ、自分の上洛の準備と警護に当たらせることにした。

春嶽侯じきじきの命とあって、三岡八郎は張り切った。面長の顔にはめ込まれた整った眉、その下に位置する柔和な目、そして横に結んだ大きな口は、一見、温厚そうな性格を滲ませているが、内面では使命感に燃える強い意思力がたぎっている。

十一月下旬の京都は底冷えがして、雪国で育った八郎でさえ、身が震えた。空気が乾き、雪のないのが却って肌にキリキリするような寒さを感じさせた。

侯の入洛に合わせ、国許と江戸表から百名近い藩士が京都入りすることになっている。福井藩邸だけでは収容できず、八郎は二条通り東本願寺の宿坊にも宿舎を設けた。大車輪の働きで着々と準備を進めた。

今回の上京にあたり、八郎は七万両もの資金を持参していた。侯と藩士の滞在費だけでなく、家老中根雪江の指示で朝廷の要路に配るためでもあった。ところが滞在日数が増えるにつれ、京都の空気は寒さとは対照的に、想像以上の攘夷熱がたぎっているのを知った。たぎっているというより、今にも爆発しそうな切迫した危うさに満ちていた。

「天誅だ！」

その言葉のもとに暗殺が横行し、市中に死体が転がっていない日はない。公武合体の推進派や開国論者、進歩的思想を持つ改革者たちが狙われた。武士、公卿、僧侶、学者、町人の区別なく、春嶽などの高位者さえ標的となった。

（これは容易ならぬぞ）

八郎はため息をついた。公武合体の前途は暗闇に近いと思った。春嶽侯の理想をどのようにして果たしていくか。忠なる家臣として、今こそ知恵と体力の限りを尽くして突破せねばと、このとき八郎は悲観するのではなく、逆に奮い立った。

春嶽の入洛後も引き続き情報収集を怠らない。乱暴を働く浪士たちの背後には過激派の公卿だけでなく、長州藩がいるのを確信した。治安悪化の黒幕は長州藩なのだ。明らかに倒幕に傾いている。

「ここは朝廷の協力を求める以外に解決の方法はなかろうと思いまする」

春嶽はうなずいた。

その線で慎重に根回しを始めた。春嶽が正面から対する一方で、八郎も味方になってくれそうな公卿へひそかに接近し、小判の入った菓子折りを差し出した。

だが朝廷側の反応は「まあ、そう言わはってもなあ」と、一向に要領を得ず、是とも非とも明言しない。むしろ治安などはどうでもいいと、攘夷決行を迫るばかりである。

春嶽は一橋慶喜《よしのぶ》や山内容堂、松平容保《かたもり》らの前で、熱弁を振るい、自分の考えを述べた。しかし心の中にはすでに冷めた覚悟を秘めていて、そんな自分に驚きはない。もしこれが達成出来なければ、日本国を治めることなど不可能であり、今の総裁職から身を退くしかないと思いつめていたのだった。

そして、とうとうその日が来た。三月九日、政事総裁職辞任を閣老に申し出たのである。あわてた幕府は慰留に努め、朝廷からも同様の使者が遣わされた。しかし春嶽の意志は固く、受理されないまま京都を発ち、越前へ向かった。

この頃、勝海舟は忙しく立ち働いていた。軍艦順動丸で春嶽を大坂で降ろしたあとも、幕府要人だけでなく、あえて朝廷の攘夷過激派公卿とも接触している。日本が無謀な夷狄《いてき》排斥に突っ走り、外国に壊滅させられるのだけは避けねばならない。その思いを胸に、この日は過激公卿の中心人物である姉小路公知《あねこうじきんさと》を、全長七十七メートル、七本煙突の外輪蒸気船順動丸に乗せていた。

船の操舵、機関、大砲、構造などを、時には図面を見せて実地に説明した。その後、艦上で立ったまま、四月のそよ風を頬に受け、乱れる髪を何度もかき上げながら、戦争では海軍力がいかに重要かを説いた。

この両者の引き合わせは坂本龍馬の計らいで実現している。朝廷と関係の深い薩摩藩士を通じ、姉小路を引っ張り出したのだった。勝海舟が説明するとき、龍馬も一緒になって脇から補足するという気の配りようだ。

幕府軍艦奉行の勝海舟はちょうど今、神戸村安永新田（現神戸市中央区新港町）に海軍操練所を建設する計画を進めている。敷地一万七千坪に及ぶ広大な海軍士官の養成機関である。また門下生のための私塾を海軍操練所の北方、生田神社近くに建てることにした。その遂行にあたり、思想上の弟子である龍馬の助力を得ているのである。

だが大きな難題が横たわっている。私塾の建設費用まで幕府が出せないからだ。そこで龍馬にひと肌脱いでもらおうと考えた。

「突然ですまぬが、越前に使いに行ってくれぬか」

「は？　越前へ？　それはよろしいですが、一体、何の御用でございますか」

「春嶽侯に謁見して、カネを無心してほしいのだ」

平然とそう言って、文箱《ふばこ》から書状を取り出した。

「詳しくはこの福井藩重役の村田巳三郎殿宛ての書状に記してある。五千両は欲しいと思うている」

「五千両も？　借りるのではなくて、まさか、もらうのですか」

「そうだ。私塾建設には自己資金以外に最低限、それだけのカネがいる」

「そんな大金、今どき出してくれますかな」

龍馬は甚だ懐疑的で、それに押されて勝海舟もやや弱気な表情をした。

「それは分からぬ。お主の働き如何じゃ。弁舌如何じゃ。ただ春嶽侯は前に上京の折、順動丸に乗られた。そのとき、某《それがし》からいつの日にか私塾のことでご助力願うかもしれませぬと、丁重にお頼み申したことがある。恐らく覚えておられることと思う」

「承知しました。春嶽侯は我らが師の横井小楠先生ともご昵懇の間柄、その線も頼りにしたいと思います。共通の話題もあるちゃ」

「そうだな。師には先に書状にてこのことをお伝えしてある。まず着いたら師に相談されよ。その後で村田殿に会うように」

「謁見はその後ですね。あ、それから、せっかく越前へ行くからには三岡八郎にも会うてみるつもりです」

「おお、そうじゃな。福井藩財政を見事、立て直した男だ。当代随一の経済人で、師の弟子である。得るものは多かろう」

大任を胸に龍馬は新緑が盛りの五月のま昼、福井城下に入った。足羽川《あすわがわ》沿いの堤防に咲く桜の木々が今は鮮烈な緑色で一面をうずめ、岸辺の葦もそれに劣らない鮮やかな緑を競っている。九十九橋《つくも》を渡り、旅籠《はたご》「たばこ屋」に宿をとった。さっそく横井小楠に会い、酒を汲み交わす間もなく、段取り通りの行動をした。

翌日、春嶽は村田巳三郎から受け取った勝海舟の書状に目を通した後、午後、龍馬に会った。小楠と村田もその広い部屋の後方に緊張した面持ちで控えている。春嶽は「もそっと近う」と龍馬を二度、手招きした。心中ではすでに五千両の拠出を決めていた。海軍力強化には大いに賛成である。

それに勝海舟という人物には期待しているところがあった。思想家横井小楠に師事しているだけでなく、何よりも開国を望む開明派である。それでいて攘夷の朝廷とも折り合いをつけねばと、そんなところは公武合体を推進する自分となじむ部分があった。ただ資金拠出を言い出す前に、勝の愛弟子であると共に勝を通じてだが小楠の弟子でもあるという、龍馬の人となりを確かめてからだと考えていた。

そして話してみて、さすが勝が見込んだだけのことはあると思った。剣術に秀でているのはどうでもいいとして、実に開明的で、日本の将来を思う一途な姿勢を全身からほとばしらせている。自分より八歳下で、まだ二十六だという。名誉や権力という言葉を知らないのかと思うほど無欲に見え、今どき珍しい。少年のような無垢さを備えていると思った。そのくせ海外交易に異様なほど関心が深く、日本が享受するであろう益、つまりカネの計算高さは意外であった。ソロバン勘定という点で、三岡八郎と似ているところがあるなと思った。

その日の深夜のことだ。三岡八郎が自宅で寝ていると、何だか外でガサガサ音がする。妻のタカ子が布団から半身を起こし、耳に手を当てて裏側を流れる足羽川の方を聞き入った。

「何でしょう。さっきから物音なのか、何か人声のようなものがします」

「おかしいな、こんな夜更けに……。泥棒か？」

八郎は側にある太刀を手にとり、抜き足差し足で戸に近づいた。隙間からそっと外の川の方を覗いてみると、人の姿は見えないが、確かに葦《あし》の茂みの向こうから声が聞こえる。用心しながら裸足のまま庭先に出た。月明りのなか、ちょうど小舟が岸に着こうとしている。続いて人影が見えた。それも一つではない。

おやっと思った瞬間、渋みのある聞き慣れた声がした。

「おおい、八郎、おるか」

「あっ、小楠先生。こんな夜更けに一体、どうされたのですか」

八郎は駆け寄った。ぷうんと酒の匂いがする。ご機嫌の声だ。

「いやな、京都から土佐の坂本龍馬が来てな。一緒に飲んでいるうち、急にお主に会いたいと言うて、聞かぬのじゃ。川の向こう側が三岡八郎の家だ、見えるだろうと言うたら、今すぐ舟で行こうということになったんじゃ」

八郎があわてて太刀を腰におさめ、師に手を差し出そうとしたとき、横にいた大男がひょいと岸に飛び降り、笑顔で自己紹介した。

「某《それがし》、坂本龍馬でござる。きのう勝海舟先生の使いで参った。夜分遅く申し訳ない」

と言って、ぺこりと会釈した。見上げるほどの大男で、しかも大声ときている。八郎も釣られて大きな声で名乗ったので、静寂の中に鳴り響き、一同が「ワハハ」と笑った。

「すぐ横に幸橋があるのに、わざわざ舟で来るなんて……」

「いやいや、月夜の川舟も、乙なものじゃ」

と小楠が返す。

家に戻ると、即席の宴会が始まった。急なことなので肴の用意はなかったが、うまい具合にタカ子が戸棚から魚《うお》の干物を探し出してきた。小楠はもう口癖になっている言葉の「酒さえあれば香の物だけで十分じゃ」と言い、三人は畳の上に胡坐をかぎ、自分で注いで飲む。たわいのない身の上話や世間話から始まり、次第に国事に移ってきた。小楠はぐいと一飲みすると、

「ところで今日、龍馬は大仕事をしたぞ。何か分かるか？」

と、八郎に尋ねた。そしてうれしそうに答えも聞かずに続けた。

「春嶽侯から五千両、ちょうだいしたのよ」

「は？　五千両も……。そんな大金、一体、何のためにですか」

龍馬が「ああ、それは」と後を継ぎ、勝海舟の計画について話した。

「……海軍の整備ちゅうのは、日本が生き抜くために取りかからねばならぬ最優先課題ちゃ。そのため勝先生は神戸に海軍操練所を作られ、やる気のある若者を教育して、海軍士官を育てようとされています。しかしそれには巨額の資金が要りますからね」

「龍馬が言う通りじゃ。佐幕であろうと勤皇であろうと、或いは侍であろうと町人であろうと百姓であろうと、やる気さえあれば、どんな若者でも構わぬ。日本のために尽くせばよいのだから。春嶽侯はそんな勝の考えに賛同された」

八郎は深く感じ入った。やはり幕府の中でも勝海舟は違うと思った。その弟子である龍馬も、藩とか幕府とか朝廷とかの狭い了見にとらわれず、日本国という立場からものを眺めているのだろう。八郎は初対面ながら龍馬に好印象を抱いた。というより、何か大きなことを期待できそうな予感とでも言うべきなのか。

先ほど年齢を言っていたが、自分より七歳下の若者だ。しかし歳の差は感じない。狭い島国日本から外を見るというのではなく、広い世界から日本という国を複眼で見ている視座には、学ぶべきものがある。

そんなことを漠然と考えていると、「さあ、さあ」と言って、龍馬が大きな手で八郎に酒を注いだ。

「ところで、おんしは今の世相、どう見ておられるかのう。攘夷、攘夷と皆は叫んでおるが、まっこと、このままいくと日本の将来は真っ暗ぜよ。攘夷は今や国論になってしもうた」

八郎はこの男なら本音で語れると、むしろ進んで内心を吐露したい衝動に駆られた。

「されば、取るべき策は一つしかござらぬ。今こそ天下の大方針を示す時ではないか」

「はて、大方針とは？」

「幕府、朝廷、薩摩、長州の諸侯が京に集まって、大会議を開く。そこで国論を一致させるのじゃ。いくら攘夷、攘夷と叫んでみても、メリケンやエゲレス、フランス、ドイツなどの異国に勝てるとは思えぬ。開国を続けるのか、或いは通商を拒否するのか。どちらになっても、国論を一致させることが肝要。そのもとで動かねば日本の将来はない。清国のような破滅が待っていようぞ」

「よくぞ申された。おんしの一言一言に同感じゃ。けんど政事は政事として、某は目下、勝先生の下で海軍の充実に全力をあげるつもりでおる。いつか折あらば、海軍操練所へ来てくだされ」

三人は議論に没頭しながらも、飲む方も怠らない。痛飲した。

やがて話題は時局から経済へと移り、福井藩財政立て直しのことに花が咲いた。こうなれば八郎の独壇場である。農村調査での苦労話や、物産総会所の具体的な経営話、成功のコツなど、龍馬は瞬きも忘れて、尋ね、聞き入った。

ぼつぼつ酒もなくなってきた。と、龍馬が急に正座し、三味線を持つ格好をすると、指で弾く真似をして即興で一曲歌い出した。

君がため捨つる命は惜しまねど

心にかかる国の行く末

抑制された流麗さとでも言おうか、渋みのある声量で歌う詞《ことば》に、情感がこもっている。小楠と八郎は無意識のうちに自分たちの思いと重ね、胸を打たれた。

（坂本龍馬とはこういう人物なのか……）

八郎はしばらく声が出なかった。意外な一面を発見し、何かしら純なものに潜む脆さのようなものを見、一方的に湧く親近感を抑えられないでいた。

ちなみにこの歌詞だが、現代ふうに意訳すると以下の如くであろう。

「天皇を頂点にいただく新しい国づくりのためなら、己の命など少しも惜しくはない。しかし混迷する世の中を見ていると、この国はいったいどうなっていくのかと、気にかかり、心配だ」

何か、四年半後の死を予感した覚悟の言葉に聞こえるのは、後世に生きて歴史を知っている我々の思い過ごしなのか。

かれこれ三、四時間はいただろうか。窓から見える月の位置がもうすぐの夜明けを知らせている。龍馬は姿勢を正し、二人に向き合った。

「そろそろお暇《いとま》したく思います。これから宿へいんで、勝先生への報告書を書かねばなりませんので」

「おお、そうじゃった。明朝の出発だったかな。いや、違った。今日の出発じゃった」

と小楠が笑いながら応じた。

「はい。先生が吉報をお待ちかねですちゃ」

「よしきた。舟の櫂はわしに任せろ」

「軍艦なら得意ですが、小舟はどうもね」

皆はワハハと笑った。


越前に逼塞した春嶽は次の動きの機会を窺っていた。日本を救いたいという気持ちには抑えがたいものがある。連日、重役と会議を持った。

春嶽とその後を継いでいる藩主松平茂昭を前にして、この日は八郎も小楠や重役に混じり、考えを述べた。それは師と何度も議論して得た結論でもあった。同じ意見でも、小楠が言ったのでは反対する者が困るが、八郎なら遠慮なしに自由な討議が出来るという小楠なりの配慮があった。

八郎は春嶽の目を見据えた。

「京の混乱はもはや尋常の手段では治まりませぬ。朝廷も幕府も支離滅裂です。国論統一のためには、最後の手段、玉《ぎょく》（天皇のこと）を味方につけるのが唯一の方策かと考えまする」

一同は玉と聞いて、「何とまあ……」と動揺し、ざわついた。八郎は鼻で一息吸って、続けた。

「帝《みかど》を取り囲む過激な攘夷派公卿たち、即ち君側《くんそく》の奸《かん》を排除する。これしかありません。しかし、いくら言葉を尽くしたところで無理というもの。力によるしかないのは、京におられた皆さん方が一番よくご存じのはずです……」

ここは藩をあげて兵を動員し、力づくでかかる公卿たちを追放して、政事を正道に戻すべきと訴えた。それも早ければ早いほどよい。そしてこれが成功したのち、帝を味方に引き入れた上、「攘夷奉答」（謹んで攘夷と答える）などと無節操に走った幕府に猛省を促す。さすれば念願の雄藩連合による公武合体が実現しよう、と一気に構想をまくし立てた。

春嶽は黙っている。議論を煮つめるために、反論が出るのを待っているのか。

やや置いて中根雪江が首を前に突き出し気味に、八郎に諭すように問いかけた。最善から春嶽侯が乗り気になっているのは表情から察知しているが、藩を預かる家老として、あえてこれだけは言っておかねばという思いがそうさせた。

「決して趣旨に反対するわけではありませぬ。しかし三岡氏、我が藩の立場を考えられよ。お家柄は親藩中の親藩であり、御家門筆頭でござる。今回の企てはいわば幕府に対し、物申すことと同じ。もし不首尾になったら、どうされる？　恥の上塗りは必定。慎重にも慎重を期して臨まねばならぬと思うが、如何か」

「今、不首尾と申されたが、某は必ずや成功すると確信しています。奸臣を支えている京の長州藩士は、確かに手ごわい存在でしょう。しかし挙藩上洛し、雄藩が結束して当たれば、問題なく鎮圧できまする。ただ大事なのは時期です。早いに越したことはありません」

中根は黙った。それ以上の反論が出ないのを見届けた春嶽は、意を決した。雄藩連合による上洛が決まった。

さっそく翌日から八郎を中心に、計画の具体策を練った。参加者は家老の本多飛騨、松平主馬、番頭《ばんがしら》の牧野主殿介《とものすけ》、長谷部甚平、目付の村田巳三郎ら藩の改革派たちである。八郎は案がまとまったところで春嶽と茂昭に報告し、決済を仰いだ。

「……兵力は現軍制の四大隊、四千名を考えておりまする。それに千名の農兵も加え、計五大隊とします。全員、新式銃で装備し、砲小隊も加わって、火力を重視。入京後、五手に分かれて、五街道口から御所を包囲する計画です」

春嶽は頷いたあと、気になるのか、「雄藩の方はどうなるのか」と尋ねた。

「はっ。率直に申し上げて、長州勢の鎮圧には我が五大隊だけでも十分だと思っています。しかし念には念を入れ、公武合体に賛同する諸藩の協力を得る所存です……」

そのため直ぐにでも隣国の加賀と小浜に人を遣わし、説得する手筈を整えている。お許しあらば、今日にでも出立したい。加賀には本多、牧野、そして自分、小浜へは松平、長谷部を考えている。その後は薩摩にも自らが出向いて説得するつもりでいると、同意を乞うた。

案の定、中根が口を挟んだ。

「先ずは加賀、小浜がどう出るか。これら二藩の足元を固めることが先決ですぞ。それ次第で薩摩をどうするか考えたら如何ですかな」

結論が出た。春嶽の親書を懐に、二手に分かれて加賀と小浜へ向かった。加賀での折衝は思ったより時間がかかった。三週間後にようやく藩論が固まり、五千名出兵の約束を取りつけた。八郎たちが帰藩すると、小浜組はすでに帰着していて、千名の上洛が決まったという。それを受け、八郎は自信をみなぎらせて言った。

「これで兵力は一万一千名になります。さらに推測ですが、恐らく薩摩からも四、五千名は加わるでしょう。我らは盤石と思われまする」

すると、又しても中根が慎重論を唱えた。

「果たしてそんなにうまく事が運《はこ》ぶかどうか。加賀や小浜は昔から日和見的なところがある。戦況の形勢次第で、突然約束を反故にする可能性はなきにしもあらず。そうなったらどうなるか。

福井藩は孤立してしまい、目的達成が危うくなるかもしれませぬぞ……」

ここは自分が京に上り、情勢を探ってからでも遅くないのではと主張した。

「それには賛同できませぬ。そんなことをすれば、失敗を招くもととなりましょう。念を入れるのは間違いではござらぬが、入れ過ぎて時期を失することこそ、避けねばならぬこと。ぐずぐずすればするほど、情報が洩れまする」

結局、春嶽の沙汰で、挙藩上洛はするが、その前に八郎を薩摩に発たせ、その一方で、中根が上京して情勢を探ることに決まった。だが春嶽の中途半端な沙汰は禍根を残すことになる。

すぐさま八郎は岡部豊後と海路で西に向かった。中根の方も牧野主殿介、村田巳三郎を連れて上京した。ところが中根は用事が出来て、すぐに帰福した。

京に残った村田と牧野はいろんな人脈を頼りに、挙藩上洛の時期を探っていた。その人脈の一人に、公武合体派であり関白内覧を務めた近衛忠熙《ただひろ》がいるのだが、運よく参謁できた。藩議が挙藩上洛に決まったことと、そこへ至るまでの経緯を伝えると、喜ぶと思いきや、意外にも近衛は困ったような表情をした。

「このところ帝は、自分たちの意見にまったく耳を貸してくれませんのや。三条実美一派の国事掛が幅をきかせていましてな。即時攘夷だとか騒ぎ、大きい顔して好き勝手にやってますわ。あげくには帝の御親征ということまで言い出して、ほんまに困ったことです」

と、ひとしきり嘆いたあと、文箱から書き付けを取り出した。そして脇に置いて続けた。親征というのは、天皇自身が自ら軍を率いて出征することをいう。

「けど、そんなことをしたら、どないなるか、誰が考えても分かることですやろ。数少ない公家堂上（上級貴族）が外夷と戦って、どだい勝てるわけがない。そこで二条卿や徳大寺卿らと連名で、御親征反対の意見書を関白に出そうと思うてたところです」

そう言って、手許の書き付けを広げて見せた。村田は素早く目を通した。そこには丁重な言葉遣いながら、親征を思いとどまらせようとする気持ちが満ち溢れている。

「……攘夷論ますます盛んなのは承知しているが、この時期、主上御親征されるについては、甚だ了解しかねる。もし軽率な行動に出て、一気に外夷が攻めてきたら、どうなるか。数少ない公家堂上で勝てるとは思えない。そもそも攘夷のことは皇国の大事である。よって広く諸侯を召して意見を聞き取り、決めるべきと考える。さもなくば、取り返しのつかない大患を招いてしまうに違いない……」

そして最後に近衛忠熙以下、四名の署名がある。

「ああ、何と有難きお言葉の数々」

と村田は感動し、平伏した。涙さえ出そうになった。

「いやいや、これは命を張ってでも、当然やらねばならぬこと。我ら四名が近く関白にお会いする予定でいますのでな。上洛はもうしばらく待った方が、ええでしょう」

「ご配慮、恐れ入りまする。春嶽侯並びに藩主は今こそ皇国の御為に一身を投げ出す覚悟でおります。福井藩のみならず、加賀藩、小浜藩ともども、一万一千名の兵はいつでも上京する準備ができていますので、ご安心ください。しかし考えますに、万が一、私どもが軽率な行動をして不都合が生じたら、それこそ誠に恐れ多いことでございます。ぜひとも御指揮をお待ち申しております る」

「兵一万一千とは心強い。皆々の心底、実に感じ入った」

「さらに薩摩藩からも何千名か加勢してもらうべく、働きかけております」

「そうなると、我が陣は盤石ですな。ただ、今はことを急ぐのはどうかと思う。しばらく成り行きを見守っていてほしい。時期が来たら、必ず連絡をするよって。その時は尽力願いたい」

心強い言質を得、村田は牧野を残して京都を離れた。京都へ来た甲斐があったと思った。そして二日後には春嶽ら主だった者たちを前に、報告をした。このとき八郎は九州にいて、不在である。この不在が八郎の運命を狂わせた。説明する村田の顔は晴れ晴れとしている。

近衛公ら四名の意向を伝え、上洛を急がずに連絡を待つよう進言した。

春嶽は納得し、村田はその足で京都へ戻った。さらなる情報収集に励む一方で、近衛からの指示を待つのだが、その間、福井では予想もしない事態が展開するのである。

かなり以前からだが、江戸幕府から藩主茂昭に参府するようにとの要請が再三来ていた。が藩は二度にわたり口実を設けて断った。茂昭の病が回復し次第、参府したいと回答していたのだ。いつ上洛の時期が訪れるか分からないからである。しかしいつまでも仮病を使い、延期し続けるのも難しくなっていた。そんなところへ村田の報告があったのだ。降って湧いたように新たな藩論が噴き出た。

「藩主の上洛時期が分からなくなった以上、際限なく仮病を続けるのは如何なものか」

再議すべし、との声が中根を中心に俄かに高まった。

「中根殿。何を言われる。今が正念場ですぞ。使者が薩摩に赴き、まさに念願の雄藩連合が完成しようとしておる。京からも出兵の指示がいつあるやもしれませぬ。今しばし待つべきである」

と、福井に残っている本多飛騨や松平主馬、長谷部甚平、千本藤左衛門ら推進派は激しく反論した。反論というより、双方、つかみかからんばかりの激論となった。

「参府延期は藩議ですでに決まっていること。この期に及んで覆すのは納得できませぬ」

「では、いつまで待てとお主たちは言うのか」

そう中根は切り返し、

「見ろ。答られぬであろう。当藩は由緒ある親藩中の親藩。御家門筆頭として、これ以上、幕府の要請を拒み続けるのは不誠実というもの。速やかに参府すべきと考える。これこそが福井藩安泰への道であろう」

と、荒い息でまくし立てた。

それから間を置かず、藩論が一変した。春嶽は苦悩煩悶の末、調和主義の道を選び、茂昭が参勤の途につくことに決まったのである。この瞬間、雄藩連合上洛の望みは消えたのだった。だが西国にいる八郎はまだこのことを知らない。

続いて人事の粛清が断行された。突如として、上洛を主張した本多飛騨、長谷部甚平、千本藤左衛門が解職となり、不在の八郎は幽閉蟄居。ややあって、松平主馬も職が解かれた。京都にいた村田巳三郎は目付から御側者頭に移動させられた。牧野主殿介はお役御免となり、そのうち長谷部甚平に蟄居の命が下った。同様に中根も蟄居になったのは皆にも意外であった。藩論を混乱させ、深刻な対立を招いたと、双方に責任を負わせた形となった。

この直後、春嶽に対して相談役の立場にあった小楠は、もはや自分の出番はないと、出身地熊本への帰郷を申し出た。春嶽と茂昭の懸命の遺留にもかかわらず、文久三年（一八六三）八月、福井を旅立った。手厚い礼金が渡された。

藩論がひるがえる少し前の七月の終わり、八郎と岡部豊後はちょうど熊本藩にいた。藩主細川慶順に春嶽の親書を渡し、挙藩上洛を説明してきた結果、同意を得たところであった。先ずは幸先のよい上々の首尾である。

「さあ、次は薩摩だ」

と、意気軒昂、南に向かう。時間がないのだ。気が急《せ》いた。

薩摩藩では小松帯刀《たてわき》に目通りし、かなり日にちはかかったが、遂に賛同を得た。その後で、旅から戻って来た大久保一蔵（一年半後に大久保利通に改名）にも会った。

「これで万端整ったぞ」

八郎らは勇躍、帰途についた。長崎まで来たとき、小楠一行と出会った。互いに異なる思いが胸に詰まっている二人だが、感極まって思わず抱き合った。

続いて藩論が一変したことを聞いたとき、八郎は一瞬の驚きのあと、どっとあふれる無念さで胸が締めつけられた。何という愚かな決断がなされたのだろうと思った。国（福井藩）に希望の火を灯す機会が失われたのだ。と同時に、福井藩が主導して日本国を救う絶好の機会をも自ら捨てる選択をした。

九州へ来ずにあのまま福井に残っていたら、と後悔した。ただ道中、ひょっとして中根ら守旧派が巻き返すかもという不安は絶えず胸に去来《ちっきょ》していたが、まさかという思いの方が強く、頭の片隅に押し込めていたのだった。自分が蟄居幽閉を命ぜられたことを、小楠から醒めた耳で聞いていた。不思議に動揺しなかった。しかし春嶽侯の強い思いの実現に向け、命がけでここまでやって来た自分に、どう向き合えばいいのか。その答えは分からなかった。

小楠はそんな八郎の心境を思いやった。

「藩内の政治など、もう忘れよ。恨みは持つな。政治力学など、どうでもよい。天下から見れば、ささいなことである。どうせお主は蟄居の身だ。どっしりと構えて、天下の行方を観察するよい機会ではないか。ここらで一休みするがよい」

それは小楠が自分自身に語っているようにも思えた。

驚きは続く。帰福の途中、京都で政変が起こったことを知り、驚愕した。ついこの前の八月十八日午前一時の出来事である。突然、公武合体派の会津と薩摩の藩士が、孝明天皇がいる御所の九門を固めたのだ。素早い行動だった。不意をつかれた尊王攘夷派は手も足も出ず、なす術《すべ》もなく敗退した。急進派の三条実美ら過激派公卿七人は命からがら京都を脱出し、長州藩へ落ち延びた。世に言う七卿落ちである。長州藩士もそれまで朝廷の九門の一つである禁門の警備をしていたが、任を免じられて京都から追放されたというのだ。

この政変を知ったとき、八郎は思わず岡部豊後に向かい、「しまった!」と叫んだ。

「薩摩に先手を打たれた。玉を取られたのだ。何という失態か。福井藩にとって、もはや取り返しがつかぬ」

ぐずぐずせずに、あのとき上洛していたら、福井藩主導で成功していたのだ。いくら悔やんでも悔やみきれない。

「京で上洛情報が漏れたのに違いありませぬ」

と、岡部も悔しそうに歯ぎしりした。

「それはある。いや、大いにある。しかしそれだけではない。小松帯刀殿の心中じゃ。今、考えれば、越前における福井藩の動きの鈍さに、どうも危機感を抱いていた節があったやに思う。時期を失するのを恐れ、我らを抜きに、先に行動したに違いない」

「実に口惜しゅうござる。過激公卿追放の功績が、薩摩藩のものとなったと思うと……」

京都では七卿の官位が剥奪された。元々、攘夷一辺倒ではなかった孝明天皇はこれでやっと自由になれると、政変成功に安堵し、満足の意を表した。

政変のその日、待っていたかのように島津久光、山内容堂、伊達宗城らが入京を果たした。そして二ヵ月遅れで、置いてけぼりだった春嶽も久しぶりに入京した。その直前、朝廷から上京を促されたからである。かくて十二月も押し迫った三十日、一橋慶喜、松平容保、伊達宗城、山内容堂、春嶽の五名は天皇から参与に任ぜられたのだった。このとき春嶽の心中は如何なるものだったろうか。

これ以後、政事は蟄居の八郎を歴史の脇に置いて、さらなる激流の中へとのめり込んでいくのである。

さて八郎の帰福だが、事前に早馬で予定日を藩に連絡していた。船で敦賀港に着き、陸《おか》へあがった。八月の湿った熱気が頬にまとわりついて、むずがゆい。手の平で顔をこすったとき、見覚えのある侍が歩み寄ってきた。目付の松原である。ややうつむき加減にこちらを見、対面の挨拶をしてきた。顔がこわばり、縄を持つ手が小刻みに震えている。八郎はおかしくなった。

「事情は残らず聞いておる。縄を打つのなら構わぬぞ。遠慮はいらぬ」

松原はほっとした表情になり、ぺこんと頭を下げた。

「いえ、それには及びませぬ。ご同道いただけますれば、よろしいのです」

「おう、どちらでも構わぬが、その方のよきようになされよ」

岡部豊後は無言である。申し訳なさそうな顔で二人の後に続いた。

城下に戻ると、八郎は旅姿のまま自宅へ直帰させられ、即蟄居の身となった。何の取り調べもなかったし、使節として赴いたのに、報告する機会も与えられない。ただ一通の譴責《けんせき》通知が事務的に示達《じたつ》された。そこには誠に承服しがたい文言が綴られていた。

八郎の行為について、「近来、我意に募るあまり、専《もっぱ》ら利己的計算にて人心を害し、さらには御政道にまで口出しをした。甚だ不届きである。よって蟄居を命ずると共に、弟友蔵に家督を相続させせよ」とあった。

八郎は身体がこわばった。これまで己の野望で行動したことは断じてない。すべては春嶽侯の理想を実現せんため、と同時に日本国の破滅を救うため、それ以前には福井藩財政を再建するために、忠臣として命を賭して尽くしてきたつもりである。その償いがこれなのか……。やりきれない思いであった。蟄居とそれに続く隠居が現実のものとして受け入れられないでいた。というのは、その理由があまりにも真実からかけ離れていたからだ。悪意さえ感じられた。

ふと長崎で小楠が言った言葉を思い出した。藩内の政治など天下から見ればささいなことである、と忠言してくれた。

（なるほど、ささいなことか……）

そうつぶやいたとき、コツンと頭の芯が打たれた。人を恨んだところで、どうにもならぬ。そのことに気がついた。藩にはいろいろな人がいる。志を同じくする同志もいれば、反対する者、嫉妬する者など、多士済々である。そんな力学が時の流れの中で作用し、こういう運命をもたらした。自分の努力や力で動かせない大きな何かが、怒涛のような勢いでその意思を発揮した。

とすれば、いつかまた異なる意思が発揮され、異なる運命の流れが訪れるかもしれない。今はじたばたするのではなく、どっしりと構えて、その流れを見極め、捉えようと、大きな何かが自分に命じたと考えるべきなのか。

現在は動乱の時代である。海の向こうの国々を相手にし、刻一刻と情勢は変わる。明日は今日ではなく、明後日《あさって》は明日ではなく、明々後日《しあさって》は明後日ではないのだ。そう考えると、師が言った言葉の意味が何となく分かるような気がした。人を恨んで時間を過ごして何が得られるというのか。無駄である。これまでの疲れの垢を落とし、高みの見物を決め込むのも悪くないと思った。

2　運命の再会

八郎は弟の友蔵に家督を譲った。これまでの役料五十石を取り上げられ、家禄百石の方も半減した。足羽川沿いの邸から立ち退かされなかったのが、せめてもの幸いである。以後、そこで四年余の長きにわたり蟄居させられることとなる。長年仕えてくれた中間や下僕などにも暇を出した。

そんな慌ただしさの中の十月、八郎の蟄居からわずか二ヵ月後のことだ。家老の中根雪江が蟄居を解かれて自由の身となった。側締役に復帰し、側近だった大井弥十郎も赦免と同時に勘定奉行に取り立てられた。上洛推進派はいまだに誰一人として赦免されていない。八郎は訪ねてきていた旅籠「たばこ屋」の跡取り息子沢吉を相手にそのことを話していた。

たばこ屋は足羽川対岸にある福井城寄りの繁華街近くに位置し、八郎の家から歩いて十数分もかからない。北陸道の陸運と足羽川の水運にも至便なことから旅人でいつも賑わっていた。低い石垣の上に板塀が張り巡らされた二階建てで、正面に立派な門灯があり、庭の植栽も行き届いている。建具は上質のものを使い、大衆向けの旅籠にしては高級感が漂う。部屋数も多く、旅人の宿泊以外に城内の商人が商談に使ったり、福井藩士たちが寄合をもったりした。

商売繁盛といったところだが、これはひとえに主人柳兵衛の才覚と人格による。世間の信用が厚く、顔も広かった。息子の沢吉も親に似て、ソロバン勘定だけでなく、読み書きも堪能で、機転がきき、何よりも腰が低い。知識の広さはそれほどでもないが、物事の奥にある肝どころを押さえる能力に秀でている。

この能力には自分はとてもかなわない、と八郎は思う。同い年の沢吉に対し、彼への言葉遣いこそぞんざいだが、学ぶべきことは山ほどあると、内心では一目も二目も置いていた。ソロバンを教えてもらったのもこの沢吉からである。畳に寝転がって肘枕をつきながら、諦めともとれる達観した表情で沢吉に言った。

「まあ、守旧派の赦免は読み通りということじゃな。仕方なかろう。それにしても、ちょっと心配だなあ。春嶽侯は一体、何を考えておられるのかのう。喧嘩両成敗ということだったが、こんな御政道をして藩がまとまるのか……」

「老侯は近く朝廷の参与になられるそうですが、噂では中根様も老侯について京に上られるようです。大変な出世をなさるそうですよ。この前、うちの宿で談義をしていた藩の人たちが、そんなことを言っておりました」

「中根殿だけでなく、老侯も御家門筆頭としての意識が強すぎるのであろう。今回、派兵の説得でわしが西国へ行ったのは、結果は伴わなかったけども、いい勉強になった。以前よりも、もっと大きな視点から世を見るという姿勢を学んだような気がする」

「そんな八郎様の進歩的なお考えが、藩の守旧派には気に入らないのでしょうな。どうですか。ここはいっそのこと呆《ほう》けた振りをして、周りを欺かれた方がいいのでは？　赤穂浪士の大石内蔵助になって下さいな。さもないと、いつまでも蟄居が解かれないかもしれません」

八郎は首を左右に振りながら緩く笑った。

「いやいや、そうは長くはなかろう。いくら春嶽侯とて、あまりに不公平なことは出来ますまい。ほとぼりが冷めるにつれ、おいおい皆、許されるのではないか」

「でも藩上層部は、今回の上洛断念をひどく後悔していると、洩れ聞いています。それだけに自分たちの忸怩《じくじ》たる思いへの反発で、上洛を主導した三岡八郎憎しの思いが、いっそう強うございます」

「おかしな心理じゃのう。ま、これればかりは自分の意思ではどうにもならぬ。ゆっくりと骨休めでもしておるわ」

「八郎様にはいつでも世に出られるようにと願っています。私も情報集めだけは怠りませんからね。気持ちだけは張りつめておいて下さいな」

　実際のところ、じっとしておれないのが八郎の性分だ。時折自らも出向いたり、人を招いたりして情報集めに動いている。

　福井藩の場合、蟄居とはいっても、それほど厳格ではない。一応、家の門は固く閉ざされ、竹矢来も組まれているが、監視はあっても、なきが如くだ。夜間に限り近場であれば、潜り戸からの出入りは許されていた。時々、昼間に役人が見回りに来る程度である。本来なら家の中の明かりのない一室に閉じ込められるところだが、これも屋敷内なら自由に歩けた。

　八郎はさすがに蟄居中の盟友長谷部甚平らの許は訪ねなかったが、弟の友蔵や技術者で同僚の佐々木権六ら、気の置けない者のところへは夜間、出かけた。逆に彼らの方からも八郎の家へやってきて、藩や京都の情勢などを伝えた。

　しかし大抵の時間は家でぶらぶらしている。そんななか、暇にまかせて、ご飯を炊く「へっついさん」の研究を始めた。どの家の土間でも見かけるへっつい（かまど）だが、よくよく観察してみると、どうも熱の伝わり方がよくないことに気がついた。効率が悪い。これでは燃料となる薪がいくらあっても足りない。

「一つ、へっついの研究でもしてみるか」

元々、八郎は技術には滅法強い。鉄砲や火薬などをいじくっていた頃の探求心が頭をもたげた。日がな一日、土間に座り込んで、睨めっこをする。紙に図面を描き、あれやこれやと修正を繰り返す。何枚貴重な紙を無駄にしたことか。

そのうちタカ子に頼んで、粘土や泥、頁岩《けつがん》などを探し出してきてもらい、それを原料に庭で煉瓦を焼いて日で干した。要となる燃焼室部分の鉄釜だが、これは佐々木権六に頼んで、図面通りに数種類、作ってきてもらった。

問題はこれからである。鉄釜をどういうふうに煉瓦や土で覆うのか。どの部分をむき出しにし、どんな厚さでどの部分を覆うのか。土ならどれでもいいという訳ではない。何種類かの土を取り寄せ、配合を決めていった。

日干し煉瓦で鉄釜を覆い、その上面に三種類の土を配合したものを、乾かしつつ何度も塗り重ねた。その表面に黒漆喰を塗って仕上げた。こうすることで水がかかっても、布で拭けば済む。これらを試行錯誤しながら作っては失敗し、失敗しては作った。実験的に米を炊いて味見もした。

二ヵ月ほどかかって、ようやく熱効率がよくて味もいい、へっついが完成した。しかし実際にタカ子に焚いてもらって、確かめる必要がある。第三者の目が必要だ。

「おーい、タカ子。ちょっと来てくれ。やっと完成したぞ」

タカ子が奥の部屋からにこにこしながらやって来た。へっついのことよりも、何事であれ、夫が逆境にめげずに打ち込んでくれているのがうれしい。

試しに炊いてみたところ、効率の良さに驚いた。薪一本で三升の米が三十五分で炊けたのだ。従来に比べて十分の一の薪で済む。しかも味がいい。八郎はタカ子に向かってニヤッと笑い、この男には珍しく得意顔をして見せた。

「おお、そうだ。これを売ってみようか」

思いついたら即実行だ。何個か作り、最初は近所の人や親戚、知り合いに買ってもらった。沢吉にも頼んでたばこ屋に見本を置いた。そして次第に評判が広がり、城下だけでなく近隣の村々でも売れ出した。世間から「三岡へっつい」と呼ばれる人気商品になった。

八郎は焦りがないとは言わないが、表面的には波風のない静かな蟄居生活を送っていた。ところが蟄居を始めてから一年半ほど後の元治二年（一八六五）一月、思いがけない事態が発生した。家督を継いでいた友蔵がいきなり侍の身分を剥奪され、揚り屋入りとなったのだ。しかも長期間である。揚り屋というのは、江戸小伝馬町にある下級武士などの未決囚を収容する雑居の獄舎をいう。

なぜこんなに重い咎めを受けたのかだが、残っている記録では詳しくは分からない。ただ理由は二つ述べられている。一つは出張先の江戸で何か違法な行為をしたということ、もう一つは式典の場で上司をはばからない挙動に及んだということである。この二つを合わせ、重々不届き至極であるので、侍の身分を剥奪し、長期間にわたって揚り屋に入れるということになったのだ。

降って湧いた突然の災難に、八郎ら三岡家の面々は驚いた。誰もの胸に御家断絶の悪夢が走った。しかし藩は温情のある対応をした。通知を寄越し、そこには特別の憐憫でもって御家断絶にはしないと明言して、親戚で相談して誰かを跡継ぎに立てることを願い出ればよい。さすれば現在の五十石は不可だが、二十五石五人扶持を与えると共に、大御番組《おおごばんぐみ》に所属させてやるというのである。

親類は胸をなでおろし、八郎の長男彦一が適任と判断。彼に跡式相続させることを願い出て認められた。しかしなんせ彦一はまだ八歳である。本来なら二十五石五人扶持を支給されるべきところ、承知していたことではあるが、幼年者に対する扶持の定めには従わねばならず、七人扶持ということになった。どん底の経済状況であっても、かろうじて家名を継ぐことができ、安堵した。

この前後、世の中は大きく変動していた。攘夷の薩摩と長州が紆余曲折の末、藩論を開国に切り替えている。そして慶応二年（一八六六）正月には坂本龍馬と中岡慎太郎の仲立ちで、それまでことごとく反目し合っていた両藩だが、倒幕のために薩長同盟を結ぶに至った。この頃、龍馬は新政府の樹立を真剣に考え、奔走していた。江戸、京都、大坂、土佐、長州、長崎、薩摩と、体の休まる暇がない。

その目的達成に当たっての課題は二つ。一つは武力で幕府を討伐しようとする薩長とは異なり、内乱を避ける大政奉還が良策と考えている。西欧諸国による植民地政策が吹き荒れるなか、内乱などすれば破滅が待っているからだ。ではどういうふうにそれを実現するかだが、容易ではない。

もう一つは新政府樹立後に襲ってくる危機的状況の国家財政立て直しをどうするかである。経済や財政の重要性は、或る意味、武力に優ると断言できる。これは一年前に設立した日本最初の商社「亀山社中」の経営経験を通じて痛感していることだ。

幸い最初の大政奉還については幾つかの藩がその方向に理解を示し始めた。しかしもう一つの財政の方は、その重要性をほとんど誰も認識していない。これが困るのだ。財政という強力な後押しを準備することが肝要である。この二つの課題のどちらが欠けても新政府は成功しないと思っている。

実際、朝廷や薩摩、長州の指導者たちの誰一人として、財政に関心を抱いていない。カネがないのを知っているのに、経済や財政というと、金勘定だと頭から見下す傾向がある。「財政なくして国家なし」という考えが微塵もない。

しかしこれには龍馬は実のところ、迷いがなかった。福井藩に天下の財政通、三岡八郎（後の由利公正）がいるからだ。あれほど悪化していた藩財政を見事に立て直した経済人である。その手腕には恐れ入る。かねてから師の小楠先生がほめていたが、前に越前を訪れた折にじかに会ってみて、納得がいった。八郎が語った政策のどれもこれもが的確で、その裏には実地に現場へ足を運んで調べるという地道な努力が積み重ねられていた。説得力があった。新国家の財政責任者に就く資格と実績は十分にあると確信している。

ただ問題は指導者層に名前を知られていないことである。どういうふうにして知らしめるか。この点に龍馬は頭を悩ませていた。

慶応二年（一八六六）十二月四日付の兄坂本権平宛ての手紙が残っている。権平ほか親類一同宛てとなっていて、長崎の豪商、小曽根英四郎（通称小曽根乾堂）方にて記したとある。

龍馬は筆まめだった。実に長い手紙で、一つ何々、一つ何々というユーモアのある文体で十五枚にわたって、見聞きしたことや日常生活のこまごましたこと、その年の二月に寺田屋事件で負傷して薩摩藩邸へ逃げて小松帯刀や西郷隆盛と話したことなどを書いている。

そのうち六枚が実物で発見され、残りは写しである。手紙はいずれも縦二十五センチ幅三十センチ前後。写しの一枚に「当時、天下の人物と云えば……」として九名の名をあげ、そのうちの一人に「越前にては三岡八郎」と記している。

またその翌年八月、佐々木高行（山内容堂の側近で後の侯爵）は日記に、こういう内容のことを書いた。

「坂本が我が家に来て、数刻話し、その夜、泊まった。今後、天下のことを知るには、会計が最も大事である。幸いにも越前藩にいる三岡八郎はこの分野に長じている。新政府にはぜひ三岡を起用してほしい」

これらを見ると、龍馬は機会を探しては、せっせと八郎を売り込んでいたようだ。

ところで福井藩で蟄居などの処罰を受けた八郎の同志の消息だが、この頃までには続々と赦免されていた。本多飛騨と松平主馬は家老に復し、岡部豊後、牧野主殿介、村田巳三郎、千本藤左衛門らも元の役職に戻るか、相応の場所を得た。しかし、なぜか八郎には一切声はかからず、噂さえ立たなかった。一方、春嶽の側近に復した中根雪江はますます信頼を得、春嶽も中根の存在を「自分の幸福である」とまで考えていた。

そのことについては春嶽が後年明治十三年に著した「真雪草子《みゆきそうし》」の中の「慶永幸福」という個

所で、自分の恩人三名の中に中根雪江の名をあげている。

さて少し時点は遡るが、二年余り前に禁門の変が起こったとき、その二日後に孝明天皇は幕府に対し長州征伐令（第一次長州征伐）を出した。このとき福井藩主松平茂昭は副総督を務め、大軍を西行させた。勝つには勝ったが、多大の軍費を費やし、福井藩財政は大きな痛手を受けた。八郎の労苦で疲弊していた福井藩財政が立ち直り、あれほど小判で潤っていたどの金蔵も再び空っぽになったほどである。再び以前のように借金漬けの藩財政になり果てた。

それから一年半ほど後のこと、幕府は総勢十五万の大軍で第二次長州征伐に向かった。結果は長州藩が勝ち、負けた幕府の威信は地に落ちた。

このとき福井藩は断腸の思いで出兵を断っている。だが春嶽は幕府への忠誠心から、どうするかで相当悩んだという。金蔵にカネさえあれば即座に駆けつけたいところだが、それさえ出来ないほど財政が疲弊していた。

蟄居中の八郎はそんな情報を聞くにつけ、空しい思いを抱いた。腹は立たなかった。幕府への忠誠心、或いは朝廷への忠誠心という、精神のありようで藩方針が決められているように思え、残念でならない。ただ財政難が出兵を思いとどまらせたのは不幸中の幸いだった。

なぜもう少し広く外へ目を向けられないのか。政《まつりごと》とは民の幸せのために行うものだ。忠誠心の発露のために行うのではない。それならば、今やるべきことは日本の門戸を開き、外国との交易を通じて諸国を豊かにすることである。そこで得た財を原資として軍事力を整え、国力をつけることだ。どうしてそういう視点が持てないのかと、歯がゆかった。そしてその歯がゆさは、無力な自分への焦りを誘った。

（いつまでこういう生活を続けねばならぬのだろう）

八郎がそんな焦りで鬱々としていた頃、龍馬は違った。もっと先を走り、広い舞台で活躍していた。すでに新国家の青写真を描いていたのだ。新しい国の在り方を模索し、その骨格を煮つめていた。

ある日、京都にいた山内容堂が政事について助言を得たいと、長崎にいる後藤象二郎を呼び寄せた。このとき龍馬も一緒の船で上京したのだが、慶応三年（一八六七）六月、その船中で八ヵ条から成る新国家構想を後藤に示した。いわゆる船中八策である。朝廷への大政奉還、金銀の交換レートの変更等、集権的な統一国家を構想するものであった。

とりわけ通貨問題は深刻にとらえていた。金銀の価値の比重がいまだ外国と大きな差がある。日本から外国への金貨流出の弊害を食い止めねばならないし、関税の不公平問題もある。もし大政奉還がなったとして、その新政府の最も困難な職務は財務官であるのは疑いがない。その適任者として龍馬の目には三岡八郎の姿がしっかりと焼きついていた。

それから四ヵ月後の慶応三年（一八六七）十月十四日、徳川幕府の終焉《しゅうえん》という歴史的大事件が起こった。第十五代将軍徳川慶喜が船中八策の一つ、大政奉還の勧めに従って、徳川二六五年間の政権を朝廷に返上し、翌日、朝廷がそれを勅許したのである。しかしこの時点ではまだ慶喜は征夷大将軍職を辞職しておらず、引き続き諸藩への軍事指揮権を有していた。

慶喜の心中には別の考えがあった。野心があった。いったん大政を朝廷に返しても、いずれ政局収拾の主導権は自分の手中に納まるだろう。その上で徳川宗家を筆頭とする諸侯らによる公議政体体制を樹立し、自分を中心とする新国家を創出しうると見ていたのである。

しかし、この野心が日本国中に混乱と軋轢《あつれき》を引き起こし、以後、新政府軍と幕府軍が争うこととなる。鳥羽・伏見の戦いを経て戊辰《ぼしん》戦争へと進み、明治維新へとつながっていくのだった。


大政奉還から二週間ほど後の十月二十八日午後、龍馬は京都から越前へ足を踏み入れた。奉還を主導した土佐藩主山内容堂の使いである。

かねてから春嶽は大政奉還に不満を洩らしていた。容堂がそのこだわりを解き、新政府の要職に就いてほしいとの書簡をしたため、部下の後藤象二郎を通じてそれを土佐浪士の龍馬に託したのだ。要職に就いてくれる感触は得ているものの、それを確固としたものにしたいと考えた。書簡では時勢に触れながら、うまく誘導するよう気を配っている。

龍馬の宿は前回と同じたばこ屋であった。山内容堂の使者として今日越前入りし、たばこ屋に投宿することは早飛脚で伝えてある。

旅装を解き、湯を浴びて身だしなみを整えた。そうこうするうち、取次を担当する奏者役の福井藩士伴圭三郎が来た。互いの名を名乗り、初対面の挨拶をした。

伴は容堂の書簡を受け取る前に、厳めしい表情で龍馬に役名を問うた。脱藩浪人だとは承知しているが、一応、形式を踏まねばならない。

「さっそくで恐縮ですが、坂本直柔《なおなり》殿の役名をお教えいただけますか」

「海援隊惣官でございます」

直柔というのは諱《いみな》（正式な手紙などの署名に使用する名、実名）である。伴は言葉少なだ。龍馬

から書簡を受け取ると、

「追って別の者が参りますゆえ、しばしお待ちくだされ」

と言って丁重に礼をし、たばこ屋を辞した。

夜になって、今度は大目付の村田巳三郎が現われた。面長の顔に眉毛、目鼻の輪郭が整い、理知的で学者然とした風格を漂わせている。二人は正座で対した。

「書簡は先刻、確かに預かっておりますが、改めて用向きをお聞かせ願えますかな」

「かしこまってござる……」

龍馬は快諾した。そして、ひとしきり近頃の時勢、とりわけ行き過ぎた尊王攘夷について述べたあと、

「これについて、越前藩の御意見をお伺いしたく思っておりまする」

と締めくくり、大きな上体をやや前かがみにさせ、窺うように村田の目を見た。村田が「ふうむ」と考え込むふうにしたので、さらに踏み込んだ。

「ことここに至った以上、日本としてはおよそ明白な国論を海外にまで聞かせなければなりませぬ。このたびこそ、貴藩の御国論を伺えますよう心から願っています」

村田は小さくうなずくと、それまで引き締めていた唇をふっと緩めた。

「用向き、相分かり申した。実は老主人（春嶽）ですが、六日後の来月二日に出京する予定でいます。今、その準備で多忙でして、貴殿にはお目にかかれません。この点、ご了解願います」

「何と、出京をお決めいただけましたか。これは朗報です。誠に有難うございます」

「いやいや、そう感謝されては却って恐縮でござる。で、先ほどお尋ねの当藩の国論につきまし

ては、ここで拙者から申し上げます。将軍家が政権をお返ししたとなれば、将軍の職もお返ししなければいけないでしょう。いくらご反省していると申しても、これでは天下の人心と折り合いがつきません。そう福井藩では考えておりまする」

「いや、ごもっともござる」

龍馬は今日来た甲斐があったと思った。それからもしばらく会話が続いたが、終わりかけたころ、つっと膝を乗り出し、意外なことを村田に願い出た。

「突然で恐縮でございますが、三岡八郎殿に会せていただけませぬか」

村田は思いがけない言葉を聞き、驚きと、それを上回る怪訝さの色を同時に浮かべた。

「ほう、これはまた如何したというのです？　三岡八郎は今、蟄居の身ですが……」

「三岡殿は経済に明るく、財政の大家とお聞きしています。大政奉還が成った今、新政府が出来たあかつきには、ぜひとも力をお借りしたいと思いまする。新政府に出仕していただけますよう、重役方にお伝えいただけませんでしょうか」

龍馬はそう言って、巨体を窮屈そうなほど曲げて低頭させた。村田は暫時の思案のあと、面を持ち上げた。

「それは何ゆえか、もう少し詳しく話してくれませぬか。会うとなれば、上層部の許可がいりますゆえ」

「されば……」

龍馬はここぞとばかり熱心に八郎の必要性を訴えた。が村田の反応がそれほどではない。先ほどの明快な弁舌とは一転し、一方的に聞くだけで、諾否は口にしない慎重さを備えている。ただ終わりがけに、「この話、しかと筆頭家老の中根雪江にお伝え申す」と結んだが、その語調に、心なしか好意的な響きがあったと感じたのは自分の思い過ごしだろうか。

翌二十九日の昼下がり、奏者役の伴圭三郎がやって来て、春嶽からの返書を受け取った。内容は昨日の村田巳三郎との会話から想像がついた。これで一つの大役が果たせたと思った。

（けんど、もう一つの大役があるじゃき）

その方がより重要である。だが会えるかどうか、確信がない。伴はそのことには一言も触れずに帰っていった。

同じ日の朝早くたばこ屋の沢吉がひょっこり足羽川の八郎の家へ姿を見せた。何事かと居間へ通すと、家の外を警戒しながら声を落として言った。

「ほれ、以前、八郎さんが小楠先生と一緒に会われたことのある坂本龍馬というお侍、覚えておられるでしょう。その人が、昨日、京都から着いて、うちに泊まっておられましてな」

「何？　坂本龍馬が来たとな？」

「ところがお城へは向かわれず、宿の方へ藩の偉いさんがお二人、代わる代わる訪ねてこられました。伴圭三郎様と村田巳三郎様です」

「はて、いったい何用じゃろうか」

「さっぱり分かりませんが、私の方から龍馬様にご挨拶だけはしておきました。そうそう、お付きが一人おられましたよ」

沢吉は忙しいのか、それだけを伝えると、すぐに宿へ戻った。

八郎は胸がざわついた。何か期待を運ぶ明るい風が胸の中を吹き抜けた。今や龍馬の名はここ越前の田舎まで鳴り響いている。犬猿の仲だった薩長の手を握らせ、大政奉還を導いた男として、八郎も遥か遠くに仰ぎ見るような崇敬の念を抱いていた。その人物が現れたというのだ。京都の情勢がよほどの進展を見せているのだろうか。想像以上の速さで動いているに違いない。

（会いたいものじゃのう）

うめくように独りごちた。だが自分は蟄居幽閉の身。どうにもならぬ。ひょっとして又、龍馬がこちらへ来てくれないものか。

そんなことを勝手に考えていた夕刻近く、藩庁から御目付が八郎を訪ねてきた。いつもの見回りが遅くなったのかと、普段通りに土間に下りてみると、思いがけない言葉が耳に飛び込んできた。

「ほかでもないが、京から来た土佐浪士の坂本龍馬が、国家の儀につき、貴公に面会を申し出てきた。会ってくれるかの」

八郎は聞き間違いではないかと瞬時に耳奥で反芻し、間違いでないと分かったとき、ほとんど胸の鼓動で息が止まりそうになった。それでも己の立場を忘れないだけの冷静さは備えていた。

「国家の儀」という言葉が耳奥でこだましている。

「有難きお言葉、恐れ入ります。しかし拙者は謹慎中の身。会見には藩の立ち合いが必要かと思いまする」

「おお、そうじゃな。あい分かった。済まぬが、ちと待たれよ。誰を立ち会わせるか、藩庁へ戻って相談してくるから」

そう言い置いて、一時間ほどして又、現れた。

「立会人は二人とする。して面会の都合だが、如何に取り計らえばいいかな。たとえば貴公が明朝八時にたばこ屋に出向いたとしても、謹慎中であっても差支えない。それでどうか」

「問題ありません。大いに楽しみにしております」

翌朝、立会人の御用人月番松平源太郎正直と御目付月番出渕伝之丞の両名が連れ立って来た。八郎ら三人はしばらく時間調整をしたのち、八時きっかりにたばこ屋に着いた。

玄関口で思わず「龍馬、おるか」と、八郎から声が飛び出た。「おう、八郎か」という返事と共に、龍馬がどたどたと階段を踏み鳴らして降りてきた。相変わらず身なりはシャキッとしている。袴は仙台平、絹の衣類に黒羽二重の羽織である。それが高い上背と似合っている。

「四年ぶりちゃ」

大声なのは前と変わらない。

「いや、四年五ヵ月じゃ」

「話すことは山ほどあるぞ」

二人は固く手を取り合い、再会を喜び合った。「さあ」と言って、二階の部屋へ入り、立会人も慌ただしく後に続いた。

「龍馬、わしは今、罪人でな。縄は打たれておらぬが、立会人を二人連れてきた」

八郎は立ったまま、そう軽口をたたいて後ろの二人を振り返った。二人は呆気にとられた表情で、気圧されたように頭を下げ、名を名乗った。龍馬も色黒の顔をくしゃくしゃにして笑いながら、

「なんの、わしにも付け人が一人いる。お互い、信用がないねゃ」

　と言って、脇でかしこまっている土佐藩目付の下役岡本健三郎を紹介した。龍馬が二年弱前に京都の寺田屋に投宿していたとき、伏見奉行の捕り手に襲われて、両手指を負傷したことがある。咄嗟に脱出して辛うじて助かったが、それを機に、外出時や遠出の時は警護役として岡本がついている。

　龍馬と八郎は炬燵《こたつ》に入り、向かい合った。松平は上座に座る。出渕と岡本は龍馬らから少し離れて横に控えた。

　運ばれてきた熱い茶をすすりながら、龍馬が待ちきれないというふうに口を開いた。

「先ずはそうじゃな。おんしが蟄居で眠っているあいだに起こったことを話すき」

　そう言って、薩長同盟から船中八策、大政奉還へと、徳川政権返上のいきさつや朝廷の事情などをつぶさに語って聞かせた。八郎も時々、質問を返したり、意見を述べて応じる。

「龍馬の懸念はもっともじゃ。将軍家が真に反省するのなら、どうして早く形をもって天下に示さないのだろうか。近年来、幕府は失策ばかりで、その上、言葉で言うだけでは、天下の人は誰も信じないだろう」

　そんな議論の間、酒と簡単な膳が運ばれてきた。付け人たちにも配られている。

　八郎は身体が震えるのを抑えるのに苦労した。武者震いである。粗筋は蟄居中に大体聞いていたが、今、内情の詳細を知り、新政府樹立に向けてそこまで進展していたのかと驚いた。前途がかなり明瞭な形で見えてきた。

「ここまで来たら、もう天下が決まったも同然じゃな」

龍馬が「なんの」と、不満そうに首を左右に振りながら押し返した。

「まだまだ問題山積ちゃ。わしが越前へ来たのもそれがため。土佐の容堂侯の親書を春嶽侯へ渡しに来た。春嶽侯を何とかして新政府の議定《ぎじょう》に引っ張り出すためなんじゃ」

「議定と言われても、とんと分からぬ。新政府の組織は一体、どうなふうになるのか」

「うむ。一言で言えば、摂政関白に代わって、総裁、議定、参与から成る組織を作る。そして天皇自らが親裁、つまり政治に関する全ての決裁をし、政事を行うのじゃ」

「なるほど。して具体的な人選は進んでおるのか」

「大体はな。総裁には有栖川宮熾仁《たるひと》親王、議定は岩倉具視、三条実美らの公卿、それに加えて薩摩や土佐、芸州、尾張、おんしの越前といった諸侯じゃ。参与は能力のある公卿と、これら五藩から能力本位で徴した藩士をあてる。この案が今のところ有力である」

「すると、あとは将軍がどうなるか……だな」

龍馬は軽く目をつむった。その一瞬の沈黙は部屋の空気を好奇と期待、不安で充満させるのに十分だった。八郎と同様、付け人たちも固唾をのんで見守っている。

「答えは一つ。将軍は外《はず》さざるを得まい。なぜなら大政奉還時、将軍には魂胆があった。いずれ朝廷を無力にして名目だけに祭り上げ、幕府が実質的な権力者になろうと考えていたからじゃ」

八郎は眉をしかめ、露骨に懐疑の目を向けた。

「果たして、そううまく事が運ぶのか。将軍に引導の渡しようがないじゃろう。となれば、真っ向から衝突するのが必定。戦《いくさ》は避けられまい」

「何とかいい考えはないものか。戦はしとうないのが本音じゃき」

「しかし、もし相手から仕掛けてきたら、どうする？　逃げるのか」

「逃げはせぬ。受けて立つ。やりたくはないが……恐らく……おんしが言うように、戦になるだろう」

「あい分かった。で、勝算はあるのか」

「ない。あると言えば嘘になる」

「何、ないとな？」

「そうじゃ。どうするかは容易なことではないぞ。だからこそ、こうして相談したいんじゃ」

「ふむ……」

と八郎は腕を組んだが、ややあって、次第に自信を深める目に変わった。

「戦を制するのは兵士、つまり人だ。そして人と武装のための武器を集めるのはカネ、資金である」

「それは言われなくても分かっておる。さあ、その軍資金集め、おんしなら、どうする？　新政府の財政対策はどうすればいいと思うか」

と、龍馬がたたみかけた。

これこそまさに八郎が最も得意とする分野である。蟄居しているあいだ、考えに考え抜いたことだ。間髪を入れずに、しかも滔々《とうとう》と見解を述べた。

「わしは昔、幕府財政について、勘定局の帳面を調べたことがある。ところが幕府の財布の中身は実にお粗末で、ただ空っぽの銀座局があるだけじゃ。本来、金座・銀座・銅座・銭座など忙しくしておるのだが、まるで機能していない。気の毒な状態じゃ」

「おお、そんなに貧乏なのか」

「いや、そうとも言えぬ。甘く見るのは禁物というもの。確かにお主も知ってのように、幕府は全国諸藩に課税する権限を持ってはおらぬ。諸藩は独立して自分で勝手に藩経営をしている。しかし、将軍は八百万石の自前の領地を持っていて、自活が出来る……」

一方、朝廷は政権こそとったものの、民や藩に対する課税権がない。そこへもって朝廷の御料はたったの三万石に過ぎず、今、戦えばたちまち敗北するだろう。いくら幕府の金庫が空っぽだといっても、自前の領地があるのは強みである。そう言って一呼吸し、続けた。

「そこでだ。国家の財源を賄う方法は一つ。先ず民の経済力を引き出し、育て、そして高めることじゃ。民を富ませる手を打つ。これに限ると思え」

「なるほど。ではどうすれば民の経済力が高まるというのか」

「そのためには金札を発行する。小判ではなく、紙の札じゃ。たとえ金銀の貯えがなくても、紙の通貨ならいくらでも刷れる。これにて一旦、経済が回り始めると、財源は必ず生まれるはず。徳川幕府が発行していた通貨など、捨ててしまえ。もはや使う必要はないぞ」

「おい、ちょっと待て。紙の金札など、民が信用すると思うのか」

「ああ、思うね。民が新政府を信用しさえすれば、すむことじゃ。たとえ紙であろうと、布であろうと、木であろうと、その札は有価物として扱われ、尊重される……」

これは口からの出まかせではない、と強調した。実際に福井藩財政が困窮した時に紙の藩札を増発して実践した。その結果、民の経済力が増し、藩の全部の金蔵が小判で埋まったのは日本中の誰もが知っている。そこまで言って、当時の藩札を数枚取り出して見せたあと、改めて龍馬の目を、自信を込めて見据えた。

　だが龍馬は納得しない。手に取った藩札を指でよじりながら、議論を押し返した。

「おんしの理屈には一理も二理もある。しかし、民が政府をそうやすやすと信用するものなのか」

「いいことを言うたぞ、龍馬。わしもそこが一番苦労したところじゃ。そのためには六年かけて、領内の農村を回って考えを説明し、説得に努めた。このとき、民の信用を得る名分の立て方、つまり正当性が重要だということに気がついた。信用とはそういうもの。熱意さえあれば、成功するという自信がわしにはある……」

　要は幕府に取って代わった新政府が、どのような国家を目指しているのか。さらに、それが民にとって、どれほどの益をもたらすのか。この名分を明確にすることが大事なのだ。さすれば、金札を受け取る商人たちも納得するに違いない、と力説した。

　これは今日の会社経営で言うところの社員、株主、顧客とのコミュニケーションの重要さを指している。ミッション・ビジョン・バリュー、つまりMission（組織の目的、事業領域、経営方針、経営戦略）、Vision（組織が目指す将来のあるべき姿）、Value（組織構成員の判断基準となる行動指針や行動規範）の指標が、明確な理論は持ち合わせていないけれど、漠然とながら八郎の頭の中にあったのだろう。

「なるほど。福井藩で成功したやり方を新政府でもやろうというのだな」

　八郎は大きくうなずいた。

「そういうことだ。回り道かもしれぬが、民の経済を発展させることこそ、財政再建の近道である。横井小楠先生が言われる王道政治こそが、新政府で求められていると、わしは確信しておる」

「そうか。分かった。政府に対する信頼心さえ強ければ、紙や布や木が、素材ではなく、政府発行の通貨として通用するということじゃな」

「その通り。迷うことはない。新政府の未来は明るいぞ」

龍馬も迷いが吹っ切れたらしい。今度は福井藩財政立て直しの具体的な戦略や苦労話を詳しく聞きたがった。

「前回、おんしの家を訪れたとき、経済のことを聞く時間が十分とれなんだ。今日は存分に語ってくれぬか」

「おお、たやすいこと」

こういうこともあろうかと、八郎は当時の書き付けを大きな風呂敷に包んで家から持ってきていた。説明が進展するなか、場面、場面に応じた書き付けを見せ、思いのたけ持論を披露した。このとき八郎の中に龍馬に対する己の売り込み意識があったのは、想像に難くない。いまだに蟄居が解かれない焦りから、この再会に賭けていた節がある。

会見は深夜に及んだ。皆、時が経つのを忘れた。途中、昼食と夕食、そして夜食も出た。三人の付け人は極めて敏感な機密情報を一方的に聞かされ、最初こそ困ったような戸惑いを見せたが、しまいには目をらんらんと輝かせ、身を乗り出して聞き入っていた。

そろそろ時間が気になり出した。もう明け方が近い。空がうっすらと白んでいる。龍馬がのそりと立ち上がった。

「話が話なので障子窓をずっと閉めていたからのう」

そう言って、ぱっと開けた。小さく聞こえていた虫の音が、いきなり合唱のような音量で部屋に押し寄せた。晩秋に入りかけた外の空気が冷やりと皆の頬を撫でた。

八郎も立ち上がった。

「愉快じゃった。また会おうぞ、龍馬」

「おう、もちろんじゃ」

もう気の置けなくなった間柄である。二人は立ったまま別れの挨拶をした。

「あ、ちょっと待ってくれ」

龍馬はそう言うなり、せかせかと自分の部屋へ戻った。しばらくして手に一枚の写真を持って現れた。

「八郎、これはわしの写真ちゃ。友情の証《あかし》として、もらってくれぬか」

「おう、よく写っとるのう。何よりの記念だ。遠慮のう頂戴するぞ」

「長崎の写真師上野彦馬という男に撮らせた。おんしは知らぬが、日本最初期の職業写真師であるぞ」

八郎は写真を懐にしまった。

「京への道、くれぐれも命には気をつけられよ。寺田屋のこともあったからのう」

「ハハハ。大丈夫。目付岡本健三郎がついていれば千人力ぜよ」

結局、龍馬は八郎の新政府への出仕について一言も触れなかった。が八郎はそれでいいと思っている。立会人の前で言えるはずがないからだ。

外へ出た。人通りはない。出渕伝之丞がニヤニヤしながら、横からどんと八郎の肩を突いた。

「何という不届き者じゃ。目付役の真ん前で、天下の謀反の相談をするとはな」

そう言って、ワハハと大笑した。

「これは恐れ入った。目付役がおられたのをすっかり忘れておったわ」

「いやいや、貴公の言論、誠に敬服した。安心したぞ」

三人は九十九橋を渡り、邸まで戻った。その別れ際、八郎は出渕ら二人に向かい、急に真面目な表情になって言った。

「今日の龍馬との話じゃが、詳しくその筋に言上願いたい。頼みますぞ」

その夜、といっても朝方だが、八郎は一旦床に入ったものの、ほとんど眠れなかった。


それから二週間ほどした十一月十三日、別荘にいる岡部豊後から、龍馬との会談の内容を聞かせてほしいとの要望が届いた。かつて肥後と薩摩へ使節として赴いた同志である。今では家老の大任を担っている。

豊後はすでに二人の立会人から一部始終を聞いているはずである。八郎はいっさい隠し立てをせず、ありのままを報告した。豊後から馳走の歓待を受け、この分ではひょっとしたら蟄居の許しの知らせがあるかもと期待したが、それはなかった。

家へ帰る途中、何気なく懐に触れたとき、入れておいた龍馬の写真が失くなっているのに気づいた。どこかで失くしたのか。豊後に見せたあと、間違いなく懐中にしまったのを覚えている。

(おかしいな)

何度探してもない。提灯の明かりを頼りに、もういちど道を引き返してみたし、渡った川も探したが、見つからなかった。多分、川の底にあるのかもしれない。いや、もう流されてしまっているのか。今度、龍馬に会ったら謝ろうと思った。

それから二日間が無為に過ぎた。

（今頃、龍馬はどうしているだろう）

漠然とそんなことに思いをめぐらせた。朝廷からの沙汰はなく、藩から許しの知らせもないいま、焦る気持ちを抑え、一見、静かに時を過ごしていた。

そんな十六日の早朝、龍馬の兇変を知ったのである。前日十五日の夜、京都河原町の醤油商近江屋の二階で、同志中岡慎太郎といっしょにいたところを幕府の刺客によって殺されたという。龍馬と下僕は即死で、中岡はまだかろうじて息はあるが、長くはもつまいということだった。龍馬三十三歳、中岡三十歳と、まだ若い。

八郎は言葉が出なかった。胸が激しく揺さぶられるが、現実の出来事として頭の中でとらえられないでいる。あれほど元気溌剌としていた龍馬が、もうこの世にいないなんて、とても信じられなかった。

「ハハハ。大丈夫。目付岡本健三郎がついていれば千人力ぜよ」

と言った時の白い歯が瞼によみがえり、その明るい声が耳の奥でこだました。

「容堂公の手紙は表向きじゃき。本当は八郎、お主に会いに来たんだ」

八郎の目に涙があふれた。「龍馬！　龍馬！」と心の奥で叫んだ。いまだ現実感はないのに、感情がそれを超え、涙が止まらない。

その日の夜、よく龍馬のことを話していた下山尚、海福雪、中田隼之助の若者三人を家へ招き、ひそかに祭り（葬祭）をなした。

後年、明治二十二年六月、八郎は維新を見ずに散った龍馬をしのび、和歌一首を捧げている。

故坂本ぬしに逢ひし時物語せし一言を書きてしるしつる時
　硯の海にうかぶ思のかずかずの
　　かきつくせぬは涙なりけり

いさをなく我身には今ながらへて
　よにも人にも恥ぢざらめやは

また晩年には、
　夜の海に浮かぶ思ひのあとさきに
　　こころもつれての涙川なす

3　新政府に出仕

龍馬が京都へ戻ったのは慶応三年（一八六七）十一月五日で、死去したのが同月十五日である。その十日のあいだ、自分が死ぬ運命にあることを知らず、維新の成否を左右する最後の仕事で汗をかいていた。新政府の財政担当に三岡八郎を任ずべく、有力者に直接訴える一方で、二通の手紙を出していたのである。

十一月五日、越前から宿泊先の河原町にある近江屋に戻った。越前で直接八郎と話し、船中八策で示した自分の構想にいっそう自信を深めたのは大きな収穫だった。経済面でこれを推進できるのは八郎を措いて他にはいないと確信した。

休む間もない。旅装束を解くなり、さっそく参政（家老のこと）の福岡孝弟（土佐藩士で後の子爵）に春嶽侯の御返書を渡した。それから湯に入り、しばし一服《いっぷく》したのち、八郎の新政府入りを推薦するため、後藤象二郎宛てに手紙を書いた。その草稿が残っている。「越行の記」と題した出張報告書の中に、「……御聞置き可被成候、惣じて金銀物産とふの事を論じ候ニハ、比の三八を置かば他二人なかるべし……」、つまり、「お聞き置きください。新政府の財政を任せられるのは三岡八郎《さんぱち》を置いては他にいない」と進言しているのだ。

そして翌日、岩倉具視に面会し、直接、八郎の推薦をした。その後、西郷隆盛にも会って売り込んだ。西郷は「おう、三岡八郎か。今、どげんしておる？」と、井伊大老暗殺計画で同志として密談していた頃を懐かしんでいたという。

龍馬は実に筆まめである。筆まめというよりも、このところの行動の一つ一つが、何か見えない力に急かされていたようにしか思えない。続く十日には先に訪れた福井藩の家老中根雪江宛てにも手紙を書き送っている。後藤や岩倉、西郷らを通じ、入京した春嶽に八郎の出仕を促すつもりだが、それだけではなく、自らも中根に念を押したいと考えた。

これは暗殺される五日前の直筆の書状である。縦十六センチ、横九十三センチで、三岡八郎を新政府に財政担当者として出仕させるよう懇願する内容だ。中根は春嶽に同行して京都にいた。以下はその現代語訳である（高知県発表資料より。括弧内は注釈）。


「一筆啓上致します。

このたび越前の老侯（松平春嶽）が御上京に成られたことは千万の兵を得たような心地でございます。

先生（中根雪江）にも諸事御尽力くださったこととお察し申し上げます。

しかしながら先頃直接申し上げておきました三岡八郎兄の御上京、御出仕の一件は急を要する事と思っておりますので何卒早々に（越前藩の）御裁可が下さりますよう願い奉ります。三岡兄の御上京が一日先になったならば新国家の御家計（財政）の御成立が一日先になってしまうと考えられます。

唯ここの所にひたすら御尽力をお願いいいたします。

誠恐謹言

十一月十日　　　　　龍馬

中根先生　　　　　左右

追白

今日永井玄蕃頭《げんばのかみ》（永井尚志）方へ訪ねていったのですが御面会は叶《かな》いませんでした。（永井殿と）談じたい天下の議論が数々在りますので明日また訪ねたいと考えているところですので大兄も御同行が叶いますならば実に大幸に存じます。

再拝」

八郎の出仕を切望する龍馬の熱い思いが伝わってくるではないか。「武」は西郷に託し、それを支える「財政」は八郎に託すことで、新しい日本国の近い誕生を夢見た。しかしその夢の実現を見ることなく、三十三歳の若さでこの世を去った。さぞ無念であったろう。その十日前と五日前に、まるで意識しない遺言であるかのように、八郎登場のお膳立てをして永久《とわ》への旅に出たのだった。

龍馬の死から三週間ほど後の慶応三年（一八六七）十二月九日、王政復古の大号令が下った。二ヵ月弱前の十月十四日に大政奉還がなされて徳川幕府が終わりを告げたのだが、それを受けた朝廷による新政府樹立の高らかな宣言である。

幕府と、朝廷内の親幕府派中心だった摂政・関白を廃止し、天皇を中心として、新たに総裁・議定・参与の三職を置くという。龍馬が洩らした通り、総裁には有栖川宮熾仁親王が就き、議定には松平春嶽を含めた十名、そして参与は岩倉具視、後藤象二郎、西郷隆盛、大久保利通ら二十名が指名された。この参与の中に福井藩からは中根雪江、酒井十之丞、毛受洪が入っている。龍馬があれほど懇望していた三岡八郎の名はなかった。

ちなみに三職制度は翌慶応四年四月の政体書によって廃止され、太政官制度に移行している。この王政復古宣言に徳川家や、幕府側に立つ会津藩を始め東北諸藩は衝撃を受け、真っ向から反対を唱えた。一方、薩摩、長州を中心とする新政府軍は一歩も引かない。両者の間で京都を舞台に随所で衝突が起こった。

八郎の焦りは日ごとに募っていく。いまだ新政府からの誘いは来ず、蟄居も解かれないままで日が過ぎた。ただ、「あのまま龍馬が生きていたら……」という、ありもしない人頼みにすがって気を紛らす逃げはしたくなかった。かといって、打つ手はない。

かつての同志たちは皆、とっくに処罰が解かれ、所を得て活躍している。自分も新政府の財政運営で汗をかきたい。そんな熱い思いが胸の中で激しくたぎった。それは自己実現という個人的な欲求もあろうが、こうして無為に過ごしていることで、龍馬を悲しませているような済まなさを覚えたことも大きい。

では龍馬亡きあと、朝廷側が何もしなかったのかというと、実は逆である。根気よく八郎の出仕を春嶽に懇請していた。中でも岩倉具視や後藤象二郎らは直接会って頼むだけでなく、手紙まで書き送っている。福岡孝弟は、福井藩宛てに二度にわたって催促した。

ところがあろうことか、春嶽も含めた藩上層部のところでことごとく握りつぶされていた。八郎に伝えられることはなかった。中根ら側近は八郎を危険人物とみなし、福井藩にとって害をもたらすと真剣に危惧していた。そんな人物が新政府の要人となれば、藩の行く末にとって甚だ不安であると考えた。また八郎の再びの出世を妬む者もまだ多くいた。家格でいえば、番士に過ぎない身なのに、以前、上士の職である側用人格に登用された。この破格の抜擢はまさに悪夢であった。

そういう取り巻きに囲まれた春嶽は、絶えず八郎についての歪んだ評価を吹き込まれた。そして時が経つにつれ、以前の八郎への信頼も薄れてゆき、いつの間にかうとましく思うようになった。だからいくら八郎の出仕を懇請されても、あいまいに対応することに心を痛めなかった。

しかし朝廷内で岩倉具視や後藤象二郎の権力が目に見えて増すにつれ、いつまでも店晒《たなざら》しにしておくのが難しくなってきた。出仕を断り続ける危険性に気づいたのだ。朝命に反すると受け取られるかもしれず、そうなれば、藩の存立が揺さぶられかねない大事に至る恐れがある。実際、朝廷からは八郎の招状を五度も受け取っていたが、返事をしていない。ついこの前、春嶽も御所内で、しびれをきらした後藤象二郎から、丁重な態度ながらきつい口調で詰め寄られた。

中根もその現場を目撃し、ひどく狼狽した。さすがに事ここに至って、不承不承ながら八郎の出仕に同意せざるを得なかった。考えていた妥協案を春嶽に示した。

「たとえ三岡の出仕を認めたとしても、暴れ馬を野放しにしておくのは藩の心配種です。ここは朝職と藩職の両方を兼務させてはどうでしょう。さすれば藩に縛りつけることになり、勝手な振舞いは出来ますまい」

事態が動いた。八郎の運命が一転する。慶応三年（一八六七）十二月十五日朝、藩から八郎に「登城するように」との待ちに待った達しが来た。龍馬の死から一ヵ月後のことである。

（ひょっとして……）

と八郎は淡い期待を抱く一方で、謹慎の身で何事かとの思いも振り切れないまま登城した。するると、「謹慎を解く。御用があるので大急ぎ上京して岡崎の藩邸へ伺うように」と命ぜられ、その場で旅費を渡された。それ以上のことは伝えられなかったが、謹慎が解けたことも合わせ、新政府への出仕であることはほぼ察しがついた。

（いよいよ時が来たのだ）

今にも踊り出したい気分の自分が恥ずかしくなる。軽い足取りで家へ戻ると、降り始めた牡丹雪の中を出渕伝之丞が大声で何やら足軽たちに命じ、竹矢来を取り除いている。八郎を見て、うれしそうな顔を向けた。すでに情報を知っているようだ。

「おめでとうござる。京での活躍を祈っておりますぞ。きっと坂本龍馬殿もあの世で喜んでおられるじゃろう」

「いやいや、これはかたじけない。じゃが、まだ決まったわけでもない。明確には聞いておらぬゆえ」

寸刻みの行動だ。大急ぎで旅支度を整えた。腹拵えをするのが精いっぱいで、親戚とか知り合いに知らせる時間もないせわしさだった。タカ子と子供の見送りを受けて家を出た。背に結んだお握りの包みが暖かい。

急に寒さが増し、先ほどまでの牡丹雪はいつの間にか無数の白い粉雪に変わっている。激しくなった風に煽られて空中を右に左に上に下にと、散るように舞っていた。川に出たところで舟に乗り、敦賀に着いた。宿に泊まる時間が惜しいので、神社の軒や無人の小屋などで仮眠の休憩をとりながら夜通し歩いた。

翌朝、仮眠から覚めると、空は明るくなって、雪は止んでいる。静寂の支配する真っ白な雪景色の北陸路を黙々と進んだ。近江の海津へ向かう途中、荒地越えの頃には猛烈な吹雪になった。しかし体はきついが、心は逸り、希望に満ちた旅路である。

山地にかかるにつれ、積雪が深くなる。荒地山にさしかかったとき、輿に乗り、一首詠んだ。

君か為いそく旅路のあら地越
　ころもの雪をはらふ間そなき

琵琶湖に出て舟も利用し、ひたすら急いだ。ようやく京都市街に入った。

京の盆地は夕方といっても、日が暮れるのは早い。遠くに見える山々はもう色彩を失い、一様に黒ずんでいる。藩邸に着くと、身なりを整える余裕もなく、汚れた旅装束のまま直ちに春嶽侯へのお目通りを願い出た。会ってくれるのはたぶん明日以降だとは思っているが、「急ぎ上京せよ」ということだったので、形だけでも願い出たのだった。

ところが待っていたかのようにそのまま居室に案内された。これには八郎もおやっと思った。何か切迫した状況を感じさせるのは気のせいか。

八畳ほどの部屋に火鉢が二つ、ぽつんと置いてある。八郎は面《おも》を伏せ、入口に近い縁に平伏した。冷えきった床板の感触が両の手のひらに刺すような痛さでしみ込んでくる。京都の冬は越前より寒いと思った。

春嶽が奥の火鉢に手をかざしながら顔を上げ、「おう、来たか、八郎。もっと近う寄れ」と、声をかけてきた。髪には白いものが混じり、頬がふっくらとして少し太ったようだ。着物を何枚も重ねて、着ぶくれしている。その少し手前の横に、これも重ね着をした中根雪江が控え、神妙な表情でこちらを見た。八郎は「はっ」と答えて頭を低くしたまま前へにじり寄った。

「久しぶりじゃのう。もう、どのくらいになるかな」

「はっ、四年と三ヵ月でございまする」

春嶽はゆっくりとうなずくと、ちらっと中根の方を見てから、小さく息を吐いて言った。

「呼び出したのは他でもない。そちに朝廷からのお召しがあった。これから大いに働いてもらいたい」

「ははぁ」

八郎は血が熱くなるのを覚えた。いよいよその時が来たのかと、感無量である。が春嶽の次の言葉がいけなかった。

「我が福井藩からはすでに参与として、中根雪江と酒井十之丞、毛受洪が出仕しておる。この三名と協力して、藩のために奮励してくれい」

「……」

一応頭は下げたが、八郎は黙ったままである。藩のために奮励してくれいとは、どういうことなのか。それが引っかかる。自分は朝廷から召されたのではなかったのか。藩の推挙ではないはずだ。藩はこの四年三ヵ月、あえて自分を表に出さないようにしてきたではないか。

「一つお尋ねしてよろしいでしょうか」

「ああ、何じゃ」

「今、朝廷から私めにお召しがあったとお聞きしました。一方、中根様らと協力して藩のために奮励せよとおっしゃられています。このたびは朝職なのか藩職なのか、どちらでございましょうか」

　春嶽は痛いところを突かれたというふうにかすかに眉をしかめた。中根が何か言いたげに口を開きかけたが、春嶽がそっと右の人差し指を上げて止めた。

「まあ、そうはっきり区別せずともよいのではないか。其の方は福井藩士でもある。忘れるでないぞ」

　と、咎めをちらつかせた説得口調で言った。

　八郎の表情がこわばり、閉じた口元が固く引き締まった。ここは引けないと、自分に言い聞かせた。

　どうせ四年間、死んでいた身だ。藩主の言葉に不満じみた疑義を挟むのは大罪かもしれぬが、自分はたった一個の藩のためではなく、もっと大きな新しい日本国のために身を捧げたいと覚悟を決めている。そのつもりで上京してきた。たとえ罰を受けようとも、引き下がるわけにはいかぬ。そんな妥協をすれば、亡き龍馬を裏切ることになる。八郎は両手をつき、伏せ気味の面から、上目がちに鋭い視線を相手に注いだ。

「恐れながら不明を顧みず申し上げまする。八郎には中根様らお三方のように藩を代表して参与職を全うするだけの能力はありませぬ。隠居の身でございます。多年の幽閉のあいだ、藩政にはいっさい与《あず》かっておりませんし、それがため藩政のことには疎《うと》くなりました」

「……」

「もし実状を知らずして職を遂行すれば、藩侯に累を及ぼすような過ちを犯すことになるかもしれません。そうなっては取り返しがつきませんし、家臣としても忍びがたいことであります。どうか藩職の方はお許しいただきとう存じまする」

春嶽は迷った。八郎の言うのももっともだし、どうしたものか。かといって、両職兼務を強制して八郎に出仕を断られたら、それこそ朝命に逆らったとなるだろう。いや、果たして出仕を断るだろうか。

「予としては新政府にて福井藩ここにありと、藩名を高めてほしいと思っておる。だが其の方には其の方の言い分もあろう。遠慮なく存念を申してみよ」

「有難きお言葉、恐れ入ります。八郎めは新政府の仕事のみに専念し、職責をまっとうしたく存じます。新政府のため、朝廷のため、不肖、三岡八郎、身命を投げうって勉励する覚悟にございます。ひらにご賢察のほど、お願い申し上げまする」

そう言って、深々と低頭した。

春嶽は八郎の月代《さかやき》をぼんやりと見ながら、誰にも気づかれないよう深い息をついた。その数秒は判断するのに十分な時間を与えた。迷いが振り切れ、静かな気持ちで観念した。八郎の理屈に負けた自分を認めざるを得なかった。

それは怒りではなく、寂しい感情を引き起こした。が或る意味、せいせいした気分をも伴っている。新政府における自分の力のなさ、弱まりを意識したからである。これ以上、岩倉具視や後藤象二郎らと張り合っても無駄だろう。覇権を争うことの無意味さを知らされた。そしてその心の働きはこれまで八郎にとってきた処置に対し、済まない気持ちを抱かせた。それでも最後には藩主の意地が無意識のうちに慎重な言葉を吐かせていた。

「うむ……なるほどのう。言い分、よくわかった。重役たちと相談して、その後、朝廷に掛け合ってみるとしよう。追って沙汰をする」

そうは答えたものの、重役たちと相談するまでもない。朝廷とは至急打ち合わせねばならないが、朝廷職でも構わぬではないか、と心の中でつぶやいた。そう思ったのにはもう一つの理由がある。自分は長年、というより今の今まで幕府と朝廷のあいだに挟まって苦しんできた。その意味では八郎の言うことが身に染みて分かるからである。自分と同じ立場に置きたくないと、八郎へのせめてもの償いの気持ちからそう思った。

気分が軽くなった。春嶽は別人のような明るい声で、

「おお、そうじゃ八郎。いずれにせよ、其の方は明日から朝廷へ出仕することになる。先ず風呂に入って、無精髭を剃れ」

と言って中根を見やった。

「八郎の木綿着物。垢だらけじゃ。何やら臭うぞ。着物を用意してやってくれぬか」

結局、中根は意見を挟む機会がなかったが、中根も春嶽同様、ほっとしている部分があった。

ちなみにこの問題は今日的に言えば、福井藩からの出向にしたい藩側と、それを断って新政府の

プロパーになりたい八郎との衝突なのだ。

あくる日の慶応三年（一八六七）十二月十八日、京都の町は寒風が吹きすさび、乾燥した空気がひび割れるかと思うくらいに底冷えしていた。この日、八郎は藩邸からの道中、刺客につけ狙われていないか用心しながら、初めて御所に参内した。

「しばし待たれよ」

門番にそう言われ、玄関の側で控えているあいだにも次々と人が出入りし、これほどまで活気に満ちているのかと目を見張った。いかにも新政府らしく、家格、秩序などを重視する幕府や藩のもったいぶった検問は見られない。人物と用向きの確認はするものの、機能、効率をめざす流れがすでに実施されつつあるようだ。出入りする武士のあいだにも、上士、下士の区別が薄そうな感じがして好ましい。

ふと目つきの鋭い探偵らしき風貌の男が目の端に入った。これまで江戸や京都で探偵や刺客に何度もつけ狙われているので、面相や雰囲気で直感的に分かる。

こっそり窺うと、男はすぐ近くで立ったまま、役人に向かって何か報告を始めた。いきなり三岡八郎という言葉が飛び出し、ギクッとした。耳を澄ますと、昨夕遅く三岡八郎が入京したという報告である。八郎は顔を見られぬようそっと背を向けた。朝廷の情報網には驚いた。

ほどなく入門の許可が出、探偵に気づかれなくて安堵した。御所内に入り、沙汰待ちのあいだぶらぶら歩いてみた。どの部屋も、その廊下までもが幾つもの屏風で仕切られ、形だけの独立した空間が無数にある。

そこに藩名を記した札がかかっていて、中に三、四人くらいの侍が火鉢を抱えて固まっている。茶や酒を飲みながら、声を潜め、ぼそぼそ話しているが、隣の藩を気にしている様子が一目で分かる。朝廷側なのか幕府側なのか、そのどちらに与しているのか正体が分からない以上、仕方ないと八郎は思った。政府の役人も一つか二つ机を置き、畳に座って事務を執っている。御所内はまるで引っ越し直後の混乱状態を思わせた。

しかし日に日に組織が作られ、人が登用されているようだ。俄作りの政府だが、城の石垣がきっちり積まれていくような着実な歩みが感じとれた。

だがその歩みは危機に満ちていると言って過言ではない。朝廷と幕府の対立が抜き差しならない事態に陥っているからだ。武力を伴ういざこざは街中でしょっちゅう起こっていて、いつ戦争が勃発してもおかしくないほどの緊迫感が張りつめている。

呼び出しがあり、屏風部屋ではなく、きちっとした奥の部屋に通された。受け取った辞令をみると、徴士参与となっている。（参与、か？）と、思わず、おやっという顔を返したら、役人がニヤリと笑った。

「どうされた？　ここを見られよ。徴士と書かれておろう。すでにある参与とは違う。藩職ではないから安心されよ。昨夜、春嶽侯と岩倉公が話され、決まったのじゃ」

「ははっ。ご配慮、誠に有難うございます」

言われてみれば、確かにそうなっている。

「徴士参与は新職名だ。三岡殿、貴公が最初であるぞ……」

新政府が有為の人材を、藩主推薦の京都勤務者からではなく、直接地方から徴した（選ぶ）のは八郎が最初だという。まだ仕事の内容は告げられなかったが、明日から出仕するようにとの指示があった。ちなみにこの徴士参与だが、八郎に続いて任ぜられたのは、師の横井小楠と通称桂小五郎の木戸孝允《たかよし》だった。中根雪江らのように藩の推奨による者は貢士《こうし》参与と呼ばれることとなる。

辞令受領から五日経った十二月二十三日、八郎は御用金穀取扱取締を命じられた。金穀とは金銭と穀物を指し、金融財政を担う職責である。これまでのような福井藩という一藩ではなく、日本全国二百六十藩の金穀行政をこの背に負わねばならない。

最初これを聞いたとき、心理が思わぬ反応をした。果たして自分に勤まるのかどうか、不安に襲われたのだ。

（どうしたのだろう）

怖じ気づいたのか。あれほど望んでいた職務なのに、いざそれが現実のものとなったとき、喜びではなく責任の重さが胸を圧迫した。

新政府はまだ発足したばかりで、難題の山が待ち構えている。自分などの力の及ぶところではないのではないか。誰かの下につくのならまだしも、自分がすべてを抱え込み、先頭を走らねばならぬ。そんな力量があるのか。責任を負えるのか。八郎は襲ってきた不安に喜びの湧出を抑えられた。まだ葛藤する心を置き去りにし、恐る恐る婉曲的に辞退をほのめかしさえした。

「弱音を吐くとは三岡八郎らしくもないぞ。坂本龍馬殿が泣いておろう」

己の一言は八郎の弱気を粉砕するのに十分だった。自分を取り戻した。龍馬に済まないと思った。四年三ヵ月にわたる蟄居から解放してくれ、しかもその門出の道までこうして用意してくれた。そんな計らいに臆病心を抱き、辞退をほのめかすなど、自分はどうかしている。旧幕府との戦争が始まろうとする危急多端の時だからこそ、進んで引き受けるべきではないのか。

もともと金融財政は望んでいた仕事である。疲弊していた福井藩財政を立て直し、多くの経験が自分の血となり肉となっている。それを活用する上で、これ以上の場所はない。そう思うと、急に気持ちが軽くなった。藩のしがらみに縛られず、思う存分、日本国財政のために一身を捧げたい。いよいよ天下に羽ばたく時が来たのを知った。

（徴士参与か……）

そう独りごち、なかなかいい響きではないかと思った。


その日の夕刻、八郎は御所を後にすると、その足で東山にある龍馬の墓を訪れた。人気はなく、空気があまりにも森閑として、坂道を上る弾んだ自分の息だけが耳の奥底まで聞こえる。寒気が辺りを覆うなか、中岡慎太郎と並んで、真新しい墓石の下に遺骨が静かに眠っている。

その前に両手を合わせて、ひざまずいた。「龍馬、龍馬」と二度、小声で呼びかけたあと、新職責の報告をした。一ヵ月余り前には生きていた生身の人物と、今こんな形で会わねばならない非情さが悲しく、誰にとも分からない恨みに心が乱れた。

龍馬には生涯返せないほどの大きな借りを受けたと思っている。しかしその借りを返す相手はもうこの世にいない。いつか自分も必ず龍馬に会う日が来るのだが、その時に「おう、八郎。やったな」と言われるようになりたいものだと、物言わぬ墓石に誓った。その言葉を聞いた時が借りを返した時なのだと、自分を納得させた。

墓前には多くの新しい花の束が供えられている。枯れかかっているものもあるが、絶えず誰かが参りに来ているのが分かる。新政府樹立のために命を張って奔走した男のことを、忘れていない人たちがいるのだ。八郎は目頭が熱くなった。龍馬を偲ぶ感情なのか、それとも忘れていない人たちへの感謝なのか、自分でも分からないが、込み上げてくる感情の揺れにじっと身を任せた。

さて、八郎の職責である御用金穀取扱取締であるが、これは現代に当てはめると、財務大臣ということになろうか。勤務する役所名は金穀出納所であり、御所内にある朝廷の教育機関学習院に仮事務所が置かれている。その総責任者になったのが八郎であった。

金穀出納所のこの後における名称の変遷はめまぐるしい。会計事務課と名が変わり、次に会計事務局、会計官、そして明治二年七月八日の「職員令」で大蔵省に、そして平成十三年一月六日に財務省となった。この金穀出納所こそが近代大蔵省と、それに続く現代財務省の実質的な前身である。

大蔵省という名そのものは飛鳥時代末頃からあった。七〇一年の大宝律令以来、連綿として朝廷内で続いてきたのだ。武家政治となっても幕府には移らず、細々と御所内で生きながらえていた。それが職員令によって時代にそぐわなくなった律令制時代のような事務を廃し、新たに新政府の財務を執り行うための大蔵省として発足したのである。

金穀出納所の組織は八郎が徴士参与を命ぜられる直前に出来たのだが、それまでは岩倉具視と参与会計事務掛の戸田忠至《ただゆき》が朝廷の財政に携わってきた。しかし新政府の財政運営は容易なことではなかった。まさに火の車で、天下・国家どころか、毎日の米代の支払いに追われた。財政の大綱を考えるなどとは程遠い。まったく目の前の用金調達だけで汲々としている。

皇室御領はわずか三万石に過ぎず、何の財源も持たない。一方、徳川家には八百万石の領地がある。いつ戦争が起こるか分からない一触即発の状況なのに、これでは話にならない。

このところ岩倉は西郷隆盛と顔を会わせるのがつらく、御所内を逃げ回っている。というのも兵士を維持するための資金、つまり兵糧米を要求されるからだ。

岩倉はなりふり構っていられなかった。京都の東本願寺や西本願寺、興福寺、醍醐寺などの寺院を始め、同じく京都の三井三郎助、小野善助、島田八郎右衛門などの主だった豪商に、「いつ戦争が起こるかもしれぬが金がない」と訴え、貯えの一部を無心して、どうにかこうにか台所を賄っていた。そんな時に八郎が財務責任者に任ぜられたのだった。

八郎は情報を集め、二日間ほどで現状をほぼ把握した。しかし直ぐに行動に移さない慎重さを備えている。仕事を始める前に、先ず実力者岩倉具視の考えを知ろうと、彼の部屋を訪ねた。

「このたび金穀出納所の御用を務めることになりました三岡八郎と申しまする」

「おや、八郎かいな。待ってたんや。まあ、ここへ座りいな」

と岩倉は気さくに応じ、持っていた湯飲み茶椀を文机の上に置いた。額の張った幅広の顔を突き出して、への字型の太い眉毛の下にある大きな目を緩めた。八郎は平伏したあと、切り出した。

「不肖、三岡八郎、職務には全身全霊、力のあらん限り励む決心でいます。しかしその前に財政についての閣下のお考え、ご方針をお聞きしたく、参りました」

「そらええことや。仕事は山ほどあるで。新政府が成功するかどうかは、あんたの腕にかかってる言うても、ええやろ。龍馬が口うるさい程あんたのことを褒めてはったからな」

「龍馬殿には死ぬまで足を向けられません」

「まあ、大変やろうけど、あんたならやってくれるやろ。何を措いても先ずは金穀の調達、あんじょう頼んまっせ」

そう言って、急に真面目な表情に変わった。

「使う方は心配しなさんな。節約に努めるさかい。食事や衣類など身の回りのことで、御上のご不自由くらいのことは、どんなことでもお耐えなさるという思召《おぼしめ》しであらせられるようやから」

途端に八郎の顔色が変わった。

「これは異なことを承りまする」

「え？　どないしたんや」

岩倉がきょとんとした目で見返した。

「いやしくも天下の政《まつりごと》をなさる御上が、身の回りのことで御勘弁云々などは誠にケチなことでございます。そんなことで御上にご苦労をかけてはいけませぬ」

「おう、言うたな、八郎」

「ええ、言いますとも。今はすぐにでも数百万両の資金が必要な時です。財政を整えねばなりません。そんな時に御上が食事を節約するとか、食わぬとか、着ないとか、そのようにケチなことではいけません。これでは大事は成りませぬ」

「なるほど、その通りかもしれまへんな。それにしても、どないして数百万両のカネを作るつもりなんや。ちょっと言うてみ」

岩倉の頭の中には他の公卿や幕府と同様、商人層からの御用金の徴収と、財政の節約、耐乏しか思いつかない。八郎はきっと岩倉の目を見据え、はっきりした口調で噛みしめるように言った。

「天下の大政を御掌握なさるについて、如何にも大きな腹をお持ちになっておやりなさるのであれば、どうか私めをその手先として、存分にお使いくださいませぬか。資金は必ず作ってみせまする」

「これは頼もしい。話の大きいとこなんか、ほんまに龍馬とそっくりやわ」

「おほめの言葉、有難うございます。でも龍馬は泣きますよ、某《それがし》のような者と比べられて」

そう言ったあと、

「で先程のご下問につきましては、至急、建白書を提出しますので、それをお読みになって、ぜひ我が策をお考えください。さすれば、新政府の財政は盤石なものとなりましょう」

と自信の表情で締めくくり、礼をして立ち上がった。廊下を歩きながら、「龍馬とそっくりやわ」という言葉を、心地よさと気恥ずかしさを味わいながら耳の奥で反芻していた。


建白書は八郎の渾身の作であった。一気に書きあげた。「覚」と題し、「乍恐《おそれながら》御尋に付奉申上候」で始まっている。二つの部分から成り、最初の部分では、御大政の初めにあたり大赦を行うようにと建言している。殺人犯であれ、政治犯であれ、経済犯であれ、すべてに適用される。そして次の本論で「大抵日本国中の高に応じ万石万両の割合を以て紙幣御仕立相成《おしたてあいなり》」という紙幣発行論を展開した。これは後に太政官札《だじょうかんさつ》と呼ばれるが、その本論を要約すれば次の如くである。

万石万両、つまり全国の藩の総石高に応じ、一石につき一両の紙幣を発行するという。また国民一人当たり一両とも言っている。無制限に紙幣を発行するというのではなく、このように限度を設けたのである。当時の日本の人口は約三千万人、総石高も約三千万石だったので、発行紙幣は三千万両が妥当と考えた。

ではなぜ限度を設けようとしたのか。それは不換紙幣に対する国民の信用度を考慮していたからだ。外国では紙幣は正貨である金貨・銀貨と交換できることを八郎は知っていた。だが貧乏な朝廷には金銀の蓄えがない。そこで同じ紙幣でも、金銀交換が出来ない不換紙幣を発行するしか道はなかった。

その際、問題となるのは新政府に対する国民の信用度である。まだ成立したばかりのほやほやで、確たる信用があるとは言えない。むしろ「ない」と言うべきだろう。そんな中での発行は「こんな紙切れ、信用できるのか」と不安に思うかもしれない。そこで考えついたのが三千万両という上限と、もう一つ、十三年間という通用年限だった。

この紙幣は各藩を通じて直接、国民に貸し付けるか、民間の商人などに貸し付ける。返済は十三年で、毎年末に借りた額の一割ずつを十三年間返すものとする。実質的には最初の三年は利息支払いにあて、残り十年が元金償還にあたる。元金に十三年にわたり一分か二分の利息支払いを義務づける。元金に相当する毎年の一割の返済分は、戻るたびにその紙幣を廃棄していく。従い十年間で紙幣はすべて廃棄される勘定だ。利子分は政府の歳入となる。

八郎は藩や商人に貸し付けたこの不換紙幣で、富国の基礎を建てようと考えた。国中に広くカネが流通すれば、産業が活発になり、商売も繁盛する。つまり資金不足で逼塞していた経済が回り出し、回転して、やがて富国が実現するのである。

そのためには何といっても、紙幣の発行者である新政府が信用されねばならない。その最初のきっかけとして期待したのが大赦だった。これにより取りあえずは新政府に対する国民の理解が深まればと考えた。

　実際、この不換紙幣発行による産業振興は、八郎が福井藩で藩札発行という形でやって成功を収めている。だから八郎にとっては空論ではなく、実証された理論なのである。自信に満ちた建白書であった。

　ところで八郎は国債に関する知識を持っていたことが分かる。本来「政府の御入用」の調達手段には税と国債の二つがある。紙幣発行ではない。ただ今回の紙幣発行では利子分を国民が国に払う。

　一方、国債の利子は基本的に国が国民に払うものだ。また国債の場合、政府が行き詰まれば、元本のみならず利子も払えなくなるが、その意味で今回の限度付き紙幣発行では、この金札が単なる紙切れになる恐れはないのである。経済の潤滑油として十年間、使用された後に廃棄されるからだ。これは税負担によらない、いわば現代の財政投融資の原資たる国債に相当する考え方であった。

　岩倉はこの建白書を読み、十分理解できたわけではなかったが、新政府を救う切り札になりそうな大きな期待を抱いた。八郎の人間性と力量を信じる気持ちに迷いはなく、そんな男に賭けた自分の決断に満足した。

　中身についてもっと詳しく聞こうとしたのだが、あいにく当の八郎はいきなり目前に迫った戦争の準備に巻き込まれてしまい、時間がとれない。自分自身も同様で、まるで一秒一秒計ったような切羽詰った刻々の動きにますます翻弄されていく。

八郎が岩倉に建白書を提出した二日後の早朝のことだ。八郎は参与の烏丸光徳《からすまるみつえ》に「すぐ来るように」と呼ばれた。何事かと部屋へ駆けつけると、出張った頬骨の下の肉がげっそりと削げ、いかにも困り切った様子の烏丸がいる。八郎を見ると、「おう」と言って、溜まっていた川の水を放流するような勢いで一気にしゃべった。

「ええとこへ来てくれはった。えらいこっちゃ。カネがのうて、困ってますねんや。この御一新の騒ぎですやろ。今日にも弁当代や台所入用に使う二十六万両、払わなあかんのに、一文もない。二十六万両や」

「えっ、そんなにも？　少し支払日を延期してもらえないのですか」

「それが出来たら苦労しまへん。どうにか方法を見つけてくれんやろか。このままでは皆、弁当も食べられへんのですわ。米櫃《こめびつ》が空っぽや」

八郎は咄嗟に烏丸が数字を吹っかけていると思った。一桁か二桁、多すぎる。こちらが新米だと見て、高飛車に出たとしか思えない。しかし素知らぬ顔を返した。

「よろしうござります。二十六万両であろうと、二百六十万両であろうと、どうにかせねばなりませぬ。ご心配あそばされるな」

大口をたたいたけれど、たとえ一万両であれ、差し当たりの融通の自信はない。どこで借りられるのか当てがあるわけでもないが、とりあえずその足で主だった商人の店へ行き、持ち前の交渉力でひとまず支払延長を了承してもらった。やはり烏丸が吹っかけていたことが分かった。

4　五箇条の御誓文

少し時点は遡る。すでに述べたが、慶応三年（一八六七）十月十四日の大政奉還で徳川慶喜は政権、つまり征夷大将軍の地位を朝廷に返納した。しかし依然として内大臣などの官位を保持し、八百万石の領地も手放していない。新政府といっても、いずれ自分が権力を握ることになると考え、志を一にする諸藩との結束を着々と固めていた。

朝廷はこれには甚だ不満である。大政奉還に続き王政復古の大号令を発したのは十二月九日だが、その夜、新政権樹立後の最初の首脳会議である「小御所《こごしょ》会議」を開いた。慶喜の処分問題について、京都御所内の小御所で会議を持ったのだ。

岩倉具視ら討幕派の公卿や西郷隆盛らは、

「慶喜は内大臣の官位を辞して、領地を朝廷に返納すべきである」

と強硬に辞官納地を主張し、その決定がなされた。

しかし慶喜はそれには従わず、強気の姿勢を崩さない。むしろ在京の譜代大名ら諸藩の軍に対し上坂を指示した。新政府側も黙っていない。両者の対立は抜き差しならぬものとなった。

慶喜がいる大坂城では武装した会津藩、桑名藩の兵士が城の周りにずらりと勢ぞろいしていた。狡猾な慶喜が表面上、朝廷に恭順の意思を示しているが、本心は見え透いている。大軍からあふれ出る気勢と戦闘意欲はもう手をつけられないほどに膨張し、兵士たちは感情の堰が切れたように激高している。何かが起こる予兆をあからさまに示していた。

岩倉や西郷は慶喜の恭順姿勢は信用できぬと取り合わない。討幕は武力以外には成し遂げられないと息巻いた。

そんな状況下で、とうとう慶喜が動いた。慶応四年（一八六八）一月二日、旧幕兵五千人、会津藩兵三千人、桑名藩兵千五百人を主力とする総勢一万五千の兵を率いて大坂を発した。伏見、鳥羽の両街道を経る上洛の途についたのだった。

討幕派の筆頭西郷はひそかにほくそ笑んだ。佐幕側が朝廷のいる京都に向かって軍を進めることになったからである。この時期到来を待っていた。徳川側から仕掛けてくれれば、名分なき戦争という非難を自分たちは浴びなくて済む。

この頃、八郎はどうしていたか。少し前、江戸薩摩藩邸焼打ちの報が御所に届くや、直ちに西郷の部屋へ呼ばれている。

「八郎か。時が来た。いよいよ戦いがおっ始まるぞ。経費の始末はお頼み申す」

そう言って、いつもの西郷らしくなく丁重に頭を下げた。広い頭頂を覆う短く刈られた黒髪が八郎の目に入った。思わず八郎の口から皮肉が飛び出た。

「戦費もないのに、何と無茶な……。戦争など無理ですぞ」

「だからこそ、こげん時に、おまんさあ来てくれて、本当にあいがて、思うとる」

西郷はそう一方的に言い置くと、ぶるんと両肩を震わせ、刀を腰に差して急いで部屋を出た。一秒でも惜しいといわんばかりの急《せ》きようである。

八郎とても思案している暇はない。

（さあ、カネをかき集めねば……）

財政の大綱どころではなくなった。建白書の説明はあとでいい。いつ戦いが始まるのか分からないが、時間の問題だろう。先ず目前の戦費を集めねば旧幕府軍に負けてしまう。幸いと言っては何だが、数日前に烏丸光徳から二十六万両の調達を命ぜられた。少しは集まったのでそれは使うとして、あれを機に京の豪商たちとのつながりが出来たのは何よりの収穫である。

大急ぎで街に駆け出た。豪商を次々と訪ね歩き、カネの無心をするが、思うようには進まない。皆、決まって迷惑そうな顔を返してくる。

「又ですか。もう勘弁しとくなはれ。ここには金のなる木はおまへん」

八郎は頭を下げた。

「あいすまぬ。ちょっとお借りしたいのじゃ」

「これまで何べん貸したと思います？　岩倉公もそうでしたし、三岡様にはつい先日も貸しましたよ。それを先ず返してほしいですな。わてらは慈善事業をしてるんとちゃいまっせ」

「それはよく分かっておる。もし幕府軍に負けたら、どうなると思うか。朝廷のいない京都を想像してみよ。さびれるに決まっておる」

「ところで一体その戦争、いつ始まりますのん」

「もうすぐじゃ。今日かもしれん、明日かもしれん」

こんな問答を年が変わって元旦に入っても根気よく繰り返す。商人だけでなく、寺社にも無心した。がこれといった成果はない。朝廷につくか、それとも幕府につくかで迷っているのかもしれぬと思った。

しかし、もう時間がない。八郎は二日の午後に市中を歩いて回り、取りあえずは兵士数百人分くらいの米を買い集め、御所の倉庫へ運び込んだ。

そのうち、とうとう三日になった。この前から御所が手狭になったため、九条家の屋敷が仮事務所になっている。この日、八郎はそこにいた。朝廷の軍勢が動き出したという情報が入り、待機していたところ、午後遅く、遠く伏見の方角で「パン、パン」と鉄砲の乾いた音がする。

(すわっ、戦争か？)

いよいよ始まったのかもしれぬ。いや、そうに違いない。八郎はだっと表に飛び出し、息せき切って御所に駆けつけた。

ところが広い邸内に誰もいない。金穀出納所の部屋にも人影がなく、どこもがらんとしている。やっと一人見つけたので情勢をきいてみると、幕府の兵一万五千に対し、朝廷は五千人足らずだという。しかし士気の高さではこちらが優っていると言った。

「ともかく兵糧の確保じゃ」

八郎はその一人と一緒に金庫からカネの入った箱を取り出して荷車に積み、駆けるように市中へ繰り出した。真冬だというのに額から背中まで汗でびしょぬれである。両手は酷使して棒のようになっているが、不思議に痛みもないし、疲れを忘れている。昨夜とは違う地区の米屋を回って精いっぱい手当てした。

日がとっぷりと暮れた。御所へ戻ると、すでに大勢の人がいて、大騒ぎしている。「お立ち退き、お立ち退き」と叫んで、荷物をまとめて逃げようとしていた。

(これは危険だ！)

八郎は両手を広げて阻み、大声で叫んだ。

「御動座はなりませぬ。御所から出てはなりませぬ」

と御所内を駆けるように鎮めて歩いた。それでようやく騒ぎはおさまり、「さあ、次は急いでご飯を炊かねば」と、そこいらの人たちにはっぱをかけた。

幾つかのかまどが薪の火で勢いよく燃え上がる。きのう買ってあった米がみるみるうちに握り飯に変わり、荷車で伏見口や鳥羽口へ運ばれていく。そこへ先ほど手当した米が米屋からどんどん届いた。食べ物の顔を見ると現金なもので、急に御所は活気に満ちた。

そうこうするうち、もう真夜中に近いというのに、商人たちがカネを持ってやってきた。あれほど昨日まで渋っていたのが嘘のようで、いざ鉄砲の音を聞くと将来に不安を感じたらしく、朝廷の味方となって、献金を申し出てきたのだ。一番乗りは鳩居堂主人の熊谷久右衛門で、取りあえず銭箱にあった六十両である。三井三郎助が千両、翌日には小野善助の一番番頭西村勘六が二万両を申し出た。その時の勘六の言葉は八郎たちを勇気づけ、感激させた。

「小野家は代々、京の住民どす。朝廷のお膝元で、安楽に商売をさしてもろうてきました。永らく御恩をいただきましたさかい、同じことなら朝廷の方へ捧げたいと思うて、お持ちした次第です」

その他、商人、寺社も含めて大勢が献金し、八郎は当面の兵糧確保に一先ず目途をつけた。

三日の午後遅く、鳥羽と伏見でついに新政府軍と旧幕府軍とのあいだで戦端が開かれた。旧幕府軍側の拙攻と薩摩藩の大砲の威力が重なり、緒戦から新政府軍側が優勢となる。

さらに翌四日には遅れていた土佐藩が新政府軍に参加し、加えて朝廷から官軍として錦《にしき》の御《み》旗《はた》「錦旗《きんき》」が与えられた。これにより、朝敵で且つ賊軍となった幕府軍は、「天皇と戦うなんて畏れ多い」と急速に戦意を失い、各地で敗退したのである。その裏にはふんだんに供給された糧食が官軍の士気を鼓舞した事実があった。

戦いのさ中、淀藩、津藩などは戦況不利と見て、相次いで幕府軍から離反し、ついに慶喜は六日、恥も外聞もなく軍を捨てて大坂城を脱出。大坂の天保山から軍艦開陽丸で海路江戸へ逃走した。ここに至って鳥羽・伏見の戦いは旧幕府軍の完敗で終幕したのだった。

岩倉や西郷ら新政府の行動は素早かった。七日、慶喜追討令を発し、十日には慶喜・松平容保（会津藩主、元京都守護職）・松平定敬（桑名藩主、元京都所司代）を始め、幕閣など二十七人の官職を剥奪して、京都藩邸を没収するなどの処分を行った。そして早くも翌日には日本全国の諸藩に対して兵を上京させるよう命じている。

戦勝の収穫は思ったよりもあった。二条城に五千石の備蓄米、会津藩の大津には米八千九百俵が残されていた。これからの進軍対策を考える八郎にとって朗報である。大坂城に米は見つからなかったが、かなりの銀銭が放置され、各地に散在する徳川天領からも貯蔵していた金穀を徴発した。これらの資金を基にどうにか恩賞を出すことができ、朝廷の求心力を保てた。薩長には各々二万両、朝廷方に兵を出した諸藩に総計十一万五千両である。今後の戦費として蓄えておきたいところだが、求心力の方を優先した。

慶喜追討令を出した一月七日の夜八時頃、続けて別室で財政対策に関する小会議が開かれている。岩倉具視が主宰し、後藤象二郎、福岡孝弟、廣澤兵助ら数名と担当者の八郎が出席した。

議題は軍事費の調達だ。近いうち追討軍を出すことになるが、それにかかる費用は桁違いなものとなる。このたびの鳥羽伏見の戦いとは比べものにならない。だが新政府にはそんなカネがないのを誰もが知っている。頭が痛い。だからこそ今夜の会議は少人数だとはいえ、重要なのだ。

近く有栖川宮熾仁《ありすがわのみやたるひと》親王を東征軍の大総督として、東海道軍、東山道軍（畿内から北東方へ山間の諸国を連絡した道、ほぼ中山道にあたる）、北陸道軍の三つに別れて江戸へ向うことになる。

口をへの字に曲げて難しい顔をした岩倉が、一同を見渡したあと、口火を切った。

「東征の三軍に必要な軍資金は果たしてどのくらいになるのか。考えただけでも気が遠くなりますな。今夜は一つ、担当の三岡八郎を交え、みんなでよう相談しよう」

すると隣に座っていた長州藩の廣澤兵助が、顎を右手で支えたまま、何だかよほど思いきったような深刻な表情で、「やはり二十万両は要るだろうな」と言って、ぎょろっと八郎の顔を見た。

この金額で吹っかけたつもりでいるなと、八郎はすっかり廣澤の腹を読んでいる。金勘定に疎い武士の浅はかさに心中、呆れた。一呼吸置き、噛んで含めるような落ち着いた声で応じた。

「それればかりのカネで一体どうされるお積りか。何の足しにもならぬと思います。大軍勢ですぞ。必要なだけのカネは、ぜひとも作らねばなりませぬ」

「何、足らぬと？　然らば貴様はいくら要ると思っているのか」

「ざっと見て、三百万両くらいは要るでしょうな。江戸まで攻めて行くだけの旅費を作らねばなりませぬゆえ。大津まで行って、そこで又、あわてて軍用金を集めるというのでは話になりませぬ」

皆は度肝を抜かれたといわんばかりに大きく目をむいた。

「ふう、三百万両か。一体、そんな大金をどうやれば出来るというのか」

「出来ないと答えても、まさか東征を止めるわけにいかんでしょう。ここはやるしかありません。皆さんがぜひともやろうと言ってくれるなら、必ず出来申す」

八郎のかっと見開いた目が光り、その黒い目力に自信がみなぎっている。一同は呆気にとられたような隙をつかれ、すがりたい気持ちも働いて、迷うことなく賛同に傾いた。

「その決意、感じ入ったぞ。なあ、みんな。やろうではないか」

廣澤がそう言って、全員を見回した。異口同音に「やろう、やろう」の声が上がった。八郎は軽く一礼し、説明に入った。

「先ずは会計基立金《かいけいもとだてきん》なるものを設け、これにて三百万両を工面します」

「なるほど。商人たちからの献金じゃな」

後藤象二郎がそう言って、先を促した。

「いえ、そうにはあらず。新政府が商人たちから借りるのです。これまでのように、旧幕府はいつも借りると言いながら、実際には踏み倒してきましたが、そんなことはしません。また、これは取り上げる一方の御用金などでもありません」

「そんなことで集まるはずもなかろう」

「ご懸念は無用。基立金に提供してくれたカネには、きっちりと利息を払います。元金を償還するのはもちろんです。ただ当面は御親征の戦費を献金してもらう必要はありますが、新政府は制度をしっかりと国民に示し、旧幕府と違うということを見せねばなりません。この信用が大事なのです。名分が大事なのです」

財務責任者がそこまで言うのならと、会計基立金への賛意は深まったが、まだ承認には至らない。皆の都合を勘案し、再度、二十一日に協議することになった。

　ちなみにこの考え方は元本返済して利息を付けることから、国債の思想といえよう。実際に新政府は後日、約束通り明治二年までに完済している。この時代に八郎が国債の仕組みを導入しようとしたのは画期的な発想であった。蟄居しているあいだに色々、考えていたのであろう。

　賛意の感想は示したものの、後藤は今一つ納得がいかないというふうに小首を傾けた。一抹の不安を消せないでいる。

「三百万両も借金して、果たして返済出来るのかどうか。三岡の大口叩きに乗っても大丈夫かのう」

　八郎は得たりと笑みを浮かべ、建白書の構想を持ち出した。

「新政府というのは未曾有の大事業でござる。これを成し遂げる財源として、某に考えがあります。借入金である基立金とは別に、政府紙幣を発行します。これにて基立金償還は可能となるのです……」

「何じゃと？」

　と、終わりまで聞かないうちに誰かが遮った。

「今、紙幣と言ったが……ただの紙切れのことか」

「さよう。紙切れでござる。何しろ新政府にはまだ正金の貯えがありませぬ。それゆえ外国のように紙幣を正金といつでも取り換えるという、当たり前のことが出来ません。そこで便法として償還期限を設け、利子を付けます。この点が普通の紙幣とは違います」

「甘いのう。そんな紙切れが通用すると思うておるのか。今、貴公の福井藩を始め、どの藩も藩札の紙切れを発行しておるが、どこもかしこも失敗している。それを新政府が日本国を舞台にやったのでは、もっと大規模な失敗が待っておろう」

「そのための仕掛けを考えています。皆が失敗しているのはなぜだか分かりますか。産業が弱いからです。経済が委縮して、町や村にカネがない。だからますます節約生活で切り抜けようとし、さらに委縮するという悪循環にはまり込んでしまいました……」

富源というものは働く人、つまり農民や町人、職人らの労力に存する。言い換えれば、その労力が富の源泉である。一方、経済は貯蓄や節約によって循環し好転するものではなく、金銭をいかに運用するかによって影響されるのだ。つまるところ国家の財源は生産性の向上も含めて、人民の労力にある。そして労力の結集、その量の大きさこそが国力であると力説した。

そのため紙幣を発行して、藩、商人、百姓などに貸し与え、カネ回りを良くして殖産を奨励するのがあるべき政策だ。出来た産物は海外へ輸出し、そこから資金を得て、結果として国益が増えるという流れが出来上がる。そうなると、自然と新政府にカネが入ってきて、先に発行した三百万両の会計基立金の償還も出来、ひいては富国強兵が可能となる。紙幣は富国の良策なのだ。

「こんなふうに殖産興業による貿易推進、国益増加、基立金償還、富国強兵と、まさに一石四丁ではござらぬか。世界の市場は産品を求めておるのです」

誰もが呆気にとられたというのか、理解できぬという顔である。そのうちの一人が口を開いた。

「まあ、理屈はそうなのかもしれないが、どうも頭の中でモヤモヤして、はっきりせぬわ。もう少し具体的に中味を話してくれぬか」

「分かり申した。某はこの紙幣を太政《だじょう》官札と呼んでいますが……」

　と言って、発行要件を説明した。借入者は毎年、借入額の一割ずつを十三年間にわたって新政府に返済する。最初の三年間は利息支払いである、続く十年間は元本返済となる。言い換えれば、十三年間、毎年借入額の一割を太政官札で返済するのだが、そのうち三年分は借り入れた額の利子にあたるというのだ。返済された紙幣はその都度廃棄されるので、十三年後には全額が消えてなくなる。もう太政官札は存在しない。その結果、日本国内には正貨のみが蓄積されることになり、かつ正貨のみが流通するに至る。

「で発行額ですが、限度を設けます。今の日本の人口は約三千万人、総石高も約三千万石です。したがい発行紙幣は三千万両が妥当でしょう。一人、或いは一石につき一両の勘定です。これなら無理はありません。このように限度額を設け、十年返済、三年の利息というふうにすれば、たとえ正金に変えられない紙幣であっても、民は新政府を信用してくれると確信します」

「ふむふむ。しかし今の説明を聞いても、まだ分かったような、分からぬような……」

　延々と続くそんな議論を岩倉が引き取った。以前、建白書を読んでいたので、少しは分かる気がしている。

「だいぶ夜も更けたみたいや。今夜はこのくらいにしませんか。会計基立金はまあ、ええとして、問題は太政官札や。皆、まだよう分かってないように見受けます。もうちょっと議論が必要ですやろ」

　そう言って、締めくくった。

　それから二週間後の一月二十一日、再び太政官会議が持たれた。前と同じく基立金と太政官札が建議されたが、この日も議定、参与らは賛否を明確にしない。岩倉一人が八郎を支持して散会している。それだけ太政官札に対する疑問や反対論が強かった。

その二週間、八郎は黙っていたわけではない。会議の参加者以外の有力者にも縷々説明して回った。だがいつも根強い反対意見に出くわした。

反対理由はいろいろあった。その一つに旧幕府の失態がある。数ヵ月前の慶応三年（一八六七）八月、ちょうど大政奉還の二ヵ月ほど前であるが、当時の幕府が金札（紙幣のこと）を関東と畿内で発行する決定をした。

先ず幕府は初めての紙幣、江戸横浜通用金札を、三井御用所（後の為換座三井組）を引請元として発行した。幕府が海外から武器などの物品を輸入したとき、正金がないので、外国人貿易商への支払いを金札でするのだ。もしその貿易商が受け取った金札を正金に引き換えたいと思えば、三井に持ち込むと、そこで正金をもらえる。その代り幕府は三井に対し、自分が別途、得る関税収入を順次払い下げて、正金分を償うという手法である。幕府は金札が正金同様に通用すべき旨を四回に渡って公告し、万全を期した。

ところがすぐさま幕府の期待に反する行動が起こった。外国商人たちは金札を手に入れるや、そのたびに三井に押しかけ、正金に引き換えた。外国人も含めて世間は幕府存続に懐疑的で、むしろ消滅の危機にさらされているのを予感していたので、そんな幕府の発行する金札を誰も信用しなかったからである。続いて阪神の兵庫商社でも金札一万両を発行したが、これも失敗している。関八州通用金札の方は中止された。

こんな失態を目撃しているものだから、八郎が太政官札の構想を訴えても、まともに取り合おうとしない。

「お主は本気で金札が通用すると思っておるのか。新政府はまだ出来たばかりのほやほやじゃ。戦争を間近に控え、民の目にはまだ海の物とも山の物とも分からぬ。そんな政府が発行する紙切れを誰が信用すると思う？　失敗するに決まっておる。さすれば天皇の御親征に傷がつきかねぬ」

八郎は落ち着いた口調ながらも敢然と反論した。

「幕府の金札と我が太政官札とは別物である。我々は利息を支払い、流通する期限も設けます。しかも発行目的が殖産興業という新政府の基本的政策に合致しているのです。殖産興業ですぞ。この太政官札なくして、日本国の将来は見えてきません」

と根気よく説明を続けるが、相手は分かったとは言わない。代替案として、貨幣制度に言及する者もいた。

「もっと手っ取り早くやったらどうか。貨幣の改鋳をして、利益を出せばよいのじゃ。太政官札など悠長なことを言っている余裕はないぞ」

徳川幕府はこれまで金銀銭貨の鋳造権を独占してきた。その間、何度も改鋳して、そのたびに金銀の純量を減らして品位を落とし、多大の改鋳益を得てきたのである。加えてあちこちの藩で贋造貨幣まで出回り、幣制の混乱ぶりは目に余るものがあった。

日本と海外との金銀比率は相変わらずいびつで、国際的な金銀比価から大きく乖離《かいり》していた。安政六年（一八五九）には海外では金銀比価は一対十五なのに対し、日本では一対五と、銀が国債相場の三倍近くも過大評価されていた。したがい外国人は外国銀貨メキシコドルを日本に持ち込んで日本の金貨を安く手に入れ、国外へどんどん持ち出したのだ。

この比率を縮めるために幕府は安政小判の三分の一という小型のいわゆる姫小判を造った。ところが二分小判も一緒に造り、これは改鋳益だけを目的にした悪貨であった。このようにさらに品位の低い貨幣を氾濫させたため、物価が高騰し、庶民の生活が苦しくなった。その改鋳を今回、新政府がやって急場をしのげと言うのだ。八郎が断固、反対したのは述べるまでもない。とはいうものの、後に八郎は切羽詰って、一時的にこの改鋳に手を染めている。

一方、各藩は自国だけで通用する紙幣の藩札を発行している。これも膨大な量に達し、価値が下落していた。そこへ太政官札が出回ったら、ますます藩札の価値が下がるので、反対を叫ぶ者もいる。八郎は藩のことしか考えない料簡の狭さを嘆いた。

「もう幕府はなくなったのですぞ。藩もいずれ消えるのは必定。そんな時に藩札のことを心配して、どうされるつもりか。今こそ新しい日本国のことを考えていただきたい」

しかし、最も多かった反対意見は節倹策だった。

「奢侈《しゃし》を禁じ、いっそう質素、勤勉を奨励して、危機を乗り切る以外になかろう。そうしながら農業などの生業に精励するのがよい」

「金札製造の場合、一時の融通は出来るが、その結果として物価が沸騰し、人心が動揺する。質素節約を求めることで天下を治めるに限る」

節約すれば財政規模が縮小し、負担が軽くなって財政不足を乗り切ることが出来る。その上で農業の生産性を上げるべきというのだ。

これらに対し、八郎は物産を生産することの重要性、農産物だけでなく工業製品生産の重要性を説いて聞かせたが、分かってもらえない。中には真面目な顔で冗談とも思えるこんな暴論を吐く者もいた。

「大仏などを壊して金銀銅の三鉱を取り出し、それを使って純粋の金銀貨幣を鋳造したらどうか」

「日本は米納の国である。よって米《こめ》券を発行し、通用させるがよい」

「諸国有名の黄金を持つ町人に上京を命じ、彼らに借金を申し出ようではないか」

　これら発言者のほとんどが、れっきとした新政府を代表する貢士たちや藩の上層部なのだ。八郎はもう呆れ果てて物も言えないが、ここで短気を起こしては負けだと、忍耐のネジを締め直してひたすら説得に努めた。だが議論は不毛である。太政官札の発行反対と叫んでいても、これという対案は出てこない。せいぜい旧幕府時代の貨幣鋳造利益と商人層からの御用献金、財政の節約・耐乏くらいであった。

　岩倉は焦りを覚えた。八郎の疲れを見せぬ孤軍奮闘ぶりには頭が下がっても、このままではカネの目当てがつかず、早晩、新政府は行き詰まる。東征軍の準備は着々と進んでいて、もう時間がない。少なくとも会計基立金だけでも正式に決めて、戦費調達を急がねばならぬ。

　二日後の一月二十三日に再び会議を開いた。太政官札については前回通りで、議論百出した割には誰もが賛否を表明しない。結局、岩倉主導で会計基立金と太政官札発行を決議した。ただ後者の方は無理に決めた感が強く、実質的な先送りとも言えた。議定、参与ら皆は心中では大いに反対である。がそれにもかかわらず、目下の財政窮乏から脱する緊急の活路として基立金に頼らざるを得ず、あえて太政官札には目をつぶり、賛否を言わなかっただけだった。その分、後に大きな紛糾となるしこりが残ったのである。

ただでさえ多忙な八郎はいっそう忙しくなった。至急、基立金三百万両の募債にとりかからねばならない。翌日、小野組の番頭西村勘六を御所に呼んだ。この前の二万両献金の礼を述べたあと、ざっくばらんに相談を持ちかけた。知恵を借りようというのだ。

勘六は三百万両と聞いて目を丸くした。

「えらいまた巨額ですな。果たして京阪神の商人が乗ってきますかどうか」

「乗ってもらわなければ困るのじゃ。このたびの東征はどうしても勝たねばならぬ」

「利息を付けるというのはまあ、ええことですが、それよりも基立金の元本をどうやって返済なさいますか。皆、いつものように踏み倒されると思いますやろ」

「いや、必ず返す。御用金とは違うのだ。そのために太政官札という金札を発行しようと思っている……」

そう言って、詳しく構想を述べた。

「ただ太政官札が流通するまでには少し時間がかかる。戦争は待ってはくれぬからな。必ず勝って、国家の統一を図らねばならぬ。さもなくば、外国から清国のような扱いを受けようぞ。そのためには急ぎこの会計基立金を集めたい。ぜひこの三岡八郎に力をお貸し願えないか」

勘六は深々と頭を下げる八郎を見、ちょっと困った表情をした。この前、初めて会ったとき、武士からぬ率直さに好印象を持った。が今、改めて長時間対面し、それが間違いでないことが分かった。むしろこの男の新しい日本を思う一途な気持ちに引き込まれてしまう自分をうれしく思った。しかし自分は小野組の一番番頭である。果たして小野組の利益を裏切ることになりはしないか。そんな躊躇が瞬時、心を揺らしたのだが、すぐさま揺れを追い払った。小野組の将来をこの男がいる新政府に賭けようと決心した。

「よろしおます。微力ながらこの勘六、ひと肌ぬがせてもらいます」

と言って、考えるふうに数秒目を瞬かせたあと、腹を決めた時に見せる気丈夫な目で八郎を見据えた。声に張りがある。

「会計基立金ですが、こうされてはどうですか。先ず京都と大坂近辺の主だった商人たちの名簿を作ります。その作業は三井、島田、そして私ども小野にご命じくだされ。それを見たら、大体の作戦が浮かび上がるんと違いますやろか」

「おお、よき考えじゃ。すぐに取り掛かってもらえるかな」

「私でよければ、三井と島田に声をかけますが、それでええですか」

「もちろん。恩に着るぞ」

「それともう一つ申し上げてよろしいですやろか」

「ああ、なんなりと」

勘六は一呼吸おいて、

「こんなことを言うと、怒られるかもしれませんが、あまり期待なさらぬ方がええと思います。今、大坂の治安はえろう悪うて、両替商は店を開けませんのや。幕府は大政奉還するわ、鳥羽伏見の戦いがあるわで、混乱状態もええとこです。みんな商売あがったりの状態です。太政官札発行の前提として三岡様がおっしゃられている新政府の信用ですが、この信用というのが崩れてるんですわ」

「ほう、そんなに治安が悪いのか」

「はい、みんな本当に困ってます。こんど大坂の商人に会うとき、新政府は至急大坂の治安を安定させて、両替商が営業できるようにすると、はっきり言うてください。そしたら、少しは安心すると思います」

勘六は二日間で名簿を作り上げた。そして、それから三日あとの一月二十九日午後、京都、大坂から百数十名の豪商が二条城に呼ばれた。どんよりとした曇り空のもと、部屋が空いていないので庭の地面に藁で編んだ筵《むしろ》が敷かれ、その上に下駄を脱いで羽織袴姿で座った。筵は八郎の気遣いであった。

一部の商人を除き、呼ばれた目的を聞かされていない。よく分からないなか、「またカネを無心されるのではないか」と、不安そうな面持ちである。事前に八郎は勘六から、大方の人たちには要件を伝えていないと知らされていた。

会計事務総督中御門経之《なかみかどつねゆき》以下、新政府上層部が居並ぶなか、八郎も責任者として控えている。中御門の挨拶のあと、上層部の一人が一枚の書面に目を落としながら、参集してもらった目的を諭告《ゆこく》した。それが終わるや、八郎はその諭告の写しを商人たちに配った。

いっせいにがやがやと声が湧き上がり、ざわついた。そこにはこう書かれている。

「金子三百萬両
右者此度会計為御基立金調達可有之事、右返済之儀は地高を以御引当に被成下候筈に候得共尚好之筋も有之候はゞ可申出事」

何が何やら分からないといったふうな、呆気にとられた顔がほとんどである。最初から内容を伝えていたら、恐らく仮病か何か理由をつけて欠席するのではないか。そんな懸念があったので、あえて伝えていなかった。

後方の誰かが立ち上がり、書面を手に、担当者だと名乗った正面にいる八郎に恐る恐る質問した。

「ここに三百万両とありますが、ひょっとして三十万両のお間違えではありませんか」

「いや、確かに三百万両である」

「……」

途端に無言の嘆息が空間を突き上げた。皆、目をむき、度肝を潰した表情を隠さない。

さもありなんと八郎は心中思いながらも、それを抑え、ゆっくりと前へ進み出る。会計基立金の詳細を説明した。その流れで元金償還の手段である太政官札発行についても触れた。ただこれに深入りするのは避けた。

八郎は話しながら、商人たちの表情が次第に不満と苦悶の色に変わってくるのに気づいていた。先だって勘六からも聞いていたことだが、このところ、とりわけペリー来航以来、幕府は大坂商人に対して立て続けに御用金を取り立てた。商人にしてみれば、第二次長征費用の御用金では、やっとのことで百八十万両を引き受けて支払ったばかりで、今でも残りを払い続けている。

しかし、それも幕府が鳥羽伏見の戦いで破れたので、支払い済みの分の返済はどうやらうやむやにされてしまいそうだ。そんなところへ今度はいきなり朝廷から三百万両もの数字を投げつけられたのだった。

商人たちは困惑し、互いに顔を見合わせるばかりである。不満めいた滅多なことを言わない用心深さを持っているのだろうが、それがいいのか悪いのか、八郎には分からない。意見を言ってもらった方が対処の仕方が分かり、助かるのだが、ただ不満の嵐が噴出したら困る事態になるのは確かだ。大坂の治安回復に言及した時に皆、わずかに目を輝かせたのは救いであった。そして二時間ほど経ったところで全員、お達しを承って帰っていった。

それから八郎は我慢強く数日待ってみた。が申し出の動きは見られない。

(勘六が言っていた通りだな)

落胆はしていないが、焦りはある。商人の旧幕府に対する口惜しさがあるのもさりながら、それ以上に朝廷が勝つか旧幕府が勝つか、どちらにつくべきか見極めがつかずに揺れているのだろう。多少時間はかかっても、そのうち東征の成果が見えてくれば解決しそうな予感が八郎にないわけではない。

それでも月が明けた二月五日に、伊勢、江州、伊丹、摂津などの豪商を集め、新たに二百万両の会計基立金の募集を通達している。

これで合計五百万両の募集諭告である。これほどまでしているのに一向に応募が進まない。三井、島田、小野の協力は取りつけているが、それだけでは話にならぬ。日和見姿勢の商人たちをこれ以上のんびりと待っているわけにはいかない。そこで岩倉とも相談した結果、基立金とは別に親政費の名目で、急遽、京都と大坂から五万両ずつ調達することに決めた。

京都の商人は勘六が根回しをしてくれたお蔭で、すぐに五万両出してくれた。一方、大坂の方はさらに待ってみたが、反応が鈍い。勘六が言うには、大坂は長年にわたり幕府と付き合ってきたので、急に新政府へ協力せよと言われて、ためらっているらしい。

八郎は即、行動に出た。二月十三日、自らが大坂へ説得に出向いた。京都から勘六と三井組の名代山中伝次郎を連れてきている。二人の顔で主だった豪商たちに会うことが出来た。やはりすでに幕府や諸藩の蔵屋敷に用立てていた巨額の貸付金が回収不能になるのではないかと、不安を募らせている。そして、こういうことを耳打ちしてくれた。

「三岡様。ぶしつけなことを申し上げても、よろしおますか」

「もちろんでござる。何なりと教えてくださらぬか」

「まあ、正直言うて、大坂の商人は特別の保護を受けてきた徳川家には、恩義を感じてます。せやけども、天子様には馴染みがおまへん。そこが京都の商人との違いでっしゃろか」

その場で献金の申し出はなかったが、八郎は大きな収穫があったと思った。大至急、大坂に新政府の支所を置く必要がある。大坂を重視していることを大衆の目にさらすことで、馴染みが生まれるというものだ。

早くもその五日後の二月十八日、さっそく大坂に新政府の分所として、会計事務局支所を設置した。そしてその吏員の何名かに民間の商人を起用したところが八郎の知恵である。鴻池善右衛門ほか十四名を会計事務裁判所御用掛に任命している。これは昔、福井藩経済を立て直すため物産総会所を創設した時に、役人ではなく商人に取り仕切ってもらって成功した経験を活かした。

ちょうどこの三日前の二月十五日には有栖川宮を大総督とする東征軍が京を出発している。三手に別れて江戸に向かって進軍したのである。当然ながら待ったなしに兵糧確保の命題が八郎の上にのしかかった。ところが時間があまりにもなく、集金活動にじっくりと構えておれない。半ば強制的な手法もやむを得ないと判断した。本意ではないが、厳しい姿勢で商人に接した。

「資金さえあれば必ず勝つ。もし負ければ、店はつぶれると思え。ともかく献金、頼むぞ。義務じゃ。皆の義務じゃ」

この男には珍しく目が血走り、顔の形相が変わっている。真っ先に鴻池善右衛門や加嶋屋久右衛門、加嶋屋作兵衛が各々五千五百両を拠出し、その他の富商に対しても強制的に割り当てて、ともかくも親征費五万両を作り出したのだった。

しかし八郎は今回のことで大坂商人との関係を悪化させたくなかった。会計基立金のことがあるからだ。表では威嚇的な態度で接せざるを得なかったが、裏では勘六や山中伝次郎を使い、商人としての連帯感を共有させる形で、説得に努めさせた。三井大坂両替店の番頭吹田四郎兵衛がこちら側についてくれたのは有難かった。

東征軍三方面からの資金要求は朝、昼、夜と、ひっきりなしに八郎のところへ届く。当初は十万両予定だった親征費はどんどんふくれあがり、数日後には京都に三万両、大坂に二万両が追加要求された。八郎は連日、ほとんど寝ていない。御所に京都に大坂に兵庫にと、目まぐるしく駆け回っている。

しかしこんな時でも会計基立金の必要性を訴え続けた。諦めてはいない。京都、大坂に続き、幕府直轄地だった堺、それに伊丹、兵庫、摂津にも足を運んで商人に会い、緊急事態を説明。その後、後藤象二郎の名前で京都の奉行所に呼び出して、基立金募集を諭告した。八郎にしてみれば、一時的な献金より基立金の方が遥かに望ましい。財政基盤確立という点で継続性があるし、新政府の財政制度を整備する第一歩でもあると考えた。

　さすがに後藤は役者である。町人五、六十人の集まりの前で、刀を脇に置き、難しい顔をしてでんと構えている。八郎のようにうっかり優しさを垣間見せるということはない。雷のような大声で叱咤した。

「もしもこの会計基立金の調達が進まなかったら、どうなるか。それがために、もしも官軍を東へ進められず、徳川との戦闘が長引けば、どうなるか。京都、大坂市中はもちろん、周辺の堺、伊丹、兵庫、西宮も、戦火の巻き添えを受けて、灰燼に帰すのは火を見るよりも明らかである。そうなっては遅い。自分たちの生命や財産のことを思えば、進んで資金を拠出すべきである」

　そう大言壮語して、商人たちを震え上がらせたあと、締めくくった。

「急ぎ、皆の姓名録を作成するつもりである。近々、ここにいる三岡八郎から連絡がいくであろうから、心されよ」

　後藤にせよ八郎にせよ、並大抵の奮闘ではない。ところが思ったほど成果はなく、慶応四年（一八六八）閏四月までに調達できた基立金は二十三万両に過ぎなかった。そのうち京都商人が八万三千両、大坂商人が八万六千両で、三百万両には程遠い。

　では八郎がこの結果に失望したのかというと、そうではない。或る程度、読めていた。だからこそ、立ち上がりの遅さを補うために紙幣の発行を建言したのである。太政官札の発行こそが、産業を育成して基立金の償還を可能にし、国家を富ませる道なのだ。一時の献金や徴発金で国家の運営など出来るものではない。発行は早ければ早いほど望ましい。だが相変わらず反対意見が多く、先行きが見えない状態が続いた。

　一方、西郷ら新政府軍から八郎に対する軍費の要求はますます激しさを増していた。握り飯にもこと欠き、夜、兵を休ます宿賃もないと訴える。行く先々の日和見姿勢だった軍勢が優勢な朝廷側にどんどん合流してくるが、しっかりしたもので、「兵糧を与えよ」という条件付きである。もし京都からの資金が届かなければ、彼らは旧幕府側につきかねず、そうなると朝廷軍は退却するしかないと西郷から脅された。八郎は不眠不休で金策に走り、西郷との約束を果たそうと必死であった。

　そんな合間を見つけ、太政官札発行の下準備も進めねばならない。そこで二月末、昔から京都両替町にあった銀座（銀貨の鋳造所）跡を修復して、紙幣を造るための楮幣司《ちょへいし》（楮はこうぞと読み、紙の原料）を設けた。しかし最も注意を払ったのは紙幣となる紙の品質である。偽札を造られたのではたまったものではない。だがこれについては故郷越前の紙を使おうと決めていた。越前奉書は日本で最も上質紙と評判が高い。福井藩にはこの紙を使って長年、藩札を製造してきた歴史があった。

　三月二日、忙しいさ中だというのに、補佐役を連れて福井へ視察に出向いた。奉書の製造現場を訪れ、どういう紙質にするか技術の職人とじっくり議論した。三椏《みつまた》の混入量を増やして固くするなど、いろいろ注文をつけた。二人の優秀な職人を京都に呼び寄せて楮幣司の製造方取締で招くことも決めた。あとは紙幣発行の許可だけである。だがこれがなかなか、難渋している。

　この頃には八郎の職責は財政・通貨全般にわたっていた。会計事務局判事以外にも、御親征の資金集め、会計基立金の募集、紙幣製造事務、金銀銭改鋳、税務と、どれをとっても困難極まる仕事が両肩にのしかかったのだった。東征軍が破竹の勢いで進軍するなか、果たして財政がそれを支えることが出来るのか。新政府の成功は八郎の働き如何にかかっていたのであった。八郎も苦しいなか、どうにか資金をやり繰りして期待に応え、官軍は怒涛のような勢いで江戸に迫った。着実に明治維新が近づきつつあった。

時点を少しさかのぼる。すでに述べたが、鳥羽伏見の戦いが終わり、慶喜追討令を出した一月七日の夜、岩倉具視主宰で財政対策に関する小会議が開かれた。近いうち追討軍を出すことになり、それにかかる軍事費調達をどうするかを議論したのだが、そのとき八郎は戦争の大義について、岩倉にこんな発言をしている。

「いざ戦争だからと、ただむやみに戦場に駆けつけるだけではなりませぬ。真っ先に天下の大方針をお定めになり、民の前に明確に示すことが肝要です。さもないと、一体、朝廷軍が謀反《むほん》を起こしているのか、それとも謀反する者を征伐しているのか、世間の目には判じかねますゆえ」

「なるほど言われてみたら、そうかもしれんな。せやけど、今はそんな悠長なことを言うてるより、先ずカネの話が先ですやろ」

「悠長ではありませぬ。何事も名分が大事だと思いまする……」

名分、つまり方針さえしっかりしていれば、人は新国家についてくるし、あやふやであれば、背を向けるだろう。姿も形も見えない新国家だからこそ、名分が大事だと、八郎は力説した。ただ岩倉を始め一同はほとんど関心を示さず、そのまま話は立ち消えになった。

小会議が終わり、深夜の煌々と照る星空を頭上に、八郎は藩邸へ急いだ。道すがら、名分のことが生煮えのまま頭の奥でくすぶっていた。屋敷に着いてもまだ消えず、眠る気になれない。

岩倉公にあれほどまで迫ったが、万が一、自分に方針を建てろと命ぜられたら、どう答えたらいいのかと、ふとそんなことを考えた。あの場で迫るだけ迫って、そのままというのも何となく無責任な気もする。

（よし、それなら）

と、行灯《あんどん》をつけて机に向かった。畳紙《たとうがみ》（詩歌の草稿や鼻紙などとして使う紙）と石筆《せきひつ》（ろう石を加工して鉛筆状に作ったもの）を取り出し、かじかみそうになる手を脇に置いた火鉢で温めながら、考えをまとめ出した。書いては破り、書いては破りして、「議事の体《てい》大意」と題して、仕上げてみた。五条から成っている。この時点では八郎は知らないが、後にこれが「五箇条の御誓文」のもととなるのである。

議事の体大意

一　庶民志を遂げ人心をして倦まさらしむるを欲す

一　士民心を一つにし盛に経綸を行ふを要す

一　知識を世界に求め広く皇基を振起すへし

一　貢士期限を以て賢才に譲るへし

一　万機公論に決し私に論ずるなかれ

出来上がった畳紙にふっと師小楠と亡き龍馬の顔が現われた。彼らと侃々諤々《かんかんがくがく》、議論し合ったことが、今こうして文字となって結実している。この一字一句は師と龍馬の魂でもあると思った。

気がつくと、もう夜が明けかかっている。冷たい井戸水で顔を洗い、台所へ寄って茶漬けを食べた。一睡もしていないが、腹が満たされたからなのか、何だかしゃきっとした気分になった。その勢いで村田氏寿《うじひさ》の部屋を訪ねた。

「朝っぱらから申し訳ないが、頼みがある。これをちょっと読んでくれないか。眠い目で書いたから、どうなっているか心もとない。点検してもらえれば有難い」

　村田は「どれどれ」と目を通した。

「おう、一言も言うことなし」

　と、うなずきながら応じた。八郎は礼を述べ、一旦部屋へ戻った。それから袴を着て、いつものように春嶽侯のご機嫌を伺った。

　この日は仮太政官への移転日にあたり、その手配万端の責任者なので早めに太政官に出勤した。書き付けは懐に入れてある。

　せわしく働いている最中に、福井藩士の毛受《めんじゅ》鹿之助が出勤してきたので呼び止めた。書き付けを取り出し、仮名遣いなどに誤りがないか見てもらった。その後、つい深夜まで一緒に評議をしていた福岡孝弟を見かけた。福岡は制度事務局の担当参与である。ざっと書き付けを読んでもらったところ、

「ほほう、お得意の経綸が出ましたなあ」

　と、大いに称賛した。経綸とは「国の秩序を整え治めること」をいう。師小楠とその教えを乞う八郎の根本思想である。さっそく福岡は制度事務の専門家らしく、筆を持って字句の検討を始めた。

「この最後の項目じゃが、最初にもってきたらどうかな」

「なるほど。よき考えじゃな」

八郎はしばらく一緒に検討していたが、なんせこの日は忙しくて時間がない。清書も含め、あとは福岡に任せてその場を去った。清書が出来上がった段階で、二人で岩倉に建議することを約した。

ところがその岩倉が忙しくてつかまらない。そこで四時過ぎになって、東久世通禮《ひがしくぜみちとみ》に書面を渡し、岩倉に目を通してもらうよう依頼した。

その後、議定、参与らの評議が開かれたが、八郎は基立金や太政官札発行などの会計御用で忙しく、出席できない日が続いた。もともと制度事務は福岡の担当なので彼に任せ、そのうち自分の仕事に追われて、すっかりこのことを忘れていた。

そして二ヵ月余り経った三月十四日、日本の東西で歴史的な出来事が起こったのである。

この日、江戸では新政府側の西郷隆盛らと旧幕府側の勝海舟らとのあいだで、前日に続いて、江戸城の明け渡しについての交渉が行われていた。官軍による江戸城の包囲網は完成しつつあり、緊迫した状況下における会談となった。幾度か破談になりかけた交渉だったが、ついに徳川慶喜の謹慎などを条件に江戸城を明け渡すことで合意に達し、大規模戦闘は回避されたのだった。無血開城が決まったのである。

一方、同じ日の正午、京都では紫宸殿《ししんでん》で、天皇が公卿・諸侯・徴士ら百官群臣を従えて、新政府の基本方針を神々に誓い、五箇条の御誓文を世に示したのだ。八郎も参列の栄誉に与《あずか》っていた。

天皇みずから幣帛《へいはく》（神に奉献する供物）の玉串を捧げて神拝し、着座した。それを受けて三条実美が御誓文を朗々と読み上げた。

一、広ク会議ヲ興シ、万機公論ニ決スヘシ
一、上下心ヲ一ニシテ、盛ニ経綸ヲ行フヘシ
一、官武一途庶民ニ至ル迄各其志ヲ遂ケ、人心ヲシテ倦マサラシメン事ヲ要ス
一、旧来ノ陋習《ろうしゅう》ヲ破リ、天地ノ公道ニ基クヘシ
一、知識ヲ世界ニ求メ、大ニ皇基ヲ振起スヘシ

五箇条である。八郎は聞いているうちに体が震えてきた。驚きと感激が同時に全身を駆け巡った。驚きというのは、自分が書いた「議事の体大意」と酷似していたからだ。順番の入れ替えや表現の変更はあるものの、基本的な考えは踏襲されている。

自分のような者が書いた案が、こうして新国家の方針として御誓文となり、今、天皇の口から神前で読み上げられているのだ。これほどの感激があろうか。福岡孝弟や木戸孝允《たかよし》が自分の原案に手を加えているとは聞いていたが、まさか国是となって、こんな形で世に出るとは思いもしなかった。玉砂利の上で平伏しながら、八郎は感奮のあまり、思考の器が空っぽになったような放心状態に身を任せていたのだった。

5　太政官札発行

翌月の慶応四年（一八六八）四月十九日、たなざらしになっていた念願の太政官札発行が難産の末に公布された。未だ多くの反対者がいたのを岩倉が強引に押し切り、見切り発車の形で、ともかく新政府の財政再建に向けて大きく一歩を踏み出したのである。

貢士、徴士、藩の諸侯らは相変わらず反対の主張を変えなかった。紙幣を発行するに足る新政府の信用がないとか、紙幣発行よりも貨幣改鋳に走れとか、節倹財政で乗り切れだとか、頭の固い主張に固執して、岩倉や八郎の前に依然として立ちはだかった。

そんな中の一人に奥羽征討軍参謀長の大村益次郎がいた。顔の半分ほどもあろうかと思われる広い額に何本も太い皺を寄せ、眉をしかめて難癖をつけた。

「今般発行される紙幣だが、いかにも体裁が簡略である。これでは贋造者が続出するのではないか」

八郎はすましたものだ。発言を逆手にとって、いなした。

「万が一、贋造金札が現われることになったら、しめたものでござる。それだけ新政府の紙幣が信用されているということだからじゃ。しかし今の国庫を見ていると、到底贋札を製造させるほどの信用はあるまい」

だが岩倉にとってもっと困るのは外国商人たちからの反撃であった。彼らも金札発行に猛反発しているのだ。旧幕府による度重なる貨幣改鋳に加え、二分小判を発行して、金銀貨幣の品質を低下させた。これだけでも商売に悪影響をもたらすのに、もし大量に金札を発行すれば信用がいっそう低下し、大混乱するに違いないと、騒いだ。さらに本音ではまだ存在する外国と日本との金銀比価の違いを利用した差益確保も出来なくなる。どんなことがあっても阻止したい。

「これは外交問題である。新政府の横暴を座視するわけにはいかない」

と、諸外国の公使も一斉に岩倉に詰め寄った。同時に外国事務局判事の陸奥陽之助（後の陸奥宗光）や五代友厚ら、外交を担当する英語が達者な日本人官僚たちを利用して、岩倉に不満をぶつけさせる。

「外交問題をこじらせるのは、日本にとって取り返しのつかぬ損失である」

と言わしめた。この年の一月十一日、外交事務局御用に任官されたのは、陸奥陽之助のほかに伊藤俊介（博文）、井上聞多（馨）、寺島陶蔵（宗則）、五代才助（友厚）、中井弘蔵（弘）らがいた。発行前日の十八日、陸奥陽之助は岩倉を前にして八郎と衝突している。二ヵ月前に外国事務局判事から会計官となったばかりの二十五歳の青年である。自分の上長を相手に、外交問題云々を持ち出して、激しく迫った。

大勢の反対論者たちが去ったあと、岩倉はいつものように八郎にぼやく。

「あれやこれやと反対があるけどもな、外交問題と喚《わめ》かれるのが一番こたえるわ」

産業、軍事、文化など全てにおいて外国に遅れている現在、これ以上、野蛮国とみなされたくない。外国とのもめ事は避けたいのが本音だ。これに対し、八郎はこう答えている。

「外交が先なのか、新政府の確立が先なのか、自明です。先ず日本国のことを考えるべきでしょう。紙幣発行は決して信用を混乱させません。むしろ今、新政府がやらねばならぬのは、諸藩の産業を興して国力をつけることではござらぬか。それを実現させるのが紙幣発行です」

そんな百家争鳴の中で岩倉が太政官札発行を決断し、その趣旨と仕組みを公布したのだった。「富国の基礎を確立」し「国益を引き起こす」ためとし、列藩は万石万両の割合で借り入れることが出来る。但しこの官札は産業振興のために使用するものであって、決して藩の運営に使ってはならぬと厳命した。もちろん商人や百姓が直接借りる道も開かれていた。

発行の段取りはすべて整っている。八郎は即日、紙幣の印刷に取りかかった。翌月の五月十五日が発行予定日である。

(やれやれじゃな)

と、大きな満足感のうちに一息ついた。

いいことは続くものだ。発行決定から三日後の四月二十二日、思わぬ朗報が届いた。従四位下《じゅしいのげ》の官位が授けられたのだ。数字が高い方が位が上だ。五位以上の位階を持つ人は「貴族」と言われ、三位以上の位階を持つ人や四位でも参議に就いている場合、八郎がそれだが、ただの貴族ではなく「公卿」と言われる。多くの外様大名は従五位以下であり、福井藩主の松平茂昭でさえ正四位下であることを思えば、異例の身分となったのである。しかし何よりもうれしいのは、師の小楠も近く従四位下を授けられるという報せを得たことだった。

同じ参与でも中根雪江には与えられなかった。八郎は複雑な思いであった。が自分は官位を目的に働いたのではなく、結果として評価されたのだからと言い聞かせ、有難く受けることにした。その中根が藩邸でも御所でも、いっさい嫉妬めいた素振りを見せず、普段通りに接してくれている。もし自分が逆の立場だったら、どうだろうか。そう思うと、中根の人間の深さに打たれ、ひそかに首《こうべ》を垂《た》れた。

四月二十五日、八郎は会計官である自分の所轄として、新組織の商法司《し》を設置した。太政官札発行に伴い、商人や生産者に紙幣を貸し付け、円滑に流通させるためである。会計基立金も取り扱う。設立当初こそ商法司知事として福井藩士の岡田準介を任命したが、八郎が民間人に任せるべきと岩倉を説得した。

「藩や商人らとの交渉には複雑な利害が絡みます。こういうことは役人ではうまくいきません。どうしても威張りますからね。民間人の知恵と経験に頼るに限ります」

そう主張して、翌月には小野組番頭の西村勘六、鴻池の山中善兵衛、加嶋屋の広岡久右衛門と長田作兵衛ら豪商十五人を商法会所元締として選んだ。商法司判事には彼らの手代がなり、実務を担当した。

ところが世間や官吏の中にさえ民間人の登用に異を唱え、反対する者が多くいた。古い問屋仲間の商慣習にどっぷりと浸かってきた商工業者たちは、かたくなに抵抗した。御上意識に慣らされた守旧的な頭には耐えがたいのであろう。怪しからぬと、短絡的に勘六らの命を狙う者まで現れた。

さて廃藩置県が実施され、諸藩ごとに行われていた民の統治が新政府に一本化されるのは、これから三年余り後の明治四年（一八七一）七月十四日である。だがこの商法司設置の時点では、新政府はまだ国家として直接全国民に対するわけではない。あくまでも「富国の基礎」「国益を引き起こす」対象は藩を考えている。太政官札発行によって各藩が富むことで、その総和として日本国全体の財政が豊かになるのを目指したのだった。

紙幣印刷が進行している間でも、反対の動きは依然として衰えていない。徴士参与で外国事務局判事の五代友厚が、四月二十九日に外国公館の意を汲み、八郎は知らなかったが、大久保利通宛てに金札発行反対の手紙を書いている。そして発行予定日の五月十五日には直接、岩倉に反対を訴えた。一方、岩倉は先手を打って五月一日に大久保に会い、八郎を支援するように頼んでいる。

ところで唐突な話題を一つ。「大坂」が「大阪」に改められた時期についてだが、慶応四年五月初め頃と思われる。従って便宜上、本書では以後、「大阪」の文字を使用する。

紙幣の印刷も完了し、いよいよ五月十五日の発行日に合わせて輸送しようというとき、運悪く台風が襲来した。豪雨は近畿一帯を襲い、京都と大阪の移動は不可能である。やむを得ず二十五日まで輸送は延期となった。このとき八郎は民の生活が第一と、水害対策のために迷うことなく大枚《たいまい》四万両を使い、迅速に行動している。

ところが発行目前のこの期に及んでもまだ反対の声は鳴りやまない。むしろ一層強くなった感がする。前日の二十四日にも大勢の重鎮が岩倉や八郎のもとに押しかけ、中止を求めた。

参与で江戸鎮台判事になったばかりの江藤新平も、血相を変えて八郎に詰め寄った。江藤はひと月ほど前に軍監として江戸城に入城したばかりであった。江戸鎮台の民生・営繕・会計を担当してみて驚愕した。財政状況が火の車どころではない。破綻状態なのだ。奥羽の白河口まで攻め立てた朝廷軍はそこで足止めになり、もう一歩も前へ進めない。兵器、弾薬、兵糧、宿賃手当等が正に絶えようとする切羽詰った有様なのだ。一刻も早くカネが要る。そんな時に悠長にも紙幣発行を企てて長期的に経済をどうする云々など、とんでもないと、目を吊り上げて舌鋒鋭く迫った。声が震え、感情まる出しである。

「今この瞬間にでもカネが要る。さもなくば朝廷軍は敗北し、明日には新政府どころではないと心得られよ」

　これに対し八郎はいつも通り自説で反論する。が横で聞いている岩倉は、前線の兵士たちの緊迫した困窮ぶりに動揺を隠せない。江藤だけではないが、あまりにも反対者が多い。いや、多すぎると、打ち続く抵抗を前にいっになく弱気になった。段々と心配が高じ、遂に発行中止の考えに傾いた。江藤が去ったあと、八郎にぽつりと言った。

「明日の発行やけど、やっぱり一旦、中止にしてくれますかな」

　八郎は驚いた。最大の理解者である岩倉公からこんな言葉を聞くとは思わなかった。青天の霹靂だ。膝の力が抜けそうになるのをこらえ、乱れた気力をぐっと整えた。

「お言葉ですけど、もう紙幣はあちこちへ送り出したあとです。今さら止めようがありませぬ」

「せやけどなあ。あれほど皆が言うてはるんや。もうちょっと考えてみたいと思う」

「それはなりませぬ。ここで明日の紙幣発行をとりやめたら、どうなると思われますか。大会議で発行が決まり、お達しにまでなっているのですぞ。朝廷の信用は地に落ちてしまいます。そうなれば、取り返しがつきませせぬ」

　八郎はそう言って、探りと期待を込めて岩倉の目を凝視した。

　おやっと思った。岩倉の疲れを帯びた瞳に、何かもう迷いを振り払った決意のような不気味さが宿っている。八郎は焦りで息が詰まった。この紙幣発行がなされなければ、朝廷も新政府も一日で信用を失う。大変なことになるぞ。その思いが咄嗟の覚悟を決めさせた。

「どうしても発行するのが悪いとお決めになったのなら、仕方ありません」

そう前置きし、岩倉の目をはっしと見据えながら続けた。

「二条城に紙幣があります。あの城に火を放って、札束もろとも焼いて、自刃します。そうすれば、世間は、発行中止は火事のせいだと思うでしょう。それしか朝廷の信用を守る方法は思いつきませぬ」

「ふむ……」

と、岩倉は困ったというふうに首をかしげた。周りの者も困惑の表情である。八郎に迷いはない。

「某は覚悟を決めております。発行するか、火をつけるか。いずれをとるのか、御決心を願います」

「その言……至極もっともやが、甚だ困る……」

「そこを何とか、是非、是非にも……」と八郎はすがる思いで押した。

岩倉は「ふむ」と言って腕を組み、しばらく考え込んだが、急に背筋を正した。

「よっしゃ。何も火を放つまで、せんでもええやろ。予定通りでいこ。明日、紙幣を発行することにする」

と言い切った。

八郎が徴士参与・会計事務局判事に任命された慶応四年（一八六八）二月、任務の一つに貨幣改鋳の担当者として、小原甚兵衛と共に「金銀銭貨改鋳の事務を管理する」という辞令をもらっていた。

徳川末期には貨幣がたびたび改鋳されて品質が低下し、そこへ贋造貨幣まで出回って混乱状態にあった。鎖国が解かれて以来、急激に海外との商取引が増えて、外国商人からの批判が新政府に殺到した。

一方、制度という制度のほとんどが整っていない新政府は、混乱を避けるために、旧幕府が使っていた通貨をそのまま使用する旨の宣言をしている。通貨には旧幕府が発行した金・銀・銭の三種類の貨幣を始め、藩札、私札、それに海外の洋銀もある。

金・銀・銭のうち、銭貨（銅貨のこと）は一文二文といって全国的に流通したが、主に金貨は江戸を中心とする関東で、銀貨は大阪・京都を中心とする関西で流通した。金貨は例えば小判一枚一両というふうに枚数と価値が固定されていて分かりやすい。

これに対して銀貨は丁銀、豆板銀（小玉銀ともいう）と呼ばれ、小判と違って形を持たない不定形で、重さで価値を測った。使うたびに秤などで測って支払うか、一定量を事前に紙に包んで持ち歩くのだ。つまり銀貨は形が不揃いで、取り扱いが不便な秤量《ひょうりょう》貨幣なのである。これを関東の金遣《きんづか》い、関西の銀遣いと呼ぶ。関東は金本位制、関西は銀本位制と、金銀複本位制であった。

関西の庶民が日常の買い物をする場合は、あらかじめ銀貨を銭貨に変えておく。或いは南鐐二朱銀のような金貨単位の計数銀貨（金貨に換算できる銀貨）が増えるにつれ、こちらの方も使うようになった。実際、幕末期には金銀貨の流通量に占める秤量銀貨の比重は七％にまで低下している。ただ大きな取引では丁銀などが使われるが、いちいち銀を持ち運ぶのではなく、両替商が手形を発行する信用取引が主体であった。

そういった銀目《ぎんめ》取引は、その時々の金銀相場で金貨建てに換算のうえ、金貨や金貨建ての計数銀貨によって決済される。しかし金と銀との相対的比率（相場）が銀安傾向に絶えず変動し、そのため取引が不便となっていた。このような複雑さのところへ、改鋳による品位の劣化、偽造された金貨・銀貨・紙幣が加わり、また藩札の濫発などもあって、通貨の流通は極めて混乱していたのである。

八郎は蟄居時代にある程度勉強していたので、朝廷に出仕してからつぶさに実態を掌握するのに時間はかからなかった。

（いずれ貨幣制度改革に取り組まねばならぬ）

そう痛感し、会計基立金や太政官札の議論の時などに、まだ金銀銭貨改鋳の事務管理を命ぜられる前だが、岩倉にそのことを直言した。岩倉もこの問題を深く憂慮し、自分もとりわけ金銀両遣いの早期解決を期していると明言していた。銀目遣いを廃し、金だけに統一することである。金本位制の確立だ。八郎はその考えには賛成だが、ただ実施時期の点で異論を唱えた。

「早期というのは賛成しかねます。ご承知のように京都・大阪の経済は銀遣いで成り立っております。混乱するのは必至でしょう。会計基立金や金札発行をするこの時期の実施は、どうかと思いまする」

「まあ、それは分かるけどな。せやけど、難しい難しいと言うてたら、何もかも、でけへんということになってしまうやないか」

こういう幣制の混乱した状況下で、八郎が貨幣改鋳担当にも任ぜられたのだった。

「改鋳作業にかかる前に、先ずやるべきことがあるぞ」

さっそく八郎と部下の小原甚兵衛は日本全国で流通している貨幣の品位を調べることにした。そのため岐阜大垣藩出身の二人の熟練職人を京都二条の金座にある分析所へ送り込んだ。そこで慶長年間に鋳造された古金銀貨や安政以降に通用した新金銀貨、そして欧米諸国の貨幣五十余種を分析し、品位と量目を比べた。

その結果、同じ小判や一分判であっても、享保（一七一六〜一七三五）のものは以後の万延（一八六〇〜一八六一）のものよりも九・三倍の価値があると判明。それだけ金の含有量が多いのだ。そして各貨幣の品位がバラバラで、年と共に落ちている。我が国の幣制の混乱ぶりが明らかになり、ますます整備の必要性が認識された。そこでこの目的遂行のため、慶長四年（一八六八）四月二十一日に内部部局としての組織、貨幣司を設けた。

それから二日経った二十三日というと江戸城への無血入城から十三日後であるが、この日、八郎は重要な決定をしている。整備の第一歩を踏み出した。新政府が江戸の金銀銭座を接収し、機械を封印して、そこでの貨幣鋳造を禁じたのだ。旧幕府時代は自分では鋳造せず、金座を持つ外部の商人に請け負わせていた。だが今後は新政府が自ら製造に乗り出すことに決めたのである。

さていよいよ貨幣鋳造の段になって、香港からイギリス製の中古造幣設備一式を六万ドルで購入したが、大阪に到着するのは八月になるという。しかしそれまで待っているわけにはいかない。というのは進軍中の東征軍から軍費の要求が八郎の許へひっきりなしに届いていたからだ。

献金や会計基立金はその日暮らしのように入金し次第送っているが、焼け石に水である。期待の太政官札はようやく発行したばかりで、緊急の頼りには出来ない。そこで不本意ながらも、一時的に旧来の安易な方法をとらざるを得なかった。貨幣鋳造で利益をひねり出すのだ。

「緊急手段じゃ。大阪長堀にある機械を使おう」

相棒の小原も仕方がないというふうに、しょげた表情で応じる。

「太政官札が軌道に乗るまでの辛抱ですな。新政府軍が負けたのでは元も子もありませんから」

「苦しいが、ここは我慢でいくぞ」

古い機械と古い製造方法だが仕方がない。一分金、二分金、一分銀、二分銀、一朱銀などを鋳造して発行した。最初は長堀だけだったが、その後、江戸の江藤新平の要請に応じ、日本橋の元大坂町も加えた。その両方で製造した額は、翌年二月までの半年余りで六百万両強に達したといわれている。

この鋳造貨幣は貴重な収入源の一つとして、東征軍の勝利に貢献するのだが、それは一方で八郎の立場を危うくする種をもまいた。新造貨幣の品位が旧幕府発行のものより劣り、幣制をいっそう混乱させる結果となったからである。貨幣司の責任者である八郎は各方面からの批判を一身に浴びた。

真っ先に騒いだのは外国公使である。

「何と劣悪な品質なのだ。贋造《がんぞう》貨幣ではないのか」

「三岡八郎というのは一体、何をやらかすか、分からない。太政官札などという、不届きな紙幣を発行したかと思えば、今度は贋造貨幣だ」

これに外国官所属の日本人官僚たちも歩調を合わせ、八郎糾弾の声を強めた。大村益次郎も自分の考えとして、金額の大きさとその劣悪な品質に警鐘を鳴らした。

「目をつむって行った非常手段とはいえ、会計局の大病、人事不省なり」

と、上司である議定中御門卿への七月二十二日付手紙で中止を訴えている。

かなり時期は下がるが、悪いことが重なった。翌年に勃発した長岡右京の不正事件である。八郎はこのたびの旧貨幣製造を進めるため、五月十七日に旧金座吏員だった長岡右京を会計官権判事に任命した。その右京が翌年の明治二年（一八六九）二月四日に仕事に絡む不正事件を起こした疑いで逮捕されたのである。この時に八郎が部下である右京を弁護し、それがいっそう火に油を注ぐことになった。

さて、慶応四年（一八六八）五月九日、八郎が貨幣司を設けてから二週間余り後だが、突然、新政府は銀目廃止を布告した。即日、実行された。丁銀・豆板銀の通用停止と、銀目取引の廃止にかかわる布告を発出し、通貨は金（両・分・朱）建てと、銭（貫匁）建てとに統一されたのである。

直前にこれを知った八郎はあわてた。

「何もそんな急にしなくても、よろしいのでは。もう少し待ってもらえませんか」

と岩倉に詰め寄ったが、すでに決めたことだと却下された。外国公使の要望に耳を貸した陸奥陽之助らの外交官や江藤新平らが、岩倉に執拗に銀目廃止を訴え、岩倉もとうとう「まあ、いずれせなあかんのやから」と、決定したのだという。岩倉にしてみれば、日々決定している重要方針のうちの一つに過ぎない。落ち着いた口調で八郎をなだめた。

「八郎はどうも心配性のようやな。大丈夫やて。それほど大きな問題は起こらんやろ」

「そうであれば、よろしいのですが……」

八郎は引き下がるよりほかになかった。

しかしその危惧は当たった。銀表示ですべての取引をしている大阪の商人たちは驚倒した。まさに驚天動地の出来事であった。金融界は突如、大混乱に陥った。

「何と、まんが悪いことやろ。ついさっき、ごっつい銀の手形を振り出したばかりやがな」

老番頭は頭を掻きむしりながら嘆いた。ともかく大騒ぎである。

実際の取引現場を見ると、両替店にいちいち丁銀や豆板銀を持ち込んで商売するのは不便極まりない。そこで、それらに代わって手形を流通させていた。正銀は両替商が保管していて、その信用をもとに手形を振り出すのだ。その際、信用取引の商習慣として、準備している金銀の何倍もの額の手形を発行している。六、七倍の店もあった。

鎖国から開港になってからというもの、ずっと銀安傾向が続き、両替商の銀準備高はかなり目減りしている。そこへ旧幕府に徴収された御用金と、新政府の会計基立金への拠出が重なって、両替商の財務基盤は著しく悪化していた。そんなところへ銀目停止である。泣きっ面に蜂だった。

ここで致命的な誤解が生じた。

「えらいこっちゃ。秤量銀貨の値打ちがなくなるらしい」

銀目手形の保有者は、秤量銀貨が無価値になると誤解し、正金銀と引き換えるため両替商に殺到した。たちまち両替商の金庫から正金銀が消える事態となり、随所で取り付け騒ぎが発生した。

八郎は一応、貨幣司の責任者である。早急な銀目廃止を主導したわけではないが、外部から見れば首謀者そのものだ。商人たちからの非難と苦情をまともに受けた。会計基立金や太政官札の勧誘で多忙な中で、この問題にも時間を割かねばならなかった。商人たちに会ったり、岩倉らと対策を協議したりと、休む暇もない。善後策に奔走した。中でも問題となったのは銀表示の債権債務をどう換算するかであった。連日大阪に留まり、商人たちに説明した。

「秤量銀貨が無価値になることはない。九日の令達を読んでみよ。銀目で表示された貸借については、契約時点での相場で金銭貨建てに換算して書き換えることを命じておろう。さらに通用停止後の丁銀・豆板銀については、後日、改鋳の新貨と交換すると書いてある」

そう訴える傍ら、三日後、人心の動揺を鎮めるべく、こうお触れを出した。

「手持ちの旧来の銀目手形は通用不能となったわけではない。九日の仕舞相場でもって、金建ての手形に書き換えられて引き続き通用する」

ここにきてようやく騒ぎは収まった。が大阪の両替商のうち、名うての近藤屋猶之助、炭屋安兵衛、炭屋彦五郎、松屋伊兵衛らが倒産し、三、四十軒が閉店や休業を余儀なくされた。大阪の信用体系が壊れたと言っても大げさではない。

その一方で、相変わらず銀目貸借の書き換え問題の解消は難航した。貸し借りの問題である。八郎はおよそ半年ほどのあいだ、これにかかわらねばならなかった。というのも、布告では銀目の貸借について、契約当時の相場で銀を金相場に換算するべしとある。しかし銀相場の変動が激しくて、貸し手、借り手の損得が生じてしまい、取引の日を確定するのが困難だった。

八郎は極力民間の意見に耳を傾け、ようやく十一月二十五日になって、以下の内容で商人を始めとする関係者の合意を得た。決着がついたのである。

一、銀目廃止以前の取引は、貸付月または商品売渡月の相場と、五月九日の相場の平均によること
二、慶応二年以前の貸付等は、すべて慶応二年早春の相場に準ずること

さて、あれほど太政官札を発行するかどうか悩んでいた岩倉だが、発行すると決心してからは協力を惜しまなかった。

「うちの屋敷を使ったらええ」

そう言って、会計局にある刷り立ての金札の束を毎日、荷車で自邸に運び込ませ、封もせずに、押し入れにしまったり、廊下の隅にどんと積み上げた。ここを正貨と金札を交換する場所に使おうというのだ。正確には自邸ではなく、菊亭という貴族の家を借りていたのだった。ちなみにここでの保管だが、一枚の金札も紛失したり盗まれなかったのは、称賛に値すべきことであろう。

さて銀目廃止の問題がようやく一段落したものの、八郎は安堵する間もない。これで思う存分、金札発行に打ち込んで戦費調達に走り回れると、前向きに気持ちを切り替えた。

ただ今回の大阪商人に対する新政府の不意打ち的な仕打ちに、胸を痛めたのも事実だ。どうしてあのとき岩倉公に実施を遅らせるよう、もっときつく主張しなかったのかと、後悔の念を抱いた。しかしどう弁明しようと意味はないのだ。貨幣司の責任者は自分なのであると思っている。

太政官札発行は予定通り二つの経路で進めた。一つは諸藩へ、もう一つは京都、大阪、近隣の

商人や百姓への貸付である。

諸藩には一万石当たり一万両が基準となる。藩は受け取った金札を領民に貸し付け、物産振興に役立てねばならぬ。決してその目的をはずれて、藩財政の穴埋めに使うようなことがあってはならぬと通達されていた。徳島藩から始まり、佐賀藩、鹿児島藩（通称薩摩藩）と順次各藩に及び、五月以降八月までにはともかく二百三十万両余りを貸し付けた。

しかし各藩は内心、イヤイヤ応じたのが実状だった。金札と引き換えに差し出さねばならない正金に窮していることに加え、目下、自らの藩札の乱発に悩んでおり、中には貨幣贋造《がんぞう》にまで手を染めているところも多い。これ以上金札まで押し付けられては叶わないと、藩札の下落を恐れ、腹の内では迷惑がっていた。

京都で受け取った金札を藩に持ち帰らずに、そのまま大阪の両替商で正金に替える不届き者が現われた。そして時と共にその数が増え、本来の産業振興に回すどころか、藩の台所事情の足しにしている。

岩倉や八郎は「怪しからぬ」と息巻くが、それらの藩としても東征軍に参加させている自藩の兵士に飯を食べさせねばならず、その実状が分かるだけに、強くも言えない。太政官札発行に頭から反対している藩の中には、これ見よがしに正金に替えるところもある。強気にも金札受け取りを拒む者さえいた。それでも真面目に領民に貸し付けている藩は多くあり、八郎は将来の期待を捨ててはいない。

だが正金替えは深刻な問題を引き起こす契機となった。次第に市中に金札の量が増え、正金に対する金札の相対価格が下落したのである。「金高札安」要因として働いた。金札の価格低下は金札の信用が落ちることを意味し、これは八郎が最も恐れ、避けたかったことだった。

（しかし、もう少しの辛抱だ）

そう自分に言い聞かせ、耐えた。新政府軍が勝てば、諸藩に渡った太政官札は本来の目的に沿って運用されるだろう。その希望的楽観論を後押しする動きが町人への貸付で見られたことは大きい。

大阪は銀目廃止で相当打撃を受けたが、元々手形での信用取引が発達していたこともある。政府信用を基礎にする紙幣の太政官札にも、あまり違和感を抱かなかった。民間人運営の商法会所が懸命に実務に励んでくれ、発行は軌道に乗った。

最初の頃こそ八郎らは押し付けめいた言動をせざるを得なかった。皆で手分けして豪商たちを料理屋に呼び、馳走接待した。その場でお宅は何万両、何千両というふうに膳を前にして多少強引に引き受けを迫ったりした。だが初期導入の道がついたあとは、商法会所がその道を広げてくれた。

町人たちが太政官札を借り入れるには、自分の不動産や米・銅・菜種・生糸・麻などの動産を担保に差し入れるか、先ず会計基立金に払い込み、納証を受け取ってそれと引き換えに借り入れた。或いは例外として、銀目廃止で苦境に陥った両替商には、担保差し入れや正金支払なしに金札を貸与した。これは言葉には出さないが、八郎のせめてもの贖罪であった。

繰り返すけれど、償還方法はこうだ。毎年末に借入元本の一割を返済し、それを十三年間続けた時点で完済される。考え方としては、最初の三年間は利子を支払い、残りの十年間で元本を返済するという仕組みである。

これでいくと、例えば或る商人が千両借りたとする。毎年百両ずつ十三年間返済すれば、合計千三百両で、その内訳は利子が三百両、元本が千両となる。では利子の年利はいかほどになるか。最初の三年間で支払った金利に対する十年目までの金利、つまり「金利の金利」を考慮すると、四分台半ばとなる。つまりこの商人は年換算で四分台半ばの利子を支払う計算なのだ。幕府の法定金利が一割二分で、市中金利が八分から一割ということを考えると、かなり低めの設定である。

なぜ八郎がそうしたのかということだが、これは会計基立金に関係している。基立金の募集により民間に資金不足が発生するかもしれず、そこで太政官札を発行して、民間経済を円滑に回るようにしたいと考えた。

このため基立金の募集に応じた者には、優先的に太政官札を割り当てた。基立金には政府が一割二分の金利を支払うことになっていて、基立金を拠出して同額の太政官札を借り入れた者は、両者の利率の差である七分五厘が借入者の益となる。そういう配慮を八郎は払っていた。

さてこのように関西では比較的順調に進んだ金札発行だが、関東以北ではほとんど受け入れられなかった。というより江戸（この年の慶応四年七月六日に東京と改称）では、まったく金札が発行されていないまま時が経っていた。

東京会計官の責任者は江藤新平である。佐賀藩士江藤は官僚の中でも反三岡派の最右翼であり、理屈抜きで感情的に敵対しているほどの関係だ。妥協を知らず、生真面目かつ多少、法匪《ほうひ》的なところがある一途な性格だった。法匪とは、法律を詭弁的に解釈して、自分に都合のいい結果を得ようとする者を指す。そんな生き方からなのか、後に征韓論争に敗れて下野し、反政府を掲げる佐賀の乱を起こして、さらし首の刑に処せられた。四十歳の死であった。

関東で太政官札発行が進まないのには江藤の存在に加え、江戸特有の事情もあった。江戸の民は幕府と共に歩んできた長い歴史を有している。豪商たちも幕府と組んで利益を分け合ってきた。朝廷にはほとんど馴染みがない。小判という金遣いの地であり、銀にも縁が薄い。ましてや朝廷が発行する「紙切れ」など信用できないと、強い抵抗感をもっていた。

「こんなところで金札を発行すれば必ず失敗して、却って朝廷の威信に傷がつく」

江藤ら東京の官僚たちはそう言い張り、抵抗した。東京は金札反対で凝り固まった者たちの牙城となっていた。京都に正金の要求はしつこいほどしてくるが、肝心の金札発行には目もくれないのである。

この前後、北越奥羽では、新政府軍と奥州列藩同盟軍とのあいだで激しい戦闘が続いていた。特に北越では五月から七月までの死闘で一時、新政府軍が敗退しかけた時もあった。東京会計官である江藤は何としてでも軍資金を送らねばと、カネ作りに全力で取り組んだ。兵糧を賄うには正金を揃えなければならない。八郎も京都から送り届けるのだが、十分とは程遠く、そのことも江藤には大いに不満であった。そんな状況下で、東北・北陸で金札を流通させることなど、とても考えられなかった。

しかし八郎との友情で結ばれた西郷隆盛は違った。金札が発行されるや八郎は江藤へと同様、直ちに東北の戦線にいる西郷の元へも届けている。それを受け取ると、西郷は隊に向け、こう号令をかけたという。

「金札発行は朝廷の命令である。もし金札で払うことに不平を言う者がいれば、切って捨てるべし」
確かにその限定された地域では強制力で金札が通用した。だがこれなどは極めてまれな例であろう。

金高札安が起こっていることに八郎は神経を尖らせていた。新政府が成功する鍵は殖産興業にあり、そのためにはこの太政官札が信用され、成功せねばならない。信用さえされれば、例え正金の備えがなくても金札の価格は安定し、金との比率は変わることはない。額面通りの通用力を維持できる。もし新政府の皆が一致団結して金札の流通に努力するなら、必ずや達成できるはずである。これは八郎の固い信念であった。

ところが現実はそうなっていないのだ。その理由はいろいろあるが、新政府の要路にある大名でも自藩内での金札流通を拒む者たちがいる。目的外の不正使用も急増した。藩債の返済や人件費、日常経費などに流用したのだ。また政府の徴士、参与でありながら、いまだに紙幣発行に反対している者や、自説を固持して耳を貸さない者たちがいて、行く手を大きく阻んでいる。八郎は敢然と彼らに戦いを挑んだ。

先ず六月二十一日に布告を発し、楮幣と金銀貨を等価によらずに兌換することを禁じた。もしこの禁令に反する取引があれば双方ともお咎めあるべしと、厳しく迫った。

続けて七月十八日には後藤象二郎が知事を務める大阪府が達しを出した。これも額面以下での金札取引を禁じ、違反した者は容赦なく捕えて取り調べると、きつく命じた。同じ七月に八郎は外国人が金札を正金と兌換するのを禁じている。

しかし一旦、川の堤防に生じたほころびは、大きくなることはあっても、閉じることはなかった。徐々に広がりを見せていく。それでも八郎は諦めない。忍耐強く反対者たちに会って説得に努める一方で、太政官札の引き受け交渉に精を出した。
そんな頃、大阪にこんな落首が現われた。

日本はいかに神国なればとて
金まで紙になりにけるかな

6　刀折れ矢尽きる

慶応四年（一八六八）七月十七日、「江戸ヲ称シテ東京ト為スノ詔書」が発せられた。江戸は東の京という意味で「東京」と改称されたのだ。天皇が日本の東西を一つの家族として同視するとし、江戸が東国最大の都市で要所でもあるため、天皇がここで政治をみることとしたのである。ただこの時点では保守派や京都市民への配慮から、東京遷都を明確にはしなかった。

しかし新政府としては、どうしても天皇に東京に行幸してほしい。日本の全ての藩が天皇の統治に従っていることを天下に示すため、また未だに東北・北越で抵抗し続ける旧幕府勢力を鎮撫するためにも、速やかな実行を望んだ。

日を置かずして八月四日、天皇の東京行幸が正式に決まった。直ちにその経費を見積もってみると、八十万両かかることが分かった。御東幸費の調達という新たな難題が会計局の上にのしかかったのである。

八郎は会計基立金の募集と、始まったばかりの太政官札の普及で忙殺される一方、緊急避難的な貨幣鋳造にも死力を尽くしていた。産業育成という展望を掲げてはいるものの、実態は当面の東征軍の兵糧確保に追われている。そこへ新たに八十万両だ。

だがどんな難題に直面しても、どんな無茶な注文がきても、不満を言わないのが八郎の真骨頂である。決して弱音を吐かない。敢然と立ち向かう気力が、体内の血、肉、骨に染み込んでいる。

死に物狂いでカネ集め、カネ造りに取り組んだ。八郎だけでなく、岩倉以下、総がかりで調達に当たっているのは述べるまでもない。

或る日、岩倉は八郎に弱音を吐いた。

「弱ったなあ。大阪の経済は銀目廃止の痛手から、まだ立ち直ってへんみたいや。どうあがいても、畿内でこれ以上、正金調達するのには限界があるのと違うやろか」

「それは早計です。畿内を諦めるのは早すぎます。それよりは、正金しか通用していない関東でも、今こそ金札を流通させることを考えませんか。日本は一つなのですから。心ある人たちは真剣にそれを望んでいます」

「ふむ。そやな。やっぱり、それしかないな」

「金札はすでに向こうへどっさり送ってあります。ただあちらの鎮将府は皆、金札反対で凝り固まっていますからね。江藤会計官の石頭には困ったものです」

岩倉はうなずくと、急に「あ、そや」と言って、棚から書状を取り出してきた。

「きのうまた東京の大久保利通から来たヤツや。早う金札をさばかなあかん言うて、八郎に一刻も早う東京へ来てほしいと懇請してきてる。行ってくれんやろか」

その時は八郎は断ったが、数日後、岩倉のいる前で、会計事務総督の中御門経之からも東京へ行くようにじきじき要請された。再三、中御門へも東京から懇請の書状が届いている。だが八郎はこれも断った。

「別に逃げているわけではありませんが、自分が向こうへ行ってしまったとして、こちらでの御東幸費調達は大丈夫ですか」

「ううむ」

と中御門も唸ったきり、答えられない。結局、この話は岩倉が関係者へ手紙で断ることになった。

そんな多忙な中で八郎はもう一つの重要な仕事を担当していた。あと一週間ほどに迫った八月二十七日に紫宸殿《ししんでん》で行われる天皇即位の式典の御用掛を岩倉から拝命していたのだ。失敗が許されない重要行事である。八郎の事務能力の確かさが見込まれての指名であった。

八郎は岩倉と相談し、それまでの唐風《からふう》の装束や装飾を撤廃した。簡素節約のうちにも、新天地のもとに新しい精神を発揚させるべく、平安時代以来、礼服に次ぐ正装であった束帯を使用したり、皇威を世界に知らしめるために人目につく場所に地球儀を置いたりと、工夫をこらした。唐の模倣ではない庶政一新の時代にふさわしい皇位継承の典儀を目指すことを考えた。

さて式の前日になって、八郎は困った。他の藩士と同じく、束帯の用意がない。どうしようかと思案していると、幸いにも思いがけず天皇から拝領する光栄に浴した。

当日は朝から晴れ、無風の空間に太陽がまるで白い熱の線を降り注ぐように、暑さが密度濃く舞っている。公卿・大名が居並ぶなか、八郎も福岡孝弟と並んで参列した。さすがに大名たちは衣冠が似合い、かしこまった表情で堂々としている。

万歳をする段になり、皆が一緒に首を振るのだが、それがなかなか難しい。勝手に振るのではない。一斉に右とか左に振らねばならない。八郎もそうしたところが、何と隣の福岡の頭と打ちあってしまい、あわてて元に戻した。どちらかが方向を間違ったのだ。思わず可笑しさが込み上げた。

式典は滞りなく終わり、八郎は岩倉からねぎらいの言葉をかけられた。そしてその労に報い、祭器の中から御鏡、御剣、幣帛、御色旗、御簾、鋪物の六種が下賜された。

八郎は感激した。後に福井の自邸の庭に天照大御神を祭り、神宝神社と名づけて、そこに御鏡など六種を奉安した。その後火災にあって、残念ながら現在は足羽神社の境内に石碑を残すのみである。

会津での戦争がまだ続いている最中の一八六八年九月八日、慶応から明治に元号が改められた。と同時に一世一元制が採用されることに決まった。

明治という語は議定松平春嶽が易経から選んだもので、そこには「聖人南面而聴天下　嚮明而治」、つまり聖人が南面して政治を聴けば、天下は明るい方向に向かって治まるとある。南面とは、君主の位につくこと、天子として国を治めることをいう。

九月二十日、明治天皇は東京に向けて京都を出発した。八郎は万感の思いで無事、天皇の発《ほっ》籠《が》（貴人の出発）を見送った。目には涙が溜まっていた。万感というのは、全力でぶつかってきた仕事への回顧と、自己の内面を揺らす感傷の両方から来る感慨であった。

徴士として新政府に仕え、寝食を忘れて奔走してきた。五箇条の御誓文の起草、会計基立金募集、太政官札の発行、東征軍の兵糧確保、幣制の整理、貨幣鋳造、天皇即位、そしてそれに続く明治天皇の東京入り……。十ヵ月ほどの一年にも満たない短い期間であったが、十年、二十年を疾走したような量的・質的な充実感と心地よい疲れを覚えた。

だが心の隙間にすっと忍び入ってきた寂しさは、どうにも消すことが出来ないでいる。自分は民の幸福を実現し、新生日本を豊かにするために、知恵と体力の限りを出しきって完全燃焼させてきた。その目的実現の手段として、大袈裟な表現かもしれないが、太政官札の発行に命をかけてきたし、今もかけている。産業振興こそが成功をもたらす切っ掛けとなるのである。その信念は変わっていない。

ところが多くの大名や政府の重要人物たちが、いろんな理屈をつけて反対し、妨害している。そういう動きこそが正に新政府の信用を落として、金札の価格下落を招いている元凶なのだ。紙幣というのは信用で成り立っている。もし皆が一致団結して金札発行を推進すれば、必ずや価格は額面に戻る。それなのに分かろうとしない。或いは分かっていても、妨害する。

中には自分が採用した長岡右京の評判の悪さを、「あんな品行のよくない人物を採用した三八郎は怪しからん」「長岡と何か企んでいるのではないか」などと、誹謗中傷の人格攻撃を仕掛けて、強引に金札反対に結びつける輩もいる。

また長岡の部下である上原順助が八月中旬に官憲に捕縛された。質の劣った悪弊を製造して信用を失墜させたとか、東京の鎮将府会計官と京都太政官の会計官との隔絶を計ったとか、贈収賄があったなどの、それもわずかな金額だが、そんな理由であった。江藤新平が主導した無理筋の逮捕劇だったのは誰もが知っている。

外国官の日本人官僚たちもそうだ。彼らは外国公使たちの代弁者として行動していると言っても過言ではない。本当に日本の将来のことを考えているのか、甚だ疑わしい。己の立場の穴に潜り込んで、その損得、ないしは出世の機会探しに利用していると見られても仕方あるまい。

まあ、それらはどうでもいい。賛成者もいれば反対者もいるのが世の常だ。しかし誠に残念で寂しいのは最近、岩倉公が時として見せる態度である。自分は公の信頼を背に受けて、これまで強引とも独断とも思える手法で日本国の形づくりに邁進してきた。時には制度を飛び越えて決断したこともあった。それらが出来たのは公の後ろ盾をひしと感じていたからである。

しかし最近、金札のことで公はいろんな人物の意見を聞き、迷い始められた。金札の意義に疑いを抱かれたと思える場面に時々出くわす。今までは自分が金札発行の反対者と論争したとき、いつも背中を押してくれた。しかし、もうそれはない。

とりわけ決定的なことがある。価格下落で金とのあいだで生じた打歩《うちぶ》の解消について、あまり積極的ではなさそうなのだ。むしろ時価相場を容認する動きすらしているふしが見られる。この打歩の解消こそが太政官札成功の鍵を握っているのに、残念の一語である。自分は日本財政のためを思い、金札発行とその成功に命をかけてきた。それを終始、支えてくれたのが公だった。ところがその公が、自分が反対している時価相場容認に大きく傾いている。

そう思うと、もはや自分が演ずる舞台はないのではないか、消えたのではないかと、そんな気がした。太政官札の種まきも終わり、今は苗になって、大きく育ちつつある。これは確かな事実だ。日本国財政のモトの形が出来た。自分の役割はここまでと考えるべきかもしれない。

限定つきと言っては何だが、それなりの満足感もある。これは逃げるのではない。地位と権力にしがみつくのは自分の生き方にはない。恐らく龍馬も最低限の仕事をしたと認めてくれるのではないか。

それに会津戦争もそろそろ終結に近づいている。奥羽越列藩同盟がほぼ消滅するなか、榎本武《たけ》揚《あき》率いる旧幕府軍の残党が東北で暴れているが、これもいずれ治まるだろう。八郎は満足感の内に漂う或る種のさびしさに心を添わせながら、そろそろ身を退く時期が来たと考えた。

公を恨む気など、毛頭ない。こんな田舎出の一介の男に活躍の機会を与えてくれたことに心から感謝している。八郎は静かな気持ちで机に向かい、漢文で辞職願を書いた。

岩倉公の心変わり云々についてはいっさい触れていない。あくまでも自分の個人的な責に帰している。これは八郎の矜持であろう。なおこの時点では長岡右京の悪評こそあったが、まだ逮捕にまでは至っていない。それは五ヵ月後のことである。ただ八郎は己の潔白を信じているので、右京のことは辞意とは関係がない。

九月二十四日の朝、辞職願を出した。だがその場で却下されている。中御門や岩倉、徳大寺、木戸ら要人の誰もが驚き、遺留した。

「東京に太政官札を通用させるのは三岡八郎しかいない」

「三岡は新政府に欠くことの出来ない人物だ。辞められては困る」

そんな声が相次いだ。結局、八郎は辞表を撤回し、上司の懇請で東京へ行くことになった。


立つ鳥跡を濁さずと言うが、八郎はその一人であろう。辞表を出す十日余り前の九月十二日、辞める決意はすでに固めていたが、最後の仕事をしている。

半年ほど前の慶応四年三月、カネに窮した徳川幕府はフランスの銀行ソシエテ・ジェネラルから、横浜と横須賀の製鉄所を担保に入れて洋銀五十万ドルを借り入れた。条件は期間七ヵ月、金利一割である。ちょうど西郷隆盛と勝海舟が江戸城明け渡しの談判《だんぱん》をしていた最中だった。

ところが七ヵ月の期限が近づいたのに旧幕府は借金返済の目途が立たず、両製鉄所を没収されそうになった。政府（八月二十七日の天皇即位以降は「新政府」ではなく「政府」の用語を使用する）の重鎮は八郎に泣きついた。

「この製鉄所は産業育成の本丸となるものだ。何とか没収されないようにしてほしい」

「あい分かった。旧幕府の借金とはいえ、日本政府は逃げはせぬ。産業は富国の根本である」

八郎の行動は素早い。ツテを頼り、急遽イギリスのオリエンタルバンク横浜支店から洋銀五十万ドルの融資を受け、担保を解除したのだった。これは明治政府が外国からカネを借り入れた最初の事例となった。


八郎の東京行きが決まった。集めたり鋳造したりして得た正金五十万両を大至急、運ばねばならなくなった。東京ではカネがなくて困っている。天皇がおられるというのに、多数の官吏らも含め、日々の生活もままならない状況である。

陸路では日にちがかかり過ぎ、蒸気船でなければ間に合わない。あちこち当たってみたが、どこにも船がない。ようやく古い灯台船が見つかった。これは普通の船ではない。水深が深くて灯台の建設が困難な場所に船を浮かべ、それに灯台設備を施したものをいう。航行向きではないのだ。

気は急いている。危険を承知でこれを借り上げ、運を天にまかせて一行は出港した。ところが遠州灘で強烈な暴風雨にあい、二昼夜ほど大波に翻弄されたのち、十一月十九日、命からがらようやく横浜港にたどり着いた。上陸して直ちにインド人の馬車を見つけ、現金の小箱に用心しいしい、それに乗って江戸へ急いだ。夜になっていたが、着くと、もう皆大歓迎である。カネの威力は大したもので、意気消沈していた空気にたちまち活気がみなぎった。

そこまではいいのだが、翌日、問題の太政官札発行の議論になったとき、雰囲気が一変した。東京会計官の長は江藤新平で、肩書は鎮将府会計局判事である。わずかに一人島義勇を除いて、江藤を筆頭に長谷川二右衛門、北島秀朝らの会計官たちは、太政官札の東京流通に真っ向から反対した。

その理由は相変わらず単純だ。江戸の住民は朝廷に馴染みがなく、政府を信用していないので、金札などもってのほかだとか、発行を強行すればますます信用を失墜させるなどである。八郎はもう聞き飽きたと思っているが、いつものように一つ一つ丁寧に反論した。しかし相手はまともに議論をする気はない。感情的で、端《はな》から反対のための反対を唱えているような荒々しい態度である。

金札の額面割れの打歩問題に移った時も同様だった。八郎がいくら額面に戻すことの重要性を説いても、聞く耳を持たない。価格が下がったら下がったで、その時の価格で取引すればよいと主張して聞かないのである。

「時価売買は太政官札を殺すに等しい行為だ」

そう懸命に訴えるが、江藤は机をドンと叩き、頑として引き下がる気配はない。

江藤は外国公使たちからの影響を強く受けていた。その仲立ちをしているのが神奈川府知事の東久世通禮、江藤と同じ佐賀藩士で外交官副知事の大隈重信、薩摩藩士で外交官の寺島宗則らであった。彼らは各国の公使から「一分銀に銅・鉛等の混ざり物がある」と、盛んに苦情を訴えられていた。

外国商人が自分たちの洋銀と日本の貨幣を替えるとき、質の悪い貨幣をつかまされ、甚大な損失を被っているというのだ。江藤や外交官たちにしてみれば、そんな貨幣を鋳造している三岡八郎や長岡右京、上原順助など、貨幣司は許せないと息巻いた。罪人に等しいとさえ声高に叫んだ。「今、日本が西欧から劣等国とみなされたりすれば、どうなるかお分りか。耐えがたい損失を引き起こす。金銀比価や関税自主権、治外法権の問題を解決していかねばならないのに、こんなことをしでかして、馬鹿にされるだけである」

あげ句には、「会計のことは極めて重要で、外国の利害と密接に絡んでいる。そうである以上、会計官ではなく、むしろ外交官が幣制や税をも扱うべきである」とまで高言する始末だ。

外国公使たちはさらに太政官札にも言及した。「正金の備えもない金札発行など、とんでもない。いっそう輪をかけた悪影響を及ぼすに決まっている」

と、外交官たちをそそのかして反対させた。

八郎にしてみれば、貨幣鋳造は好んでしたのではない。東征軍、天皇の即位・東行などの費用を賄うための、やむを得ぬ一時的な便法として手を染めたのである。非常時における非常の策だ。旧幕府軍を打ち負かすことに役立ったことは断言できる。明治が来るのに役立ったことは断言できる。会計基立金や太政官札発行に加え、即効的な貨幣鋳造もあったからこその今なのだ。

しかし法を笠に着た正論の前では、何の言い訳にもならないことを知っている。かといって、木を見て森を見ないそんな追及から逃げるのは、自分の誇りが許さなかった。

いつまでも不毛の言い合いをしていても仕方がない。明くる日の午後、八郎は一計を案じ、江藤に衆人のもとでの一対一の論戦を申し出た。

「立会人を設け、そこで決着をつけようではないか。ケリがつくまで朝から晩まで毎日でも続けよう。どちらかが論戦に来ないようになったら、負けとする。これでどうじゃ」

江藤も逃げるような卑怯な男ではないし、弁論は得意である。即座に決まった。立会人には東京府庁の青山小三郎と鮫島直俊が選ばれ、取りあえず十日間、朝八時から夕方四時まで、毎日議論することになった。

さて論戦は始まったが、両者は真っ向から対立し、これまでの議論が蒸し返された。連日同じことの繰り返しである。五日、六日、七日と続き、とうとう八日目の朝、江藤が出てこない。夕方まで待ったが、姿を現さなかった。立会人は八郎の勝ちを宣言した。

翌朝、東京での太政官札発行は十二月一日を期して行われることに決まった。八郎は倉庫へ行き、積まれていた金札を確認して、関東一円に配送する段取りを指示した。

(これで東国でも流通の目途がついたな)

そうつぶやいたのも束の間、休む間もなく八郎は次の課題に取りかかった。打歩である。早急な解決を迫られている。

太政官札は何だかんだと言われながらも、主に関西ですでに二千五百万両余りも発行されている。ところが目的外の不正流用が急増してしまった。多くの藩が本来の産業育成にではなく、勝手に正金に替えて、藩債の返済や人件費、日常経費などに使ったのだ。

こうなると市中に金札があふれ、正貨との比較において必然的に価値が落ちた。「正貨との等価流通」を目指す政府の原則が崩れたのである。変動相場による時価流通となった。

そこで八郎は何度も御触れを出し、時価交換を禁じた。正貨との等価を保つ必要性を説いた。

しかし守る者は少なく、それを見て、さらに指導を強化するというイタチごっことなった。

八郎は外国商人にも同様の命令を出した。公使たちから猛然と批判の声が上がった。

「価値が下がった太政官札に、なぜ我々だけが額面通りのドルを支払わねばならないのか」

「日本国内では時価で交換されている。我ら外国商人だけが損をさせられるのは不公平だ」

外国公使の中でも、薩摩とのつながりが深い英国公使パークスは政府に絶大な力をもっていた。八郎よりはるかに上の要人たちにも圧力をかけた。

だが八郎は悲観していない。旧幕府残党の榎本武揚も函館五稜郭で降伏し、いよいよ政府は己の意思で政策を遂行できる環境が整った。政府内が一致団結して等価流通の方向で邁進すれば、必ず価値は戻るはずである。

パークスらは「正金の備えがない紙幣など、聞いたことがない。紙切れにきまっている」と糾弾するが、その心配は無用なのだ。そのうち産業育成が軌道に乗ってくれれば、経済が活性化し、金札の需要も増えて、価値は必ず上る。しかも西洋などの期限のない紙幣とは異なり、太政官札は十三年と限定した。むしろ安全装置付きの紙幣なのだ。やはり一刻も早く時価交換を廃止せねばならぬ。八郎は次なる闘争に向け、自身を鼓舞した。

待ちに待った十二月一日が来た。ところが金札発行の布告がない。

（おかしいな……）

何があったのか。八郎は江藤の姿を探したが、見つからない。建物内や庭だけでなく、自宅にも人を走らせて探した。

肝心な時にいないとは一体どうしたことか。これ以上、待っておれない。鎮守府会計局に詰めかけ、公布を急ぐよう督促した。そして三日後に、ようやく布告された。

内容を見て驚いた。驚愕した。金札を発行する旨の記述に続いて、「……以来は時の相場を以て通用可致様《つうよういたすべきよう》沙汰候事」とある。金札と正貨との時価交換を認めたのだ。しかも、これは八郎が所属している本元の京都の会計官から発せられている。

（何ということだ……）

信じられないことが起こった。いっさい八郎に相談はなかった。

じっと書面の文字を見つめている八郎の目が、止まったままである。読んではいない。これほどの屈辱はあろうか。実務部隊の最高責任者である自分に一言も相談なしに、一方的に時価交換の触れが出された。明らかな敗北である。勝負はついた。事は終わったと思った。

金札と正貨の等価維持論はつぶれた。外圧と、それに与する外国官の日本人官僚たちに、打ち負かされたのである。八郎はもはや自分の居場所がないのを明瞭に知った。黙想し、しばらく胸の鼓動が静まるのを待った。


年が明け、明治二年（一八六九）となった。長岡右京のことがにわかに騒がれ出した。その関係で八郎に対しても、人格非難に加えて、具体的な疑惑が取り沙汰された。しかし八郎はどれもこれもが事実無根であり、呆れて物が言えなかった。

疑惑の一つは去年五月のことだ。かねてから江戸にいる長岡に西洋腕時計を買ってきてほしいと頼んでいたのだが、長岡が京都へ来たとき、その腕時計を八郎に贈呈したという。またそれ以外に、重箱に詰めた肴《さかな》などもたびたび長岡から贈与を受けていた、というのだ。

八郎は時計の方は高価なのでもらうわけにいかず、買っている。また他の品は受け取ったのは事実だが、そのたびに答礼として、ちりめん一反や紬《つむぎ》一反、越前奉書などを長岡に贈っている。やましいところはない。潔白である。

二つ目は同じく去年七月頃、東京金座にあった百文銭五万貫（千二百五十両相当）を長岡に命じて他者に貸し付けて、その時に何か見返りをもらったのではないか、というのだ。八郎は金銭の細かな出納に口出しすることなどあり得ないし、まったくそんな事実は知らない。呆れてしまった。

三つ目は同じく九月頃、長岡から一枚の三十畳敷き段通を贈られたというものである。長岡から「いい段通の敷物がある」と聞き、買ってもらうように頼んだ。ところが届いたのは十三畳ほどの寸足らずで、しかも古物かつ傷物であった。そこで値段の交渉をしているうち、二人とも忙しく、そのままになっていた。八郎は決してもらったとは認識しておらず、こんなことまでほじくり出して江藤はケチをつけるのかと、疑惑に反論する気にもならないでいた。

さてこの頃、パークスは大隈八太郎（後の大隈重信）という人物に興味を抱いていた。興味というのは、いつか大隈を利用できる時が来るのではないかという期待であった。がその時期は意外に早く訪れるのである。

大隈は天保九年（一八三八）、佐賀藩士の家に生まれ、八郎より九歳下である。英語が得意で、明治になって徴士参与となり、外国局判事として長崎に勤務した。慶応四年（一八六八）四月にキリスト教徒処分問題でパークスと論争し、互いに見知った。この時の英語交渉力を政府に認められ、五月には長崎府判事兼外国官判事、そして十二月には外国官副知事へと、とんとん拍子に出世した。ちなみに明治二年二月以降に大隈八太郎から大隈重信に改名したようである。

　同じ佐賀藩士で四年先輩の江藤に大隈は以前から公私にわたり頻繁に接触している。仲が良い。この頃、外国官では、海外公使たちとのもめ事を通じて急に会計の重要性に着目し、外国官が会計を仕切らねばこの日本はもたないと思い始めていた。その具体的な行動の一つとして、江藤とパークスは別の立場から大隈を会計局に送り込むことを考えた。江藤は敵対している三岡八郎を牽制したいと考えていたし、パークスの方は貨幣鋳造や太政官札発行に邁進する三岡を政府から排除する必要に迫られていた。

　そんな思惑のところへ、大隈自身も会計に興味を抱いていたので、明治二年一月十二日に外国官での籍を持ったまま会計官へ出仕するよう命じられた。

（いよいよ中央進出だ）

　この時を待っていた。大隈は自分の未来に日が昇り始めるのを感じた。期待に胸を弾ませ、東京から中央の京都へ向かった。

　新職場では当初は財政問題の学習に専念していた。が頭脳明晰で何事も呑み込みが早い。次第に八郎の財政政策全般や、悪貨、贋金の横行に異を唱え、とりわけ太政官札発行に批判的な言葉を口にし出した。江藤やパークスらの影響力があったことは十分に推察できる。直接、岩倉ら高官へ意見を述べる機会が増えた。あくまでも太政官札発行に否定的であり、かつ時価交換を肯定する論調であった。

　東京で太政官札の取引相場が立ったのは明治元年十二月十三日である。時価による初相場は太政官札百両に対し正金七十三両であった。民間に対する貸し出しも、金札百二十両に対し正金百両だ。打歩は大きく、政府内の弱腰が見透かされたような相場であった。

明けて二月五日、金札五千万両が増発された。八郎には衝撃であったが、沈黙を守った。もともと民一人・米一石につき一両を金札発行の上限と決めていたのだが、その歯止めが破られた。もはや制御の効かない荷車のように走り出している。いよいよその時が来たと八郎は判断した。

二月六日の朝出仕すると、会計官知事中御門経之に辞職を願い出た。表向きの理由は、病気による身体衰弱である。

辞表を書いている時に改めて気づいたのだが、上洛以来の溜まった疲れが体の芯に根を張り、だるさが充満している。食事も満足に喉を通らない。このところ時々、血尿も出ていた。頬と胸の肉も落ち、目方がげっそり減っている。気力だけでここまで走ってきたのかと、苦笑いが込み上げた。ゆっくりしたいと思った。悔いはない。

辞表は保留扱いになり、中御門と岩倉が慰留に努めた。が辞意が固いことを知って、二月十七日に受理され、職を解かれた。参与と官位はそのまま残すと岩倉から告げられた。

岩倉の目には涙を思わせる湿りがうっすらと滲んでいた。八郎の職務はその日から大隈八太郎が引き継ぐことになった。

八郎の心は澄んでいた。恨みなど微塵もなかった。未練もない。もう何もかも終わったのだ。自分のような男に働く機会を与えてくれて、政府、とりわけ岩倉には感謝があるだけである。ありのまま受け入れればいい。気張った構えではなく、自然な気持ちでそう思った。

最後の別れの日、西郷隆盛がそのごつい手を自分の両肩にがっしりと置き、

「御一新の成功は、おはんのお蔭です。もしおはんがいなければ、維新はもっと遅れていたじゃろう。ありがとさげもした」

と言った言葉が、最上の喜びとして耳の奥に残った。

軍費集めに奔走していた頃の日々が、懐かしさを伴って次々と脳裏に浮かんでは消えた。兵糧の枯渇を訴える西郷の書状が瞼に現われ、緊迫感に満ちたその文言の一語一語が、今となっては懐かしく、思わず微笑んだ。

江藤新平を談判で打ち負かした日は正直、太政官札の行方に希望を抱いた。しかし、その後に続く公布により時価交換が肯定されてぬか喜びに終わったが、不思議に個人に対する口惜しさや復讐心などはない。皆それぞれが己の信念を貫いて、この時代を生き抜いているのだ。自分もそのうちの一人に過ぎない。

ふとこの辞任を小楠先生はどう感じているだろうと思った。寝耳に水だったが、これより少し前の一月五日、師の横井小楠が京都で暗殺された。誤解に基づくとばっちりだった。「横井小楠は天皇を廃し、代わりにキリスト教を持ち込もうとしている」との誤ったうわさが広がり、殺されたのである。

師の悲しみが自分の辞意に影響したとは考えていないが、巨星が去ったあとの胸の空洞はどうすることもできない。師あっての自分であった。師が去り、その後まもなく自分もこうして表舞台から去ることに、何か不思議な因縁を感じた。

しかし、ものは思いようである。師に成り代わって、これからの新時代の興隆を脇から見守っていくことで、空洞感は消えていくかもしれぬ。そうありたいものだ。ともかく、太政官札も発行したことだし、これで新時代の財政的な基礎だけは築けたのではないかと、師も微笑んでくれているような気がした。

その日、龍馬の墓を訪れ、いきさつを報告した。日本国の形のモトを築けたという自負が心の奥にある。そのことを龍馬に告げた。

そろそろ暇《いとま》しようと立ち上がった。雀が一羽、逃げもせず、隣にある中岡慎太郎の墓石との間で、地面の餌をついばんでいる。ひょっとして龍馬かなと、何か懐かしさを伴った豊かな気持ちで見入った。


さて会計官副知事となった大隈だが、あれほど太政官札の時価相場を主張し、正金との兌換性を説いていたのに、いざ実際に自分が責任者として財政を担当してみて、迷いが生じた。どうもうまく経済が回らないのだ。そこで三ヵ月も経たないうちに、一転して時価相場を禁止する措置に出た。結局、八郎の考えに戻ったのである。しかし一たび容認してしまった以上、市場の混乱は収まりそうもない。以後、長きにわたって苦労するのである。

また、あまり重要なことではないが、「太政官札」に代えて、以後は「金札」と呼ぶように布告した。太政官札という同じ呼び方から、太政官の権威が傷つけられるのを恐れたのだろう。

大隈自身はもともと外交官であり、貨幣に関して必ずしも明確な考えを持っていなかった。日本が近代国家として自立するために、いかに外国からの批判に耐えるべきかを最優先に考えた。その観点が強すぎて金札に反対し、時価相場を主張したのであった。

ところで話題はそれるが、この太政官札だが、その発行額は一体いくらになったのか見てみたい。資料に基づき、王政復古の大号令があった慶応三年末から戊辰戦争終了の明治二年九月末までの期間で見てみよう。ちなみに一両が一円に変ったのは明治四年五月なので、両で計算する。

　維新政府はこの期間に戊辰戦争に要した戦費も含めて、五千百二十九万両の財政支出を行った。そのうち実に九十三・六パーセントにあたる四千八百万両を太政官札が占めている。この数字が語るところは明白だ。もし太政官札による造幣益がなければ、政府軍は旧幕府軍に勝っていなかったし、新政府は存続し得ずに崩壊していたに違いない。

　換言すれば、太政官札発行こそが維新の大業を成功させた決定的要因であったのだ。八郎が歴史において果たした役割はこれほど大きなものであった。明治維新というと、大勢の有名人物の名を浮かべるが、財政を一身に担った裏方のこの人物にこそ最初の照準を当てねばなるまい。後世の人間に一言を許されるなら、もし官札の等価交換が認められ、八郎が会計官にそのままいたなら、日本の殖産興業の発展スピードはもっと速まっていたかもしれぬ。

　残っていた参与職だが、八郎は明治二年五月、自らの依願により辞している。彼の潔さが窺える一事であろう。時に三岡八郎、四十一歳。

　しかし、まだまだ歴史が彼を忘れるには歳が若すぎる。現にしばらく休んだのち、二年五ヵ月後、周囲からの切望により再び中央へ復帰するのである。ただ復帰の場所が違う。今度は最初の一年半を除き、官僚組織の中で奮闘するのではなく、外、つまり政治家、実業家として近代日本の行く末に意見を述べるのだ。それは後述する。

　八郎は恨みを知らない男である。いや、知らないと言うのは正しくない。正確には、人並みに恨みという感情は持っているが、それを引きずらないように、というより意識や行動に顕現しないように己を律している。

「藩内の政治など、もう忘れよ。恨みは持つな。政治力学など、どうでもよい。天下から見れば、ささいなことである」

以前、蟄居を命ぜられた時に小楠から贈られた言葉だが、それ以来、これを自分の人生の指針として守っている。恨んでも得るものはないからだ。むしろ恨む気力・体力・時間があるなら、次の新しい目標に向かってそれらを振り向け、邁進するべきだと考えている。

同様に権力闘争にも興味を示さない。己の地位・権力を守るために相手と戦う気は毛頭ない。戦うのは大義名分を掲げ、それを達成する時だと決めていた。ただその実現の結果として政府から与えられる地位や報酬は受け入れている。

今般の辞任に関し、西郷は目をむいて反対した。巨体から荒い息を吐き出しながら、

「ないごて、そげんことをすっとよ。辞めることはなか。江藤の小童《こわっぱ》など、ひねりつぶしてくるわ。岩倉公も岩倉公じゃ。おはんがその気なら、力を貸すぞ」

と言って、今にも岩倉の部屋へ談判に行こうとした。八郎はあわてて袖を引っ張り、制止した。

「いや、それには及び申さぬ。お気持ちは有難いが、某の仕事はひと先ず終えたと思っております。太政官札の苗はいずれ必ずや殖産興業のうねりとなって育つでしょう」

ところで三岡八郎の氏名だが、何度か変えた。生後、ずっと三岡石五郎と名乗っていたが、文久二年（一八六二）三十四歳のときに三岡八郎と改め、さらに明治三年（一八七〇）四十二歳の時に由利公正と改名している。

第二部

7　貧乏暮らし

ところは越前。グワッグワッグワッというカエルの鳴き声が、足羽川《あすわがわ》の岸辺をうずめた青い葦《よし》の茂みのあちこちから聞こえてくる。三岡石五郎（後に三岡八郎、その後由利公正と改名）は、素足で膝まで水につかりながら、背丈を超える高い茂みをかき分け、水の面が見えるところまで来た。十歳を超えた少年とはいえ、まだあどけない幼顔を残している。腰をかがめ、昨夜から仕掛けてあったもんどりを引き上げた。

（何かいるぞ）

ずっしりした重みが指に伝わってくる。わっと、思わず歓声をあげた。大きな鰻が一匹かかっている。豪勢な夕食のおかずができた。今夜は一汁一菜を忘れ、久しぶりのご馳走だ。母の喜ぶ顔が目に浮かび、うれしくなった。腰につるしたびくに、すべり落とさないよう注意深く入れた。

深い息を満足げに吐くと、昇りはじめた柔らかい太陽の光を浴びながら、百メートルほど離れた次の仕掛け場に移動した。

どうかな？　水中のもんどりに手をかけたが、今度は手ごたえがない。引き上げてみて驚いた。なんと竹製のもんどりがひしゃげて折れ、平べったくつぶれている。

（誰だ？　誰がこんなことをしたのだ？）

　そのときガサッと音がして、右前方の葦が揺れ動いた。四、五人の少年がすっくと立ちあがり、素早く石五郎のまわりを取り囲んだ。上士（上級武士）の家の悪童たちで、いつものいじめの常連だ。家老の息子もいる。皆、顔はにやにや笑っているが、陰険に光った目が深く据わっている。

「おう、石五郎。おめえ、いったい誰の許可をもらって魚を獲っているんだ」

「許可？　バカ言うな。これは誰のものでもないぞ」

「つべこべぬかすんじゃねえや、この盗人《ぬすっと》！」

　もう問答無用と、一人がいきなり石五郎のびくから鰻をひっつかむと、川へ放り投げた。

「何をする」

　反射的に石五郎はその少年に飛びかかろうとしたのだが、不意に後ろから体当たりを食らって浅い水中に倒れ込み、したたか腹を蹴られた。たちまち群がるハチのようにおっかぶさってきて、寄ってたかって殴られた。

「下士の分際だろう。大きな顔をすんなよ」

「親が貧乏《ぜりふ》ってのは、つれえな」

　捨て台詞をあとに彼らは去った。口惜しさで噛んだ石五郎の唇から血が一筋、二筋と流れた。殴られているあいだ不思議に痛みは感じなかったが、だんだんと頬や鼻がずきずきし出して、時々、水面に映してみると、まぶたも青黒く腫れ上がり、みじめな顔面に変わり果てている。困ったなと、夕方まで時間をつぶして腫れがひくのを待ってみた。が悪化する一方である。仕方なく家へ帰った。

母の幾久がびっくりして「どうしたの？」「何があったの？」としつこくきいたが、石五郎は不機嫌そうに「知らない流れ者に殴られた」とだけ答えた。真実を話すのがイヤだった。何だか自分の中の尊厳をはずかしめるような気がしたのと、貧しい生活のことを言うと母を悲しませるのではないかと思った。

数ヵ月前にも別の嫌がらせを受けている。馬の世話は石五郎の日課だが、ふと草を食べさせようと思いつき、草原へ向かって村の細い一本道を歩いていると、御奉行の息子が馬を引いてやって来た。

すれ違いは無理で、どちらかがよけなければならない。石五郎の方はもう道が終わりそうなところまで来ているので、先に進んでもおかしくはない。しかし相手は無言のまま、突進とはいわないまでも、勢いをつけて進んできた。「そこのけ上士だぞ」といわんばかりである。石五郎はむっとしたが、こらえて道を譲っている。

この手の嫌がらせは数え上げればきりがない。それでも耐えるしかないのだ。口で反発したり腕力で反撃したりすれば、袋叩きにあうだけではない。大げさなことに大人がしゃしゃり出てきて「家」に対するもっと大きな嫌がらせが待っていた。上士と下士の身分差別は、藩内の武士のあいだにまるで太い線が引かれたような絶対的な隔絶を呈していた。

もっとも、貧相な体格の三岡少年に相手を打ち負かすほどの体力や腕力はない。泣き寝入りするしかなかったのが実情ではあった。しかし今回は違った。鰻で受けた完膚なきまでの屈辱は、少年の心の中に「なにくそ！」という前向きの闘争心を引き起こしたのである。これまでの我慢に我慢、また我慢という負け犬の則《のり》を越えさせた。

(負けてたまるか!)

今に見ておれ、という気概がふつふつと湧き起こった。そのためには体力をつけねばならぬ。同時に武術を磨くのだ。そうすれば相手は手出しできないだろう。ひるむに違いない。こちらから仕掛けるのは身分上、絶対に不可能だが、少なくとも抑止力にはなる。そう決意し、以後、懸命に鍛錬に励んだ。動機は誰にも語っていない。自分の心の奥に秘したまま、ひたすら励んだ。

先ず走った。朝起きると、井戸端へ行き、冷水摩擦をする。それからは家の手伝いをするのだが、用事でどこへ行くにも、近くであれ、遠くであれ、駆けた。夜になると、自由時間なので人のいない野道や丘を思う存分走る。

突然の変身に周囲の仲間たちが驚いた。

「どうしたんだ、石五郎。急に走り出したりして……」

「いやな、武士は戦場では勝たなきゃならねえ。息があがったんでは敵に殺されてしまう。これではお殿さまに申し訳ないだろう。まずは体力じゃ」

もっともらしい理屈をこねて、煙に巻いた。ただ一人、親友である「たばこ屋」の沢吉にはしばらくしてその動機を打ち明けている。沢吉は商家の跡取り息子で、武士ではないが、二人は気のあう幼馴染だった。この沢吉からは後に石五郎が福井藩経済を立て直す時に、いろいろ手助けを受けている。

武術についてもやや遅れて稽古をはじめた。剣道は新陰流師範の出渕伝之丞の教えを乞い、槍は無辺流の師範西尾十左衛門に学んだ。両方の術とも師範たちは門弟のやる気を重視したらしく、道場へ通わすよりもむしろ門弟の自宅の庭を使い一人で稽古をさせた。いわば自習が主であった。

石五郎は沢吉に冗談でよく言ったものだ。

「なあに剣も槍も、三岡流じゃよ」

後に石五郎は両剣技とも免許皆伝を授けられるまでに上達している。

その間にもこまめに家の手伝いをした。川や池ではフナ、鯉、ウグイ、ナマズ、ときには鰻などを獲って食膳に供し、庭の畑では野菜を育てて生活の足しにした。馬の飼葉《かいば》やりなどの世話も一切引き受けた。石五郎の手がなければ家計のやりくりが立たなかったからである。

学問にほとんど興味をもたなかった。学問などする時間があれば、もっと実用的なこと、つまり走って体力をつけるか、剣技を磨くか、魚を獲るか、野良仕事をするか、馬の世話をするか、庭仕事をするかで一日を過ごした。

そんな石五郎ももう十七歳になっていた。同年代の師弟と比べて学問が遅れていることに、父の三岡次郎大夫義知は焦りを覚え、或る日の夕食後、息子を呼んで前に座らせた。義知は藩の御近習頭取御膳番を務めている。職名こそ大そうだが、藩が貧しいものだから目に余る薄給だった。それでも勤勉一筋と忠義の念でここまで出世してきた。

普段は酒を欠かしたことのない父なのに、今夜は素面《しらふ》である。これは何かあるな、と石五郎は気を引き締めた。つましい暮らしのなか好物の酒だけは母の幾久がどうにかやり繰りしているのだが、湯飲み茶わんを持つ今夜の父は何か思いつめたふうにも見える。

「なあ石五郎」

義知が前置きなしに呼びかけた。

「お前の孝行ぶりはよく分かる。わしも感謝している。だがな、お前には期待しておるんじゃ。

三岡家の跡取りとして、いずれ家名を上げてもらわにゃならぬ」

「はい。それは承知しています」

「だったら、もう少し学問に精を出してみたらどうなのか。四書五経ぜんぶとまでは言わぬ。せめてさわりだけでも暗記してみよ」

石五郎はきっと姿勢を正して座り直した。

「お言葉を返すようですが、あんな文章を棒暗記してみたところで、何の役にたちましょうや。四書五経を覚えることで、生活が少しでも楽になるのですか」

「うむ……」

思いがけない反撃に義知は言葉につまった。斜め後ろに控えていた妻の幾久があわてて顔を上げ、口をはさんだ。

「これ、何ということを……。ちと口を慎みなされ」

「はっ、申し訳ございませぬ」

低く頭をさげたが、心底からのものではない。二重《ふたえ》の丸い目に反発の色が濃くにじんでいる。

石五郎は母には気の毒な思いを強くもっていた。自分が物心ついて以来、まともな衣服を着ているのを見たことがない。晴れ着一枚持っていず、年がら年中同じ単物《ひとえもの》の着たきりスズメだ。厳寒の冬にはつぎ当てだらけの甚平を羽織って、どうにか寒さをしのいでいる。

しかし表向き三岡家は百石の家禄があった。だがそれは名目だけで、藩が貧しいので実態は程遠い。年収三十石強（米約七十俵）の薄給になりさがっている。家族と最低限の使用人の食い扶持を引けば、半分足らずの俵しか換金できない。わずか二十両にも満たないのだ。そこから使用人の給金を支払わねばならず、残ったごくわずかの現金でいろんなやり繰りをしなければならなかった。

義知は息子の言葉を受け、眉根に寄ったしわをそのままに重い口を開いた。

「お前にはまだ世間のことが分かっていないようだな。よく聞くがよい。この時勢、一汁一菜の食事は誰もがやっていることじゃ。藩主慶永《よしなが》様（後の松平春嶽）も自ら実践なさり、倹約の範を示されておる。着物も絹ではなく、我らと同じ粗末な綿織りじゃよ。江戸表におられる時もな」

義知自身、身近に殿のお側に仕え、膳を見るたびに胸が締め付けられた。悔しい思いは募るばかりだ。息子の石五郎より一歳上の若い身で、よくご辛抱なさると、まるで自分に罪があるかのような自責の念にかられた。もう何度話したかしれないと思いながら、改めて慶永を取り巻く藩経済の厳しさについて語り始めた。それは息子に語るというよりも、むしろ藩士の一人として、忠義を果たせない自分を責めるかのような苦し気な響きを帯びた。

「慶永様は弱冠十一歳で福井藩主になられたが、時期が悪かった。それまでの歴代藩主たちの奢《しゃ》侈《し》のツケが一気におぶさってきてしもうてな。もう見ているのもつらい有様じゃった……」

石五郎はこれまでに何度も聞いて耳にたこができているが、神妙に聞き入った。

天保九年（一八三八）藩主の松平斉善《なりさわ》が若年で突然死去し、後継ぎがいないことから、慶永が御三卿の一つ田安徳川家から養子縁組で、松平家第十六代の当主となったのだ。福井藩は三十二万石の大藩とはいえ、その三倍もの借金を抱えて青息吐息の財政状態である。経済は疲弊して危機的状況にあった。

もともと幕府成立時は華々しく、徳川親藩五十二万石から出発したが、歴代藩主の失政で三十二万石まで減らされた。加えて江戸表風の贅沢で野放図な暮らしが続いて、中には茶屋通いをする藩主さえいて、奢侈、紊乱《びんらん》状態は収まる気配もない。財政は悪化の一途をたどった。例えば食事。夕の膳には鯛の塩焼きやキスの煮つけ、蛤汁、野菜の煮物、かぶの味噌汁、漬物、それに白米のご飯である。奥女中までもが奢侈に傾いた。

国許《くにもと》の重臣たちは無力で、そんな暴走を抑えようもなく、ただひたすら自分たちの生活を切りつめた。繰り返し倹約令を出し、家臣に我慢を強いた。登城や外出するときの従者の数を減らす。衣服、食事をもっと質素にし、婚礼や法事の簡素化、贈答の自粛、家屋の新築制限など、暮らしの細部にわたって節倹を強制した。

禄高にもとづいて藩士に支払われる給与の米はどんどん減らされ、減禄率も高まるばかりである。百姓に過酷な税の取り立てが行われたのは述べるまでもない。百姓たちの不満はふくれあがるばかりだ。

商人とても同様だった。御用金と称して多額の献納を強いられた。両替商など富裕層からの藩による借金も天井知らずである。藩内のどこを見渡しても活気が消え去り、まるで通夜のような暗い陰気な空気が満ちている。

その陰気さは危険と同義語で、貯まった不満が爆発し、農民一揆が多発した。それだけではない。天候不順による飢饉や地震、火災などがそんな世相をさらに暗転させた。とりわけ天保飢饉では藩内で四万人を超える餓死者が出て、作物の種子さえ食いつぶしたというその傷跡は、今も村のあちこちに残って癒えることはない。そんなところへ慶永が藩主としてやって来たのだった。

重臣たちは慶永に賭けた。もうこの機会をのがせば福井藩の浮上はないと、思いつめた。相手はまだ年端もいかぬ少年であるが、一年ほどかけてじゅんじゅんと藩の苦境を説明するとともに、新藩主としての心構えを説いた。慶永は期待にたがわず聡明だった。自ら進んで質素倹約の生活を実践し、一汁一菜の範を示した。

義知はここまで一気に話すと、幾久が淹れなおした熱い茶をすすり、一息ついた。

「一藩士としてだがな。わしはお殿様には申し訳ない思いでいっぱいじゃ。本当に頭が下がる。今や福井藩をあげて全員が力を合わせ、財政改革に取り組んでおる最中じゃ」

石五郎は相づちを打ちながらも、どこか気持ちがすっきりしない。日ごろの疑問を遠慮なしにぶつけてみた。

「でも父上。お殿様や藩士、領民ら皆が死に物狂いで節約しているというのに、どうして経済がよくならないのですか。ますます悪くなる一方ではありませぬか」

「まあ、そう言われればそうだが、まだまだ努力が足りんということじゃろう」

「努力して良くなるのか、私にはそこのところがよく分かりませぬ。もうこれ以上の節倹は無理でしょう。特に毛矢侍の家計はみな火の車です。はっきり言って、暮らし向きは町人以下ですよ」

「……」

毛矢侍というのは足羽川を挟み、城がある反対側の毛矢地区に住む下士層のことで、彼らを蔑《さげす》んで呼ぶ言葉である。三岡家もその毛矢侍だが、城側に位置する上士たちの武家屋敷からは露骨な蔑みの言葉を浴びせられていた。

「父上がおっしゃるように確かに慶永様は真面目で聡明でいらっしゃると私も思います。でも武家だけでなく、藩内の村々の生活が壊れかかっているのは事実です。民あってのお国です。これを治療し、修理し、正すのが、医者として大工としての武士の仕事ではありませぬか」

「黙れ黙れ。お前は殿の御政道を批判するのか」

「いえ、父上、批判ではありません。私たち武士は何をすべきか。そのことを問うておるのでございます」

　自分でも解けない難問だというふうに、石五郎は半ば自信なげに半ば挑戦的に父の目を見て続けた。頬が紅潮し、光った目に挑むような鋭さが見え隠れしている。

「百姓や商人、職人などの町人は働いて物を作り、それを移動させ、売って値打ちを高めています。自分で稼いで自分で生活しているのです。一方、武士は百姓が納める年貢や町人が納める御用金、運上金などで暮らしています。言い換えれば、ただで暮らしています。だからこそ武士は民のための政治、民の生活が楽になるような政治を行わねばならぬと思うのですが……」

「それがうまくいかぬからこそ、困っておるのじゃ。何かいい考えがあるのか」

「とんでもない。御家老をはじめ大先輩たちでも難しいというのに、私などの若輩に名案があろうはずはありません」

　それは正直な気持ちであった。

「ただ私は最近、商人がやっているソロバンというものを習い始めました」

「なんだと、ソロバン？　やめろ、そんなもの。町人に任せておけばよい。上を目指す武士のやる芸ではないぞ」

「ははっ」と石五郎は平伏したが、目は輝きを失っていない。

「別に商人になろうというのではありません。ただ将来、御政道の末端に立ったとき、民の気持ちを理解するのに少しは役立つのではと思うのです」

「一旦こうと言えば引かぬお前の性格じゃ。まあ、よい。ソロバンはそこそこにして、学問の方も少しは身を入れよ」

城中での勤めの疲れが出たのかもしれない。義知は大きなあくびをし、それを機に、目で下がるように合図して説教を打ち切った。学問の勧めはあいまいに終わったけれど、なぜか不満ではない。息子が理屈を言い張るときに目に見せた向こう見ずな覇気が、いい意味で気にかかる。自分にない未知なものを感じ、そのことで漠然と何かを期待するような心のときめきを覚えた。

この時点ではまだ三岡石五郎は村に住む百姓の暮らしの実態や藩経済の有様を正確に知っていたわけではない。ましてや後に村の隅々まで歩いて経済実態を調べるなどという現場主義的考えは、微塵も持っていなかった。ただ、どうしてこれほどまでに節倹生活を続けているのに経済が疲弊の一途をたどっていくのか、そんな素朴な疑問が心の奥でくすぶり続けていた。

後で振り返ってみれば、藩の財政改革に目を向け福井藩の経済を立て直すという、そんな野心的な行動の蕾が、この時からふくらみはじめていたといえる。そして、その蕾はある出来事に出会うことで大きくふくらみ、明確な花びらの輪郭を現すこととなる。

8　はじめての恋

父の言葉は重い。石五郎は遅ればせながらも、少しは勉学に時間を割いたが、やはり国（福井藩）の貧しい生活が気になって仕方がない。そうこうするうち早一年が過ぎた。走る運動はまだ続けている。これには今では体力増強以外に、新たな心躍る秘密の目的が加わった。それは「おまつ」という少女の存在だ。

ある晴れた日、足羽川の上流二里（約八キロ）ほど離れた毘沙門村の寺に用事があって訪ねることになった。母に粟《あわ》入りの握り飯を作ってもらい、腰に結んで例のごとく速い駆け足で清々《すがすが》しい初秋の風を切り分けながら進む。吹き出す汗が心地よい。

途中、昼になり、川の土手に腰を下ろして昼食をとろうとした。とその時ふとかなり近い前方の岸辺で、ちょうどそこにある柳の木陰で洗濯をしている十五、六歳の少女が目に入った。妹らしい赤子を背中におぶって、うつむき加減に子守歌であやしながら一心に洗濯の手を動かしている。

（ほう……）

石五郎は思わず息をのんだ。少女のややこちら向きの横顔に目が一直線に吸い寄せられた。その大きな瞳、みずみずしい厚い唇。しなやかな、はつらつとした頬の強い線。その線は、はち切れそうなほどの弾力で透明の空間と境をなしている。そして、純白の絹のように艶やかな皮膚の首筋……。まるで雷にうたれたかと思うほどの強い衝撃が次々と石五郎の目を圧し、やがて心地よい旋律が大きなうねりとなって体中に走った。胸の激しいときめきは止まることはなく、時が経つのを忘れた。

時々ちらっと赤子の方を見上げる少女の切れ長の瞳が、こちら側を向く。生き生きとして、日の光を力強くはじき返し、黒く輝いている。躍動している。それでいて、深い湖のように静かに澄んで、無垢《むく》な清らかさをたたえている。がよく見ると、確信はないけれど、その瞳の奥で、まだ年は若いが絶望を知り尽くした人間がもつ悲しさと、それを突き破ろうとする希望を交錯させているように思えた。

石五郎は胸をゆすぶられた。切ない波に一方的に翻弄された。突然わき起こった感情の変化に戸惑った。いや、それは正確ではない。どうしてよいか分からないまま、ただ波に身をまかせ、心地よく放置した。「好き」とか「愛」とかいう観念は意識せぬまでも、彼女のなにもかもに、体中が有無を言わさず一瞬のうちに屈服させられたような、幸福な感覚にとらわれた。食べるのも忘れ、相手の動きにみとれた。

やがて洗濯が終わった。あわてて握り飯を口に運び、平静をよそおった。

少女が桶を脇にかかえて立ち上がった。意外に背が高い。目の前を通り過ぎるとき、ふとこちらの気配に気づいて驚き、立ち止まった。恐怖に続いて警戒の表情が顔をおおう。がすぐにそれを隠して礼をしかけたが、こちらの侍姿に気づいたためなのか、急におじ気づいたらしく、今度は土下座しようとした。

「あ、いいよ、いいよ。そのままで」

石五郎は狼狽した。むりに笑顔をつくると、「早くお行き」と、空いた手で前方の道を優しく指し示した。

少女は無言のまま深いお辞儀をし、泣き出した赤子を背中であやしながら、伏し目がちにその場を去っていく。継ぎ当てだらけの粗末な着物の袖《そで》が襷《たすき》で高くまくり上げられて、白い二の腕が若さと清潔さを誇示するように明るく日の光をはじいていた。その残像が目に焼きつく一方で、それと同じくらいの心地よい刺激で後ろ髪に見とれた。日本手ぬぐいで豊かな髪をすっぽりと包み、後ろで結んでいるのだが、そのなんでもない結び方が、この上なく優雅で、あでやかに思えた。

異性にこんな感情を抱いたのは生まれて初めてである。そんな体験に戸惑い恥じ入りながらも、少女の姿が遠くなるのを待って、そっと後をつけるのを忘れなかった。数百メートルほど行くと、農家の集落が見えてきた。少女は手前の方の少し丘になったところに建つ小さな茅葺《かやぶき》の家に入っていった。

茅なのか藁《わら》なのか、朽ちて濃く黒ずんでいる。今にもずり落ちそうな個所もある。風雨をしのぐ板壁もつぎはぎだらけだ。玄関前の庭の地面に二、三人の子供が座り込んで楽しそうに遊んでいる。子だくさんの家庭なのだろう。その日暮らしの貧しさが目に見えるようだ。しばらくのあいだ離れた木陰から様子を見ていたが、もう少女は表に出てこなかった。洗濯物を干しに現れるはずだと思いながらも、一方で時間が気になっていた。

(そろそろ行かなくては……)

ようやく未練に踏ん切りをつけ、再び毘沙門村へと駆けた。足取りは軽く、気持ちが自分でも驚くほど晴れ晴れとして、希望に満ちていた。

　それ以後、用事がなくても暇をみつけては柳の木の場所まで走った。大抵は失望するが、四、五回に一度は少女の姿を見かけた。相変わらず赤子をおぶって洗濯をしている。最初の頃は相手に見つけられないように、遠くから隠れるようにして眺めていたのだが、そのうち勇気を出して近づき、声をかけてみた。

　少女は驚いたふうに黒目を大きく見開きながら、「ああ、あの時の……」と言って洗濯物を横の岩場に置き、急いでその場で座り直してお辞儀をした。石五郎はあわてて「いや、そのままに」と制止したが、少女が自分の顔を覚えていてくれたことが無性にうれしかった。

（そうだ、あれを……）

　懐から手際よく紙に包んだ焼き芋を取り出し、「どうぞ」と差し出した。相手が遠慮しないよう、自分でも別の一本を手にして食べる格好をした。少女は「とんでもありませぬ」と拒絶の言葉を返して、また頭を下げた。石五郎は引き下がらない。

「うちの庭の畑で作ったんです。甘いですよ。ほれ、蜜が皮に滲み出ているでしょう」

　冷たくなってはいるが、甘い香りが漂っている。こういう場面を想定し、ここへ来る時はいつも家を出る前に、自分で焼いて二本懐へ入れてくるのだ。

「お侍様。このような物をいただくわけにはいきませぬ」

　少女は首を横に振り、すまなさそうにか細い声で固辞した。

「大丈夫じゃよ。遠慮はいらぬぞ。一本余分にあるから」

　そう言って、相手の手に強引に握らせた。それから自分の芋を少しちぎり、小さなかけらを赤子の口へもっていった。赤子はうまそうにあどけない口をもぐもぐさせた。少女も、石五郎が食べるのを見て遠慮が薄れたらしい。半分に折ると、ややはにかみながら片方を口に運んだ。

石五郎も食べ、少女も食べた。岸辺にそよぐ晩秋のかすかな風が、芋の甘い香りをそっと鼻腔に運ぶ。おいしそうに食べる少女の口の動きは、石五郎の目にこの上なく可愛く映った。

二人は意味もなく微笑んだ。食べ終わってからも、しばらく黙って腰を下ろしていた。夏のあいだあれほど緑鮮やかだった草木には、いつの間にか黄色味が増している。少女は残りの半分の芋をためらいがちに懐にしまった。

石五郎はもうこれまで何度も会って話していたかのような安らぎを覚えた。しかし心の一方では、名前を尋ねようかどうか迷っていた。が切り出す勇気が出ないうち、急に通りがかりの人に見られはしないかと気になり出した。自分は一向にかまわないが、少女が困るかもしれないと思った。

「いや、とんだ邪魔をした。近くに用事があるでな。これにて失礼いたすぞ」

歯切れのよさに自分でも驚きながら、石五郎はもと来た方へ向かって歩き出した。これで話すきっかけができた。名前はいつでもきける。そう思うと、走る足から疲れが吹き飛んだ。

だが物事は思うようには進まないものだ。無情な転回が待っていた。もう二度と少女の姿を柳の木の場所で見ることは出来なかったのである。

石五郎は落胆した。いったいどうしたのだろう？　この日も少女はいない。何があったのか。あれから二週間ほどここへ来ていなかったが、それが悔やまれる。家の用事が忙しく、走る機会がなかったのだった。

茅葺き家の玄関前の様子をうかがったのは五度や六度ではない。相変わらず子供たちは遊んでいるが、少女の姿はなかった。

この日、石五郎は時間ができたので、久しぶりにたばこ屋でくつろいでいた。くつろぐというよりは、少女が消えた衝撃をまだ引きずっていて、幼馴染の沢吉に愚痴話を聞いてほしいと思ったのだった。

「のう、沢吉。あの女子《おなご》、どう思う？　なぜ隠れたんだろう」

畳に寝そべり、ひじ枕をしながら先ほどと同じ台詞《せりふ》を繰り返した。家では父の躾けが厳しく、こういう姿勢をとれないが、たばこ屋ではいつもこうしている。少女との出会いは以前すでに打ち明けてある。しかし今回の出来事はまことに不可解で、別に沢吉から正答を得ようとは思っていないけれど、いくらかでも胸の鬱屈が晴れるのを期待して、訪ねてきたのだった。

「石五郎様。一つ、お伺いしてよろしいですか」

と、姿勢をくずし胡坐《あぐら》になった沢吉が、細い目を静止させ、やや迷いを振り払うふうな固い声で口をひらいた。

「おう、何なりと」

「その女子を好かれるのはあなた様のご自由ですが、それで一体どうなさるおつもりですか」

「どうするって？」

「まさか所帯を持たれるんじゃあないでしょうね」

石五郎は「ううっ」とうなったまま口をつぐんだ。そこまで考え及んだことはない。ただ自然な気持ちの発露をいとおしみ、その成り行きに身をまかせていたのだった。

「三岡家は百石取りの由緒あるお武家。百姓とは身分が違いますぞ」

「……」

石五郎は考え込んだ。武士との線引きは誰よりも知っている。武士の中でさえ上士と下士のあいだに越えがたいほどの差があるのだ。ふうと一息吐くと、

「なるほど、言われてみれば、その通りじゃ。わしの考えが浅はかだった。何しろこんな気持ち、生まれて初めての体験じゃからな。頭が混乱してしもうた。沢吉、もうこの話は忘れてくれ」

と言って、「ハハハ」と笑った。だが沢吉はその笑いの奥に潜む寂しさを見逃すには、石五郎を知り過ぎている。すっきりした石五郎の目線だが、その目尻がどこかこわばり、いつもの笑いとは違うのだ。女子のことを決して忘れていない。沢吉は両手をやや上げて言った。

「はいはい、忘れましょう。命令ですからね。でも、その前に一つだけやらせて下さい」

「ほう、何を？」

「いえね。そう難しいことじゃ、ありません。ちょっと女子のことを調べてみます。一週間ほどくれませんか」

「うむ。手立てでもあるのか」

「親爺があの村の庄屋と知り合いです。私も顔見知りですから、何か分かるでしょう」

年に一、二回の頻度だが、たばこ屋で村同士の寄合があるのだと付け加えた。

それから十日後、石五郎は再びたばこ屋へ足を運んだ。期待よりも不安の方がずっと大きいが、

いくら友達の前でも表情には出せない。高鳴る胸をおさえて言葉を待った。あれから沢吉は、庄屋を通すと話が大きくなるので、村にいる乞食《こじき》に小遣いを渡してこっそり調べさせたという。沢吉の声が沈んでいるのが気になった。

「女子のことですけど、分かりましたよ。名は『おまつ』というそうです」

「ほう、おまつ、ねえ」

惣兵衛という貧農小作人の長女だという。妻が去年から中風で寝たっきりで、一家は六人の子供をかかえ、食うや食わずの生活だと前置きし、決定的な事実を淡々と述べた。

「惣兵衛もつらかったと思います。可哀そうな女子ですわ。つい最近、大坂の置屋へ売られていったそうです」

「えっ、置屋へ？」

「南地五花街の一つで、宗右衛門町というところに古くからある置屋らしいです」

「宗右衛門町……か」

石五郎はうっすらと目をつむった。おまつの顔が浮かんだ。そしてすぐにそれは日本手ぬぐいで包んだ後ろ髪に入れ替わった。

「あの村と隣の村を合わせ、今年に入って、もう三人の娘が売られていったそうですよ」

「三人も？」

そう受け答えたが、頭の中はおまつのことがぐるぐる回り、心の動揺を沢吉に見せないようにするのが精いっぱいである。

（おまつが売られた……）

どうしてだ。どうしてこんなことが起こるのだ。石五郎は怒りに震えた。誰に怒っているのかは分からないが、こういう世の中は許せないと思った。あの可憐なおまつが、野に咲く一輪の花のようなおまつが、性の欲望で渦巻く廓《くるわ》にいると想像するだけで、窒息しそうなほど息が苦しくなる。

沢吉がそんな石五郎の煩悶に気づかないというふうに、瞬時、間をおいたあと、続けた。

「天保飢饉からもう十年は経ちました。だけど傷跡はお国の全土にまだまだ深く残っています」

沢吉の言葉を聞くまでもない。武家だからといって、自分は物心がついてからというもの、正月の雑煮などを食べたことも数えるほどしかない。ましてや百姓の暮らしは推して知るべしだ。よほどの苦しさだろう。それでも百姓は税を納めねばならない。石五郎は大きくうなずくと、町人の身分の沢吉では言えない、喉の奥に引っ掛かっているであろう言葉を引き取った。

「それなのに領民に取り立てる税は増えるばかりじゃからのう。これ以上、背中に負うのは無理かもしれぬな。我ら武士も贅沢をしているわけではないが、いつまで経っても経済がよくならぬ。なぜじゃ？」

「それが分かれば苦労しませぬ。経済というのは怖い生き物です。一旦悪くなり出したら、それこそ手をつけられません。どんどん悪くなる癖があります」

「怖い生き物とはようゆうた。質素倹約にはもう飽きたわ。御政道の問題と言ってしまえば、それまでだが、おまつのような悲劇はもう見とうない。何かいい知恵はないものか。遠慮はいらぬぞ、沢吉。教えてくれい」

「教えるなんて畏れ多い。ただ、そうですな。一度、藩の財政状況をお調べになったらいかがでしょう」

「ふむ、藩財政か……」

「何事も現状把握が先でございましょう」

　もっともだと石五郎は思った。果たしてどれほど悪いのか。病人の体と同じで、病状次第で対策の薬も違ってこよう。ひょっとしてこの薬が間違っているのかもしれぬ。

「だけどな、問題はどういうふうに調べるかだ。どこの誰にきけばいいのか。勘定奉行は先ず相手にしてくれないだろう。藩内ではわしは学問もできない阿呆と思われとるからのう」

「めっそうもない。ただ噂だけが独り歩きしてしまっているだけです」

「ほら、お前も認めておるじゃないか」

　沢吉はおかしそうに笑ったが、ふっと顔を明るくした。

「そうだ、いい考えがあります。もうすぐ恒例の馬威《うまおど》しの競技があるでしょう。それに出て勝ってみるのがいいかもしれません」

「なるほど。万が一勝ったら、藩内の誰もがわしを認めるということか」

　馬威しというのは福井城下で毎年小正月の十五日に行われる馬術競技のことである。馬に乗って、あらかた雪かきの行われた城中から町中を一気に駆け抜け、終着点までの速さを競う大行事なのだ。藩主松平慶永が家老たちを従えて見物するとあって、腕に覚えのある若い藩士たちは競って参加する。

　町衆や近隣の百姓たちも鐘や太鼓を打ち鳴らし、大声を出し、道に正月の飾り物をうず高く積み上げて、邪魔をするのだ。それらの障害物を避けながら、疾走せねばならない。よほどの馬術と体力を必要とし、馬の鍛錬も欠かせない。驚いた馬が棒立ちになって、日ごろ威張っている武者が落馬したり、あわてふためいたりして、見物人たちは大笑いし、溜飲を下げる。

一着になった騎士には藩主から時服（時候に合わせて着る衣服）と金一封を授かることになっている。しかし何よりもの褒賞は、城下の尊敬を一身に集め、藩士や領民から「福井藩にこの男あり」と認められることである。藩財政の調査という大事業に取り組もうとしている今、これほどの援軍はない。だが……という引っかかりもあった。馬が他の出場者のような駿馬ではないのが気にかかる。しかしそんな石五郎の懸念を見通し、彼に気づかれないようそれとなく打ち消す賢明さが沢吉にはあった。

「石五郎様は体力十分。日頃から走って体を鍛えておられます。それに何よりも馬の世話を自らの手で毎日なさっている。馬が立ち往生したとき、うまくあしらえます。対話ができますからね。これは皆にない強みです。きっと勝つと思いますよ」

沢吉の顔に迷いの色がない。これは石五郎にとって有難いおまじないの効果があった。

「ふむ、乾坤一擲《けんこんいってき》、ひと勝負やってみるか」

勝つかと尋ねられれば自信はないけれど、負けて元々だ。これほどの機会をみすみす逃す手はないと思った。

そして一ヵ月余り後の弘化四年（一八四七）正月十五日の晴れた日。まさかと思ったひと勝負が吉と出たのである。大吉と出たのである。百騎あまりが競った中で、石五郎の馬が二位を大きく引き離し、一位で着いたのだ。

幸運もあった。出場者のほとんどが上士の若者であり、足の速い優れた馬に騎乗していたが、町衆の鐘、太鼓、大音声、雪つぶて、たき火に馬が驚いて、案の定、立ち往生した。石五郎の馬も何度か興奮し、振り落とされそうになった。が馬の気性を知り尽くしているので、うまくなだめ、大歓声のなか一着で終点の柳橋へ駆け込んだのである。

「おう、見事じゃ。あっぱれであった」

上段の間でくつろぐ慶永の横にいた筆頭家老の岡部豊後が、そう言って、馬から降りた石五郎を手招きした。石五郎は膝でにじり寄り、はるか下座に平伏した。荒い息を吐くたびに、凍てつく寒気で空気が白い霧状を呈した。

「名はなんと申す？」

「はっ、三岡石五郎にございまする」

岡部は「はて？」と首をかしげ、隣の次席家老に小声で何やら尋ねた。

「たぶん御膳番の三岡義知の息子かもしれません。顔が似ています」

「ああ、あの毛矢侍の……」

驚きの声が洩れ、同時に周囲の重役たちのあいだにざわめきが起こった。上士ではなく下士から勝者が出たことに、いかにも不満げである。黒木綿の羽織に小倉の野袴という貧相ないでたちと、駿馬にほど遠い体格の馬が、皆にそうではないかという疑念を与えていたのだが、それが裏打ちされた。末席に控えていた中根雪江が三岡義知の息子に違いないと肯定したとき、一斉に「ふうっ」という蔑みを帯びた落胆の声が湧いた。馬威し始まって以来の珍事である。

さすがに岡部は藩主の手前、内心の感情を抑え、露骨な言動は控えた。恒例となっている勝者との対話に移った。

「三岡石五郎と申したか。あの馬の手綱さばき、なかなかのものじゃ。そちの馬術はどちらの流派かな？」

「恐れながら流派というものはございません」

「何と、ないとな。大坪流でも八丈流でも人見流でも神道流でもないというのか」

「はっ、私自身が自分で練習した結果にございます。あえて申し上げれば、三岡流でございまする」

石五郎は緊張していた。勝ったときよりも、今この瞬間こそが勝負の時だと自分に言い聞かせた。三岡石五郎の名を皆の記憶に刻み込まねばならないのだ。はったりと言われようとかまわない。大きく出ようと決めた。

岡部はだんだん不快さがつのり、もうやめてしまいたい心境に駆られたが、藩主が直接話しかけるわけにもいかず、筆頭家老としてさらに続けた。

「ならば、剣と槍はどうじゃ。これも三岡流か」

風采を見ると、大した腕でもなさそうだ。これなら一泡吹かせられると考えた。

「剣は新陰流、槍は無辺流の免許皆伝を所持いたしております」

「ふうむ、免許皆伝とはのう。して馬の方じゃが、落馬もしていない様子。駿馬とは見受けられぬが、そちが勝った理由は何か。一つだけあげてみよ」

「それは馬ではなく、乗り手の気息の持続、息遣いの持続でございます」

「気息？」

「はっ。乗馬であれ、剣であれ、槍であれ、相手に勝つには、息切れしてはなりませぬ……」

最後まで息が苦しくならないようにと、自分は毎日早駆けをして体を鍛えている。心《しん》の臓と足腰を鍛えている。これには自信があると言い、さらには言わぬもがなのことまで口を滑らした。

「武士は戦いの場では命を賭けます。息が上がってしまっては負けること必定。これではお殿様に申し訳ございませぬ」

岡部の顔に不快の色が走った。

「なに、今お殿様と言うたか。殿の御前であるぞ、石五郎。ちと口を慎め」

その語尾が終わらないうちに横にいた慶永が岡部の方に掌を向け、横に振りながらにこやかに言った。

「まあ、よいではないか。捨ておけ。若者はこう元気がなくてはならぬ。三岡石五郎とやら、これからもいっそう励むがよいぞ」

岡部が低頭し、恭順の意を表した。藩主が肯定した以上、この男の力量は認めないわけにはいかないかもしれぬなと、渋る気持ちをとがめた。

石五郎も額が地面につくほどに頭を下げてかしこまった。殿様にまで声をかけてもらい、天にも昇るうれしさで頭がくらくらした。だがそのうれしさの理由は単純にほめられたからではない。これから取り組もうとしている課題への地ならしができたからだ。これで「阿呆」と呼ばれる気づかいは薄れた。

しかし……と、一方ではいっそう用心の気を引き締めるのを忘れていない。下士の分際で一着に入り、上層部のあいだに嫉妬と反発の炎が燃え上がったのをこの目で見た。やりにくくなることは疑いない。がそんな懸念は忘れることだ。領内に広く名が知られることの方がはるかに意義深いと、冷静なソロバン勘定をした。

その夜、石五郎はたばこ屋で沢吉とささやかな祝勝会をもった。「馬威しに出てみたら」と発案してくれた沢吉に感謝した。酒が飲めない下戸の石五郎にとって、いつも出される大福餅とお茶がこの上なく美味である。

「それはそうと、ほうびにもらった白金三枚だが、これをおまつの家族にあげたいと思う。例の乞食を使って届けてくれないか」

おまつの手には渡らないが、気休めでもいい、せめてもの餞別にしたいと思ったのだ。そんな善意に沢吉は露骨に眉をしかめた。

「石五郎様はまだ何もお分かりになっていない。おまつの一家を助けたところで何になります？ほとんどの百姓が飢えで苦しんでいるんですからね。売られる女子はおまつだけではありません。もしそうするなら、何万両、何十万両あっても足りませんぞ」

沢吉のこんな激しい見幕は初めて見た。言われてみればその通りである。石五郎は自分の浅薄さを反省した。

「なるほどのう。あい分かった。わしの思慮不足じゃ。察するに、お前が言いたいのは、たとえ白金三枚でも、調査の費用に役立てよということだな」

「ないよりはあるに越したことはありません。いずれ領内を歩いて回らねばならないでしょう。雀の涙かもしれませんが、路銀の足しにはなるでしょうから」

「お前には頭が上がらぬわ。いろいろ教えられる。わしの先生じゃ」

「とんでもありませぬ。ただ私は商人だから、ケチなんです。すぐに金勘定に頭が行ってしまいます」

「おう、それそれ。その金勘定がいかに大切か。武士に欠けているのはこの金勘定じゃ。ソロバン勘定じゃ」

その欠けているという慢性的慣習が今日の福井藩の財政破綻を招いているのではないか。いや、福井藩に限らない。日本全国の藩が同じ原因で、金欠病にかかっている。これはどうしてでも調べねばならぬ。おまつの過酷な運命を思うと胸が痛むけれど、こうして自分に確固とした目標を与えてくれたことに感謝した。おまつの口惜しさに、ささやかながらも応えたい……。

さっそく藩勘定奉行の長谷部甚平を訪ねてみようと思った。今風にいえば藩の財務大臣にあたる重要人物である。石五郎なりに、下っ端の役人では権限もなく埒があくはずがないと考え、そこで非常識を承知で、いきなり頂点を狙うことにしたのだ。

ちなみに石五郎が沢吉に冗談交じりに口にした「わしの先生」だが、実際に彼は横井小楠という「生涯の師」に運命的に出会うことになる。がそれはもう少し待たねばならない。

9　藩内をくまなく歩く

行き当たりばったり奉行を訪ねても、会ってくれるはずがない。門前払いが落ちである。そこで父の手助けを得て、親戚を通じてどうにか長谷部甚平との面会をとりつけるのに成功した。ただ要件は詳しくは伝えていない。「藩財政の勉強をしたい」と言うだけに留めている。

長谷部はかしこまった石五郎を見ると、顔をほころばせ、

「おお、三岡流の開祖がお出ましだ」

と、おどけてみせた。

石五郎は低頭した。ここは見せ場だと、褒美にもらった衣服をちゃっかり身に着けている。どんな言葉を投げつけられるかと緊張していたけれど、相手の目に柔和な色を見、一安心した。少なくとも敵意は抱いていないと確信した。好意とまでは言わないが、滑り出しは悪くない。親戚筋とのつながりが効いているのかもしれないと思った。

だが要件を詳しく述べたとたん長谷部の顔色が変わった。言葉は柔らかいが意思は鋭角のように尖って明確である。

「せっかくだがなあ、石五郎、それはならぬぞ。これははっきりしておる。勉強したいという意欲は大いに買うがのう」

「どうか、どうかそこを何とかお教えいただきとう存じます」

「藩財政といえば、重大な秘密事項。家老以外には教えることはできないのだ。分かってほしい」

「私は秘密を知りたいとは思っておりません。ただどうしてこう経済が疲弊しているのか。それを知りたいのです。せめて藩の人口や年貢米、歳出など……」

「繰り返すが、それはならぬ。もうこれ以上言わすな。そういう財政のことは我ら勘定方にまかせておけばよいのじゃ。門外漢の出る幕ではないぞ」

そう言って、引き下がるように促した。しかし上士の立場ながら下士を蔑むふうには見えない。むしろとんでもない問題を持ち出したとでもいうのか、その匹夫《ひっぷ》の勇《ゆう》を思わせる向こう見ずな豪胆さに、半ばあきれ、半ば好意を抱いた様子である。その証拠にこう付け足した。

「おお、いい考えがある。それほど知りたいのなら、その方が自分の足で領内を回ってみたらどうじゃ。ちっとは分かるかもしれぬ。ただ五年や十年はかかるだろうけども」

とからかうように言って、ワハハと笑った。

「ははっ、有難きお言葉」

石五郎は素直に受け入れた。そろそろ潮時だ。丁重に頭を下げ、

「そのうち時間を見つけ、一度村を訪れてみとう存じまする」

と言い残して退出した。何の情報も得られなかったが、落胆はない。収穫はあったと思った。いや、大いにあったと思った。

もともと奉行から十分な情報が得られるかどうか、疑問であった。いずれにせよ、自ら村々を回ってみるつもりでいた。ただ奉行所に黙ってそんなことをしたら、村人から不審がられ、怪しまれることは必定だ。その点、いい口実がないかどうか悩んでいたのだが、うまい具合に奉行の

口から領内回りを勧められた。たとえ冗談であっても、言葉は言葉だ。お墨付きを得たも同然である。

（さて、どこから手をつければいいのか……）

石五郎は思案した。藩内は広すぎる。いざ始めるとなると、雲をつかむような話である。

何かいい知恵はないものかと、甚だ自分でも呆れるが、いつもの神頼みの気持ちで、翌日の午後、たばこ屋を訪れた。頼りになるのは沢吉だ。というより、顔の広さという点では、その父の柳兵衛かもしれない。あいにく沢吉は不在だったが、当の柳兵衛がいた。どちらかは必ずいることにしているらしい。午後の休み時で、忙しくなる夕方まではまだ時間がある。

柳兵衛はきのうの奉行とのやりとりを聞くと、大きく安堵した。息子からは石五郎がやろうとしている大仕事のことは詳しく聞いているという。

「御奉行さまがそうおっしゃったのなら、もう遠慮なしに調べられます。私めでよろしければ、何なりとおおせくだされ。ひと肌もふた肌も脱がせていただきますから」

「有難きお言葉、恐れ入ります。で、その何なりとですが、先ずどの村から始めるか……。恥ずかしながら、あてもつてもないのじゃ」

「ホホホ。その率直なお人柄が石五郎様のいいところでございますな」

と言って、間を置かずに、近隣の毘沙門村から当たってみてはどうかと提案した。

石五郎はびくっとした。毘沙門村はおまつのいたところだ。おまつのことを知っているのか？

柳兵衛のニヤニヤ笑いが気になるが、知ってくれていた方が隠し事をしなくてすむので気が楽だとも思う。

「庄屋の弥左ェ門さんはうちの古い客です。さっそく使いをやって当たってみましょうか」

「これは大助かりです。一村が終われば、また次へと広がっていきそうですね」

「広がるといってもねえ。藩内の村の数だけでも五、六百はあるでしょうからな」

「えっ、五、六百も？」

「はい。でも塊《かい》より始めよ、というではありませんか。ともかく身近なところから始めてみることです。何かつかめるでしょう」

実態調査をするに当たり、石五郎は昨夜、父義知に頭を下げ、費用の借り入れを願った。義知は息子のとてつもない構想に呆れたが、馬威しで一着になったのもその目的達成のためだと聞き、彼の本気度に引き込まれるところがあった。家名を上げるのは長年の悲願だが、自分の代ではとうとう出来なかった。だが息子なら何かをやってくれそうな予感がした。学問での不満を帳消しする以上の漠然とした期待が胸を満たし、願いを承諾したのだった。

待つこと二週間余り。時間はかかったが庄屋の弥左ェ門は受け入れてくれ、待ちに待った毘沙門村行きが実現した。目的が目的だけに、最初はそうとう渋っていたらしい。が柳兵衛の顔もあり、ともかく会って話を承りましょうということになった。先方は知らない侍が来るということで不安を抱き、柳兵衛か沢吉のどちらかの同行を求めた。この方が石五郎にとっても好都合である。

時は二月。今年は豪雪ではないが、足羽川の堤防は場所によっては一メートルを超える深雪が積もっている。うまい具合に吹雪はやんで、切れるような寒風をまともに受けながら、石五郎と沢吉は稲わらで編んだ深靴《ふかぐつ》で一歩一歩、踏みしめるように進んだ。蓑《みの》をかぶった背中に汗がじわりと滲み出て、頬こそ冷たく感覚を失っているが、寒さを感じない。

見渡す限り遠くまで白銀の単調な世界が広がり、遠方に見える低い山々と空との境界が白っぽくぼやけて一色に溶け合っている。風のひゅーひゅーと鳴る音だけが、まるで自然界の絶対的な支配者のように存在感を誇示していた。

二里の道のりの何と遠いことか。訪問時刻にはもうかなり遅れている。

「こっちの道を行きましょう」

沢吉の先導で、少し手前から細い近道に折れた。やがて土塀で囲まれた大きな門構えの庄屋の屋敷が見えてきた。おまつの家とは反対の方角である。目前の長屋門の屋根には雪が高く積み上がり、上端の新雪の部分が今にも崩れ落ちそうだ。門前の雪かきはきれいにしてある。弥左ェ門はそこで待ってくれていた。

「こんな荒れた天気のなか、ようこそおいでくださいました」

言葉こそ丁重で柔らかいが、薄い唇の口元がこわばり、細めの目には用心深い光が宿っている。根は正直な男かもしれないと石五郎は思った。

母屋《おもや》の客間へ案内されて驚いた。

「いやあ、一体これはどういうことです?」

思わず甲高い声が飛び出た。何か間違いではないのか。豪華な膳と酒が用意されている。

「こんなご馳走は困りますよ」

「はあ？」

と、弥左ェ門が尻上がりの言葉を発し、ポカンと口をあけた。そして不思議そうに石五郎の目をのぞき込み、それから沢吉へと移した。

「いつも通りにやらせていただいておりますが……。不手際でもございましたでしょうか」

「いつも通り？」

「へえ。奉行所のお役人さんが来られるときは、いつもこうしております」

もう何十年間も続く習わしだという。とっさに沢吉の目配せが石五郎の目の端に入った。かたくなに拒絶するのはよくない、そう語っている。

「いやいや、これは失敬。こんなお気遣いをかけるつもりではござらなんだ。せっかくのご配慮、有難く頂戴いたします」

石五郎は無難にことを収めた。それにしても、いきなり宴会とはどういうことだろう？　頭は混乱したが、おぼろげながら事態は読めた。役人接待なのかもしれぬ。それに違いない。では何のために？　理由は不明のままながらも、しょっぱなから意気が消沈した。この節倹の時代、贅を尽くした接待を受けてきた役人の心魂を同じ武士として恥じた。

「さあ、さあ」と沢吉にうながされ、取り繕うように料理に箸をつけた。沢吉が酒を一口二口含んだあと、カニ味噌を口に運び、うまそうにもぐもぐした。

「ああ、久しぶりのご馳走ですな。石五郎様、どうです？　この越前ガニの美味なこと」

沢吉がうまく話題を変えたので、それに石五郎は乗った。

「おう、カニといえば、食べるのはいつも自分でとった川ガニばかりじゃ。越前ガニは生まれてこの方、数えるほどしか食べたことはないぞ」

「寒ブリの刺身も脂がのって、ほんに舌がとろけそうですわ」

「お口にあって、うれしゅうございます。用意した甲斐がございました」

弥左ェ門はそう応えたが、どこか不審げな表情を引きずっている。というより、武士の身分なのにまさか……と、信じられないというふうに、疑っているように見えた。石五郎の直感がそう受け止めた。

「弥左ェ門殿。恥をさらすようですが、侍の食事はいつも質素なものです。一汁一菜というのは嘘ではありません」

「いやはや、それは本当の話なのですか。今の今まで我ら百姓を納得させるための、言葉だけの方便だと思っておりました」

石五郎はやっと本来の課題に入る機会をつかんだと思った。

「とんでもない。家では野菜などはほとんど買いません。庭の畑で作って、それを食べています。ほれ、この通りですよ」

と言って、自分のごつごつした荒れた手を見せた。大きな手、ひび割れた指、筋肉質の太い腕。生活感の刻まれた百姓の手である。まじまじと見つめる弥左ェ門に、石五郎はさらに投げかけた。

「魚だって、そうです。川や池がなかったら、わが家の食卓は成り立ちません。魚釣りの腕なら決して人に負けませんぞ」

「恐れ入りました……」

手の証拠まで見せられ、信じざるを得ない。弥左ェ門はかしこまって頭を下げた。

「三岡様はこのたびの馬威しでは一着に入られ、さらには剣術と槍術の免許皆伝と聞いております。そんな偉いお方が農作業までなさっているとは……」

と、弥左ェ門は最後の語尾を詰まらせた。これまで接待した侍は皆、上から目線の横柄な態度だった。如何に自分が偉いかを自慢するのにきゅうきゅうとして、威張っていた。上等な馳走でなければ機嫌が悪かった。それに引き換え、この人の何と謙虚なことか。誇りというものを持ち合わせていないと思えるほど頭が低い。柳兵衛が言った通りの信用の置ける人物だと思った。

「ささ、お酒を一献いかがですか。とっておきの花垣大吟醸でございます」

胸襟をひらき、心から勧める気になった。石五郎はあわてた。

「いやいや、弥左ェ門殿、申し訳ない。私は下戸なもんで、一滴も飲めないのです。女子《おなご》にも及びません」

「おや、まあ……」

弥左ェ門も石五郎も沢吉も皆、いっせいに「ハハハ」と笑った。沢吉が茶化し気味に、

「石五郎様の好物は大福餅と茶でしてね。安上がりなお侍さんです」

と言って、場の雰囲気をいっそうやわらげた。

宴が進んだところで石五郎は改めて訪問の趣旨を説明した。

「なぜ藩財政が疲弊し、領民の生活が苦しいのか。そのわけを知りたくて、お奉行の許しを得て伺った次第です。そのためにも村の人口や石高などを教えていただければと……」

話の流れで、藩主の慶永自らが盛り切り飯と一汁一菜の節倹生活を続けていることに言及したとき、弥左ェ門の驚きは尋常ではなかった。石五郎はそんな表情に気づかないように続けた。な

ぜ無理をしてまでこのように豪華な接待をするのか、先ずその理由《わけ》を知らねばならないのだ。

「本日は当節の厳しい経済状況の中で、私たちのために大いに散財させてしまいました。誠に申し訳ありませぬ」

「いえいえ」と弥左ヱ門は短く答えたきり、瞬時、黙った。出かかる言葉を封印したのか。眉根を寄せ、心の葛藤の最中のように複雑な表情をしている。石五郎はなおも続けた。

「ここへ来るまでの道々、外から家を見ましたが、どれも雨風さえしのげそうにないほど壊れていました。百姓の生活の苦しさは想像を超えるものだと推察します」

「よくぞ言ってくれました」

と、弥左ヱ門はようやく踏ん切りがついたというふうにうなずくと、目に力を込めた。

「こんなことを申し上げてよいのやらどうか分かりませんが、お役人は税を取り立てるばかりでして、私ども百姓のことなど、考えてくれたことはございません。お役人が来られると聞いた時はいつも憂鬱になります。また難題を持ち出されやしないかと、それればかりが頭を駆け巡ります。実際、税を増やそうと思っても、もう増やしようがありません」

「だからこうして宴席を設けて、機嫌をとろうとなさるのですね」

「はあ、申し訳ございません……」

そのたびに酒食でもてなし、帰りに土産を持たせることで、難題を引っ込めてもらうのだという。石五郎はたかりだなと思った。これ以上の重税が無理なことは家老や勘定奉行も知らないはずはない。それなのに部下の役人たちは定期的にやって来るらしい。民の貧困に付け込んで私腹を肥やす役人の腐った性根に憤りを覚えた。

「だけど三岡様。このような接待は毘沙門村だけではありません。ほとんどの村で行われております」

弥左ェ門は自村だけが非難されはしないかと危惧したらしく、おもねるように付け加えた。石五郎はうなずきながら、貧困の闇はそうとう深いと思った。その責任はすべて行政をつかさどる武士にある。ただそんなふうに考えるのは、藩士多しといえども、自分一人だけかもしれないと心細くはあるが、心配しても仕方がない。先ずは現状を知ることだと、前向きに切り替えた。弥左ェ門が本心を語ってくれたことで勇気をもらえた。

「弥左ェ門殿、よくぞ申してくれました。民が豊かになってこそ藩も栄えるのです。しかし、今はその逆。民は貧乏、藩も貧乏。民あっての藩だということを我ら武士は肝に銘じなければなりません」

「ははっ、有難きお言葉。これまで生きてきて五十年。お侍さんからこんな言葉をお聞きするとは思いもしませんでした」

そう言って、心の憂いが消えたのか、晴れ晴れした顔をした。

「へえ、私はもう心を決めました。三岡様のためにお役に立ちとう存じます。何なりとお尋ねください」

それから「ちょっとお待ちを……」と言い残して、弥左衛門はせかせかと部屋を出た。間もなく分厚い台帳を何冊か抱えて、それを二往復した。

「これをご覧ください。毘沙門村の住民台帳です」

そのうちの一冊のまとめらしいのを開きながら、ぱちぱちとソロバンをはじき、毘沙門村の村高九百五十石、村の人口千百十名と言った。石五郎はとっさに、おまつはもう含まれていないのだと思った。

「ああ、この数字だ。これを知りたかったのです。弥左ェ門殿、恩に着ますぞ」

「ですが三岡様。藩全体を調べるとなると、何年かかりますことか。気が遠くなります……」

弥左ェ門によると、福井藩には七つの郡がある。足羽、大野、南条、今立、吉田、丹生、坂井で、村の総数では六百七十五もあるという。これをどうやって調べるか。毘沙門村が属する足羽郡だけでも、百五十九村あるのだ。さらにすべての村が協力してくれるかどうかも分からない。

「ふうむ、六百七十五村か……」

石五郎は額に手をやり、考え込むふうに続けた。

「確かに頭の痛い問題ですな。それに数字を知るだけでは意味がありませんしね。実際に村民の生活や暮らしぶりなども見てみたい。そのためには少なくとも、一ヵ所で数日は滞在しなければいけないでしょう」

様々な情報を集め、知ることで、解決の糸口が見い出せるというものだ。石五郎は「ちょっと貸してください」と言って、ソロバンを手にとった。弥左ェ門は器用に珠《たま》をはじく石五郎を見て、目を丸くした。この侍は百姓もやれば商人の真似事もするのかと、驚いているふうだ。

「ふうむ」と石五郎は再び困ったというように小首かしげた。一村を調べるのに三日かかるとして、五年半。さらに旅程や交渉日、悪天候の日も含めれば、六、七年はかかるだろう。

そんなところへ弥左ェ門が助け舟を出してくれた。自分はたまたま足羽郡の庄屋たちをまとめる大庄屋も務めていて、他の郡の大庄屋たちとのつながりもある。彼らに紹介の書状を書くのにやぶさかではない。さらに七郡のうち、一番近くて村数が多い足羽郡は自分が調べ、残りの郡を石五郎が調査してはどうかと提案したのだ。その際、必要であれば、せがれの為吉を手足に使ってくれて構わないという。そうすれば四年ほどで終わるのではないか。

石五郎の目にぱっと光が射した。

「誠に有難いご提案、感謝の言葉もありません。大いに助かります。何から何までご面倒をおかけして、かたじけのうござる」

「なんのなんの。三岡様がなさろうとしているのは私たち百姓のため。そのお手伝いをするのはむしろ私たちの義務でもあります。ご遠慮は無用でございます」

その後、為吉も加わり、これからどう調査を進めるか、段取りの打ち合わせに入った。北国の冬は日の暮れるのが早い。弥左ヱ門の好意でその夜は泊めてもらうことにした。

翌朝、彼の案内で村を一回りした。その途中、というより最初に一軒の農家を訪れた。中程度の農民の朝餉《あさげ》を一緒に食べたいと、石五郎が頼んだのだ。いつも食べているのと同じものを準備してほしいと条件を付した。突然侍が訪ねたら相手はびっくりするので、刀は置いていき、むしろ薬師《くすし》（医者）のなりをしようということで、為吉の着物を借りた。夜中にその百姓家に為吉を走らせ、訪問することと朝餉を食べたいことを告げてある。心ばかりの金子を渡した。近くの村で疫病が発生していることもあり、藩の薬師が村の衛生状態を調べるために回っているのだという理由にした。

それでも庄屋の早朝の訪問に、四十代の農家の主はおどおどとして、何事が起こるのかと不安そうな表情を隠さない。老父母や子供も入れて九人家族のようだ。狭いところに雑魚寝《ざこね》のような形で居住している。薄いせんべい布団と藁の束が目についた。土間はじとつき、家じゅうに食べ物や小便などが入り混じったすえた匂いが漂っている。石五郎はそれらしくもう一度外の井戸を見に出たが、すぐに戻った。それを潮に弥左ヱ門が柔和な表情をこしらえた。

「伝助さん、すまないがちょっと朝餉を薬師の人に差し上げてもらえまいか。なに、領民の栄養状態を調べておられるでのう」

「へえ」と応じて、主は妻に手で合図をし、用意してあった囲炉裏周りの木箱の上に膳を並べた。膳といっても、雑炊の椀と稗《ひえ》の団子汁、それに申し訳程度の数のたくあんの漬物である。十粒ほどの米が椀の中で泳いでいる。子供たちは待ちかねたように派手な音をたてながら雑炊をかきこんだ。

石五郎は意外にうまいと思った。食材は粗末だが、それなりに醤油や味噌、塩の味付けに工夫がしてある。だがどう感想を述べてよいのか分からない。「ふむふむ」とだけしか言えず、しかし椀と団子汁はしっかり平らげた。弥左ヱ門が膳を指さし、いたずらっぽく主に言った。

「今日はご馳走ですな、伝助さん。雑炊がある」

「へえ、普段と同じものと言われておりましたが、そうはいきません。奮発しやした。城下から薬師様が見えられるのですから」

「すると、いつもは稗の団子汁だけというのか」

と石五郎が割って入った。

「へえ。稗のない時は大根汁をいただきます」

「夕食はちと米粒や稗が増えるとか、菜が増えるとか、そういうことがあるのか」

「そんな贅沢な……。朝昼晩、これと同じでやす。代わりばえいたしません」

弥左ェ門に促され、そろそろ巡回を始めようと石五郎が立ち上がったとき、伝助が急にぺたんと床に頭を下げた。

「先生、お願《ねげ》えがごぜえますだ」

と言って、右手で石五郎の着物の裾をつかんだ。皆は何事かと顔色を変えたが、石五郎は落ち着いている。伝助が後ろにいた子供の足を反対の手指でさしているのを見たからだ。足首の上の個所が大きく腫れあがっている。伝助がすかさず「ほれ、もっとこっちへ来な」と息子を引き寄せた。

「どうか診ていただけませんやろか。三日前に道で転んだんです。骨を折ったようですだ」

医者に診せる金がなく、そのまま水で冷やしているだけという。弥左ェ門は厄介なことになったと、早く出ようと石五郎に目配せをした。薬師でないのが露見したら、妙な噂を立てられないとも限らない。

だが石五郎は逆に子供に近づき、「どれどれ」と言って、足をゆっくりと両手に乗せた。炎症の個所を何度かさすったあと、膝と踵方向へぎゅっと引っ張った。子供がわあっと泣き出して暴れたが、動じるふうはない。

「骨は折れてはおらぬ。ちょっとしたひび割れじゃ。まだ間に合う。弥左ェ門殿、漢方の芍薬《しゃくやく》と甘草《かんぞう》がほしいのだが、ありますかな？」

「ええ、それなら家に備えております。先月、越中（富山県）の薬売りが来て、新しいのと置き換えたはずです」

そう言って、為吉に取りに走らせた。合わせて若干の小麦粉と布、酢も持ってこさせた。

「さあ、これを飲みなさい」

芍薬と甘草の粉末を水で飲ませたあと、患部を冷たい井戸水で洗った。それから小麦粉を酢で練って布で患部に巻きつけ、木とヒモで固定した。

「これで大丈夫。一週間ほど動かさぬようにな。薬は毎朝飲むように」

「へえっ！」

伝助とその妻はこれ以上感謝のしようがないというくらい額を板床にこすりつけて低頭した。石五郎の手慣れた医術に、弥左ェ門と為吉が信じられないものでも見るふうに瞬きも忘れ、しばし言葉を失っていた。

「では参りましょうか」という石五郎の声で皆は我に返り、表へ出た。歩きながら、弥左ェ門が感極まったという表情で、ぽつりと言った。

「三岡様がこんなに医術に詳しいとは、本当に驚きました」

「いやいや、医術とは気恥ずかしい限りでござる。剣や槍の練習や試合には骨折、脱臼、切り傷はつきものです。いつも通りに処置をしただけです」

石五郎の謙虚な物言いはいっそう弥左ェ門を感激させた。この侍のために本気で手となり足となりたいと思った。その手と足が、いつかは沈滞の底に沈んだままの自分たち領民の暮らしの向上につながるかもしれないのだ。まだ二十歳にもならない青年ながら、こんな侍が藩内にいることに希望をもった。大坂へ売られたおまつらのような悲劇が日常的に起こるこの世相を、一歩でも、いや半歩でもいいからよくしたいと、そんな大仕事に自分が参画できる喜びを感じた。

「私は最初、三岡様には村の恥をできるだけ隠そうと考えておりました。でも今は違います。むしろ実態を知っていただきたい気持ちでいっぱいです」

そう言って、弥左ェ門は歩きながら、「ここの家では数カ月前に借金苦で夫婦が子供を残して池に身投げした」とか、「他村からの泥棒になけなしの家財道具を盗まれた」とか、「やけになって賭場に出入りする若者が増えた」など、その家の近くを通るときに具体的に語って聞かせた。そしていよいよおまつの家が見えてきたとき、「ああ、ここ」と指さしながら言った。

「この前、一番上の娘が大坂の遊郭へ売られていきましてな。おまつと言うんですが、親孝行で、実に気立てのいい、村一番の器量よしでした。親を悲しませないようにと、涙一つ流さず、しっかりした口調で近所の人に挨拶を終え、周旋人に連れていかれたそうです」

「……。で、そのおまつとか申す女子。その後の消息はどうなのですか」

「おまつは賢い子です。どこぞの大日那に見初められて、お妾《めかけ》さんにでもなっていればいいのですが……。いや、そうなると思います」

心底からそうなってほしいと石五郎も願った。ちなみにこの時代、妾というのは世間から隠れた愛人ではなく、妻公認の存在であり、別宅を与えられるのが常であった。

「あ、女衒《ぜげん》だ」

前方からやってきた胡散臭い男を見て、弥左ェ門が小声で囁いた。男はきまり悪そうにあわてて別の道へそれた。女衒というのは貧しい家庭の子供を買い取る公の周旋人である。十歳に満たない器量よしの女の子を買い、遊郭へ売り飛ばす仕事だが、嫌がる子供に殺し文句を言う。

「白いまんまが腹いっぱい食べられるよ」

毘沙門村の訪問を終えると、翌朝、石五郎は真っ先にたばこ屋へ出向き、柳兵衛に報告した。沢吉からすでに聞いていたらしいが、手放しで喜んでくれた。

「弥左ェ門さんをやる気にされたのは何よりの収穫です。これは石五郎様のお手柄。大仕事というのは責任者だけがいきりたっても成功しません。協力する人たち全員にやる気があるかどうかで決まります……」

その点、弥左ェ門は大庄屋であり、他の郡の大庄屋たちをもその気にさせてくれるだろう。大庄屋がやる気になれば、各村の庄屋たちもその流れに乗って、調査に進んで協力してくれる。人というのは命令だけで動くものではなく、各自の内的なやる気の大小で成否が決まるのだと、自分の人生経験も交えながら、控えめな口調で柳兵衛は語った。

「なるほど、やる気ですか……。いいことを教えていただきました」

意図はしていなかったけれど、自分がしたことが、眠っていた弥左ェ門の心に火をつけたのだという。石五郎は大きなことを学んだと思った。

柳兵衛が予言した通り、弥左ェ門は獅子奮迅の働きをした。石五郎の美談となった一つ一つの行動が、口づてに村から村へ、郡から郡へと伝わり、村民は彼を暖かく迎えた。もちろん石五郎自身、庄屋での豪華接待は遠慮している。

「あの侍は稗や粟の団子汁が好物らしい」

石五郎が通りかかると、村人たちはそう言って、馬威しで一着になった若武者を見ようと、好意的な眼差しで振り返る。稗や粟を食することで共通の感情基盤を築いたのであろう。

調査は順調に進んだ。ただ石五郎は一つ自分に言い聞かせたことがある。それは奉行所の役人たちの横暴に目をつぶることだ。卑怯という意識はないではないが、大事の前の小事だと考えた。余計な波風を立てて、せっかくの調査が頓挫するのを恐れた。

それでも邪魔は入った。邪魔というより、暴力に訴えた妨害である。その日は弥左ェ門の息子の為吉を連れずに一人で或る村を訪れる途中のことだった。林の中で馬から降りて休息しているとき、不意にこん棒を持った数名の暴漢に襲われた。一目でならず者と分かる。刃物は見当たらず、命まで狙っていない。

それならばと、石五郎は軽々と身をかわしながら、刀の鞘《さや》で一人、二人と、頭と顔面をしたたか打ちのめした。一瞬の早業である。暴漢たちはぱっと散って逃げに入ったが、そのうちの一人を捕まえた。地面に押さえつけ、片腕を逆さにねじ上げた。

「何者だ。何ゆえ拙者を襲ったのか、白状せい」

「いてて……」と暴漢はうめいたが、しぶとく黙ったままである。石五郎は耳元に口を近づけた。

「ならば、覚悟はよいな」と囁きかけ、手に力を込めると、相手はがっくりと首を落として観念した。

「城下のお侍に……頼まれやした……」

「何？　侍に頼まれたと？」

痛めつけて、とことんこらしめろ、と金銭をもらって頼まれたという。石五郎にはぴんときた。村々の石高を調べ回っていることで、不快に思っている役人たちの仕業に違いない。連中が腹を立てている噂はたびたび耳にしていた。思い浮かんだ幾人かの見えない顔に向かい、挑むように高々と笑った。

「ワッハッハ。こん棒ごときで怖じ気《おけ》づく三岡石五郎ではないわ。とっとと消え失せやがれ」

そう言い放って、つかんでいた腕を離した。頼んだ相手の侍の名をあえて訊《き》かなかった。訊いたからといって調査がはかどるわけではないし、訊けば訊いたで、後々まで面倒なことになると思ったからだった。

こういう直接的な妨害以外にも間接的な嫌がらせは多々あった。石五郎に協力しないようにと、役人があちこちの庄屋に圧力をかけたのもその一例だ。だが庄屋にも知恵がある。表向き「はいはい」と従いながら、面と石五郎に向かったときは他村に負けないくらいの協力を惜しまなかった。

石五郎の日々は充実していた。農村という現場を足で歩いて回ることで、多くのことを発見し、学んだ。藩内は節倹の精神が隅々まで行き届いていて、驚いたことに、行き届けば行き届くほど経済が縮小し、貧困の度合がひどいのだ。それも年々悪化の一途をたどっている。何かが狂っていると思った。漠然とだが、行き過ぎた質素倹約に問題の本質が潜んでいるようだ。しかし、その本質が何なのか、そこのところがどうしても分からない。

ただ明るい報せもある。幾つかの村で希望を抱かせる動きを観察した。痩せた農地でいくら働いても収穫が増えることはない。小農民や小作農の家々には仕事がなくてぶらぶらする若者が増え、働き口を見つけたいと思っていた。一方で、同じ農家でも多少とも資力のある上層、中層の地主では彼らを雇い、細々ながら副業的に桑を植え、蚕《かいこ》を飼って、生糸《きいと》を生産している者がいた。蚕の繭糸《まゆいと》を数本そろえて生糸にするのである。品質は劣るが、絹の衣服として重宝されるようで、結構、売れている。中には生産規模を広げて農耕半分、養蚕半分という本格的な家もあった。

石五郎は或る農家で、珍しそうに生産工程を眺めていたが、

「私にもちょっとやらせてくれませんか」

と進み出た。鍋で煮た繭を手に取り、見よう見まねでそれを割って糸の取り口を見つけると、指で中からその糸を引き出した。根気のいる作業である。それを数本より合わせて小さな糸枠《わく》に巻きとる。糸のもつれを直すためにもう一度別の枠に巻きかえると、生糸が完成した。それを見ながら、労働者でもある主は、

「これをまとめて商人を通じ市場で売ります。するとお金が入ってくるので助かるんです」

と、うれしそうに言った。お金といっても江戸で通用している小判や銭貨ではなく、福井藩が発行する藩札である。藩内で小判を見ることはめったにない。それほど経済が疲弊しているのだ。

石五郎はしゃべり終わった主の顔を思わず見返した。同じ生産でも、農作業に従事する人とは明瞭に違うのだ。顔に明るさがあり、目に強い光がこもっている。希望のない抑圧された暗い顔に比べ、こちらの方は活気と意欲を奔出させた前向きの顔とでも言おうか。

（この違いは何だろう）

何度も自問し、一つの推論をした。たぶんそれは御上に搾り取られるだけの年貢米と、自分の才覚で作って、しかもカネにまで結びつく生糸との違いかもしれぬ。後者は小規模ながら商品として市場で流通しているのだ。ただ特権的な商人が不当に買いたたくので、儲けがそれほどでないのが大いなる不満だという。

ふと柳兵衛が口にした「やる気」のことを思い出した。そうだ、生糸生産者にはこの「やる気」があるのだ。作ればカネになるという刺激がやる気を引き起こし、それがさらなるやる気へと導いている。同じ働くにしても、「いやいや」と「進んで」の差は何と大きなことか。

或る町を訪れたとき、刃物を打っている鍛冶場へ案内され、最後の工程段階にある製品の鎌を見た。二、三百本ものピカピカの鎌が並べられ、出荷を待っている。石五郎は「おう、これこれ」と言って、そのうちの一本を取り上げ、指を刃先に当てた。今にも血が噴き出しそうなくらいの鋭い肌触りだ。

「さすが越前打刃物は違いますなあ。我が家にある古鎌とはえらい違いです」

そう言うなり、刀の試し斬りではないが、手にした鎌で近くの道際に生えている雑草をざくっと手際よく刈り出した。その刈り方があまりにも堂に入っていたので、一緒にいた庄屋と鍛冶屋の主が目を見合わせた。庄屋が感嘆の声で言った。

「いやあ、驚きましたな。私たち百姓にも負けない腕前ですね」

「ハハハ。私は家では百姓ですよ。庭の畑を耕すのは私の仕事ですから」

そんなところへ旅支度をした二名の漆掻き業者が現れた。今から関東を通って奥州へ漆の採集に行くという。主は用意してあった百本ほどの鎌を二人に預け、見送ったあとで言った。

「あの二人は鎌の行商人もしてくれています。こういう漆掻き業者の人たちのお蔭で、今や越前の鎌は日本中で評判です」

「なるほどのう……」

石五郎は深く感じ入った。鎌は福井藩を越えて他国にまで販路を広げているのか。産物の質がよければ外にも売れる。さすれば産物が増えれば増えるほど国外（福井藩以外の他藩への輸出）でさばけ、利が増えるという勘定になる。鎌はこのことを教えてくれた。それに鍛冶株仲間の組織もうまく作用しているのだろう。生糸の独占的商人と違って、鍛冶職同士が「仲間」を作り、運営、取締りをしているのだ。間に入る商人が利益をむさぼっていないのが成功の理由かもしれないと、何か大きな発見をしたような興奮を覚えた。

鎌と同様、越前和紙の現場見学も石五郎の気持ちを前向きにさせた。長年にわたり和紙は藩の主要産物で、輸出もしていたことは知っていた。が実際に面と向かって紙すき職人たちの勤勉さとやる気を見、同時に品質の高さを知って、福井藩も捨てたものではないという印象を持った。

その後も蝋や茶、砂糖などの生産現場を訪れた。生糸、刃物、紙、茶、蝋など、産物生産の萌芽があちこちに散見され、小規模ながら商品が流通している。そういう商品を売買している町には決まって活気があった。とりわけ商品積出港である三国港《みくにみなと》は目を見張るほどの繁栄ぶりだ。そういったところでは明らかに貨幣の流通量が増えている。

荷が動くということがこれほど重要なのか。またその荷を生産するための労働というものが、これまでとは異なる新しい価値を創り出していそうな気がする。いや、確実に創り出しているようだ。現場に足を踏み入れて、そんなことが観察でき、確認できたように思った。

時間はかかっても、やり方によっては、経済改善へのほのかな曙光を見出し、手元へ引き寄せられそうな気がした。今は重病だけど、治療の方法はあるのかもしれない。田や畑を見て歩いた時はいつもある種の寂しさを感じ、心が沈むのだが、たとえ小さくても生産工場を見ると、それが帳消しにされるような喜びと期待がわっと湧き出た。

だがまだ何もかもはっきりした輪郭のある理解には至っていない。「よし、これだ」と、ポンと手を打つほどの明確さはなく、ぼんやりとしたままだ。それでも一歩一歩、根気よく村巡りを続けた。足羽郡を調べてくれている弥左ェ門、たばこ屋の柳兵衛や沢吉とも時々打ち合わせを持ち、情報交換をしている。

10　師横井小楠に出会う

嘉永四年（一八五一）六月二十日。この日は梅雨の合間で珍しくからりと晴れ、村回りには絶好の日よりである。だが残念ながらとりやめた。気乗りせぬまま石五郎は額の汗を手の甲で拭きふき、重い足取りで城下町にある藩の儒学者吉田東篁《とうこう》の屋敷に向かっていた。肥後熊本藩の横井小楠という儒者が諸国を歴訪する途中、我が福井藩主松平慶永のたっての依頼で福井に立ち寄り、特別講話をするのだという。

（やれやれ、勉強か……）

しかし藩主の肝いりとあれば仕方がない。幹部だけでなく若い藩士も参加して、出来るだけ聴講するようにとの達しがあったのだ。

それにしても前触れが仰々しいと思った。「天下の大儒」と藩主自らが声高に尊称し、よくは知らぬが、朱子学の中でも異端といわれる「実学党」の親玉らしい。朱子学は習ってはいるけれど、もう飽き飽きしていた。四書五経を丸暗記するとか、その中の瑣末な一言一句の解釈をとうと議論するなど、実に馬鹿げている。こんな学問などどうでもいいと石五郎は思っていた。それなのに藩主が「近く余の相談役として招聘《しょうへい》するつもりである。心して聴講するように」と、前宣伝しているのである。ただ藩主自身はこの時期、福井に不在であった。

襖をぶち抜いた大広間には、すでに百名を超える藩士がところ狭しと詰めていた。吉田東篁とその一門も前の方にいる。蒸し暑さと人いきれでむんむんする中、石五郎は最後部に目立たぬように座った。

　やがてしゃきっと背筋を立て、引き締まって無駄肉のない武芸者の風格をした中年の武士が現れた。鋭い目つきとへの字型の濃い眉毛、突き出た頬骨、それに筋の通った鼻。月代《さかやき》から両眉にかけた広い額に太い横皺の筋が波のように何本も寄り、鼻から口元の両側にも固い縦皺が刻まれている。思索を業とする学者とはとても思えないその勇ましい風貌に、石五郎は何となく興味を抱いた。そしてその「何となく抱いた興味」は、四書である大学について、いきなり小楠が発した言葉で「本物の興味」へと変わり、さらに思いもよらぬことに時間の経過につれ「尊敬の念」へと変わった。

「……そもそも修身・斉家・治国・平天下という教えは誰のための学問であるか。それは君主や宰相が修めるべき学問だとされておるが、これは誤りである」

　一瞬、ざわめきが起こり、藩士たちの顔に驚きの色が走った。こんな解釈はこれまでに聞いたことがない。(ならば、誰のための学問なのか)と、石五郎は思わず身を乗り出した。

「それは家臣こそが学ばねばならぬ学問と心得る。家臣のための大学である……」

　百姓、町人らの領民に直接、日々、接し、政《まつりごと》を行っているのは誰か。それは諸役を担う家臣である侍であり、政とは侍の仕事なのである。そのために扶持《ふち》として主君から俸禄を給与されているというのだ。小楠は淡々と、しかし自信に満ちた鋭い言葉を投げ続けた。

「では諸士に一つ尋ねよう。今、扶持は主君から与えられると言ったが、これも正しくはない。なぜか。分かる者は手を上げられたい」

今度はしんと静まり返って、誰もが固唾をのんでいる。

「答えは諸士が受け取る俸禄の元をたどれば分かる。領民が働いて得た汗の結晶が御上に税として納められるのだ。つまりは領民から受け取るのだと考えよ。領民はその代償として、侍に良い政をしてほしいと期待しておる。自分たちの生活のすべてを侍に託しておるのである……」

石五郎は心底、驚いた。この儒者は藩主ではなく百姓や町人が実質的な主人だと堂々と宣言している。しかも政の結果責任は自分たち侍にあるというのだ。

「ところがだ」と小楠は前置きし、自身が見聞してきたことをさらに大きな声で、時にはまるで雷のような強い語勢を交えて語った。

侍は扶持をもらっているのに領民からの負託をまったく果たしていない、と非難した。これは自分の熊本藩だけではない。ここへ来る道中の四ヵ月、山陽道から畿内を通り東海道と、二十余藩を回ってきたが、どの藩も例外なく財政が悪化し、領民たちが貧困にあえいでいる。それなのにただ質素倹約が叫ばれるばかりで、適切な施策が行われていない。無為無策である。これはつまり侍が与えられた責任を果たしていないということに尽きる。「侍の無駄飯食いだ」とまで言い切った。

（この儒者は、節倹政策は誤りだと非難している）

こんなことを主張する者は世の中に誰一人としていない。異端も異端。しかし何と痛快なことか。石五郎は心が躍り、興奮で震えた。勇気を得た。自分は日頃から節倹政策に疑問を抱いてきた。そこに問題の本質があるのではないかと、漠然とながらも肌でとらえ、同時にそれ以上は解決の内側に迫れないもどかしさを感じていた。

しかし図らずも今、その疑問に答が出た。自分の考え方は間違っていなかった。藩主公認の天下の大儒者に肯定されたのだ。というより断定された。それも単なる気まぐれや思いつきで言っているのではない。大学の精神から説き起こしている。今すぐにでもこの話を沢吉や柳兵衛に伝えたい衝動にかられた。

小楠は声を枯らしたらしく、「えへん」と咳払いをした。目だけをぎょろりと左右に動かして一同の反応を観察したあと、なぜ無為無策に陥っているかを明快に答えた。

「それは学問について皆が考え違いしているからである。胸に手を当てて考えてみられよ。四書五経を一字一句、訓詁《くんこ》的に解釈し、暗記して何の益がある？　物知りになって何の益がある？　記憶力の競争はまったくもって意味がない。学問のための学問は即刻やめられよ……」

学問とは経世済民のためにある。つまり実際に世の中を良く治めて豊かにし、民を苦しみから救うために行うのであると言い、大学の三綱領に触れた。堯舜《ぎょうしゅん》孔子が行った道（道徳的な規範）をもって国家の経綸（秩序を整え治めること）をせねばならぬ。またこの道徳は経国安民（民のための政治）の元であり、知識によって増進せよ。ゆえに先ず格物致知《かくぶつちち》（物事の道理や本質を深く追求し理解して、知識や学問を深めること）から始め、そして己を修め、人を治めよ、と説いた。

「要は、学問は実学でなければならぬということだ。日常の事物を注意深く観察し、考えること。そして道理を会得して、これを日常生活に活かすことこそが実学である……」

（なるほど、実学か……）

石五郎は喉の奥で何度も繰り返し、言葉の重みをしっかりと受けとめた。実務と実益に結びつけてこその学問だという。遠い存在だと思っていた学問が民衆に密着した身近なところにあるというのは大きな発見だ。目の覚める思いがした。ここ三年、ずっと農村回りをしてきた。気がつかなかったけれど、これは正に実学の実践だったのだ。これで得た成果を領民の生活向上に役立てよと、真の朱子学は教えている。石五郎は己に課された使命を明確に悟った。迷いはない。早く残りの村を回りたいと気持ちを逸《はや》らせた。

それともう一つ、この場で決意したことがある。小楠先生に弟子入りしたい、との思いだ。その理由は肝心の侍がやるべき「適切な施策」が何なのか、それが分からないからである。小楠先生の知恵を借りて研究したい。知恵の泉から一滴でも二滴でもいいから汲み出したいものだ。己一人ではあまりにも荷が重い。また読む気さえ起らなかった大学綱領だけれど、今は勉強したいという切実な気持ちに変化している。今日ここへ来てよかったと心の底から思った。

講話は終わった。弟子入りの願いは、さすがに皆がいるその場では申し出る勇気はなかった。だが翌朝には小楠が泊まっている家老稲葉家の別荘である遊仙楼を訪れている。

「横井先生は登城されて不在です」

と門番は素っ気なく答えた。それからも三日間、同じ状況が続いた。家老ら幹部を相手に学話をしているらしい。

(このままでは会う機会がない……)

そのうち帰国するかもしれず、石五郎は焦った。そんな或る夜遅く、家の門をたたく沢吉の声が聞こえる。宿屋は夕方から夜がかき入れ時だ。忙しい中をやり繰りして駆けつけてきたのに違いない。玄関に足を踏み入れるなり、息を弾ませながら言った。沢吉には、遊仙楼で門前払いが続いているのを話していた。

「朗報ですよ。小楠先生が明日の午後、うちへ来られます……」

たばこ屋で、藩士の三寺三作《みつでらさんさく》ら気の合った者たち数名と会合を持つという。会合というのは表向きの名目であり、実際は酒の飲み会らしい。石五郎は手を打って喜んだ。

「何という幸運。先にそちらへ行って待ち受けるとしよう」

この数日、石五郎は彼なりに小楠についての情報を集めていた。主に頼ったのは友達の藩士佐々木権六である。西洋の鉄砲や兵備に詳しく、上士の生まれながら、性根がまっすぐで馬が合った。

権六によると、小楠が福井に招かれたのは元をただせば三寺三作の強い推薦があったからだという。先に三寺は「天下の大儒を招いて藩校を興せ」と慶永に建白書を提出し、学問を愛していた慶永はこれに賛同。三寺に諸国を遊学して「朱子学の真の儒者」を探すようにと命じた。藩の儒学者吉田東篁は、学問というのは実践が伴わなければならないという考えを持っていた。弟子の三寺もその影響を強く受けており、その観点を念頭に置いてあちこち遊学しているとき、肥後熊本まで来て小楠に会った。

当時小楠は熊本藩で、開明派である実学党を結成し、伝統的な徂徠学《そらい》（柳生徂徠《おぎゅう》の政治思想）を信奉する守旧派と対立していた。しかし戦いに敗れて激しい批判を浴び、危険人物として藩政から遠ざけられた。藩士は実学党から次々と脱退していくことになるが、代わりに武士ではないが郷士の子弟たちが入門した。徳富蘇峰と徳富蘆花の父で庄屋の息子、徳富一敬は一番最初の入門者であった。

さらに思想に共鳴した他藩の武士たちから門をたたく者が増え、小楠の家塾は繁栄する。生国の肥後では嫌われ無視されたが、他国では熱狂的に支持されるという妙な構図である。小楠の名声は諸国に知れ渡り、この時点で小楠自身にも分からなかったが、後に勝海舟や西郷隆盛、坂本龍馬らも教えを乞うに至る。

こんな時期に三寺三作が小楠の家塾小楠堂を訪れたのだった。三週間ほど滞在しているあいだに、三寺はすっかり小楠の魅力にとりつかれ、心酔した。いずれは福井藩に招聘したい旨を匂わせた。小楠はもう肥後では自分の学を実践する場がないことを知っている。英明の誉れ高い松平慶永に用いられることに、胸を躍らせた。見も知らぬ遥か遠い越前ではあるが、今すぐにでも駆けつけたい希望で満ちた。

だがそんなことを正直に藩に言えば拒絶されるに決まっている。これ幸いと厄介者を追っ払おうという意識などはない。むしろ意地悪く藩内にくぎ付けにしようとするはずだ。そこで一計を案じ、諸国遊歴の旅に出るという形をとった。そして事前に三寺に連絡をとっておき、途中で一時的に福井藩入りを果たしたのだった。

ただ小楠の態度にも問題があった。客観的に見て、徂徠学派がすべて悪いとは言いきれないところがある。議論が激してくると、小楠は顔色を変え、自説を通そうと、喧嘩腰で食ってかかる。そこへ大酒飲みで酒癖が悪いときて、藩の幹部からは「外国（他藩）へ出しては熊本藩の恥だ」とまで警戒されていた。

翌日、石五郎は小楠についての大体の知識を頭に入れ、たばこ屋で待ち構えていた。午後、一行はかなり遅れて賑やかに店に入ってきた。二階に上がると、さっそく酒盛りを始めた。料理は連日の馳走に飽いていたので、小楠の意向で小魚と香の物程度しかない。が思う存分酒が飲めるとあって、すこぶる機嫌がいい。沢吉によると、小楠は節倹の時節柄、豪華な接待をされ、内心では申し訳ないと有難迷惑に思っているらしかった。

小一時間ほど経ったところで、石五郎が思いきって部屋の襖をあけた。当たって砕けろである。丁重に名乗り、低頭して挨拶をした。先の講話のことに触れたあと、

「ぶしつけで誠に恐縮でございますが、ぜひ弟子の末席に加えていただけませんでしょうか」

と神妙に願い出た。と、脇に座っていた大きな福耳の侍が素っ頓狂な声を上げた。

「おう、どこかで見た顔じゃと思ったら、そうそう、以前、馬威しで一着になった三岡氏《うじ》ではないか」

これが引き金となり、ひとしきり座が馬威しで盛り上がったあと、小楠は急に弟子入りのことを思い出したらしく、正面で固くかしこまっている石五郎に向かって尋ねた。

「で、大学はそうとう読んでおられるのであろう。感想を述べてみなされ」

すると又もや福耳が引き取った。

「先生、この御仁は勉学がからきし苦手だという評判でございます」

ほろ酔い加減で、ニヤニヤしながらそう言って、石五郎をからかった。石五郎は、これは口頭試問なのか、下手をすれば部屋から放り出されるかもしれぬと思った。いい考えが浮かばない中、咄嗟に福耳侍の言葉に便乗することにした。

「お恥ずかしながら、学問は苦手でございます。しかし実学はすでに始めております る」

「ほう、実学を始めているとな？」

「はっ。藩内の七郡六七五村を今、この足で回って、財政の実状を調べているところでございます……」

石五郎はことのいきさつを語った。節倹一本槍では弱体した経済をよくすることはできないのではないか。何かいい方策があるはずだ。そのためには先ずどれほど貧乏なのか、その度合を知らねばならない。そこで民の富を調べたいと、この三年、村回りをしていると述べた。

小楠は疑わしそうに目を細め、眉をしかめた。

「まさか……。そのほう、三年ものあいだ歩いているというが、本当かのう。どれ、足の裏を見せてみよ」

そう言って、石五郎が差し出したごつごつした足裏の分厚い皮と大小のたこを見、「おう、間違いないわ」と納得顔でニヤッとした。

「民の富がつかめれば、国の富もつかめるというもの。さすれば適切な施策も浮かんでこよう」

「ところが、その施策が……皆目分かりませず、困っております」

「ハハハ。簡単に分かれば誰も苦労をせぬわ」

と愉快そうに笑って軽くいなし、急に真面目な顔になった。

「そちは福井藩の農村を歩いておるが、江戸の小判を見たことはあるか。或いは大坂の丁銀や豆板銀を見たことがあるか」

「いいえ、そんなお金は滅多に見かけませせぬ。藩札と銭貨だけです」

「それはなぜじゃ？　本来なら日本国中に流通しておるはずだろうが……」

石五郎は首を傾げたが、ふと思い当たることがあった。小判はなくても、商人が栄えている町や村ではどこも活気があったことだ。そこでは細々ながらも、いろんな産物が動き、商《あきな》いが観察できた。そのことが小判とどう関係しているのかよくは分からない。しかし一概に「関係ない」

とも言えないのではないか。その思いもあって、産物と商いについて思うところを述べた。小楠はポンと膝を打った。

「よくぞ申した。その産物が鍵を握っておるのじゃ」

産物が大規模に動けば、商いも大規模になる。そうなると大量に貨幣が流通し、ひいては藩札だけではなく、江戸の金銀銭貨も出回って、栄えるはずだという。そう言えばと、石五郎は三国湊での光景を思い出した。毎日、何十隻という北前船が積み荷をして、諸国との交易をしている。町は大層な賑わいぶりである。たぶん小判や丁銀も使われているのかもしれないと思った。小楠の舌は酒の潤滑油のためか、滑らかだ。

「ではその産物はどのようにして生まれると考えるか、答えてみよ」

「それは……ええと、生産です。あちこちの農家が兼業で、生糸や茶、漆、鎌、和紙、蝋などの製造や、醤油、酒、油などの農産加工品を作っています。どれも小さな作業場ですが、ちょっとした本業のような工場もあります」

「すると、その生産を担う労働は誰がしている？」

「もちろん人です。人間の労働が産物を生み出しています。つまり働くことで、産物という価値を生み出しているのだと思います」

小楠は何を思ったか、うなずきかけた顎をぐいと引き、鋭い目つきになった。

「ふむ、労働が価値を生む、とな。よくぞそこまで見通したものよ。そちの観察力はあっぱれじゃ。これぞ現場調査に徹する実学の成果であろう」

「ははぁ」

石五郎は思いがけない言葉に動転した。そこまで経済の分析を進めた意識はなかったし、その能力もないのを知っている。感じたことをありのまま述べたに過ぎない。それがこれほどの誉め言葉を受けるとは思いもしなかった。気分が高揚し、まるで雲の上を歩くようにふわふわと浮いた。

脇へそれるが、この労働が価値を生むという概念だが、かの有名なマルクス主義の労働価値説を思い出させる。カール・マルクスが「労働者の労働が商品の価値を生む」という労働価値説を「資本論」第一巻で発表したのは、一八六七年であった。小楠・石五郎の対話があってから十六年後のことだ。

商品の価値というのは、流通過程で利潤をかすめとる儲けで上がるのではなく、物を製造するときに労働者が投下する労力の和であると唱えた。石五郎はこんな経済理論は知りもしないが、現場感覚として、村巡りで鋭く嗅ぎ取っていたのであろう。歴史のほぼ同じ時期に、日本人とマルクスが労働過程に着目していたという事実は興味深い。

石五郎は勢いづき、矢継ぎ早に言葉をつないだ。

「一つ、面白いことが分かりました。彼らの労働行為を見ていたんですが、そこで働く職人は目の色が違うんです。意欲があふれています。同じ人間が農作業をしているときは、何だか死んだ魚のように生気がありません。ですが職人として物を作っているあいだは、生き生きと輝いています」

「なるほど、その観察、的を射ておるぞ。では、なぜ目の色が違うのか。そちはどう思う？」

小楠は自分も考えるふうに心持ち目を宙に泳がせ、相手の言葉を待った。

「ええと、それは……米の生産は年貢で御上にとられるだけですが、産物は自分の利益につながるからだと思います。人には利を得たいという心があります。悪いことをせずに得するのであれば、人は誰でもそうするのではありませんか。作ったら作っただけ得をしますから」

「いや、そうとは言えぬ。得をするとは限らぬぞ。なぜか分かるか」

「えーと……あ、そうだ。産物が売れなければ得をしません。売れることが肝要かと存じます」

「では、どこへ売る？　国内（福井藩）か？　他国（他藩）へか？」

「他国への輸出です。国内ではあまり売れそうにありませんので」

「まだ甘い。大甘だ。確かにそうやっている国もあるにはある。しかし考えてもみよ。他国も福井藩同様に貧乏で苦しんでおるのだぞ。日本全国どこへ行っても同じではないか。もっと広く考えよ。たとえば長崎……」

　石五郎は「あっ」と小さく叫んだ。海外貿易だ。福井の産物を長崎経由で海外へ輸出する。それも大規模にである。

（小楠先生はそこまで見通しておられるのか）

　適切な施策の輪郭が見えてきたように思った。

「清やオランダなど海外への輸出です。それに先生、北の蝦夷地（北海道）もあります」

「その通りじゃ。海の向こうには大きな市場が開けておる。しかし、問題は理屈では分かっても、どうやってそれを実現させるか。どうやって売るための体制を福井藩で作り上げるかだ。ここが最も難しいところであろうな」

　よしそれならばと、石五郎は前のめりになった。この「売る」という課題は自分がやろう。そのためにもっともっと先生から実学の知恵を学び取らねばならないと、心の奥で誓った。

ただ問題もある。三国湊では確かに産物の動きの大きさには目をみはった。だが特権的商人たちが独占して暴利をむさぼり、小生産者たちの意欲を阻害していた。そういう商慣習を残したままではとうてい大規模な輸出は困難だろう。これらも含めた売る体制作りこそが成功のカギだと、先生は言っておられるのだ。

石五郎は取り組み始めた課題のとてつもない大きさに武者震いした。今は前方に一点の明確な目印がしっかり固定でき、それに向かって挑む勇気がふつふつと湧き出た。

ところで石五郎が指摘し、小楠も賛同した働く職人の意欲だが、経済史的にはこれも鋭い観察である。イギリスの経済学者アダム・スミスは一七七六年に「国富論」を著わし、初期の資本主義を理論的に分析した。その中でSelf-Interest（自己利益、私利、私欲）について触れている。人には自己利益を追求する本性があり、これは人間行動のモト、ひいては資本主義のモトであると喝破した。

ひるがえって小楠、石五郎ともアダム・スミスの存在などむろん知らないが、同様のSelf-Interestを見抜いていた。事実、江戸末期の近世日本には遅々とした速度ではあっても、Self-Interestを基礎に置いた商品経済の自生的発展が見られ、それが維新以降の日本経済の発展、拡大につながったのである。

幕末維新時代になって、石五郎（三岡八郎と改名）は画期的な行動に出る。太政官札という日本初の不換紙幣を発行し、破綻に等しかった新政府の財政を支え、立て直したのだ。そして殖産興業の礎を築いたのだった。

このように見てくると、労働価値説やSelf-Interest、太政官札の発行などどれをとっても、石五郎の経済の本質を見抜く力は時代を卓越していたことが分かる。ただ彼は理論を駆使する学者ではなく、実務の荒波で新政府という大船を操縦する船長であった。だが今日、過去にこれほどの人物がいたという事実を知る者はあまりにも少ない。歴史の底に深く埋もれたまま現在に至っている。

さて、問答のあいだも小楠の手が盃から離れたことはない。先ほどもあくびを噛み殺しはしたが、飲み疲れたのではなさそうだ。酒は連日の講話の疲れを癒す最良の薬だといわんばかりに、ますます飲むピッチが上がっている。顔は赤くはならず、むしろ青みが増してきた。

「三岡……石五郎、と申したな。今日はここまでじゃ。察するところ、そちは机の上の学問はあまり得意ではないようだが、やはり大切じゃ。今からでも遅うはない。心して励むように」

「ははっ」

そう応じながらも、石五郎はまだ弟子入りの許可を得ていないことが気になっていた。がさすが小楠である。そんな心中を察したのか、「おう、忘れておった」と、パチンと空いた手で額をたたいた。

「ここ暫くは忙しゅうて、かなわぬわ。身は一つだからのう。明日からも毎日、遊仙楼へ来客があって、学話の日々が続く。それにしても今日は実に愉快だった。そちとはいつか又、会う時もあろうぞ」

「ははぁ。有難きお言葉。私めもお会い出来るのを楽しみにしておりまする」

これ以上の言葉はない。会ってくれると言った。満足感が胸に込み上げ、そんな喜色が顔に出ないよう抑えながら低頭した。脇にいる三寺三作や福耳侍らにも丁重に辞儀をし、部屋を出た。階段を下りる足取りは軽かった。その後は待ち受けていた柳兵衛と沢吉を相手に話が弾んだ。

　石五郎には向こう見ずで大胆なところがある。何食わぬ顔で三日後にまた遊仙楼に押しかけている。来客は何名かいたが、小楠は愛想よく「おう、せっかく来たのだ。上がるがよい」と手で招き、石五郎もその一団に加わって聴講した。ただ質問はせぬようにおとなしくしていた。

　が終わりころ、小楠が何を思ったか一番後ろにいる石五郎に向かって手の平を上下にひらひらさせ、「これ、もう少し前へ来い」と話しかけた。

「そちは福岡の秋月藩を知っておるか。果皮からとる櫨《はぜ》で、うまい商いをしておるぞ……」

　藩が領民から櫨を買い付け、そこから蝋をとって大坂へ運んで売っているという。買い付け時、藩は札を渡し、蝋が売れた時に得た金銀を持ち帰って領民の札と取り換えるというのだ。石五郎に疑問が湧いた。

「でも先生。藩が買い付けたのでは失敗しませんか。当福井藩では以前、いろんな産物を藩が買い付けて独占的に他国へ売っていましたが、見事に失敗しました。それというのも、藩が安く買いたたくからです。領民はすっかりやる気をなくし、結局、商いは細りました」

「それ、そこじゃ。秋月は違うぞ。わざと高い値段で買うのだ。だから生産者にやる気が出て、櫨の生産が増える。ひいては蝋も増えるので、藩の収入も増えるという寸法である」

　秋月藩のこのやり方は、石五郎が藩財政の改革を進める上で大きなヒントを与えるのだが、それは後のことである。

それから二年弱の歳月が流れた。ようやく村巡りは終わり、いよいよ「目印」の第一段階である藩財政調査のけじめをつける時が来た。御奉行の長谷部甚平と対面せねばならない。

嘉永六年（一八五三）三月の半ば。訪問の許可を得たその日はあいにく季節外れの土砂降りの雨である。雨傘を右手に持ち、左手には聞き書きの手控えを包んだ重い風呂敷を抱えて長谷部の屋敷を訪れた。傘は柿渋で着色された派手なものである。そこへ和泉村のまいたけと勝山の水菜のぎっしり詰まった籠を背中にしょっている。毘沙門村の庄屋弥左ェ門がわざわざ国の東部から取り寄せて差し入れてくれたのだ。

その珍妙な恰好に長谷部は破顔した。「おう、石五郎か」と言い、よほど前の初対面の印象が強かったのか、その時のことを口にした。どさりと畳に置かれた風呂敷包みを見て、

「何じゃ、その包みは？」

と、頓狂な声を上げた。

「福井藩財政の書き付けでございます。七郡六七五村の面積、人口とその構成、米の石高、特産品、田の用水、飲用水、そのほか気づいたことなどを記してあります」

「ふうむ、書き付けか……」

長谷部はわざと興味なさそうに目をそらした。あの時けしかけてはみたものの、まさか実際に調べて回るとは思わなかった。呆れたというのか、感心したというのか妙な気持ちになった。

石五郎はまとめの部分を数枚抜き出し、恭しく差し出した。ところが長谷部は「いやいや、それには及ばぬ」と手を左右に振って、受け取ろうとしない。何となく逃げ腰である。石五郎はこ

ういうこともあろうかと予想していたので、あわてることはない。強気で押し通した。

「では御奉行様、口頭にてご報告させていただきます。書面は後程お読みくださいますれば……」

と、あえて事務的な平たい口調で数字を読み上げた。

「藩の知行高（藩所領の石高）は三十二万石とされていますが、実際の年収入は三十万四千石しかありません。領民の数は武士も含めて総数十七万五千五百人です……」

総数の内訳として、武士とその家族が一万四千九百人、在方（農村の住民）が十三万二千人、町方（町の住民）が二万六千四百人、寺社関係が二千二百人である。したがい領民一人当たり、一日五合弱の米を手にする計算になる……。

「ところが実際にはそうなってないんです。一人三合しか食べられません。残りの二合は稗や粟でしのいでいるのが実状です」

と言って、奉行の目に確認を求める視線を注いだ。長谷部は目をむいた。そこまで調べ上げたのかという驚きの表情を隠さない。そしてむきになって反論した。

「御政道はご家老たちの合議で決まっておるのじゃ。三合であろうが五合であろうが、大した問題ではない。今さら調べてみても意味がなかろう」

その狼狽めいた表情と強気とも思える物言いに、何かを隠している感じがする。御奉行はあまり実態を知らないのではないか。この分では配下の役人たちが饗応を受けていることも耳に届いていないだろう。御奉行にもっと実状を知ってもらう必要がある。「お言葉を返すようですが」と丁重に前置きし、さらに進めた。

「三合と五合の差は全部で十二万六千石。この米は三国湊から大坂へ積み出されております」

「ほう、なぜじゃ？」

石五郎はこんなことも知らないのかと思ったが、それは伏せた。

「現銀を得るためです。手元の米だけでは生きていけません。日用品やいろんな物を買わねばならず、そのためのお金が要ります」

「あい分かった。それで？」

と急にそわそわし、次を急かした。早く打ち切りたい様子である。

「御承知のように藩の収入には年貢米以外にも雑税があります……」

町方からの運上金（営業に課される租税）や、工業・漁業への運上金、三国湊で北前船から得る口銭などだ。これらの藩収入と支出を差し引くと、常に支出が毎年二万両も上回っている。しかもこの二万両の不足は永遠に続きそうな気配なのだ。

「二万両のう。まあ、それは藩も分かっておるが……」

と、長谷部は何だか煮え切らない物言いをした。そこまで調べがついているのかと、どうやら相手のこの若者をどう扱おうかと思案しているかにも見えた。

「言いにくいことですが、御奉行様。二万両不足の主因についてでございます。藩の総支出のおよそ九割が江戸藩邸の維持費と、もう一つは参勤交代の旅費で占められているんです」

「うむ……」

そう答えたきりで不自然に黙ってしまい、やや間を置いて、急にパンパンと手をたたいて女中を呼んだ。長期戦を覚悟したのだろうか。酒の支度を命じた。石五郎は藩支出を記した書き付けを長谷部の方から見えやすい形で置き、その細目と詳しい数字を読み上げた。

長谷部は聞いているあいだ時々、瞬間的に目をグッと見開いて初耳のようなしぐさをした。それ以外にも、石五郎とのやり取りで不確かなところが何度も露呈し、御奉行様はあまり実態を知らないのではないかと石五郎は思った。

きっと国の執政は上役の家老にまかせきりなのだろう。これでは財政がよくなるはずがない。藩財政という大役をもつ武士としての認識が欠けている。上下の分をわきまえる規律意識にきつく縛られてしまい、怠けているという自覚がまるでない。この長年の委縮した文化が藩をむしばんできた。小楠先生が指摘されているのもこのことであろう。石五郎は遠慮を忘れた。思わず声を張り上げた。

「はっきり申し上げて、藩財政改善の見通しは立ちません。武士は一汁一菜を励行し、民は稗や粟を食べて、上から下までどんなに節倹につとめても、二万両の不足は続きます」

長谷部は黙し、目をつぶった。腕を組み、どう応えるべきか迷っているふうだが、仕方がないと思ったらしい。

「まあ、そちの言うとおりじゃろう。誤っては……おらぬ」

と吹っ切れたように言うと、ちょうど運ばれてきた酒の徳利をひょいと手にもった。

「さあさあ、固い話はこれくらいにして、どうじゃ。酒を飲まぬか」

茶碗に自分で注《つ》いで、旨そうに飲んだ。石五郎にも勧めたが、下戸と知り、「それならばわしが教えてつかわそう」と言って、無理やり相手の口へもっていった。ゴホゴホいわせながら石五郎はかろうじて二口、三口すするようにして喉に押し込んだ。その苦しそうな恰好に長谷部はおかしさを隠せず、手を打って喜んだ。

「石五郎。そちの言いたいことは分かっておるわ。まだ質問があるというのだろう。だが今日はここまでじゃ」

そう言って、世間話に切り替えようとした。石五郎はあわてて食い下がった。

「では後日、改めてお伺いしてよろしゅうございますか」

「何かわしに宿題でもあるのか」

「はい。どうすればこの沈没した財政を改善できるか、お話させていただきとう存じます」

「難問だのう。分かれば誰も苦労はせぬぞ」

とだけ言い、ワハハと笑った。

この男は癪だが、いちいち現場に裏打ちされた有無を言わさぬ強さを持っておる。笑う目の端でそっと相手を観察した。癪な思いを期待に変えさせるほどの何かの力が、その頑健な体の奥に潜んでいそうな気がした。

それから半時間ほどとどまったのち、石五郎は辞した。だが「改めてお伺いする機会」が来ることはなかった。天下の大事件が勃発したからである。

11　黒船来航

嘉永六年四月、父義知が急逝した。長谷部邸を訪問してからひと月も経っていない。

義知は御先作事奉行《おさきさくじ》として、道の両側からせり出した桜の花が頭上で華麗にもつれ合い満開を競うなか、藩主の名代《みょうだい》行列の先頭に立って馬でしずしずと進んでいた。ところが京町を過ぎたあたりで、突然、脳溢血に見舞われた。その場で落馬し、藩医細井玄養の治療も空しく他界した。享年六十歳であった。

喪主は長男の石五郎がつとめた。彼の意向もあり、内輪の親族や亡父と親しかった友人だけという質素な葬儀である。大瓶《おおがめ》におさまった死に化粧の顔は実に穏やかで、小吏ではあったが、責任感は強く、主君への忠義と謹厳一筋に生きた生涯だったと改めて思った。

その顔をじっと見つめながら、溢れ出る涙をこらえた。悔恨の涙である。家名再興という父の期待に沿えなかった自分のこれまでの半生を責めた。しかも最後の五、六年というもの、財政調査という錦旗の陰に隠れ、村々を放浪するが如く奔放に過ごし、父の望みの微塵も成し得なかった。そんな息子のわがままを許し、無理をおして金銭の援助までしてくれた父に、謝り、礼を述べる機会もないままに別れを告げた。今、父を見送るこの短いあいだ、悔恨から始まって自責、そして未済《みさい》の謝意、謝罪と、目まぐるしく移る感情の変化に耐えながら、父の顔に心の中で一つの約束をした。

（藩財政の立て直しに全力を捧げよう……）

成るか成らぬかは分からない。言ってみれば、鯨《くじら》の巨体に体当たりする鰯《いわし》くらいの無謀さと無力さかもしれぬ。だが鰯でもいい。全力を尽くして戦う姿を父は見守ってくれるだろう。応援してくれるだろう。根拠はないけれど、なぜかそう確信した。全力を尽くすことが父に対する恩返しだと自分に言い聞かせた。我が家の石高の加増も大事だが、国の財政再建を優先させるのに迷いはなかった。

葬儀は滞りなく終わった。喪に服しているそんな六月五日の午前、待ちに待った藩庁からの達しが届いた。昨今の習わしに従い石高が減らされるかもしれぬと不安を抱いていたのだが、幸いなことに家督と現百石の相続がそのまま許され、晴れて三岡家十代目を継いだ。石五郎二十五歳の時であった。その夜は父の遺影を前に、ささやかながらも精いっぱいの祝宴を張り、寝たのは深夜を相当過ぎていた。

ところが、翌朝まだ暗いうちから総登城を告げる大太鼓が城下に鳴り響き、石五郎はたたき起こされた。すわ何事かと、大急ぎで袴をつけ、近くの足羽川にある繰り舟の乗り場へと走った。すでに毛矢侍たちがあたふたと舟に乗り込んでいる最中だ。何があったのか、誰にも見当がつかない。

城の大広間にはもう大勢の藩士が詰めかけていた。不安で殺気立っている。上席家老の本多修理が、入ってくるなり、「一大事じゃ」と、立ったまま目を引きつらせて叫んだ。

「メリケンの艦船四隻が江戸湾の浦賀沖に来航したぞ。おといの三日だ。空に向けて大砲を打っておる」

「おおっ」

　どよめきが起こった。修理は肩で大きく息をした。いつものような一同を見回す余裕はない。どかっと腰を下ろして、声をどもらせるほどの慌てぶりを見せた。

「蒸、蒸気を吐く、真っ黒な、馬鹿でかい船じゃ。居座ったまま動かぬらしい。きのう深夜、江戸藩邸から急報が届いた」

　驚愕から素早く回復した上席の侍が、両の拳を宙でぐいと握りしめ、上ずった声で迫った。

「これはしたり。一体、幕府は何をしていたのです？　追い払わなかったのですか」

「いや。浦賀奉行所は長崎に回航せよと何度も命じたが、どうしても聞かぬ。メリケン国から持ってきた大統領の国書を日本国の将軍に渡すのだと、言い張っておる。それが成るまでは武力を行使してでも退かぬとな。威しの大砲を空に向かって打っておるらしい」

　そのため江戸湾一帯は大騒ぎで、「黒船が来たぞ」と町民や百姓は恐怖におののき、混乱の極みだという。江戸表では藩主慶永は連日登城して、不眠不休で老中たちと協議を重ねているが、どういう展開になるか、一寸先も分からない有様である。そんななか、幕府から諸藩に江戸を警護するよう命令が下った。福井藩には品川御殿山の警備が割り当てられ、江戸づめの者たちがすでに交代で任務に就いておる、と一気にしゃべった。

「しかしそれだけでは数が足りておらず、国許からも大至急、屈強の者を来させよとの指示が出た。よって今から選抜した者の名を読み上げる。慎んで聞けい」

　と言って、次々に氏名を読み上げていく。上士である友人の佐々木権六は早々と呼ばれ、石五郎は自分は下士で家督を継いだばかりだから……、と気をもんでいたが、一番最後に呼ばれてホッとした。権六は機械の技術に強く、船造りに詳しい男だった。

ところで黒船のことだが、少し補足すると、当時、ペリーの艦隊だけでなく、西欧列強の航洋船はみな真っ黒の船体をしていた。帆船でさえそうで、防水のために黒色のピッチ（石炭を乾留して得られるタール）を塗っていたのだ。

慌ただしかった。一時間後には身支度した剛健血気の青年藩士五十余名が西の馬場に勢ぞろいした。馬には本多修理、御用人の秋田八郎兵衛、目付の出渕伝之丞が乗り、他の者は徒歩で従った。

石五郎は歩きながら、初めての江戸行きに胸を弾ませていた。江戸というのは一体、どういうところだろう。そこには百万人とも二百万人ともいわれる人たちが住んでいると聞く。江戸城には将軍がいて、周辺に全国の大名屋敷もあり、天下の政治が行われている。ところがその肝心の政治が今、大揺れに揺れているのだ。その激震を引き起こし、町民たちを恐怖のどん底に陥れた異国船というものを、出来ることならこの目で見てみたい。そんな願望がひっきりなしにせりあがってくる。

いうまでもなく石五郎は一日本人として、メリケンの横暴さに激しく憤怒した。だがその一方で、逆にその横暴がなければ今回の江戸行きはなかったのだと、ふっとそんな思いが頭に飛び込んできて、憤怒とひそかな感謝という何だか割り切れないおかしな気分に見舞われた。

しかし、未知の侵入者メリケンに対峙する冒険の心と好奇心で、気力は充実しているし、体力では人に負けない。打ち続く険しい山道をものともせず、いつも皆の先頭に立ち、遅れがちな一行をぐいぐい引っ張った。体調を崩した者が出れば肩を貸し、親身になって介抱した。

途中の村で何泊かして、一週間あまりで関ケ原の垂井付近に差しかかった。梅雨入りしたこともあり、ちょうど雨が大降りになり出したので木陰で雨宿りしようとしたとき、急に隊列が停止した。江戸から駆けてきた早馬の使者とばったり出会ったのだ。

使者は疲れでハアハア息を吐きながらも、わめくような大声で要件を本多修理に伝えた。九日にとうとうメリケンの使節が久里浜に上陸して浦賀奉行に国書を渡した。そしてそれから三日後に黒船が江戸湾を退去してしまったことで、状況が一変した。ついては藩主から命があり、家老と御用人、目付以外の者は直ちに国許へ戻るようにというのだ。石五郎が失望したのは述べるまでもない。

だが事態は大きく動いた。まだ三週間も経たないうち、七月に入ると、そのどん底の失望が大いなる希望へと急反転したのである。藩では本格的な砲術訓練を実施することとなり、石五郎も権六と共にその訓練生のさきがけに選抜されて、江戸行きがかなったのだ。メリケンの再来に備えた海防強化のためだという。

石五郎は喜びをかみしめる一方で、疑問も湧いた。なぜたった二人のうちの一人に下士の身分である自分が選ばれたのか、どうしても分からない。権六の場合、身分はもとより知力体力ともに揃った逸材であり、何の疑問もないが、自分は違う。上士には優秀な適格者が山ほどいるのだ。

（今にきっと彼らからの嫌がらせが始まるかもしれぬな）

もうこの歳だ。別に怖いとは思わないし苦痛でもないが、不快であるのは変わらない。そう思う間もなく、さっそくその日から嫌がらせが始まった。直接的な暴力ではないが、「無視」である。何でもない挨拶などで返事を寄こさなかったり、ちょっとした寄合などに誘いの声をかけてこない。大事の前の小事ではないかと、石五郎は気づかぬふりを通した。ただ相棒となる権六と気脈が通じた仲なのが心強かった。

そろそろ出発というとき、ひょんな噂を耳にした。御奉行の長谷部甚平が三岡石五郎を強く推したというのだ。

(そんな馬鹿な……)

御奉行は軍事ではなく、財務の責任者である。石五郎は一笑に付そうとしたが、いや、待てと、ふと思い当たることがあった。

(御奉行は自分を追い払いたかったのかも……)

藩財政のことで細かい追及をして、困らせた。次は立て直し策を論じたいと申し出てある。これをうとましく思ったのか。いやいや、あの人格者がこんなことをするはずがない、と思い直した。また違う噂も聞いた。本多修理が先の江戸への行軍のとき、三岡石五郎の活発な動きに印象をよくし、今回、抜擢したのではないかというのだ。がどれもこれも根拠がない。石五郎はつまらぬ詮索で労力を費やすことの愚に苦笑いした。

江戸詰めの正式辞令は七月二十日で、早くもその五日後に出発した。修業期間は五ヵ月。苦しい藩財政にもかかわらず、その間、三人扶持の手当てがもらえることになっている。現代流にいえば、本社の給与に現地手当も含めて三人分相当をもらえるということであろうか。藩の期待度の大きさが分かる。

暑さには閉口するものの、江戸への旅は順調である。さすが健脚の石五郎も何度か足裏の豆をつぶした。見る物、食べる物、出会う人、景色、何もかもが珍しい。思ったより速く日が過ぎる。
早朝に駿河国《するがのくに》の島田宿を発ち、次の江尻宿近くに差しかかったときである。いきなり富士山の雄姿が遠目に飛び込んできた。「あ、富士だ」と言ったきり、二人とも足が金縛りにあったように立ち尽くした。感動で言葉が出ない。

薄めの紺一色で染め上げられた山の全景が大写しになって、真っ青に澄んだ朝の空を背に、明確な意思で区切ったように鮮やかな輪郭を生き生きと浮き立たせている。その輪郭は両側の山裾から上へとなだらかな傾斜を描きながら徐々に角度を増していき、一気に反り上がるように頂上にまで連なっている。真夏だというのにその頂では純白の残雪が陽光をいっぱいに浴びて輝き、静けさが凝縮されたようで、何か祈りに似た威厳を誇示していた。

それからも三泊して、川崎から戸越村を過ぎ、人家が増えてくるにつれ、ようやく最後の宿泊地、品川宿に着いた。陽は沈みかけているが、大層な賑わいである。旅籠や水茶屋、女郎屋などが軒を連ね、地元住民以外にも、自分たち同様、西国から来た人や逆に西国へ向かう人、箱根の湯治に赴く人、鎌倉へ遊歴する人、威勢よく通過する駕籠かき、飛脚、それに馬など、老若男女の町人や武士、僧侶らでごった返している。喧噪と活気と華やかさが一緒になってあふれ乱れ、質素倹約の雰囲気とは程遠い。

これが江戸なのかと、石五郎は自然と胸が弾んで熱くなった。足の指に力を込めて、江戸の感触を確かめるかのように一歩一歩、固い道の土を踏みしめて歩いた。品川でこうだから、日本橋や浅草、神田ではどんな賑やかさなのか、想像もつかない。
「おっとっと」と言いながら、ドスを差したやくざ風の若い男がすれ違いざま胸に当たってきた。

咄嗟にかわしたが、スリなのだろう。

「剣で鍛えた技のお蔭じゃ。すっと体が動いたぞ」

と、石五郎は愉快そうに軽口をたたいた。

四辻の近くまで来たとき、人だかりが見える。近づくと、その真ん中に深い編み笠をかぶった着物男が二人いて、一人が一段高いところで紙を手に、調子をつけて声高に何やら読み上げている。読売（瓦版のこと。当時は読売と呼んだ）である。もう一人は周囲を見回して、警戒しているようだ。見物人は争って読売を買い、石五郎らも面白半分で買い求めた。

と、いきなり編み笠の男が「おっ」と叫ぶなり別方向へぱっと別れて散った。群集もあわてて四散した。十手を持った御上の目明しが、ささっと走り寄ってくる。石五郎と権六も素早く逃げた。読売は無許可で出版される情報誌だ。心中物や災害、盗み、お化けなどを書くのは放任されているが、政治情勢はご法度である。とりわけペリーが来航してからというもの、幕府は極度に神経質になっていた。たぶん聞き込みがあって駆けつけてきたのだろう。

石五郎ら二人は荷物を抱えたまま急ぎ御殿山の高台へ出て、後ろを振り返った。一息つくと、まだふうふう荒い息を吐きながら、懐からくしゃくしゃになった読売の紙片を取り出した。文章の横に大きく人の似顔絵が描かれている。

「うへえ、メリケンの人間はこんな顔をしておるのか」

蒼みを帯びた白い顔に、先っぽが下に曲がった天狗のような長い鼻をした男。目が青くて髪の毛が赤い。まるで妖怪である。異人の容姿を興味本位に仕立て上げて、さらに文では、日常生活についても日本人とはまるで違うと解説している。家の中で汚れた履物をはいたまま歩き回る習慣があり、汚いことこの上ない。また炊いた米の代わりに、小麦粉で作ったブレッド（パン）というものを食べ、牛の肉を食べるのが常で、時には人肉を食うとまで書いてある。ちなみに当時日本では蛋白源は魚や豆類が主で、一般的に獣の肉は食べていなかった。牛肉は滋養強壮のための薬、とくらいに一部の人たちに考えられていた程度である。

「それにしても権六。思ったほど江戸の町人たちは混乱しておらぬのう。この読売ではメリケンのことを恐ろしゅう書いておるが、町行く人たちは皆、平気そうな顔じゃ。見たところ、旅籠も女郎屋も流行っておる。そうは思わぬか」

「大砲を打ってからもう一ヵ月半が過ぎたからなあ。人の噂も七十五日というけど、その半分あまりにしてこんなふうとは、ちょっと意外じゃった」

その「人の噂も七十五日」だが、やはりそうではないことが分かった。むしろ深刻以上の大ごとになっている。その夜は品川宿で泊まり、翌朝、指示通り常磐橋（現千代田区大手町）の福井藩上屋敷に入ったのだが、邸内は攘夷論で沸騰していた。慶永の側近鈴木主税が輪の中心となって、藩士たちは皆、口角泡を飛ばし、まるで熱湯の入った鉄瓶をひっくり返したような騒ぎなのだ。「鎖国をやめて門戸を開放せよ」というメリケンの要求に、額に青筋を立て、血相を変えて怒り、反対している。

それというのも、先だって老中阿部正弘がメリケン使節から受け取った国書の翻訳版を大名や幕臣たちに公開した。「幕府はどう対応すべきか」について広く意見を求めたのである。慶永にも下問があり、数日前に答申したところであった。石五郎は初めて知ることばかりで、言葉を挟むどころではない。必死になって耳の奥底に届くまで聞き入り、状況の把握に努めた。

答申内容はどうやら鈴木主税、本多修理、中根雪江らが考え、慶永が同意したものらしい。それは相当な強硬策で、「開国してはならぬ。拒絶せよ。もし認めれば、日本の経済は大混乱となる。エゲレスが清国を食い物にした如く、日本もメリケンにやられるのは必定。彼らを追い払うべく、急ぎ砲台を築き、海防を急がねばならない」というのだ。孝明天皇も攘夷を唱えておられ、心強いことだと付加した。

「幕府への献策は七百通もあったそうな。だが我が藩のような強硬策は、水戸、桑名など数藩に過ぎぬぞ」

と鈴木主税は誇らしそうに胸を反らせ、続けた。

「ほとんどの回答は弱腰で、話にもならぬわ……」

メリケンへの返書を先延ばしにしてうやむやにするとか、接待や貢物でごまかせないかとか、弁舌を弄して穏便に引き下がってもらおうなど、およそ現実味のない一時しのぎのものばかりだったという。

「ただ不忠者もおってな、困ったものじゃ」

「不忠者？　こんな国難の時に一体、誰でござるか」

そうきく者がいた。

「それが何と旗本直参じゃ。小普請《こぶしん》組の勝麟太郎（麟太郎は通称で号は海舟）という無役の御家人と、浦賀奉行所与力（管理職）の中島三郎助という者が、うるさく開国を唱えておる。ここはとりあえず国を開き、和船ではない大船を急ぎ建造して、広く海外と交易を行えとな」

「えっ、海外交易を？　それはつまり……交易による利益で軍備を整え……時間稼ぎをしながら、海防力を強化するということでございまするか」

「そのようである。まあ、下級武士のほざくことなど、聞くにも値せぬわ」

末席に控えていた石五郎が思わず身を乗り出した。聞き間違いではない。今、確かに「海外交易を行う……」と言った。これは何と、小楠先生の考えそのものではないか。自分は夷狄《いてき》を攘《はら》う（外国人を排除する）のは賛成だが、先入的に怪しからぬという感情が洪水のように一方的に頭に押し寄せてしまったところがある。しかし勝麟太郎という御家人の説にも一理があるように思える。石五郎は頭の奥を迷いで揺らしながらも、このまま感情に流されてしまうことに危惧を覚えた。新参者の立場も忘れ、遠くから鈴木主税に尋ねた。

「畏れながら、伺いたき儀がございます」

「何じゃ。遠慮なく申してみよ」

「ははっ。その御家人、日本国の財政のことを心配しておるのではないか、と思いまする……」

そして、もうここまで言った以上は引き戻せないと覚悟し、むしろ開き直りの心境になって、後を続けた。

その要旨はこうだ。メリケンの艦船は長さが四十間（七十メートル強）もあり、蒸気を動力として、見たこともないほどの巨大な大砲も備えていると、今、聞いた。我が国の関船《せきぶね》（櫓で漕ぐ木製の和船）ではとても太刀打ちできないのは自明である。戦いをしかけるには敵と同じような大船が少なくとも十隻以上必要だろう。それに江戸湾を始め、全国の海岸に砲台を築かねばならない。大砲や鉄砲も大量に製造し、軍の体制整備も待ったなしである。これまでにも福井藩では細々ながら大砲の真似事のような大筒、小筒を鋳造し、台場をこしらえたり、砲術師役を任命したりと、気休め程度の手は打ってきた。だがこれらはおまじないの域を出ず、何の役にも立たないことは誰もが知っているのが現状だ。そこまで一気にしゃべり、石五郎は気色ばむのを抑えられずに締めくくった。

「砲台を築き、海防を急ぐとのお言葉、もっともな説と存じまする。しかし率直に申し上げて、今回のご計画は実現不可能なほどの野心的なものであります。そのためにはどれほどの資金が必要とお考えか。今、幕府や諸藩、福井藩にそんな大事業を遂行するだけの財政的余裕があると思われまするか」

「うむ……」

鈴木主税は言葉を詰まらせ、苦々しそうに頬をゆがめた。

石五郎は福井藩だけでも毎年二万両の不足が積みあがっていくことに思いを重ね、心が痛んだ。他藩の状況も推して知るべしであろう。この場で公にするつもりはないが、この二万両の事実をこの人は知っているのだろうか、と疑問に思った。もし知っておれば、こんなに軽々しく、しかも侮蔑的な感情をぶつけるように、直参の提言をはねつけられないはずだ。ここはしかと認識していただく必要があると、自分に言い聞かせた。藩内を自ら調べて得た数字に基づくだけに、誰にも論破させないだけの気迫が石五郎の目にみなぎっている。ここが正念場だと、言葉に力を込めた。

「間違いなくそれに要する資金は天文学的な数字でありましょう。財政の裏付けがないまま、今、メリケンと戦争になったら、日本は一体どうなります？　アヘン漬けにされた清国どころではないはずです。そのためにも直参が言うように一時的に応じて、交易で利益をため込むという考えは、あながち間違っているとは思いませぬ」

「なんのなんの、そう決め打ちするものではないぞ。方法がないわけではない。幕府を筆頭に、日本全国の諸藩が一層の倹約に励めばよいことじゃ。さすれば、道もひらけよう」

「そうでしょうか。倹約はもう十年、二十年と続いております。倹約だけで本当に資金が捻出できると思われまするか」

鈴木主税の顔色が明らかに変わった。首をぶるっと横に振り、この若造がと、うんざりしたというふうに短く舌打ちした。がさすが鈴木主税である。皆の手前、最後のところで自分を抑えたというより、若者と対等に渡り合う姿勢を大人げないと思ったのかもしれない。

「もうよい、石五郎。この議論には決着がついておるのだ。すでに藩の方針として幕府に答申している。攘夷じゃ。攘夷しかないぞ。しかと心得よ」

「ははあ」

鈴木主税の厳しい声に石五郎は低頭した。藩論とあれば仕方がない。藩士である以上、その方向で驀進するのみだ。異存はない。

石五郎の恭順に鈴木はうなずき、改めて彼とその横にいる権六を見据えた。

「だからこそお前たちに今回、砲術調練の修行を命じたわけじゃ。我が藩の命運がかかっておる。心して修行に励まれよ」

さっそく翌日から行動開始だ。その朝、高島流の幕府砲術方下曽根金三郎に入門し、修行が始まった。幕府天領（幕府の直轄領）の徳丸ヶ原（現板橋区高島平）での砲術訓練に加え、大砲の鋳造の仕方も実地と座学の両方から学んだ。加えて弾丸の製造や火薬の調合方法なども習得した。せっかくの花のお江戸なのに、休日もなくひたすら研修に没頭する毎日であった。ただ藩邸からの通いなので、往復の道すがら町人たちの生活を観察する機会を得た。

石五郎にとって不思議な発見があった。町人たちが白米を食べていることである。長屋の住民でさえそうなのだ。それも大人の男なら、日に五合（約七百五十グラム）も胃に入れる。ただ一汁一菜は遵守《じゅんしゅ》されていて、朝昼晩、大体味噌汁だけで、夜はたまに漬物が付いた。

福井のみならず、江戸へ来る道中の百姓・町人たちは皆、玄米がわずかに混じった稗や粟が主食で、白い米は夢なのに、どうしてだろう。人に尋ね自分でも考えて、ようやくわけが分かった。ここ江戸には公方《くぼう》様が住み、全国の年貢米が集まって来る。そのため江戸だけが特別扱いの場所となっているようなのだ。

それともう一つ気づいたことがある。武家家庭でも律儀に一汁一菜を守っているが、ひとたび人が集まる宴会となると、食べきれないほどの豪勢な馳走が出る。これは故郷福井藩でも時々見られることであるが、「武士は食わねど高楊枝」の見栄、体面がなせる業なのだろう。町人の白米といい、この度を超えた馳走といい、我が藩の江戸表での突出した出費の理由が分かるような気がした。福井藩だけがケチを貫くわけにはいかないのであろう。

だからといって、それを是とするのではない。そういった問題を根本的に丸ごと解決する方策の必要性を痛感した。いつか勝麟太郎とかいう御家人に会って話を聞いてみたいと思った。

学ぶものが余りにも多く、日々、怒涛のような勢いでおっかぶさってきた修行だったが、終わってみればあっという間だった。その年の暮れ、満足のうちに福井へ帰国し、石五郎は藩の練兵教授方を拝命した。時を置かず大砲製造掛五名の内の一員にも任ぜられた。

母の幾久は息子の出世を心から喜び、夫の仏前に報告した。石五郎も小さな親孝行をしたのかもしれないと満更でもないが、その一方で、まだまだ大きな課題が手つかずなのを忘れていない。藩の財政改革である。が、当面は脇へ置かざるを得ないのを知っている。今は新しく与えられた軍政構築という大役に誇りと使命感を抱き、藩のために尽くす覚悟で熱く燃えていた。


そんな年が明けた嘉永七年（一八五四）一月十六日昼前のことだ。再びペリーが国書への回答を求めて突然、江戸湾に現われた。最新鋭の蒸気船ポウハタン号（二四一五トン）を旗艦とする七隻もの大艦隊である。「一年待つ」という約束で帰ったのに半年で催促に戻ってきた。しかも前回の浦賀沖よりもっと湾内の奥深く、羽田沖にまで侵入して威嚇してくる。

幕府は時間稼ぎの目論見がはずれて動転し、あわてた。先ずは相手を怒らせないよう融和的に出迎え、接待に次ぐ接待で馳走攻めにした。その一方で、江戸の警備に当たっていた諸藩に国許への出兵命令を出させた。福井藩では前回同様、屈強な若者五十余名を選び、急ぎ江戸へ向かわせた。その中に石五郎と権六が入っていたのは述べるまでもない。

一行は雪深い何十ヵ所という大小の峠を次々と越え、睡魔、疲労と戦いながら、病人や落伍者も出さず着実に進んでいく。だが重装備もあって、関ケ原に近づくにつれて徐々に隊列が乱れてきた。そして宿泊を重ねるうち、いつの間にか間隔のあいた長い線になっていた。

（このままでは江戸に着くのはいつになるか分からぬぞ）

遅すぎる。石五郎にとっては甚だ生ぬるい。ますます遅れが出てきたのを機に、本多修理の馬に走り寄った。ふと或る考えが浮かんだからだ。

「お願いがございます。遅れた者に合わせるのではなく、速い者はどんどん先へ行かせてもらえませんでしょうか。江戸表も我らの到着を今か今かと心待ちにされていると存じます」

「おう、それはよき考えだ。足の速い者は先に行け。競争じゃ」

修理も気になっていたのだろう。即決した。石五郎は権六と共に道中の路銀を受け取ると、皆への挨拶が終わるや、早足に変わった。

「のう、権六。わしは黒い船というのをこの目で見てみたいのじゃ。だから早く着いて、浜へ行きたいと思うておる」

「おう、わしも同じことを考えていた。メリケンと戦うのに、和船ではどうにもならぬからな。ぜひ敵と同じ船を造りたい。これがわしの念願じゃ。使命とさえ思うておる」

真冬の行軍だ。雪降り、雨降り、冬雷が鳴り、晴れありで、そこへ風も吹く。峠を過ぎて平地に出ると、さすがに二人はほっとした。だが再び峠に行き当たる。昼夜兼行の旅路はきついが、きつければきついほど早く着きたいという石五郎にとっての逆の励みにもなった。

脚力では石五郎が優っていた。伊勢国の桑名宿を過ぎたあたりで、権六は徐々に息が荒くなり、とうとう弱音を吐いた。

「もうお前にはついていけぬ。すまないが、先に行ってくれないか。頭では負けぬがな」

二人は爆笑し、そこで別れた。

前回の江戸行きで道のりはほぼ覚えている。無駄がない。石五郎は夜通し歩き、昼は陽だまりで小刻みな仮眠をとって、三食とも握り飯という日が続いた。

やがて出発から六日後の一月二十二日の午後遅く、ふらふらになった石五郎が藩邸の門をくぐった。百四十里（約五百五十キロ）を一気に駆け抜けた。参勤交代なら十五、六日はかかっている。着くなり、鈴木主税と中根雪江に到着の挨拶をした。

二人は石五郎のひどく憔悴した表情を見、そしていきさつを聞き、信じられないという面もちである。だが表情とは別に、目にはそんな疲れを吹き飛ばすほどの激しく燃える力強さがある。この若者を誇らしく思った。東海道を一気に馳せ参じた意気をほめ、ねぎらいの言葉をかけた。

「……隊の到着までまだ日にちがある。しばらくはゆっくりと休みなされ」

と鈴木主税が言った。

「ははっ。有難きお言葉、恐れ入りまする」

石五郎は低頭したけれど、それどころではない。気が急いている。黒い船はまだ江戸湾にいるとは思うが、確かめねばならない。

「つかぬことをお伺いいたしますが、ペリーの艦隊は今、どこにいるのですか」

「おお、それか。一昨日まで羽田沖にいたが、今は浦賀沖に停泊しておる」

「実はその船をこの目で見とうございます。検分したいのです。いつかは夷狄《いてき》と戦わねばなりません。そのためにも検分させてください。どうか浦賀まで行くお許しをいただけませんでしょうか」

「なに、検分とな？」

と少しのあいだ考えたあと、中根の方に目だけ向けて無言の同意を得ると、ふっと頬を緩めた。

「よかろう。一番乗りの褒美じゃ。それに、そちは練兵教授方でもあるからのう。役に立つかもしれぬ。ただ幕府に密航者と勘違いされる恐れがある。密航は国禁で重罪じゃ。決して浜には近づかぬように用心されよ。海には絶対に入るでないぞ」

翌朝、石五郎はまだ真っ暗な中、藩邸を出た。月明かりだけが頼りである。若さなのか、五時間くらいの眠りなのに体力はすっかり回復している。台所で作ってもらった前夜の握り飯を頬張りながら、駆け足で保土ケ谷から三浦半島へ入った。そこから人に尋ね尋ね浦賀道をたどって目的地の浦賀に着いた。

もう日は高く、旅姿の侍や町人らの見物人が大勢、海辺に群がっている。沖合を眺め、指さして、物見高くわめいている。寒風が吹く港の片側には、太陽の乾いた光を弾く浦賀奉行所の大屋根が見える。石五郎は人垣で前方の沖がよく見えず、群れを強引にかき分け、怒鳴られながらも前面に押し出た。

「ふうむ、あれが黒船か」

思わず唸り声をあげた。七隻の黒い大船が蒸気を吐きながら悠々と横たわっている。厚い鉄板で囲まれた二階家を越えるほどの高い船腹は、巨大な浮城《うきしろ》のような偉容を誇り、無敵な強さを誇示しているかのようだ。高い帆柱が大空を占有する形で何本もそそり立ち、航海の風雪で変色した白い帆がたなびいている。どこか測量にでも出かけるのか、激しく蒸気を焚き、錨綱を巻き揚げている船もある。その側をちょろちょろと通過する我が国の帆前船《ほまえせん》（帆を張り風の力を利用して進行する船）や苫船《とまぶね》（苫で屋根を葺いた船）が、まるで木の葉のように小さく映り、吹けば飛ぶように軽い。

甲板で何やら作業をしたり、帆によじ上る船員の姿がはっきりと見える。それに大砲の筒の何と大きなことか。数は何百門もあり、驚愕するばかりである。自分たちが肩に担いで持ってきた火縄銃など比べものにならない。まるで子供のおもちゃだと思った。こんな銃で戦いを仕掛けるなど、とんでもない。一発撃たれたらおしまいだ。

急に「そうだ」と我に返り、携帯していた紙と矢立（筆と墨壷が一体になったもの）を取り出した。視力はいい方である。船の外形や装備など、目に映る範囲で素早く書き写す。海につかってもっと間近から見たい欲求に駆られたが、自制した。その後、すこし離れた高台の方へ移動し、上から見下ろした編隊の全景を記した。権六に会ったら、真っ先に見せるつもりである。

二時間ほどいたが、あまり長居も出来ず、踵を返して再び江戸へ向かった。気が重かった。攘夷は致し方ないとして、それならば一刻も早く大砲の製造にかからねばと、焦りを募らせた。出来ることなら、勝麟太郎とかいう御家人の説に上層部は耳を傾けてほしいと思うが、すぐにそんな藩是に背こうとする自分を叱り、恥じ入った。

その日の夜、権六が到着した。石五郎は描いた黒船の絵を見せながら、検分した内容をつぶさに語った。予想に反し、権六は冷静だった。黒船の巨大さ、頑強さ、装備に驚かなかったわけではない。冷静というのは、いかにも機械技術者らしく、鉄を張った大船の構造、蒸気動力と帆の補完関係、大砲の設置位置など、頭にある限られた既存知識を総動員して、感情ではなく理論的に大船を理解しようと努めたからである。

「権六よ。やはり頭はお前の勝じゃ。期待しておるぞ。ぜひ敵に負けぬような大船を造ってもらいたい。細かな大砲はわしにまかせておけ」

石五郎はそう言って、明日にでも自身で浦賀へ行って見学するように勧めた。権六も「わしも今、そう考えていたところじゃ」と応じた。

皆と同様の警備につっこうとしていた権六だが、技術者としての評価は高い。結局、御殿山には行かずに違う任務を与えられた。浦賀での大船見学はもとより、毎日、島津邸へ通ってオランダ製の蒸気機関や大砲の絵図を書き写したり、阿部正弘の屋敷で洋式帆船の絵図を模写するなど、技術情報の収集に没頭した。

黒船を目撃したその日、石五郎が幹部や藩士たちにも報告したのは述べるまでもない。だがどれほどの危機感をもって聞いてくれたのか、甚だ疑問であった。不満であった。鎖港攘夷の観念論を声高に叫ぶばかりで、相変わらず侍魂の貫徹に酔いしれているような威勢のいい空論が支配していた。

（困ったことだ……）

その困ったことというのは、自身が担当する未知の大砲製造についての技術力のなさではない。大砲や鉄砲の製造、大船建造、軍政整備等、海防に必要な財政の問題である。どう資金を調達するか。それが成されなければ絵に描いた餅に過ぎない。そこのところを分かろうとしないのだ。いや、正確に言えば、カネのことなどにまったく関心がない。武士の関心外だという無知さであり、むしろそれを誇りに思っている愚かさなのである。武術と訓詁《くんこ》的な朱子学の鋳型にはめられてしまっている彼らには、そんな姿勢にいささかの疑問も迷いもない。

この武器を持たずに精神力で戦うという思想は、時は大きく下って、第二次世界大戦の時の日本軍にも共通している。はるか上空を飛ぶアメリカのB29爆撃機に対し、地上から打ち返す砲弾ははるか届かず、しかもいざという時には竹やりで応戦するよう国民に教育をしていた。この物質に対する精神優位は日本人に深く根差した伝統なのか。

いよいよ本多修理が率いる一行が到着し、全員が品川御殿山の警備についた。眼下に続く絶壁の下を江戸湾に沿って東海道が曲がりくねりながら連なっている。一見、平和でのどかな光景だ。ペリー艦隊はすでに浦賀へ移動していたので、ここからは眺めることが出来ない。火縄銃を携えて夜通し見張っているのだが、石五郎は心中では滑稽だった。だからといって、士気が低いというのではない。武士として藩主のために自分の命を賭する覚悟は出来ている。それは部隊全員に共通していた。

石五郎が一番乗りしてから四十日ほどが経った三月三日、御殿山の陣屋にいた時である。藩邸からの早馬が来た。何事だろうと思っていると、しばらくして本多修理が沈痛な表情で皆の前に現れた。

「殿から指示がござった。全員、これをもって警護の任を解く。急ぎ藩邸へもどるように」

と命じ、メリケンとの間で「日本国米利堅国和親条約」（日米和親条約）が結ばれたことを告げた。

「まさか……」と皆は寝耳に水という反応を示し、抗議の表情をあらわに、さらなる説明を求めた。修理は「うむ」とつぶやき、瞬時、沈黙した。どこまで開示すべきか迷っているふうだったが、幕府が一方的に決めた条約なので仕方がない結末だと、自身にも言い聞かせるように説得的な語調で言葉を継いだ。

「無念じゃ。日本は開国をした。もう戦はない。幕府はメリケンの捕鯨船と汽船のため、下田と函館の二港を開くことに決めた。石炭、食糧の補給と難破船の乗員の保護である。その代り最も恐れていた通商が不問にされた。人命問題は譲ったが、通商という商売の問題では幕府の主張が通ったのである……」

石五郎の胸を安堵と不満の両方が突き上げた。安堵というのは開国である。これで無謀な戦争が避けられた。一方不満というのは通商の道が消えたことだ。つまり交易の可能性がなくなり、財政再建に乗り出す有力な手段がなくなった。だがこれは藩主慶永様が唱えていた主張であるのは承知している。「海外交易を始めれば、日本の貴重な有限の財物が失われ、ひいては国力の弱体化につながる」と、献策していたのだ。

しかし悲観の底に沈んでいても、何の得もない。もしかしたら、戦争が消えたおかげで、時間稼ぎが出来るのではないか。その可能性に気づき、ならば直ぐにでも大砲の製作にとりかかりたいと気をはやらせた。

さて、ペリー艦隊は去り、石五郎たちも任務を終えて、嘉永七年（一八五四）五月一日、開国か攘夷、勤皇かでますます激動に突入していく江戸をあとにし、一路、故郷の越前へと向かった。

一たびこじ開けられた鎖国の風穴はもう防ぎようがない。十一月に年号が安政と改められるが、その前の八月、エゲレスと和親条約が結ばれ、十二月にはロシアとも結ばれた。風穴はますます大きくなり、鎖国で二百十五年の孤高を保ってきた島国日本は、いよいよ容赦ない世界の荒波に洗われる時代へと突入したのである。

石五郎も時代の足音を聞きながら、藩士の一人として自身もこの足音をたてる側の一員となり、望んでいるわけではないが、意思に関係なく軍事、政治の渦に巻き込まれていく。父に誓った藩財政改革に心を残しながら、時代の風雪に呑まれていくのであった。

12　鉄砲製造に励む

老中阿部正弘は体制整備を急いだ。鉄砲・火薬の製造を奨励すると共に、五百石（七十五トン）以上の大船建造の解禁に踏み切った。幕府海軍の養成を図るべく急遽、長崎に海軍伝習所を設け、オランダ人教官が来日して、軍艦の操縦だけでなく造船、医学、語学などを教えた。

それと並行し、品川沖の台場や大坂、函館に砲台を築くと共に、思い切った人材活用にも乗り出した。川路聖謨、大久保一翁（明治維新時に意見対立から石五郎―由利公正の排斥に動く）ら多くの有能な官僚のほか、下層武士の勝海舟や、漂流漁師でメリケンから帰国したジョン万次郎など異色の人材を抜擢し、登用した。

この幕府方針に合わせ、福井藩でも軍事力増強に突き進んだ。幕府が大船建造の解禁に踏み切ってすぐの十月、石五郎は前年の大砲製造掛を改め、権六と共に大小銃弾薬御製造掛に任ぜられた。この組織は御製造方と呼ばれ、艦船もその中に含まれて、こちらの方は主に権六が担当した。

さっそくその翌日、石五郎ら主だった者たち数名が城内の評定所に集められた。本多修理から大砲・小銃・火薬・艦船の必要性を改めて訓示され、それら製造に全力を尽くすよう要請された。

「以上によって、従来の弓組と槍組を廃して、今後は鉄砲組に改める。火縄銃はすべて洋式小銃のゲベール式先込め撃発銃とする。その数は予備も含めて二千五百挺とし、今後三年間で製造する。大砲についても……」

と具体的な数値を指示し、さらに火薬、艦船製造のことにも言及した。一同はかしこまって聞きながら、懸命に書面に書き残している。石五郎もその一員だが、肝心の財政資金に関する言葉がなく、不満であった。がそれを表明するのは今少し早い。皆と相談してからと考えた。

組織も発表された。何名かの上層部が役に就くかたわら、実質的な実務部隊の長として石五郎と権六が指名された。

「最後になるが、一つ申しておく。このたび江戸から小銃師松尾斧太郎父子をお招きすることとなった。江戸でも評判の高い鉄砲師であり、腕も確かである。殿のお声がかりの者だ。皆、心してその指導に従われたい。決して機嫌を損ねぬように」

それを聞き、石五郎は前途に小さな明かりが灯るのを見た。松尾斧太郎の名前は幕府砲術方下曽根金三郎の訓練場でも、よく耳にしていたからだ。だがこの期待は見事に裏切られることになるのである。

修理の訓話が終わった日の夜、石五郎たちはたばこ屋に集まった。二階の奥の間が用意され、主人柳兵衛と沢吉の好意で、酒とちょっとした膳、そして饅頭が出た。財政資金についての相談をしようというのだ。石五郎は抱いていた懸念を説明し、皆の意見を求めた。

「……というわけで、与えられた課題を実行するのにどれくらいの資金が必要か、存分に考えを述べてほしい」

「石五郎、お主はちと考えすぎではないのか。これほどの大規模な事業を遂行するのじゃ。修理様に資金の裏付けがないとは考えられぬ」

「ところがその真っ当な考えがないので困っておるのだ。今般、藩が江戸表で購入した小銃十挺と野戦砲二門。江戸霊岸島（現隅田川河口右岸の旧町名）の藩地に置くのだが、その支払いをどうしたか思い出してほしい」

そのほとんどを家臣の「御手伝い」（江戸時代当初は労役だったが後に納付金に変わる）に頼ることになったのだ。家臣全員に三年間、百石の禄高に対し米二俵半ずつを供出させて、まかなうという。石五郎は続けた。

「しかし今回の事業は桁外れじゃ。御手伝いや質素倹約だけではとても実行できそうにない。このことを修理様に正直に具申するのが我らの務めではないのか」

そう言って締めくくり、それぞれの武器ごとに必要予算の見積作業に入った。そして数時間ほどして、皆は積みあがった巨額の数字を前に嘆息した。

翌日の午後、一同は修理と鈴木主税、中根雪江の前にいた。石五郎を頭に立て、言葉遣いに配慮しながら、数字を見せて訴えた。

「私どもはご指示通りに致す覚悟でおりまする。しかしそれには心得があります。先ず製造所を一つ造らねばなりません。それから火薬は人間の手でやるのは危なくていけません。蒸気の機械をエゲレスあたりから輸入して……」

と具体的に細かく数字と対応させながら説明した。そしてその後、頃合いを見て、懸案の資金源について臆することなく尋ねた。

「このように訓示いただいた仕事を完遂するには、どうしても最低限、これだけの資金が必要だと判断した次第です」

「ほう……。何とまあ、巨額じゃな」

「この御金、間違いなく調達していただけますでしょうか。まさか途中になって資金切れで中止、というわけには参りません。そうなったら藩の恥ですし、第一、貴重な公金の無駄遣いとなってしまいます。殿様にも申し訳ないだけでなく、領民たちへの説明もつきませせぬ」

「ううむ……」

と発したきり、主税ら三人は黙ってしまった。腕を組んだまま、互いの目を見るでもなく、近くの畳を斜めに見下ろしている。一分が過ぎ、二分が過ぎる。

(やはりな……)

ここは踏ん張りどころだと、石五郎は自分に言い聞かせた。責任者として引くわけにはいかない、との意識が強い。失敗すれば責任を取らされるのは確実だし、下手をしたら切腹もあり得る。がそんな私的なことよりも、国（福井藩）の方向を誤らせてしまうと思った。やむを得ない。毎年発生する二万両の不足のことを持ち出し、しつこく返答を迫った。

「ご家老方がこの二万両を御存じないとは思えません。これすら埋める手立てを見つけられぬ現状で、どこから何十万両という御金を探してこられるのか……。質素倹約や御手伝いではもう解決いたしませせぬ」

一方的に言葉を繰り出すが、相変わらず家老たちは困ったというふうに「ううむ」とうなるだけで、黙ったままである。農村調査の結果を突き出され、この男の言うことにはいちいち根拠があると、反論できない苛立ちの表情を隠さない。

その表情と態度が一つの答えといえば答であるが、石五郎はこの沈黙の根比べに、ダメ押しともいえる確認をしておきたい欲求に突き上げられた。

「失礼な物言いをどうかお許しください。まさか幕府のお達しがあったから、取りあえず藩として申し訳程度に銃砲製造をする、ということなのでしょうか。もしそうならそうと、はっきり言っていただきとうございます。それなら私たちも形ばかりで済ます用意はあります」

自分たちは命がけでやろうとしているのだと、そんな意気込みを一同は表情に溢れさせ、迫った。目に悲壮な決意があふれている。だからこそ家老たちはほんの形だけだとも、或いは本当にやるのだとも言えず、いよいよ窮して詰まってしまった。

石五郎は失望した。きっと政治的な妥協としての曖昧方針と、良心との間で揺れているのだろう。やはり財政的な裏付けは持っていないのだ。

横にいる権六の不安そうな、何だか自分に訴えるような横顔が目に入り、これ以上相手を崖っぷちに追い詰めるのは得策ではないと気づいた。そろそろ退散の潮時である。伏せ加減の目で、低頭気味に言った。

「以上が申し上げたき儀でございます。ご多用のところ私たちのためにこれだけものお時間を割いていただき、誠に有難うございました。上層部でとくとご詮議いただきたく、お願い申し上げまする」

議論になるといつも鼻柱の強い石五郎だが、出来過ぎの退散である。言い過ぎたことを帳消しにするほどの丁重さを残して、一同は引き下がった。

ところがその後も藩から何の沙汰もない。いたずらに日にちだけが過ぎていく。城中で顔を会わせることはあっても、一言も触れる気配はない。それでいて役人たちはしばしば評議を重ねているふうだった。そんな首脳部の煮え切らない態度に、石五郎と権六はほとほと困った。困ったというより、愛想をつかした。

ぶらぶらしていても仕様がないと、権六の発案で、オランダ兵器書の翻訳を思い立った。さっそく藩の雇用人で技術にも詳しい蘭学者市川斎宮を仲間に引き込み、鉄砲製造や大砲、弾薬、艦船の構造、蒸気機械、軍隊の演習法など、片っ端から翻訳していった。市川の翻訳文を石五郎が書写する。権六の方は得意とする図解作成を受け持ち、文の横にていねいに書き添えて、見やすく理解しやすい装丁に仕上げた。

そして半年の時が流れ、二十巻の背表紙が机の上にずらっと並んだ。三人はそれを見て、感慨を禁じえなかった。だがその感慨は石五郎と権六にとって無量ではなく、或る懸念で減殺された。懸念とは松屋斧太郎のことである。鉄砲製作が遅々として進まないのだ。

そもそも最初の時から互いの疎通でつまずいた。職人気質といえば聞こえはいいのだが、松屋は気位の高い、物腰が横柄な痩せ気味の初老の男だった。慶永の覚えがいいのを鼻にかけ、打ち解けようという姿勢がまったく見られない。むしろ秘密主義に徹していた。石五郎らを前に、最初にこう釘を刺した。

「わしらは慶永様のお役に立てればという思いで、遠い越前まで来ましてな。まあ、ともかく技術のことはまかせてください。これからは、わしらのやり方でやらせてもらいますから。皆さん、そう心得てもらえますかな」

その時、石五郎は松屋の言葉を単なる挨拶程度にしか理解しなかったのだが、一ヵ月経ち、二ヵ月経つうちに「わしらのやり方でやる」という意味が分かった。それは藩の製造方といえども、余計な口出しはするなという警告だった。というより、製造の機密に関わる技術は、製造方の職人たちにはいっさい関与させないという線引きなのだ。門外不出といわんばかりの見幕で、露骨に隠した。

製造方では働き手は皆、上から習得を命じられているので、やる気満々だ。どんなことでも学ぼうと待ち構えている。ところが弾道を穿《ほじ》ったり、銃身の振動や引き鉄《がね》調整など、肝心な技術部分はすべて自分たち仲間だけでやり、他人に教える意思はない。どうでもいいような手間のかかる仕事だけを製造方にやらせた。当然、仕事は遅々として進まない。

職人たちの不満は積もるばかりで、石五郎もどうしたものかと思い悩んだ。それというのも「決して機嫌を損ねぬように」と修理からきつく言い渡されていたからだ。そして時間ばかりが過ぎていく。製造開始以来、早や二年が経った。

この間、権六は上の許可を得て、オランダ兵器書を基に、好きな大船建造についての研究も並行して進めている。銃砲は石五郎にまかせ、時々技術的な意見は述べるものの、自分は大船に専念したい希望を持っている。現に乏しい資材をやり繰りして建造の下準備にかかっていた。

我慢に次ぐ我慢もとうとう限界に来た。その直接の引き金は松屋への鬱積した不満もさることながら、むしろ製造された数量とその価格であった。

「もうあれから二年余り。だが出来た鉄砲はわずかに四十五挺に過ぎん。一年で二十挺として、二千五百挺作るのに、何とまあ、百二十五年もかかることになるぞ」

呆れ果てたという石五郎の声に、権六はもう言葉さえ出ないというふうに同意の目をむいた。

「なあ、石五郎。あの鉄砲の美しさ、何とも言えんのう。まるで芸術品じゃ……」

銃身には銀の象嵌《ぞうがん》が施され、銃把《じゅうは》（引き金を引く手で握る部分）も凝っている。彫刻されているだけでなく漆まで塗ってある。権六は続けた。

「あれは大名がお飾り用に持つものじゃ。とても夷狄と戦える代物《しろもの》ではない。修理様はどう考えておられるのだろうか」

「それに価格。これが一番の誤算じゃ。江戸では一挺十七両が相場なのに、三倍の五十両もしておる。いくら殿のお声がかりとはいえ、藩の命運がかかっている。もう黙ってはおれぬぞ」

「松屋一党の罷免《ひめん》を進言するというのか」

「そうだ。わしはもう腹をくくった。ただ誰に言うかだが、修理様は避けたい。中根雪江様がよいかもしれぬ」

二人はその足で城へ向かったが、中根はあいにく不在で、二日後に会えた。権六は造船の担当だが、同じ製造方に属している石五郎と共に歩む決意である。もちろん鉄砲の技術会議には積極的に参加している。

中根は青ざめた二人の顔を見て、これは何かあるなと気構えた。一方、覚悟を決めた二人からは迷いが消えている。洗いざらい問題点を報告し、それに対し中根は驚きの渋い顔を返した。どうやら家老たちは実状を知らなかったようで、むしろ順調に進んでいると勝手に想像していたほどだ、と二人は思った。中根は顔の渋さとは別に言葉はいさぎよかった。

「よくぞ申してくれた。礼を言うぞ」

石五郎らは面喰った。管理不行き届きで怒られこそすれ、誉められるとは思いもしなかったからだ。

中根は「それほどとはのう」と、気づかなかったためのやや自責交じりの言葉のあと、二人の目を正面からはっしと見据えた。

「人選の誤りは早急に正さねばなるまい。藩をつぶすわけにはいかぬからな。それにしても、どう殿にお伝えするか……。頭の痛い問題じゃ」

このとき石五郎らは中根に対し松屋に代わる具体的な代替案を建議している。それは適切な設備を備えた工場を建設し、自力で銃を製造することであった。それも言葉の説明だけとは違い、具体的な青写真を示した。

作業所は水車の動力を利用できる川の近くであること。銑鉄を溶かす設備には反射炉（金属を溶解させる炉）が理想的だが、資金的技術的にとても不可能なので、身近な木炭を燃料とし、今ある刀鍛冶の技術と、ふいご（金属の精錬、加工用に使う簡単な送風装置）に頼ること。労力については松屋のような名人芸は不要で、一般の道具類を使い慣れた者を多数集め、いろんな製造工程を分けて、それぞれに割り振る形にすること。これら三点について、財政の必要性と合わせ、分かりやすい図解を添えて説明した。とりわけ労力には力点を置いた。

「最も大事なのは財政資金でありますが、これはさて置き、注力したいのは三番目の人集めであります。先ずは三百名集めまする。一千五百挺ともなれば、いずれは千名くらい必要になるでしょう」

「何と？　一体そちたちは正気か。いずれの諸藩も鉄砲製造に血道を上げておる。鍛冶職人は簡単には見つからぬぞ。それに恐ろしく高くつく」

「御心配には及びませぬ。わざわざ他国の職人を雇う必要はありません」

「ほう、何ゆえじゃ」

「領内に金のかからない優れた働き手がおりますから。荒子《あらしこ》たちでございます。それに足軽も貴重な戦力です」

　荒子というのは士分ではないが、苗字帯刀を許され、平時は農業やちょっとした養蚕などに従事している最下層の士卒である。本格的な百姓ではないので、田畑も広くはなく、小作が多い。しかしいざ戦となれば、士分の者について軍卒として戦場に出る。福井藩では足軽とともに二千名を超える集団なのだ。有事のときの防御線の意味もあり、郊外や近隣農村に群落をつくっている。中根は興味深そうに思わず顔を突き出し、

「して？」

　と、さらなる説明を求めた。石五郎の話は論理的で説得力があった。

　……荒子たちは農繁期とか災害時を除いてはそれほど忙しくはない。むしろ暇を持て余している。しかも好都合なことに、道具や機械のことを熟知しており、手先が器用である。彼らは武具の手入れ、農機具の修理や鍛造、家屋の修繕などを自らの手でこなしている。自分はこれらのことを農村調査でつぶさに見てきたから分析には自信がある。「それに」と石五郎は続けた。

「荒子や足軽はわずかとはいえ藩から俸禄をもらっています。何か名誉を与えることが出来れば、喜んでただで働いてくれるでしょう」

「なるほど、それは一理じゃ。だが鉄砲製造の門外漢にどのようにして技術を教えようというのか」

「そこです。伊豆で韮山塾を開かれている西洋兵学者、江川太郎左衛門のことはお聞き及びかと

存じます……」

　江川は反射炉を使って銑鉄を溶解する最新式の方法で洋式の銃砲を製造しており、日の本一の技術者と謳われている。自分が以前弟子入りした江戸の砲術師下曽根金三郎と同門の高島流だという。幸い自分は弟子入り当時の修行仲間とは今でも親しい間柄である。この仲間を通じて韮山から指導者を派遣してもらう考えでいるというのだ。

「して、その成算があると申すのだな」

「はっ。仲間に近い塾生を通じて、すでに打診しておりまする。その者の言うには、江川様は日本国防御のためなら指導料などはいらぬ、と申しているそうです」

　動きは速かった。一週間ほど後、松屋父子は解雇され、礼のこもった清算金が支払われた。その代り石五郎と権六に対する製造方頭取という新しい任務が待っていた。

「もはや一刻の猶予もならぬ。失った時間は取り返せぬが、藩としてはそちたち若い二人の活躍に期待しておる。従来の製造方の役員たちは全ての職を免じた。上は青天井じゃ。思う存分、改革の腕を振るってほしい」

　大抜擢の昇進だ。人も羨む出世である。「ははっ」と言って、一旦は引き下がった二人だが、しかし部屋へ戻っても、どうも喜べない。重役たちのやる気がどれほどなのか、心配である。確かに松屋がいなくなったのは大きな前進だ。が肝心の資金の問題は相変わらず目途がたたない状態で、簡単に大役を引き受けるのは危険すぎるし、どうも話が信用できない。考え直した方がよいのではないか。

　つい一週間ほど前に人材登用について藩の新方針が発表されている。これからは家格にとらわれずに役人の登用・降格を行うというのだが、その早速の適用が自分たちなのか。そんな逡巡と熟慮の後、再度、中根のところに行き、面会を請うた。石五郎は練習した通り、慎重に切り出した。

「このたびは御製造所頭取を仰せつかまつり、有難うございます。ただ頭の巡りがもう一つなのか、未だ重役方のご趣意がよく理解できませぬ。もう一度、とくとご趣意を伺った上で、お受けを申し上げとうございます」

「何、まだよく理解できぬと？　一旦は引き受けたではないか」

「はあ。しかしこれほどの大役でございます。どうもご趣意が分からずにただ御用をお受けするというのは、甚だ恐れ入る次第でございます」

「なるほど……」

「それに多難な資金問題は避けて通れません。それも含め、本心にあるご趣意をお聞かせくださらずば、お引き受けいたしかねまする」

「ふうむ。本心にある趣意をとな？」

中根は腕を組み、考えるふうに数秒、目を宙に泳がせたが、首を心持ち縦に振って頷いた。

「あい分かった。そちたちの懸念、もっともじゃ。重役方に取り計らってみよう。追って談判の日時を沙汰する」

前向きであった。が、日時の沙汰どころか、この一件が大騒動になった。重役陣のみならず、幹部上士たちをも巻き込んで、石五郎と権六への非難の嵐が吹き荒れた。そして非難は何と、極刑へと上り詰めたのである。そう、極刑である。

「あの二人は怪しからぬ。藩の人事を受けないのなら切腹じゃ」

「御用請けをしないというのは割腹という習わしだぞ」

息巻く者たちは日頃、石五郎の出世を妬んでいた上士たちである。かねてから改革を快く思っていなかった守旧派である。家老もいた。この時とばかりに二人に襲いかかり、一気に切腹を迫った。

石五郎と権六は仰天した。そんなしきたりがあるのをまったく知らなかった。中根に訴えたが、彼も手に負えないほど多くの反発者を前にし、これ以上の弁護は自分の将来に傷が付くかもしれぬと、腰が引け気味である。

そんな中、敢然と弁護する者が現れた。家老で御側向頭取の鈴木主税である。今は、急に襲った重い内臓の病気で臥せっているが、長年にわたる仁政で領民たちから慕われている人格者だ。藩主慶永の信任も厚い。残された最後の気力を振り絞るかのように、布団から出て、這うような姿勢を正した。

「一体、罪のない者に割腹を迫るとは何事か。これはお主たちが間違っておる。若い者がお国のためを思い、必死になって建議までしているのだ。せめて『今度はこうしてやろう、ああしてやろう』と、なぜ相談なさらぬのか」

と静かだが、切りつけるような言葉を投げた。また別の時には、

「三岡石五郎の言うのはもっとも至極じゃ。上がこれまでだらしのないことをなさってきたのだから困る、だから頭取を引き受けるのに戸惑っている、というのであろう。これは誰もが知っている分かり切った話ではないか」

と弁護し、かろうじて石五郎ら二人は命拾いをしたのである。それを最後の仕事として、それから一ヵ月余り経った雪の降る寒い日の朝、その日を予期していたかのように鈴木は静かにこの世を去った。

石五郎は権六と共に改めて頭取職に就任した。藩主のお声がかりがあったのか、今度は或る程度の資金も約束された。とはいえ厳しさは変わらず、そんな中でどうやって改革を進め、実績を上げるべきか、必死になって知恵を絞った。

まずせねばならぬのは鉄砲の製造所確保である。これについては本多修理が率先して城下志比口にある下屋敷の土地千四百坪を提供してくれた。すぐ近くに用水路があり、広さも十分の立地である。修理の好意が身に染みた。石五郎は身を粉にして工場建設に没頭した。

その一方で荒子と足軽の労務調達にも励んだ。こちらについては今やもう民間の同志ともいえる沢吉や柳兵衛、毘沙門村の弥左ェ門らの助けを借りて進めた。ただ進めるに際し、権六、柳兵衛、沢吉らと事前に相談している。

「財政が苦しいのはいつものこと。荒子たちにはただ同然で働いてもらわねばならぬ。どういうふうにすれば集められるか、いい知恵はないものか」

そこで思いついたのが「御用職人」という栄誉職である。御用、つまり藩の用命を受けるのは、一家にとって大層名誉なことであり、これを活用しようということになった。この考えは的中した。

「我が家門の誇りになろうぞ」

と、彼らは名誉意識をくすぐられた。村を離れて福井城下まで出ていく大義名分を彼らに与えたのである。効き目は絶大で、とりあえず開業に必要な三百名ほどが集まった。そして一年も経たないうちに千二百名にまで増えるのだが、その理由はもう一つの重要な要素、賃金支払いにある。鉄砲製造が順調に進むにつれ、わずかながらも賃金を与えて働く意欲をかき立てたのだった。農村探訪で見た職人たちのやる気が参考になった。

事業の成功には今日でいうカネ、モノ、ヒトの三要素が欠かせない。石五郎は最初の二つは厳しいので、三つ目のヒトに眼目を置いた。最大限に人力を使い、製造費を下げる方策に出た。

「人海戦術でいくぞ」

そう権六や部下たちにはっぱをかけた。多くの人を集め、しかも出来るだけ効率的に働いてもらおうというのだ。その効率実現のために採用したのが「分業制」だった。恐らくこれが日本の工場での大量生産で採用された最初の分業ではなかろうか。

当時の日本には工業製品の生産でまだ分業という概念はなかったし、言葉もなかった。石高という年貢米に依存する米経済であり、工業製品が武士経済に占める比重はないに等しい。従い西欧流のマニュファクチャー、つまり分業に基づく工業品の工場制大量生産が成立する余地はなかったのである。むしろ松屋のような個別生産的かつ原始的な手工業生産段階であった。そんな情勢のもと、何としてでも費用を切り下げねばならぬと、その切羽詰った思いが、画期的な分業制の着想に行きついたのだった。もちろん石五郎は分業という言葉そのものは知らない。

彼は鉄砲製造の仕事の中身を分析している。先ず工程を十数個に分け、部品を次々と工程順に通過させる。各工程では皆、同じ作業をさせた。そしてその工程が終われば次の工程へ送って、さらなる作業を加える。これにより職人の技能に磨きがかかり、専門的になって、より早く、より正確に作られるようになった。その結果、生産量が増え、一挺当たりの価格（製造原価）が大幅に低下したのである。松屋の五十両は論外として、ほどなく江戸相場の十七両での製造が可能となり、さらに数量が増えるにつれてどんどん低下し、五両はおろか二両二分の廉価にまで下がった。

石五郎は普通の武士とは違っている。いつも頭に金勘定がある。作るだけではなく、商才も発揮した。余剰の鉄砲をその都度、近隣の諸藩にも販売し、かなりの利益を稼いだ。そしてそれを原資にして職人たちに与える賃金を弾み、設備の拡充にも費やした。このようにして後年、製造所を閉鎖するまでに七千挺も製造している。職人たちのやる気は大砲製造とその砲台建設にもいい影響を与え、この部門も着実な進展を見せた。

鉄砲にやや遅れて火薬製造にもとりかかった。製造技術は徐々に進歩していくが、当初の資金制約のこともあり、設備的に十分でなかった。そのため初期の頃に二度の爆発に見舞われ、藩内の激しい批判にさらされることとなる。だがその後、設備の充実に伴い、品質、生産量ともに向上し、越前火薬の名は日本全国に知れ渡るのである。明治維新時の会津戦争、函館戦争の際には大いに重用されたという。

造船については権六が心血を注いだ結果、全長十一間で洋式二本マストのコットル船（約二十メートルの木造西洋式帆船）を完成させ、一番丸と名付けた。このように石五郎と権六の若い力は厳しい財政難にもめげず、知恵と工夫と体力で敢然と立ち向かい、鉄砲、造船、火薬にと、藩の海防力強化に多大の貢献をしたのだった。

この間、石五郎に私事があった。頭取職を受ける前年の夏、忙しいさ中に結婚している。二十八歳で、当時としては晩婚だ。相手は藩士今村伝兵衛の娘タカ子二十歳であった。

またその一年ほど前の安政二年（一八五五）六月、藩の教育面では大きな出来事があった。慶永の長年の念願であった学問所、明道館が開校したのだ。慶永は熊本藩の儒学者横井小楠に以前、講話を依頼したが、彼とはそれ以後も手紙などで密接な関係を保っていた。その小楠からの助言を取り入れ、実践的な学問、実学を重視する方針を掲げた。

「学問と政治を合体させる。学政一致の人材育成が目的である」

と高らかに宣言したのである。

この翌年、明道館の実質的な指導者として藩士の橋本左内が江戸から呼び戻され、半年後に明道館学監心得に抜擢された。儒学を修め、オランダ医学を緒方洪庵の適塾で学んだ弱冠二十四歳の医師である。左内は外国の諸事情に通じ、これからの世は西洋科学、兵学、さらには海外交易などの実学を重視しなければならないと痛感していた。ただそれらはすべて日本古来の儒教的精神道徳を基礎に置き、その上での実学であるべきと考えた。

若さを越えた、老成とさえ思わせるほどの理知的で冷静な行動力、そして日本という現状から遊離せず、そこに立脚した上で見据える時代の先見性には、藩士の誰もが耳を傾けたくなる衝動を覚えるほどだ。それだけに慶永の信認が厚く、急速に懐刀となっていく。熊本にいる小楠とも手紙だけでなく、時には京都、江戸で会うなどして徐々に親交を深めていった。しかし無念なるかな、帰福してから三年余り後、大老井伊直弼《なおすけ》による安政の大獄により投獄され、伝馬町牢屋敷で刑死したのだった。

左内は石五郎のことをよく知っていた。知っていたというのは直接話したからというのではない。人の評判は賛否両論あるので参考にせず、実際に彼の言行をつぶさに調べてみたのだ。

すると若い上士にありがちな、自己の損得勘定や立身出世を目指すいわゆる優等生的上士の規範などを気にかけるふうはまったくない。下士の身分でありながら、常に国の将来を見据えて、あるべき目標を立て、それに向かい観念論ではなく実践で進もうとする愚直なまでの執念に燃えている。六百七十五村を見て回り、それをもとに御奉行の長谷部様をとっちめ、さらにはあの尊敬すべき横井小楠先生の一番弟子だと自負しているらしい。自分より五歳年長だけれど、左内は価値観に共通するものを感じ、一方的に親近感を抱いた。

そんな親近感はその後、直接話したことで確かなものに昇華した。或るとき家老から主だった若い藩士たちに「昨今の時勢に適する兵事にするにはどう革新すべきか」という課題が与えられ、各自が意見を述べる機会があった。

石五郎は日頃の憤慨に近い思いを誰に遠慮することなく率直に開陳した。銃砲火砲等の陣立ての仕方である「五段の備え立て」を取り上げ、たとえ一つでもいいから実用に適するような訓練をしてほしいと要望したのだ。

「鉄砲を撃つ陣構えを如何に整然とするかを練習して、陣立てを立派にするのも結構ですが、どうも見ていますと、馳せ参じた兵士の気息（息づかい）がぜいぜい鳴って続きませぬ。もし実戦となれば、一体どうなりますことか……」

ではなぜそうなってしまったのか、と続けて理由を説いた。明道館では文武奨励策として頑張った精励者には褒美が与えられる。「赤心報国」（誠意を込めて国のために尽くす）という文字を織り出した下緒《さげお》（日本刀の鞘に装着して用いるヒモ）か、花葵紋付き（松平家定紋）の扇子を下賜した。

「皆はそれを頂戴したいために毎日道場へ皆勤しておりまする。ただそれだけでして、このような心底では一朝ことがあった場合、到底役に立ちません。形式ではなく、実地であらねばなりませぬ」

「なるほど、そういう見方は気づかなんだ。では実地とは何か？　遠慮なく申してみよ」

「はっ。畏れ多いことながら、殿を始めお役人方一同、よろしく山野を駆け回り、身体練磨を計っていただきとうございます。席上での兵談は何らの益もありませぬ」

あまりにも憚りない言上に周囲ははらはらしたが、家老は面白そうに聞いている。そのときまたま隣室にいた左内がその席へ飛び込んできた。

「愉快なり。かような活発なる論壇、明道館開設以来、耳にしたことはないぞ」

と言い、これを機に一段と兵事論に花が咲いた。そしてその場で、「他日、一同うち揃って野営を試みようではないか」と満場一致で決まった。

下問が終わり、散会した。夕刻が迫っている。石五郎が帰宅しようと、御目付部屋の前を通ったとき、目付職の土屋十郎左衛門が手の平を泳がせ、「おう、お主」と笑いながら声をかけてきた。

「とかく若い者は無茶を申すのう。困ったもんじゃ」

「これはしたり。土屋殿ともあろう方が、それほど私を恐れられるのですか」

と応酬し、二人は爆笑した。

その数日後、左内がもっと語り合おうと石五郎を自宅に誘った。石五郎は提言を書き付けにまとめて持参し、大いに語り合っている。

その後間もなくして、上層部が見守るなか、野営の軍事訓練が吉田郡堅達山で実施された。番士（警衛に勤番する士）や足軽らを集めて野営をし、わざと玄米だけを支給して、駆ける、跳ぶ、這うなどの激しい肉体訓練を取り入れて、忍耐力を試し、鍛えた。

そんな折に突然、青天の霹靂ともいうべき切腹騒動が勃発したのである。仰天したのは石五郎と権六だけではない。左内もあわてた。

（これほどの人物を失うのは藩にとって計り知れない損失だ）

左内も焦りを募らせ、江戸での鈴木主税の尽力に期待するかたわら、国許でも自分なりに精いっぱい若い藩士たちに助命を働きかけたという。

切腹騒動も収まり、鈴木修理の下屋敷で銃器製造が始まって間もなく、石五郎に異例の抜擢人事が舞い降りた。それに先立ち、左内はたばこ屋の一室で石五郎と酒を酌み交わしている。といっても石五郎の方はお茶と饅頭で相手をし、無類の下戸だと左内は知って、「これほどの硬骨漢が一滴も飲めないなんて……」と、その他愛のない弱点におかしさをこらえられず、無条件の好感を抱いた。

場が和らいだところで、左内は姿勢を改め、やや膝を前に進めた。

「実は貴公にお願いがござってな。明道館の運営で、力を貸していただきたいのです」

「ほう、明道館で？　私のような浅薄者でもよろしいのであれば……」

兵科掛の兼務を打診された。軍事指導である。これにはすでに重役たちの事前承認を得ているという。石五郎は肯定の返事をした瞬間、果たして自分に勤まるのかどうかと、ちらっと迷ったが、そんな危惧を察したのか、左内は付言した。

「近く兵科御調御用掛にも就いていただく話が進んでいます。これには予算と組織がつく予定でして、そうなると、今の製造工場だけでなく、明道館でも兵法や武器の調査、研究が出来るという利点があろうかと思います」

現金なものだ。カネが付くと聞いて、石五郎の迷いは霧消した。こうして兵器製造所頭取に加え、立て続けに明道館の兵科兼務、さらに兵科御調御用掛にと抜擢されたのである。このとき懸案の藩財政改革についても思うところを述べている。産物を生産し海外交易をするという持論の展開に、左内は膝を打って破顔した。

「実は私も同じことを考えていましてな。軍備も重要ですが、先ずは物産ありきです。その旨、殿にも具申しておるところです。言葉達者な者が多い中、貴公のような実践先行の士がおられるというのは、心強い限りでござる」

そこで、急に困惑の表情に変わり、

「ここだけの話ですけど、殿は進歩的で有難いのですが、問題は重役陣です。相変わらず頭が固く、新しいことに抵抗しています。改革の前途は楽観できません。とりわけ財政改革。これは必ずやり通さねばならないことです。その時はぜひ貴公の力をお借りしたいと思っています」

石五郎にとって何とうれしい言葉であろう。百万の味方を得たと思った。しかし、再び左内からその依頼が来ることはなかった。安政四年（一八五七）八月、参勤交代で慶永は江戸へ向かったのだが、その三ヵ月後、補佐役として左内は江戸詰めを命ぜられ、政治の嵐に翻弄されて命を落とすのである。

慶永は行動した。先に左内の進言を取り入れ、「家格にとらわれずに役人の登用・降格を行う」と発表し、藩内の守旧派を動揺させたことがある。それに続き今回いよいよ改革の狼煙《のろし》を上げたのだ。江戸へ出発する直前、「農工商諸政之事」並びに「物産之事」と題する政策目標を掲げ、民生の安定と物産振興を指示した。領内を管轄する奉行の数を減らし、現在の代官十四人を半減して効率化を図る。同時に藩の借財を直視し、年貢米を始めとする諸収入の正確な算定を基に財政計画に着手。その上で物産生産を広めるというのだ。

それに先立って、慶永へ提出する答申をめぐる会議では、勘定奉行の長谷部甚平が左内を援護射撃し、その円満な人格で周囲の説得に努めてくれたと、左内が石五郎に打ち明けている。

「長谷部殿は貴公が作った財政調査の書き付けを誇らしそうに手元に置いてのう。よほど貴公のいじめが効いたんじゃろう。何やらおかしうて、笑うのを抑えるのに苦労したわ」

政策目標には石五郎の考えも幾つか反映されていて、石五郎の喜びは尋常ではない。大いに励まされ、長谷部への心からの感謝と共に、これからはますます左内の信に応えねばと、気を引き締めた。

しかし石五郎への相次ぐ異例の抜擢人事と高評価はこの時分が頂点で、次第に守旧派の盛り返しで下降し、合わせて改革も頓挫していくのである。出世への藩士たちの嫉妬と反発は手がつけられないほどに沸騰していた。

13　安政の大獄

江戸幕府は混乱の極みにあった。将軍家定の継嗣問題をめぐって意見が真っ二つに割れ、激しい対立が続いていた。慶永はこの争いに忙殺された。

候補の一方は御三家の一つで紀州藩の藩主徳川慶福《よしとみ》である。将軍家定の従兄弟にあたる血縁だが、なんせまだ十二歳であり、病弱で判断力に欠ける家定を補佐するのには無理がある。他方は御三卿の一つで、一橋家の当主一橋慶喜だ。すでに二十一歳。英才の誉れが高く、水戸斉昭の七男だが幼い頃に一橋家に養子に出され、家督を継いでいた。

慶福を推した紀州派は彦根藩主の井伊直弼ら譜代大名である。継嗣については将軍との血縁の濃さを重視し、旧来の老中のみによる幕府の専制体制で国難を乗り切ろうとした守旧派であった。一方、慶喜は松平慶永の支持を得、これに山内容堂や島津斉彬、伊達宗城ら外様大名が同調した。人物本位で選び、その将軍に日本の舵取りを任そうと考えた。

「日本国の将来がかかっているのだ」

と、慶永は次の将軍には慶喜様を立てねばならぬと思いつめている。その一心で全力を尽くしてきたのだが、自分一人では手に負えない。そこで腹心の橋本左内を江戸に呼び寄せた。

この頃、初代駐日領事ハリスは将軍家定との謁見を果たして、その場でピアース大統領からの通商を求める国書を提出したのだった。

老中首座堀田正睦《まさよし》は、ハリスの強い要求にどう答えるべきか、思い悩んだ。ここは受けるしかなかろうと考えているが、念のため全国二百六十藩のうち二百三十余藩に通商の是非を問うてみた。

六十五藩から回答が来たが、ほとんどがあいまいな表現で逃げるなか、水戸藩など数藩があいも変わらず厳格な鎖国攘夷を主張した。ところが福井藩だけは異彩であった。ペリー来航時の鎖国攘夷論から一転し、通商に全面賛成の建白書を提出してきたのだ。諸大名に影響力をもつ慶永の賛同に堀田は気を強くした。

慶永は左内の考えを取り入れ、また顧問格の小楠も唱えるように、交易の重要性に着目したのである。積極的開国論者となった。

「……もはや鎖国の時代ではない。強兵は待ったなしであり、そのもとは富国にある。ではその富国への道は何か。それは海外交易と考える……」

そのためには朝廷の勅許《ちょっきょ》を得た上で通商条約を結ぶと共に、新将軍には頭脳明晰な賢人である一橋慶喜を迎えて対処すべきだと訴えた。

安政五年（一八五八）三月下旬、左内は慶永の君命で京へ上っている。朝廷に対する工作のためである。堀田の考えの正しさを側面から訴え、同時に、というよりこちらの方がより重要な使命なのだが、将軍継嗣に一橋慶喜を推挙するよう内勅を得たいと考えた。

宮廷の内外では、公の場あるいは密室で、諸々の藩主やその代理、公卿らが陳情、説得、裏切りなどを繰り広げ、しかも買収工作さえ伴う混迷ぶりを呈している。将軍継嗣問題では紀州派が公卿たちを金銀で釣り上げ、一橋派は不利な状況に陥っていた。尊王か攘夷か倒幕か勅許か慶福か慶喜かと、誰もが命をかけて主義のために死闘を繰り広げた。夜の辻で敵対者を暗殺する蛮行は日常茶飯であった。

左内は用心した。正体を見抜かれぬよう桃井伊織と変名し、表向き航海術取調御用の名目で在京している。昼に夜にと、諸卿のあいだを忙しく飛び回っていた。

そんな折、突然、石五郎に京都を経由して江戸へ向かうよう藩命が下った。左内の朝廷工作を補佐せよという。

このころ福井藩では家臣団の守旧派のあいだで、積もっていた改革への不満が火を噴き、ちょうど火薬工場が二度目の爆発を起こしたこともあって、改革は挫折しかかっていた。折も折なので石五郎は江戸へ行くのは気にはなったが、藩命だからと心残りを振り払った。むしろ日本の新しい夜明けのために自分も参画できる喜びを噛みしめながら、春の終わりの強くなりかかった日差しを受けて、京へと足を急がせた。

ところが夕刻、京の福井藩邸に着いてみると、左内が見当たらない。その夜と翌日も待ったが帰ってこない。周りの者の話では、まだ数日は不在ではないかという。根掘り葉掘り探せば居所が分かるかもしれないが、石五郎はそうしなかった。賢明な左内のことだ。自分が来ることは知っているはずで、何か考えがあるのかもしれない。勅許と継嗣問題の正に最大の山場の今、寸暇を惜しんで走り回っているのだろう。自分と打ち合わせをするどころではないのではと推測した。

だがこの間に切迫した生々しい情勢を知ることができた。京の空気は政争の緊張でぱんぱんに張りつめた風船のようで、殺気立ち、何かの事件の針先のほんのひと触れで破裂するほどの危機が充満していると思った。長州や水戸をはじめ、通商条約に反対する志士や浪士たちが全国から集まってきて、盛んに攘夷を煽っている。公卿の多くは元々外国が嫌いで、ここぞとばかりに便乗した。事態は日々、というより刻々、目まぐるしく変わり、公卿間、とりわけ有力公卿である関白九条尚忠と太閤鷹司《たかつかさ》政通《まさみち》の対立は決定的なものになっていた。

左内は勅許取得と継嗣慶喜の達成のため、九条と鷹司のあいだを泳ぎながら説得に努めるが、両者は賛成、反対の主張をころころと変え、もう混乱の極みである。

しかし工作の甲斐あって、ようやく鷹司から慶喜支持の同意を取り付けた。鷹司が自信を見せたことに加え、堀田正睦が慶喜派を鮮明にしたこともあり、これでどうやら二つの使命が達成されそうだと、左内は安堵した。というのも少し前、条約の勅許の方は九条の勝ちが決まり、付与されることになったからである。左内は三岡殿も来られているだろうと、一先ず藩邸へ戻ることにした。だが少し後に分かることだが、この判断が甘かったのである。

一方、石五郎は左内が戻る前だが、到着三日目の夜、大坂へ向けて出発している。とりあえず政治情勢はつかめたことだし、向こう数日、だらだらしていても時間が勿体ない。そこで大坂城代公用人の大久保要を訪ねてみようと思い立ったのだった。大坂城代というのは畿内・西国における幕府直轄の軍事と行政面の最高責任者であり、西日本の外様大名を監視する役割を担っている。

この訪問は福井を発つ前に考えていたことでもあった。大久保は自分と同じ軍事を管掌していて、以前、左内がこの人物を称えていたのを覚えていたからである。横井小楠もほめていたと、左内は言った。大久保には軍事だけでなく、是が非でも大坂の交易についても聞きたいものだと気持ちを逸らせた。

いや、それだけが理由とは言い切れない。むしろそれは表向きであることを知っている。本音はその折に、おまつが売られたという南地五花街の宗右衛門町というところへ行き、消息をたどってみたいと思ったのだった。

その夜遅く、石五郎は星空と月光と行燈を頼りに、尾行がないのを確かめ確かめ、大小の暗い道を縫って淀川へ出た。左内が京で政治工作に奔走していて、そんな男と親しいという理由でこのところ密偵に狙われているような不安感を消せないでいる。

伏見の船着き場で用心深くもう一度周囲を見回した。どうやらそれらしき人物は見当たらない。まだ少し早いが、停まっていた三十石船に乗り込んだ。米を三十石積めることから三十石船と呼ばれ、全長五十六尺（約十七メートル）の旅客船である。もう三十人近い客が船上でひしめくようにして、賑やかにしゃべりながら出発を待っている。

寒くもなく暑くもない一見、のどかな船旅だ。世間の騒がしい政争が嘘のようである。大坂との境、枚方を過ぎたあたりで夜が白みかけ、見る間に東の空に船の後ろを追いかけるように日が昇って来た。と「餅くらわんか」「ごんぼ汁くらわんか」と大坂訛りの声を張り上げながら、一隻の「くらわんか舟」が近寄ってきた。石五郎も餅と汁を買い求め、腹ごしらえをした。

日が高くなるにつれ、うっすらと額に汗が滲み出てきた。二分、三分と薄桃色に咲いた両岸の桜が、間もなくの満開と、それに続く新緑の季節の近い到来を予告している。

淀屋橋の船着き場で下船し、明るく照らされた中之島や堂島を一望した。あらかじめ聞いて記しておいた大雑把な地図を頼りに、大坂城の方角へ向かって歩いていた。緑の田園風景があたり一帯を広く包み込み、小鳥の鳴き声が聞こえてくる。

何だか古里の越前と変わらないのどかさである。その静かな風景の中を百三十余藩の蔵屋敷が延々と続き、まるでまだ江戸幕府が堅固であるかのように空に向かって無言の偉容を誇っている。

運河と橋は江戸にも多いが、ここ大坂も負けてはいない。水の町である。その網の目のような運河や川を、米俵を積んだ舟がひっきりなしに行き来している。石五郎は初めて見るその壮大さに圧倒された。さすが天下の台所だけのことはあると思った。

(ここには江戸とは違う空気が流れている)

商業都市、大坂なのだ。商人の町なのだ。ここで諸藩が運んできた年貢米を換金し、自藩の財政を支えている。西国一の物流拠点と称され、全国各地の物資が集まっていると聞く。米や塩、醤油、酒、白油、茶、木綿など、これらが大坂から江戸へ送られて、将軍家や大名、町人らの暮らしを支えている。

やがて今橋地区まで来ると景色が一変した。今度は漆喰壁の蔵を備えた、やたら横に長い店構えの立派な両替商がずらっと建ち並んでいる。人の出入りこそ多くはないが、たぶん大口の取引が主なのだろうと、ここでもその金力に支えられた見えない繁栄ぶりに目を見張った。世間では「日本の富の七分は大坂にあり、大坂の富の八分は今橋にあり」とまで言われているではないか。

(まさにここが日本の金貸し場なのか……)

そんな興味に押されて改めて店の中に視線を注いだ。狭い入口の向こうには人影は見えないが、恐らく奥の部屋で大名の使いの者が番頭から金銀を融通してもらっているのかもしれない。鴻池屋からだけでも全国の百十藩が借金しているらしく、その資産は幕府の全資産に匹敵する額だという。もちろん福井藩もそのうちの一藩である。

（いずれにせよ自分とは無縁の場所だ）

そう言いかけて過ぎ去ろうとしたが、ふっと「いや、待て」と頭に何かが引っかかった。無縁だなんて、言い切れるのか。そんな考えに陥った自分を反省した。無縁どころか、ここ今橋とは切っても切れない縁がある。藩財政を立て直し、いずれ自らここへ乗り込んで、借金を返済するのが天命ではなかったのか。思わず自戒の苦笑いが込み上げた。

行き交う人だけでなく、人家や店、寺、景色などを右に左に見るうち、思ったより早く城に着いた。さすが大坂城だと思った。昔、徳川家康によって多くの堀を埋められたというが、それでも堂々たるものである。石垣を見上げ、その一個一個の石畳みの大きさには度肝を抜かれた。京橋口の虎口警護（城郭における出入り口）のところで番士に来意を告げ、大久保要への面会を請うた。

「して紹介の書状か何かお持ちか」

と尋ねられ、「ない」と答えると、「それでは話にならぬ」と邪険に拒絶された。何度か押し問答の末、橋本左内の名を持ち出し、

「この橋本左内は大久保様の親戚筋にあたる人でして、私は彼の使者として参りました」

と即興の口上を述べた。番士は門番頭のところへ行き、かなり経って戻ってきた。先ほどまでの横柄な態度とは打って変わり、「大久保は今日は打ち合わせで時間がないが、明日の午前ならあけておくとのことである」と答えた。

日暮れまではまだだいぶ時間がある。ちょうどいい。おまつを探しに行こうと思った。通りが

かりのてんびん棒をかついだ魚屋に、宗右衛門町の場所を尋ねた。駕籠に乗れば速いのだが、道の風物も見ておきたいと、徒歩で行くことにした。途中、一膳飯屋で腹ごしらえをし、あちこちで人に尋ねながら、二時間足らずで南地宗右衛門町まで来た。さすが花街だけあって、その一郭は人で賑わい、二階建て、三階建ての絢爛《けんらん》たる遊郭が軒を連ね、貸座敷や男客をとる料理屋、置屋、待合などが密集している。

（さて、どう探せばいいのやら……）

皆目、あてがない。まだ人通りは多くはないが、店はあいている。遊女たちが家の中からしきりに声をかけ、手招きし、客を呼び込んでいる。

「旦那はん、ちょっと上がっておくなはれ」

「ええ男やんか。こっちへおいでえな」

石五郎はぶらぶらと時間をかけて店前を歩いて行く。ひょいと中をのぞき込んで素早く女たちの顔に視線を当てるが、どれも見覚えがない。どの店にもおまつはいない。辻を曲がり、路地を引き返し、また曲がる。何度も店前の通りを行ったり来たりするものだから、女郎を買うのに躊躇していると勘違いされ、いきなり「ねえ、お侍はん」と、呼び込み婆に腕をぐいっとつかまれた。石五郎は反射的に、「何をするっ」と叫ぶと、婆はびっくりして飛び下がった。

それとほとんど入れ違いに、中から用心棒らしい、顔に古傷のあるやくざ風の男が「なんやねん、兄ちゃん」と、肩を怒らせて出てきた。石五郎はあわてた。こんなところでもめ事を起こしたら、それこそ明日、大久保要に合わせる顔がない。「いや、すまぬ」と平謝りに謝って、急いでその場を離れた。男はぶつぶつ言いながら家の中へ消えた。

おまつを探すのはいいとして、あまりにも稚拙《ちせつ》なやり方に石五郎は苦笑いが込み上げた。ふと横を見ると、ちょうど地蔵尊が立っている。灰色のごつごつした石の地肌の首のところに赤い布切れの首巻をしていた。人が両手を合わせて何か一心に拝んでいる。石五郎もつられて地蔵に向かって手を合わせ、おまつを探せますようにと祈った。

（ここへ売られてから、かれこれもう十一年か……）

早いものだ、と思った。もしあのまま毘沙門村にいたら、今頃は二、三人の子供を抱えるいい母親になっているだろう。しかし運命は勝手だ。その対極へと彼女を連れていった。娼妓となってしまった。この館のどこかにいるのか、それとも身受けされて違うところで暮らしているのか。

そんなしばしの感傷にひたるうち、足は再び置屋の前まで来ていた。芸者や遊女を抱え、料亭・待合・茶屋などの客から求めがあれば差し向けている元締めだ。

（ひょっとしてここなら消息が分かるかもしれない）

ふとそんな考えが浮かんだ。だがどうしても足を踏み入れられない。それからも付近を歩き、相当ためらった後、とうとう勇気を出して案内を乞うた。下足番が腰をかがめ、「ちょっと待ってくなはれ」と言って、奥の女将に取り次いだ。

石五郎は玄関で立ったまま、女将に越前から来た者だがと名乗り、おまつの消息を知らないかと、丁重に尋ねた。女将は頭のかんざしに手をやりながら、甲高い声で、

「はあ、なあ……もう十年以上も前のことでっしゃろ。あたいがここへ来たのは八年前だすからなあ」

と首をかしげたが、「あ、そや。ツルにきいてみまひょ」と、ぱんぱんと手を打って台所の下

女を呼んだ。

　六十年配の色黒のその女は、片方の手の平を頬に当てて、遠い昔を思い出すふうに目を泳がせた。

「ひょっとして儀楼閣にいてはった、おなみさんかもしれまへんな。なんや越前から来たと言うてはったのを覚えてます」

「おなみ？　きっとおまつじゃ。おまつに違いない」

　石五郎は思わず声を張り上げた。

「目のきれいな女子じゃろう？」

「そう言えば、そやなあ。きれいな大きな目、してはったわ。せやかてお侍さん。もしおまつさんやとしても、もうこの宗右衛門町にはいてはりませんで」

「なに？　どこへ行ったのじゃ」

「あの子、いつも目を腫らして泣いてましてな。半年もせんうちに可哀そうやゆうて、船場にいてはった旦那に身受けされたと聞いとります」

「船場、とな？　それはどこか」

「この近くやけど、どうしようもおまへんな。その後、その旦那は商売に失敗して、その子を九州かどこか、南の方へ売ってしもうたらしいでっせ」

　旦那も夜逃げしてしまい、今はどこにいるか知らないという。

（九州かどこか、南の方か……）

　どんなところか分からない。そんなはるか遠い異国へ行ってしまった。石五郎は沈む心を見せないようにし、礼を述べて置屋を辞した。

転々とするおまつの不幸な運命に、語りかける言葉が思いつかない。そのつらい試練に九州のどこかで、おまつはじっと耐えているのだろう。博多か、長崎か、どこなのか……。その苦労の重さに自分の境遇を比べ、なぜか負い目のような済まなさを感じた。民の暮らしをよくするためと、あれほど誓った財政再建という目標にまだ一歩も近づけていないのである。

その足で儀楼閣の前へ行ってみた。黒色の格子の向こうから手招きする娼妓の顔に、少女のおまつを重ねた。近寄って格子にそっと手を添え、撫でてみる。渋墨塗（松木を焼いた煤と柿渋を混ぜたもので塗装）のその表面は、やや粗い滑らかさの中にかすかに木肌のぬくもりがある。おまつもここを触ったかもしれないと、その感慨がふと十一年前におまつが見せた白い二の腕を脳裏によみがえらせた。


翌朝、大久保要を訪ねた。張り出した両頬骨のあいだを高い鼻筋が通り、目つきの鋭い志士という風貌である。初対面だというのに、顔を合わせるなり大久保は豪快に笑った。

「おやまあ、橋本左内殿が私の親戚だとな？　ワハハ」

「いやはや、これはとんだ失礼をいたしました。そう言わねば面会いただけぬと思いましたもので」

「よい、よい。どんな用件か知らぬが、よう訪ねてくださった」

石五郎はこの一事で大久保と左内との信頼関係の強さを知った。軍事、交易について、大久保は大いに語り、豊かな知識と経験を惜しみなく話してくれた。徳川幕府の借財だけでなく、幕府が保有している金の量や佐渡金山の産出量なども詳しく知っていて、石五郎は心底、驚いた。

ただお互いに政治の話題には触れなかった。大久保にせよ、左内にせよ、主君次第で立場がどうなるか、微妙な時期であるのを知っており、触れないだけの賢明さを備えていた。


さて翌日、うまい具合に左内が藩邸に戻ってきた。顔はげっそりやつれているが、目にあふれた充実感がそれを帳消しにして余りある。石五郎は懐かしい思いで再会した。鷹司が慶喜を支持したと聞き、福井藩の前途に明かりが差した。一汁一菜に酒が付く二人だけのささやかな宴だが、美味である。自然と口元が滑らかになった。

「条約勅許はすでに決まっていますし、これで幕府内での殿のお力が一段と強くなるでしょうな」

「まあ、これだけ苦労しましたからね。成果は諸大名も認めざるを得ないでしょう。ところで明後日、九州から小楠先生が到着されますが、貴公と二人で歓待しましょうぞ」

「もちろん喜んで。話すことはいっぱいありますから」

と石五郎は応じる。

「先生はそのまま福井へ行かれるけれど、我らは先生を見送ってから江戸へ発ちましょう」

「それは構わないのですが……左内殿の京での仕事が終わった以上、今一つそれがしの使命がはっきりと……」

「ああ、それそれ。聞いておられぬか。実はのう、三岡氏を福井から離そうという上層部のお考えなのです」

「離すですと？」

左内によると、国許福井の家臣団のあいだで石五郎への不満が溜まり、爆発寸前だという。確かにそう言われれば、険悪な雰囲気はひしひしと感じている。下士出身という家格を無視した相次ぐ出世、抜擢、上層部との親密な関係など、もう我慢がならないらしい。

それに改革に抵抗する守旧派の恨みも相当なものがある。武芸稽古への異議申し立て、野外肉体訓練の強制実施、足軽や荒子の一方的な動員、少ない藩資金を銃砲製造で独り占めするなど、これ以上放置できないと家老たちに詰め寄って、旧に戻せと叫んでいる。

そこへ二回目の火薬の爆発があって、不穏の炎が一気に広がった。このままでは三岡の立場が危ういと上層部は判断し、この際、三岡を京で奮闘している左内の開国や将軍継嗣問題に巻き込んで、しばらく国許から離そう、となったのだという。

「なるほど。そう言われれば合点がいきます。改革というのは既得権益者には痛手ですからね」

「ま、ほとぼりが冷めるまで、しばらくのあいだでしょう。上層部は貴公の能力を買っていますから。江戸でじっくりと軍事研究でもしてください」

「お心遣い、有難うございます。この際、せっかくの機会ですから、幕府財政についても調べてみます」

「ああ、よき考えですな。その手配はお任せあれ」

上層部の判断とはいうが、今回の国許離れには、左内が裏で動いてくれたのではないかと石五郎は推測した。だが勝利感で浮き立つそんな和やかな二人の会話は続かなかった。

翌日の午後、一片の情報でぶち壊された。継嗣問題が最後の段階で引っ繰り返ったのだ。朝廷から幕府堀田正睦へ伝えられた正式通達で、慶喜の線が消されたのである。九条の専断だった。

つまり継嗣では慶福の九条が勝ち、条約では勅許反対の鷹司が勝つという最悪の結末となった。在京の堀田にとって寝耳に水とはこのことか。

左内も同様で、口惜しさと、それ以上の後悔で胸がかき乱された。あの時もう少し鷹司のところに留まって様子を見ていれば、こうはなっていなかったかもしれぬ。そう思うと、自分の甘さに腹が立つ。石五郎はかける言葉もなく、一緒になって苦い思いを噛みしめた。無意味な慰めを言うつもりはないが、これだけは言っておきたいと思った。

「さまざまな勢力が拮抗して、激しく闘争していましたからね。一転二転、そして三転と、どう転ぶかは紙一重だったのでしょう」

左内は大きくうなずいた。腕を組み、しばらく沈黙していたが、何を思ったか、急に目の輝きを復活させた。

「その通り。その通りじゃ。次は四転があるかもしれん。三岡氏、勝負はまだついておりませぬぞ。一橋派はあきらめることはない……」

左内は熱い口調で語った。

思わぬ成り行きに、石五郎は目を見返した。この男はまだ諦めていない。戦うつもりでいる。殿に心底から忠誠を誓っている。純な熱い思いが自分にも伝わってき、独りでに身が震えた。

話はそれる。歴史だけが知っている事実だが、この勅許と継嗣の結末は福井藩、とりわけ藩主慶永と左内、石五郎らをより大きな運命の激流へと押し流すこととなる。当然、この時点では誰もそこまでは知らない。

翌日の日暮れ、まだ動揺が収まらない中で、予定通り小楠が連れの者と共に到着した。慶永から明道館教育の指導を懇請され、小楠自身も越前の地で己の主義の実現を夢見、喜んで受諾したのであった。淀川の三十石船に乗ってやって来たのだが、五十路を迎えたというのに、日焼けして血色もよく、気持ちの高ぶりもあってか旅の疲れが見えない。眼光は以前にも増して鋭くなっている。

小楠が一風呂浴びて寛いだところで、さっそく歓迎の宴を張った。膳は質素でも、酒があれば機嫌がいいのを知っている。好物の湯豆腐も付けた。下戸の石五郎も最近は精進して、少しずつ飲めるようになっていた。

左内は崖っぷちに追い詰められた目下の状況を説明した。饒舌の小楠が珍しく黙って聞いていたが、やがて憂えるような瞳になった。

「慶永様は深入りし過ぎたようじゃな。条約と継嗣は同列の問題ではない。将軍は誰がなっても、日本国は変わらぬぞ。優先されるべきは条約である」

「は？　これは異なことを申される」

と左内が反発の目を向けた。

「二つの問題を同時に解決しようとするから、日本中が大混乱しておる……」

小楠が言うには、条約を締結するというハリスとの約束は、国際信義のこともあり、またメリケンが強大な軍事国ということを考えると、守らざるをえないだろう。それに第一、世界と交易をせずに日本の生きる道はない。このままでは幕府は勅許なしでも調印に走るのではないか。そうなると一層日本は混乱し、国内の安定のために一気に将軍の重要度が増す。その時に、改めて慶喜様か慶福様かを議論すればよいのだ。そう言って、続けた。

「さすれば、幼少の慶福様か、英明な慶喜様か、どちらが適任かは誰が考えても分かろうというものではないか。血筋のことなど言ってはおられぬからな」

「勅許なしで幕府が条約を結ぶと申されるか」

「左様。しかし大混乱が起こるのは必定。出来れば避けたいものじゃ。公卿の攘夷論にしても、もともとは禽獣に等しい夷狄に神州の地を踏ませるなという、単純な発想である」

そこへ継嗣問題を絡めたものだから、一気に条約反対となってしまったという。何とか朝廷と幕府が足並みをそろえてくれぬものか、と小楠は慨嘆した。

左内は小楠の話を聞きながら、なるほどと納得する部分と、もう少し早く聞いておればと悔やむ部分とが交錯して、どう殿に伝えればよいのか迷った。その一方で、もう殿も自分も走るところまで走ってしまっている。このまま走り続ける以外にないのかもしれない、と思った。

翌々日の未明に小楠一行は越前へ向かった。それを見送って間もなく、日が昇り始めるころ、左内も随行の石五郎と江戸へ旅立った。


京から江戸へ戻った堀田正睦は無念な思いを晴らそうと、素早く行動に移した。朝廷の信頼が厚い慶永を大老にするよう将軍家定に上申したのだ。大老には大きな権限がある。こうすることでこのたびの勅許拒否の決定を覆し、あわせて慶喜擁立の流れへ転換させようと考えた。

ところがここでも不覚をとる。井伊直弼を中心とする紀州派はすでに金銀をえさに大奥女中の上層部にまで手を伸ばし、家定に井伊を大老にするよう働きかけていた。これが決定打とは言わないが、なりふり構わぬ紀州派の工作は効いた。安政五年（一八五八）四月、家定は突然、井伊を大老に任ずるとの決定を下したのである。明治維新の十年前であった。

徳川斉昭《なりあき》、慶永ら一橋派は仰天し、一気に窮地に陥った。それでも彼らは、

「まだ慶福様と決まったわけではないぞ」

と自らを励まし、根回しに狂奔した。左内もその中心の一人として、慶永の指示を受けて寝食を忘れて動いた。補佐役の石五郎も藩士や他藩の同志らとの連絡役として忙しい。

そんな中、六月十九日が明けた。大老就任から二ヵ月も経っていないこの日の午前、ついに井伊が大きな賭けに出た。天皇の勅許なしで懸案の日米通商条約の調印に踏み切ったのである。それを受けて午後にはメリケン艦船ポウハタン号から二十一発の礼砲が大空に鳴り響いた。

一橋派の憤激は尋常ではない。「違勅だ」と叫び、水戸斉昭、尾張の徳川慶恕《よしくみ》、慶永らは、今を先途《せんど》と朝廷に背いた井伊を激しく非難した。井伊も負けてはいない。調印から二日後の二十一日、あろうことか、違勅調印の責任を強引に老中堀田正睦に押し付け、罷免した。

それを見て、「何と非道な……今が時勢である」と、大老井伊を倒す好機と判断した斉昭、慶恕、慶永らは決起した。直接井伊に抗議し、調印の黒幕はお前ではないかと、責任を問うべく二十四日朝から城へ駆けつけた。この日は決まった登城日ではなく、登城が許されていない、「不時登城」にあたる。そんな日を承知で登城したわけで、慣例を重んじる当時としては極めて異例であった。

井伊は老獪だった。いくら失政を追求されても、ひたすら平身低頭を繰り返し、理屈を述べてのらりくらりとかわした。結局三人は意気だけ軒昂で、得るものがなく終わった。

井伊は危機感を募らせ、間髪を入れず攻勢に出た。もはや待てぬと、翌日、大老の職権で諸侯

に総登城を命じ、大広間に集まった皆に向かって、慶福を次期将軍として紹介したのである。

勝負はついたのだ。慶永は井伊の声を聞きながら敗北とはこういうものかと、意外と取り乱さない自分に少なからず驚いた。京で小楠が左内に言った言葉を思い出していた。幼少の慶福に決まったことで、さらなる激動が待っているのだろうか。もしそうだとすれば、日本国はどうなるのか。今は深い落胆で気持ちは萎えているが、その時は日本のためにまた新たな闘いに立ち向かうかもしれない別の自分を想像した。

井伊は報復の手を緩めなかった。一橋派大名に対する全面対決、というよりも強行突破で彼らを蹴散らしたのである。


七月初め、許されていない不時登城を理由に、厳罰を言い渡した。水戸斉昭には急度《きっと》（最大の厳しさを意味する）慎み、尾張藩徳川慶勝は隠居御慎み、徳川慶喜は登城停止。そして松平慶永には最も厳しい処罰、隠居急度慎みを命じた。切腹に次ぐ重い処分であった。

あらがうことは出来ない。慶永は三十一歳で藩主の座を退き、霊岸島の藩別邸で閉門幽居して、これを機に松平春嶽と号したのである（本書ではこの時点以後の活動につき慶永に代え春嶽と呼ぶ）。嗣子がいないので、新藩主には支藩である糸魚川藩から松平直廉（茂昭と改名）を迎えるよう命じられた。

での不時登城だが、今日でいえば休日出勤の類いであり、どうということはない。しかし当時では武家の社会通念として、しきたりや規則の違反というのは想像を絶する重大事とみなす風潮があったのである。

とりあえずの大きな障害を排除でき、まだ攘夷・反幕の嵐は激しく吹き荒れているものの、井伊は思い通りに腕を振るった。オランダ、ロシア、エゲレス、フランスと、次々に通商条約を結んでいった。その一方で一橋派の志士や公卿たちに弾圧を加えていく。

（断固、徳川幕府を守らねば……）

そのためなら己の命を捨てても悔いはないと、とっくに覚悟は出来ていた。外国の攻勢を何としてでも躱し、徳川の血筋と幕府を守る。それに抵抗する者は一片の容赦もせぬと、行動で示した。先ず小浜藩士の梅田雲浜を逮捕し、続いて十月二十三日の夜、橋本左内を捕縛、十二月五日には吉田松陰を獄舎に入れた。世にいう安政の大獄である。以後も水戸藩士、薩摩藩士、土浦藩士、公家、僧侶らを続々と逮捕した。

左内が捕縛される前のことだが、国許を含めた福井藩内では藩主に対する井伊の仕打ちに激憤し、密かな用心さのもと、大老討つべしとの声が沸騰した。左内と石五郎も日夜、談義に加わり、他藩の同志とも連絡を取っていた。薩摩の西郷隆盛もそのうちの一人である。

薩摩藩主島津斉彬は慶永と考えを一にする同志であった。西郷は藩主の命を受け、早くから左内とたびたび会って国事について意見交換をしている。時には左内に活動資金を手渡すこともあった。とりわけ今回の井伊の暴挙には憤慨し、暗殺の決起を真剣に考えた。そんな関係で石五郎も使い走りではあるが、西郷と面識を持っていた。後に維新になってから、石五郎が財政改革を進める上で西郷の絶大なる信頼と支援を受けるのだが、その結びつきの発端はこの時点にさかのぼる。

さて、このところ石五郎はちょっとした板挟み状態にあった。大老暗殺計画に奔走するその一方で、幕府財政への関心も捨てきれずにいる。しかし時が時だけにそんな私心は封印していた。ところが或る日、左内がふと思いついたというふうに口をひらいた。

「ああ、そうそう。貴公は確か京を立つとき、幕府財政も調べたいと言っておられたのう。もし大老がいなくなったら、たちまち幕府をどうするかが問題となる……」

その時に備え、今の財政状況を知っておくのも悪くない。大老のことは自分たちにまかせて、貴公は調査に専念したらどうかと勧めた。

「しかしそれでは私の義憤が収まりません。大義がまっとうできません」

「それはどうですかな。いざという時に備えて調べておくのも、立派な大義ではありませんか」

「……」

「それを出来るのは貴公しかいない」

結局、石五郎は説得され、左内の手配で今は暇人の堀田正睦の屋敷へ出入りすることになった。もちろん大老成敗の計画のことは堀田には秘匿している。

書庫は想像以上に立派だった。幕府関連の書籍、書き付け、絵図など、秘密のものまで含めて山と積まれていた。古いものはホコリをかぶり、朽ちているのもある。古書特有の湿った甘酸っぱい匂いが鼻孔をくすぐった。

石五郎は連日、朝から夕まで入りびたりでその山と格闘した。調べるにつれ、幕府財政は誕生以来、ずっと委縮の坂を転げ落ち続けていることが数字で裏打ちされた。予想していたことではあるが、喜べるものではない。

（それにしても大久保要殿の観察眼には恐れ入る……）

以前、大坂城代公用人の大久保がその都度、具体的な数字を引用しながら語ったこんな言葉を思い出していた。

「幕府は金がなくて困っておる。あるのは巨額の借金だけだ。こんな組織に未来はない。遅かれ早かれつぶれる運命にあると考えよ」

そう言って、癖になっているらしく、「ワハハ」と豪快に笑った。消滅は時間の問題だという。今こうして書き付けなどを読んでいると、その現実味がひしひしと伝わってくる。幕府の方針にそれが現れている。

一貫して古法を墨守（固く守って変えないこと）すること。万事できるだけ新規の方策を避けること。民衆には過酷な税を課すこと。これらの徹底した遵守を求めている。そういうふうにして幕府の命脈を保たんがために汲々としているのである。

この幕府方針の確認は石五郎に重要なことを教えてくれた。これはいい手本になると思った。反対の道を行けば繁栄につながるに違いない。古法を捨て、新規の方策を取り入れ、民を豊かにする。これまで考えていたことの正しさを、そして小楠先生が唱えていたことの正しさを、反面教師として確認できたのは大きな収穫である。

しかし全国の諸藩の実状を知って、失望は深まった。どの藩もそれぞれが孤立した形で自給自足経済に明け暮れ、生産力の著しい低下に陥っていた。その結果、江戸も含めた全国的規模で見ると、消費額が生産額を超過している。しかもその消費に矛盾がある。諸藩では厳しい節倹策で委縮する一方なのに、江戸では巨額の奢侈にふけり、その額は年々、拡大するばかりだ。

石五郎は数字を前にため息をついた。それもこれも諸大名の参勤交代制度に因がある。

（この制度は悪法だ……）

つくづくそう思った。早く廃止されるべきなのに未だに延々と続いている。藩が富むのを防止しようと、無理やり金を使わせて弱体化を図っているのだが、それが行き過ぎた。

家の格式のみを重んじる武家社会のもと、藩主は江戸にいるとき、他藩との競争意識に駆られて見栄を張った。華美と驕奢を追い求め、派手に消費を競い合う。さらにこの風潮はいつの間にか「宵越しの金をもたない」などと、町人階級にまで伝播し、巨大な消費能力をもつ江戸だけが別天地のような見かけの繁栄を謳歌しているのだ。

そんな江戸の虚飾経済を支えているのは他でもない。度重なる幕府による金銀改鋳である。いや、改悪である。小判の額面を保つ一方で金銀の純量を減らした結果、貨幣価値が著しく低下した。値打ちが減少するのだ。そうなると、さらに改鋳に走り、これが際限なく続いた。徳川代々の資料がそれを物語っている。

諸藩も同様に、金銀小判ではないが、藩札をどんどん刷って乱発し、価値を下げたのである。そこへ相次ぐ地震、風水害、火事、疫病、飢饉等が発生し、日本全国が疲弊のどん底に陥り、幕府と各藩の財政は破産に瀕した。それが現況だと石五郎は分析した。

だが悲観ばかりしている石五郎ではない。たとえ虚飾であれ、江戸の繁栄を利用しない手はないと考えた。福井の産物をこの地で売ればよいのだ。海外交易に加え、江戸、さらには人づてに聞く未開の蝦夷地も考えれば、藩の未来は明るい。

そのための生産の下地はすでに芽生えている。以前、村々を回ったとき、規模は小さくても生産力の萌芽があちこちで散見された。これは大きな励みである。あとはどういうふうにしてそれらの生産力を高め、どういうふうにして出来た産物を売ればいいのか。その工夫だろう。その要《かなめ》は財政、つまり資金力だと睨んでいる。これが最大の難問なのだが、幸いなことに売るべき市場はすでにあるのだ。

そんな目で時々、ぶらりと日本橋や神田、両国などの繁華街を歩き、商売の繁盛ぶりを観察した。売れ筋の商品は何か。どんな人が何を買っているのか。大店《おおだな》の中を覗いたり、入ってみたりして、客層や番頭、丁稚の接客態度など、気づいたことを手元の書き付けに記した。

そんな或るとき、ふと長崎へ行ってみたいという願望をもった。長崎は日本における海外交易の窓口だ。商いを業とする異国の人間がひしめいている。江戸や天下の台所大坂とは違う商売の流れ、規模、慣習、約束事などがあるだろう。きっと手がかりが得られるに違いない。いや、得るようにしなければならぬ。

夕食時を利用した調査の中間報告のとき、軽い気持ちでそのことを左内に伝えた。左内は即座に賛成した。石五郎の言うこと為すことすべてに信頼を置いているふうである。

「なるほど。よき考えでござる。私から御家老に、あ、そうだ、直接殿にも、具申しておきましょう」

この時の何でもない会話が、迫りくる石五郎の運命を大きく変えることになる。

風雲急を告げていた。それから間もない九月の終わり、薩摩藩士日下部伊三次と小浜藩士梅田雲浜が相次いで幕府に捕えられ、一橋派に動揺が走った。福井藩でも警戒を強めた。とりわけ西郷の意を受けた日下部とは、左内や石五郎が頻繁に接触していた間柄である。しかし左内は意外と気にしていない。気にしていないというのは、仮に捕まっても、十分に申し開き出来ると考えていたからだ。

「大丈夫。成算はある。まさか命までは奪うまい。それよりお主には用心してほしい。日下部殿とは、拙者よりもっと近しかったからね」

むしろ幕府の春嶽に対する処置の不当さを陳述するいい機会になると、かなり楽観的にとらえていた。

そんな会話から数日も経っていない十月半ば、寝耳に水の出来事が石五郎に降りかかる。突然国許へ帰るようにとの辞令を受け取った。危機感を抱いた上層部がせめて三岡石五郎だけでも帰福させておこうと判断したことが理由である。

「今後は藩の生産方と物販の確立に専念せよ」

との命が下った。左内の具申だなと石五郎は直感したが、むしろ有難迷惑な感想を抱いたのが正直なところだ。今は大老打倒とそれに続く幕府への対応に身を捧げたいと、思い詰めている。

だが左内から、

「国許の小楠先生からも、三岡を早く帰福させてほしいと、熱心に言ってきておられるのです」

と打ち明けられ、石五郎はしぶしぶ受け入れた。小楠は明倫館指導者の自分一人では、なかなか「実学」を推進するのが難しい。強力な実務者としての助っ人がいる。そこで江戸表の春嶽へ三岡を帰してもらえまいかと嘆願していたのだという。

それから一週間ほど後、まるで石五郎が江戸を立つのを待っていたかのように、最悪の事態が藩を襲った。まだ西へ東海道の最後の行程を急いでいたとき、左内が捕縛されたのである。そのことを石五郎は帰福してから知らされた。小楠の言葉を借りれば、石五郎が助かったのは危機一髪のところだったという。

「もう数日、江戸出発が遅れていたら、どうなったか。間違いなくお主の方が先に捕まっていただろう」

「しかし、その方がどれほど気の楽なことか……。左内殿に申し訳ありませぬ。私だけが助かって……」

うなだれる石五郎に小楠はゆっくりと首を横に振った。

「気になさるな。わしには流れは読めていたことじゃ。だから江戸表には早く三岡を帰せと、しつこく催促しておった。まあ、これも運命である」

「運命ですと？」

「その通り。其方にはやらねばならぬ新しい任務が待っておる。逃げられぬぞ」

「ははぁ」

そう答えたものの、まだ大老暗殺の方に気持ちが残っている。小楠はそんな胸中を見通しているふうに、

「井伊憎しの思いは誰もが持っておる。だが殺したところで何になる？　殺しには殺しで向かってくるだけじゃ」

と噛みしめるように言った。

「本気で井伊を殺すのなら、別の手立てでやればよい。井伊が開いた交易の道があろう」

その交易を利用して、早急に福井藩財政を立て直し、幕府に対抗できるほどの実力を持つことだ。それが井伊の鼻を明かす最上の方策ではないのか。復讐はそうなった時に考えればよい。石五郎の新任務については橋本左内ともすでに文《ふみ》で話し合っている。あとは実行あるのみだ。そういうことを諄々と説いた。

石五郎は言葉を返せなかった。深い意味を理解せず、そんな短慮を恥じたからでもあるが、むしろ新しい運命の船を用意し、黙ってそこへ乗せてくれた左内の真情に気づかなかった鈍感さが、もう礼を述べる機会もあるのかという口惜しさと一緒になって、胸を揺さぶった。

先を見通す目とでも言おうか。左内にはそれがある。怨念を晴らすことよりも、はるか上位に藩再建を置いていた。そして、その実行役に下士出身の自分を選んでくれたのだ。その恩返しのためにも、今度こそ全力で財政問題に取り組まねばならないと心に誓った。

14　長崎遊歴の旅

　時間が出来たところでたばこ屋を訪ねた。実に一年四ヵ月ぶりである。帰福の簡単な挨拶は下男を使って済ませてあるのだが、柳兵衛や沢吉とじっくり話したいと思ったのだ。物産を興す方法について、自分なりに策を練り上げているが、それについての意見を聞きたいと考えた。

　物産は国富の源だと言う石五郎に、沢吉がなぜそうなのかと尋ねると、石五郎は得たりという表情で応じた。

「繰り返しになるが、物産が栄えれば民が富む。そのわけは簡単じゃ。知ってのように、福井藩には十八万人ほどの人が住んでおる……」

　もしそのうちの一人が田んぼに捨てられている藁を拾ってきて、縄になえば十文で売れる。草鞋にすれば倍の二十文にはなるだろう。また別の人が四十文の綿を買ってきて自分の手で糸をひけば、六十文の価値がついて、差し引き二十文儲かる。家の裏庭で茶の苗を栽培して茶葉にすれば、湯飲み一杯分で五文を稼げるはずである。

「このように民の得意とすることをやってもらい、一人が一日十文稼いだとしよう。全人口のうち十万人が汗をかいたなら、日に一千貫文になる。ざっと百六十両にあたる。まあ、一年で六万両近いお金が民の懐に入るという勘定じゃ」

「六万両も……。俄には信じられませぬが、確かに勘定ではそうなりますな」

「いや、勘定ではなく、そうさせようと、わしは思うておる」

柳兵衛が眉根を寄せ、難しそうな表情を向けた。

「だけど石五郎様。問題は民の懐にはそんな生産に取りかかる資金がございませぬ」

「そこじゃ。そこが問題なのじゃ。どうやってカネを引っ張ってくるか……」

「やはり元手に行き着きますな」

「ここは藩が貸し付ける以外に方法がなかろう」

そのことで石五郎は二日前に長谷部甚平を始め、藩の諸侯に五万両貸し付けてほしいと掛け合っている。ところがまったく埒が明かなかったという。

「改革派の長谷部様でさえ、あの石頭。積極策を極度に嫌っておられる。事情は分かるけどもカネがない、の一点張りです」

貸し付けても物産が増えれば民の利益も増え、五万両の元手は返還されると訴えたが、聞く耳を持たない。

「同じカネでも、江戸表で消費する費用や鉄砲大砲を買う費用とは根本的に違う。これは使いっぱなしだが、物産はそうではない。時間遅れで返ってくるんじゃ。そのことをいくら説明しても、分かってくださらぬ」

「で、どうなさるお積りで？　藩は入用を嫌っておるようですからな」

石五郎は庭の色づいた紅葉の葉へ視線を流したあと、急に決然とした目になった。

「そこで藩札を発行したいと、ぶつけてみた」

「藩札を？」

「そうじゃ。これは紙切れだから金銀は要らぬ。信頼さえあれば、正貨と同じ役割を果たす。ところがこれにも反対しおった……」

藩札はすでに限度いっぱい出していて、これ以上、刷るのは無理だというのだ。そこで以前、小楠先生から聞いた秋月藩の成功談を持ち出してみた。先ず領民は藩が発行する藩札で原料の櫨を買い付け、それを加工して蝋に仕上げる。それを藩の櫨方が高値で買い取り、売却して、代金を持ち帰る。そして藩札と取り換えて回収し、領民に利益を渡すのである。「嘘だと思われるなら、小楠先生にお聞きいただけませぬか」とまで長谷部に言った。

随分押し問答をしたが、相手は鉄壁の守りを崩さない。しかし守りながらも、長谷部ら全員がイライラしているのが石五郎には分かる。我慢の限界のようである。春嶽侯じきじきの辞令で自分が帰福したことを知っていて、だからこそ手荒なことも出来ず、どう始末をつければよいのか困っているふうだった。

「そこでふと考えが浮かんでな。それなら切手はどうじゃと問うてみた。五万両の切手を発行する権限をもらえないかと」

「切手なら、それこそ紙切れでございますな」

「そうじゃ。すると相手は何？　切手？　と度肝を抜かれたというか、驚いたふうじゃったが、急に明るい顔に変わってのう。切手なら発行しても構わないと言うたのじゃ。何だか弾みで口が滑ったようだった。皆の顔は正直なもんじゃ」

どうせ切手など信用されず失敗するにきまっている、やれるものならやってみろと、高をくくっているのがこちらに伝わってきた。そこで気の変わらぬうちにと、書き付けにそのことを記してもらい、早々に退散したというのである。柳兵衛はうなずいた。

「切手であろうと藩札であろうと、要は世間から信用されるかどうかではありませぬか」

「その通り。信用が根本じゃ。これで元手の問題は一先ず片付いた……」

切手を領民に貸し与えて材料を買い求めてもらう。それを自らの労力で加工し、価値が高まったところで売る。すると切手と交換で借りた材料代を返しても、領民の手元に儲けが残るという塩梅《あんばい》だ。このからくりを民にじっくりと説いて聞かせる必要がある。商売というものの仕組みを知ってもらうのは骨の折れる仕事だが、先ずこれからやらねばならない。

「ただ職人や百姓は出来上がった物産の売り方が分からぬ。ここは秋月藩のように藩が買い上げ、彼らに代わって売るという形にならざるをないだろう」

「そういえば昔、うちの藩でも独占的に蝋や絹、茶などを買い上げたことがありましたなあ。あの時はうまくいかずに民の恨みを買った」

「あれは失敗だった。一部の特権商人たちが買いたたいたらしい。今度それをしたら信用を失う。高く買ってあげればいいのだ」

そうすれば民も儲かり、もっと作って儲けようと、生産に弾みがつく。すると切手の信用が増し、好循環が起こる。こうして最初、民に貸し付けた切手は順次藩が回収していき、結局、物産振興が成って民が儲けたという、いいことづくめで終わるのだ。沢吉が目を丸くした。

「何だか手品のようですね」

「ハハハ。その手品を手品でないようにするのがわしの仕事じゃ。そのためにも今度、長崎へ行ってみたいと、上層部に申し出ておる」

柳兵衛が思わず口をはさんだ。

「何と、長崎へ？　海外交易を考えておられるのですな」

「高く買い上げ、高く売るには、それが手っ取り早いだろう。外国で売れるような物産を興せばよい。そのためには品質じゃ。一度は江戸も考えたが、なんせ商品輸送を考えると、遠い……」

船便だからぐるっと赤馬関《あかまがせき》（馬関または下関ともいう）を回って一旦は大坂まで運ばねばならず、そこから江戸へとなると、運賃だけでも相当かかる。大坂で問屋に売り払うのも一法だが、海千山千の大坂商人のことだ。買いたたいてくるのは目に見えている。それより直接海外へ売る方が理にかなっている。

「骨子はすでに作っておるが、道中、小楠先生と細目を詰めるつもりです」

熊本にいる小楠の弟がコレラで急死し、小楠はその墓参りで帰省することになっている。それに合わせて石五郎も一緒に西行する話が進んでいた。

安政五年（一八五八）十二月十五日早朝、小楠と石五郎は熊本に向けて出発した。小楠には年来の二人の門人が従い、三十歳の石五郎にも二人の藩士と従者が随行して、総勢八人の旅であった。

吹雪模様の激しい雪が降りしきるなか、無言の行軍が続く。小楠は駕籠に乗り、他の者は徒歩で北陸道を進んだ。今庄から北国街道へ出た。小降りになったとはいえ難路であることには変わりない。体が芯から冷え、この日は早めに宿をとった。

小楠はさすがに徒歩組に気を使ったのか、殊勝なことに今日は酒を飲まぬと言う。

「皆、疲れたろう。早く食事をすまして直ぐに寝るがよい」

石五郎も自分の部屋へ戻って布団にもぐっていると、「もし……」とヒソヒソ声で女中が呼びに来た。小楠から「すぐ来るように」とのことづてである。大急ぎで身づくろいし、行ってみた。すると小楠が火鉢の前で掛け布団を背中にかぶって座り、徳利を手に酒を飲んでいる。

「おう、来たか。呼びたてて済まぬな。ちょっと酒の相手をしてくれぬか」

「はっ。しかし下戸の私などでは間がもちません。誰か強い人を呼びましょうか」

「いやいや、お主でなければ困るのだ。話しておきたいこともあるのでな」

先ず時局が話題になった。このところ石五郎の頭の中は左内のことでいっぱいである。気になって仕方がない。思いつめていたことを相談した。

「いまだに牢屋暮らしとのこと、さぞ体にこたえましょう。いっそ長持ち（衣服・調度などを保存しておくための、フタのある長方形の木製箱）の中に隠して運び出せないものかと、思案しております」

そのあとは海外へ送り出す段取りだという。

「問題はどうやって長持ちを牢へ持ち込むのかだろう」

「それについては牢番の懐柔がよかろうかと……。名も知れない筋金入りの尊王の士を牢役人に送り込む手もあります。或いは取り調べで外へ出た時に長持ちに潜り込ませるか」

「それが出来れば苦労はせぬぞ。ま、方法は追って考えるとして、長崎には腕の立つ清国の家具大工がいると聞く。作ってみるのも一考ぞ」

後日談だが、漆塗りの黒光りがする装飾豊かな長持ちが作られ、はるばる江戸へ運ばれたが、結局、牢へ持ち込むことは出来なかったという。

「ところで物産振興のことだがな。切手の同意を得たのは手柄じゃった。それをどういうふうに民に行き渡らせるかである」

「私めに考えがございます。成功のカギを握るのは商家です。主だった者たちを集めて物産総会所なるものを作り、そこで民への切手融資を斡旋します。それも昔のような特権を与えることはしません」

「ほう、特権なしで民間にやらせるというのか」

「はい。官は威張るだけで智慧が出ませんからね。その点、商人たちは違います。民は商売のことを知らず、やる気もありません。そんな民をどうやってその気にさせるか。となると、どうしても経済の相談をする民間経営の場所が必要です」

「あい分かった。その実行の基礎となる段取り作りを、長崎でやろうというのだな」

「はい。先ずは外国貿易の現況を調べて、何が一番の売れ筋なのかを絞り込みます。それから、越後から貨物を運ぶ方法、長崎での集散をどうするか。こういった実地調査が主になるでしょう」

「越前の弱い経済機構を考えると、そこまで官がやってやらねばなるまい」

「おっしゃる通りです。大坂や京都に比べて商人の力がまだまだ弱いですから」

小楠は満足そうにうなずき、再び手酌で酒を注ぐ。

「また切手のことに戻るが、発行の準備は大丈夫かな？」

「問題ありません。御奉行の方で進めてくれる手はずになっております」

それからも小楠の大所高所からの説を聞き、物産さえ興せば、ちょうど越前の田舎の桑畑に金山が出現したのと同じくらいの成功がもたらされることを確信できた。

朝の出発は早い。一行が琵琶湖まで来た時もう雪はやみ、穏やかな晴れ間がのぞいた。京都で得た情報では、反井伊派への弾圧、逮捕が今も続いているという。

これからの旅程を考え、疲れを減らそうと、船で湖を渡ることにした。冷たい風を顔面に受けながら大坂へ出る。宿で一風呂浴びたあと、小楠は上機嫌だった。弟子たちを自分の部屋に集めた。

「今夜はうまい酒が飲めるぞ。極上の丹醸じゃ」

伊丹で醸造された酒である。普段飲まない石五郎だが、「三石、今日は飲め」と強引に勧められた。最近は三岡石五郎ではなく、略した三石と愛称で呼ばれている。石五郎は江戸で少しは飲めるようになってはいたが、自分から進んで飲みたいとは思わない。だが師の勧めでもあり、一口含んでみた。

「ふむ、何という美味……」

思わず嘆声をもらした。

「おっ、お主、酒は嫌いだと言っておったが、それがどうじゃ。丹醸をうまいとはのう。これこそ真の酒好きよ」

小楠のおどけた言葉に皆がどっと笑った。この時を境に石五郎は酒を飲むようになり、後年、自分は大酒飲みだと豪語したほどである。

琵琶湖の船旅が好評だったことで、大坂からは船による海路をとることに衆議一決した。ところが風が強く、初日は明石までしか進めない。仕方なくまだ時間は早いが船を停め、ここで泊まることにした。その夜も石五郎らは狭い船室で小楠と盃を汲み交わし、小声でだが、政治経済の話題で時を過ごした。

　翌日は船が出る夕方までは時間がある。せっかくの機会だ。楠木正成の碑がある湊川の楠公を訪ねてみたいと、数名連れだって夜明け前に宿を発ったが、明石の浦まで来たところで皆はもう行かないと言う。石五郎は仕方なく一人で楠公を目指した。

　楠木正成は鎌倉時代末期から南北朝時代にかけて後醍醐天皇を奉じて鎌倉幕府打倒に貢献した武将で、足利尊氏らと共に天皇を助けた。しかし尊氏の反抗後は南朝側の軍の一翼を担い、湊川の戦いに臨んだが、尊氏の軍に破れて自害したという尊王の士である。

　湊川は鬱蒼と茂った高い樹木に囲まれ、空気が澄んでいた。ひっそりとして、誰も訪れる人はいない。安政の大獄という時勢が時勢だけに、念のため絶えず周囲を見回し、誰かに尾行されていないか用心を怠らなかった。

　碑を拝したのち、古戦場はどこかと歩いて探してみるが、よく分からない。農夫に尋ねるのもためらわれ、漠然とながら船の時間も気になって急いで引き返すことにした。

「楠公の碑はいかがであったか」

　戻ってきた石五郎に小楠は待っていたかのように尋ねた。

「はっ。楠公ほどの忠臣が討ち死にしたのかと思うと、いかにも残念でなりません。何とか仕様がなかったものかと、そんなことを考えていたら、しばらくその場を動けませんでした。楠公に何か相談してみたい気持ちになりました」

「ほう、お主もそう思うたか。わしも湊川を訪ねたとき、同じように思うた。しかしこのことは他言無用じゃぞ」

　暮れが押し迫ったころ、ようやく馬関に着いた。海峡の向こう側には九州が間近に見える。ここで石五郎ら福井藩士は小楠と別れた。この地にしばらく留まり、産物の集散や交易の状況を検分する予定でいる。段取りは小楠が整えてくれた。


　凍り付きそうなほどの冷たい浜風が強烈に頬を打ちつけてくる。石五郎は吹き飛ばされないよう体の重心をやや前に倒しながら、海峡を通る船の多さに目を見張った。

「さすが馬関だ」

　港の賑わい振りが際立っている。古里三国湊の比ではない。どの船も荷ではち切れんばかりだ。

　脇にいる随行の藩士につぶやいた。

「出船入船ともに千艘を超えると聞いておったが、まさかそうだとは……」

　北前船《きたまえぶね》がひしめいている、とでも言おうか。越前はもとより、加賀や酒田、青森、さらに蝦夷地の松前、江差などを廻航していた船が、はるか南のここ馬関に寄港し、一部は荷揚げする。が多くは逆にここで向きを変え、さらに瀬戸内を上って大坂へ行くと聞く。

　しかしこれは幕府の壮大な仕掛けなのだ。諸藩相互の交易が発達するのを抑えようと、あえて全国の産物が馬関経由でわざわざ大坂に集まるような流通体系をこしらえた。非効率極まりない。日本列島を北から南へ一旦下り、それから東へ進むという気が遠くなるほどの延々たる航路である。経済性の観念をまったく欠いた化石の制度と言っていい。これも参勤交代と同様、廃止されるべきだが、今はこれを利用するほかはない。

石五郎は小楠から助言された通り、先ずは運上所（税関）を訪ねた。荷の種類を調べてみると、上り荷は塩引きのサケ、ニシン、〆粕（イワシ、ニシンなどから作った魚油）、昆布などの海産物が主で、一方、下り荷は米を筆頭とするあらゆる生活必需品である。北に向けてはどんな物でも売れそうだ。

特に目についたのは藁製品だった。蝦夷地では米がとれないので藁もない。だから海産物を詰めて馬関や大坂、江戸へ送るためのカマスやムシロ、縄、それに人が雪道で履く草鞋靴などが引っ張りだこだという。

「ふうむ、藁製品がこんなにも売れるのですか。これなら我が越前でも作れますぞ」

「買い手の問屋名もお控えなさったらよろしかろう」

いかにも実直そうな上級税吏は、その都度、眼鏡をかけたり外したりしながら、いちいち自分の言葉を裏付ける記録を持ち出し、時間を気にせずに説明してくれる。石五郎も時間はたっぷりあるので気にしていない。何日かかってもいいと思っている。従者にしっかりと記録させた。

税吏が言うには、昔は荷のほとんどが大坂まで運ばれたが、今では馬関で降ろす量が随分と増えた。お蔭で長州藩では商取引が活発になり、それにつれて税収も増えた。さらには遠隔地同士の支払い手段も磨かれ、現金輸送に代わり、信用第一とする為替取引が盛んになった。そんな説明を受け、やはり産物の商いこそ富国の元であると、石五郎はその思いをいっそう強くした。為替取引の詳細についても実際の書き付けをもとに教えてもらった。

また別の日には奉行所の役人に面会を請い、いろんな情報を得た。そのうちの驚いたことの一つに、長州藩の商慣習がある。

「当長州藩では商業取引その他一切について、不干渉主義を貫いております。まったく民間の自治にまかせているのです」

と言うのだ。石五郎は得たりと思う一方で、気にしていることを確かめてみた。

「民間まかせとのことですが、民間人を信用できるということですか」

「もちろんです。官が民を信用するのは重要ですからね。そうすれば、民は自ずから規則を正しく守るようになります」

「なるほど、いいことを聞かせていただきました。ところで、このやり方ですが、貴藩では昔からやっておられるのでしょうか」

「いいえ、十年ほど前からです。それまでは藩が主導して厳しい規則で縛っていました。だから商取引は沈滞して、税収も冴えません。そこで思いきって民間にまかせてみたわけです」

「それは大英断でございましたな」

この成功が長州藩の財政を豊かにし、反幕の無尽蔵とも思えるほどの資金源になっているのだと、石五郎は羨ましく思った。だが物事を始めるのに遅すぎるということはない。福井藩も今から始めればよいのだ。その準備のためにこうして各地を歴訪しているのでないかと、自分に言い聞かせた。

馬関は海上交通の要港である。長州はそれを戦略的に利用し、ここで出来るだけ積み荷を降ろさせて、大坂へ行く貨物を減らすように仕向けているのは明らかだ。それは運上所で見せてもらった統計から読み取れる。知恵者たちはいるものだと思った。福井藩との違いは明白だ。ここ長州では上から下まで皆が改革に抵抗するのではなく、むしろ積極的に挑戦していくという姿勢がある。端的に言えば、幕府の「万事できるだけ新規の方策を避ける」という方針の真逆を行っている。

口にこそ出さなかったが、長州藩という大名家が商店となり、武士が商人になっていると思った。武士も民も皆が商人となって、生き生きと金儲けに精を出している。その根底には民を救うのが先という武士の信条があるのだろう。石五郎は大切なことを学ばせてもらったと感謝した。他の個所でも産業集約や交易の状況など、実に詳しく教えてくれた。これも小楠先生が段取りしてくれた御蔭だと、石五郎はもう熊本に着いているであろう師に向かって、心の中で感謝の手を合わせた。

馬関での調査は一応終わり、全員がほっとした気持ちで一月も半ばを迎えた。久しぶりの休日である。さてどうするか。飲食に花街に土産物屋に観光にと、遊ぶ場所には事欠かない。

多くの廻船問屋が店を構え、旅籠、木賃宿、船宿などの宿泊所が軒を連ねている。通りにはひっきりなしに行き交う船の乗組員らしい男たちの姿がある。船頭、水手《かこ》（下級船員）、船大工、鍛冶職人、沖仲士、商人など、どれも服装を見れば一目で分かる。

船乗りたちは皆、命を張って、この一航海に己の稼ぎを賭け、故郷から遠く離れた航海の途中なのだろう、酒や女の力を頼りに、しばしの気合を入れて息抜きをしている。そこへ各地から集まる商人たちも加わり、荷物の移動、輸送もあって、猥雑な賑わいと活気が満ちていた。

人間の性《さが》というのか、そんな人の離合集散が花街や遊郭を発達させるのは世の習いである。宿の近くにも豊前田《ぶぜんだ》という遊郭と、もう一つ稲荷遊郭があり、共に栄えている。そのことを石五郎は馬関入りした時から知っていたが、同朋の手前もあり、おまつ探しの行動は控えてきた。九州か何か南の方へ売られたということだったが、ここ馬関の可能性もないとはいえず、機会があれば調べたい欲求はもっている。

女郎を買うにも豊前田は安く、水手とか職人、旅の下級商人などの庶民が相手である。一方、稲荷の方は相当格式が高いらしい。客層も武士、豪商人といったところで、そこでは遊女が客の上座に座るのは普通だというが、果たしてそうなのかどうかは分からない。もしおまつが当地にいるとしたら、稲荷遊郭に違いないと見当をつけていた。

さて四人で相談し、何かうまい魚料理を食いに行こうということで、ここは石五郎が稲荷にある大坂屋という妓楼に決めた。稲荷では最も格式があると聞いている。それに大坂屋という名も何となく大坂南地の宗右衛門町と関係ありそうな気もし、もし売られたとしたらこの大坂屋かもしれないと、勝手に密かな期待を抱いた。また、おまつほどの器量と気立てのよさからすれば、ここしか考えられない。もちろんおまつのことを同胞たちに話すつもりはない。大坂屋に決まった時点で、旅籠から正式に使いを走らせ、予約を入れてある。

夕方、早めの湯を浴びたあと、一行は旅籠を出、徒歩で大坂屋に向かった。これまで何度か表を通り、場所そのものは知っていた。さすがに稲荷随一というだけあって、総二階の建物は実に壮観で、軒は見上げるほど高く、堂々として柱も太い。歴史の風格を濃くにじませた余裕の造りが感じられる。待ち構えていた若い者（下男）が四人を迎え入れてくれた。馴染みの遊女はいるかときかれ、任せると答えたら、両の手の平を口にあてて、「おあがりんなるよー」と上にいる遣手《やりて》（年配の監督女）に向かって叫び、二階へ案内してくれた。

ところでこの大坂屋だが、これより数年のち、坂本龍馬や伊藤博文、高杉晋作らが常連として
ここでたびたび宴会をひらき、日本をどうするべきかを語り合う政治談議の場所ともなっている。
だがこの時点で石五郎はそんな後のことを知る由もない。高杉晋作の愛人「おうの」は大坂屋の
三味線芸者であった。
　四人は部屋へ通されて、驚いた。こんな華麗な装飾は見たことがない。虎を描いた金箔の襖絵
が絢爛と輝き、目が痛くなるほどの眩さだ。それを背に同じく金箔の輪郭を強調した花鳥風月の
衝立屏風《ついたてびょうぶ》が立てられている。ふと部屋の隅を見ると、大坂城の小さな模型がまじないか何かのよ
うに台座の上に飾られ、これも金色である。一瞬、誰もが場違いに高級な場所へ迷い込んだよう
な意識にとらわれ、或る意味、とんでもない高額料金を請求されるのではないかという下賤な心
配をした。が今さら引くに引けない。
「我ら福井藩の格式もあろう。今夜は大いに飲み、大いに食おうではないか」
　石五郎は自らを励ますように随行者に耳打ちした。だがカラ元気であることは誰もが知ってい
る。
　ほどなくして台のものが運ばれ、お銚子も来た。芸者が二人付き、太鼓持ちも現れた。客の機
嫌をとり、自らも芸を見せ、芸者を助けて場を盛り上げる男である。
　石五郎はもうこれ以上、芸者が増えないことを祈っている自分が情けなくなった。増えればそ
れだけ値がかさむ。遠く離れた古里では藩士だけでなく全領民が粗食に耐えている。そんな時に、
こんなところで散財するのかと思うと、罪の意識で今にも退散したい気持ちに駆られた。公の立
場の人間がおまつという個人的なことに目がくらむあまり、とんでもないことが起ころうとして

いる。

やがて宴会が始まり、酒を酌み交わす。三味線の音色に乗せて芸者が都々逸を唄った。四人は雰囲気に調子を合わせているが、酒の味もせず、どうも内心、落ち着かない。こういう場所は慣れてなく、というよりほとんど初めての体験である。太鼓持ちが気を利かせ、盛んに冗談を言って笑わせる。

石五郎は言葉の遣り取りだけは武士らしくしっかり守っているものの、愛想笑いや他愛のない話には疲れを覚えていた。しかし退散するにはまだ早い。どうしたものかと迷っていると、ふと隅にある大坂城の模型が目に入った。急に懐かしさが込み上げた。大久保要を訪ねた時のことを思い出したのだ。

「おお、懐かしいのう。大坂城じゃ」

太鼓持ちはすかさず後を継いだ。

「おや、お城をよくご存じで？」

と、話題が払底した中での助け船の出現で、嬉しさと安堵を隠せない。

「それほどでもないがな。去年の春、初めて城を訪ねてみた。ところでこの模型には天守閣がついておるのう」

天守閣は寛永五年（一六六五）の落雷で焼失したまま放置されている。だが模型では立派に復元されていた。ちなみに天守閣が再構築されたのは、昭和六年（一九三一）になってからである。

「はあ？　今のお城は天守閣がないのですか。それは寂しゅうございますな」

と、太鼓持ちは素っ頓狂な声をあげた。石五郎は脇の芸者の盃を受けながら、太鼓持ちに小さくうなずくと、気になっていることを尋ねた。

「つかぬことを伺うが、大坂屋は何ゆえ城の模型を置いておるのじゃ。ちと似合わぬが」

「はあ、よくは存じませんが、以前、手前どもの楼主（妓楼の主人）が城の偉い人に大変お世話になったそうです」

それ以来、こうして金ぴかの城を作って、あがめているのだという。

「ほう、世話になったとのう。わしも偉い人に世話になったが、城までは作っておらぬぞ」

石五郎が軽口をたたいたので、皆は口に出して笑った。

「妓楼が世話になるとは、誰かに余程の散財をしてもらったということかな」

「滅相もありません。お相手の方は相当な偉い人であられます」

「相当な偉い人……というと、まさか城代か。大久保要殿なら馬関は管轄地じゃ。大坂屋へしょっちゅう来てもおかしゅうないぞ」

太鼓持ちはいきなりピタッと畳に頭をくっつけて、上げない。いや、上げられないでいる。恐る恐る声をしぼり出した。

「あのう、お武家様。大久保要様と……お知り合いであられますか。これはとんだ失礼をいたしました」

「何、どうしたのじゃ。親しくしてもらってはおるが、大久保殿がどうかしたというのか」

「しばしお待ちを……」

そう言うなり、頭を低くしたまま太鼓持ちは小走りに階下へ降りていった。ややあって襖があき、六十年配の腹の突き出た男が太鼓持ちを従えて現れた。石五郎の前に低頭し、緊張した面持ちで「手前、楼主の森田助右ヱ門と申します」と挨拶した。

「三岡様が大坂城代大久保要様と御懇意だとは存じませず、大変な失礼をばいたしました」

と再度頭を下げた。

「で、先程うちの者にお尋ねになられたこのお城の模型ですが、大久保様の御恩に感謝して、勝手に置かせてもらっている次第にございます……」

以前、大坂屋が悪徳金貸しにだまされて破産寸前に陥っていたとき、たまたま大久保城代が出張で来て、ここで宴席を張り、実状を知った。そこで一緒に大坂から来ていた或る豪商にこう言って、再建を頼んだという。

「大坂屋なくして馬関なし。馬関なくして日本なし。ここは日本国のためと思うて、一つ力を貸してあげてくれぬか」

そのお蔭で金策の手当てもつき、今日の繁栄に戻れたのだという。言い終わると、楼主は一転、笑顔を張り付けた。

「さあ、三岡様。僭越ながら、今夜の宴会は手前どもの奢りでやらせていただきとう存じます。よろしゅうございますね」

そう言うと、ポンポンと手をたたいて、遣手を呼び、芸者の数を増やさせた。自身も都々逸を唄い、石五郎らの酌の相手も務め、場を盛り立てた。半玉（年少の芸者見習い）が太鼓を持って現れた。一段と賑やかさが増した。

石五郎は素知らぬふりをしてはしゃいでいる太鼓持ちに、密かに感謝した。大坂城代の仲間内だと判断したのが決定的な理由だとしても、石五郎ら四人の態度、振舞いなどから、田舎の貧乏藩士の正体を見抜くくらいは朝飯前の芸当に違いない。心中の金銭的不安を見通し、楼主にそれとなく告げてくれたのであろう。いつか藩財政が再建できたら、再度大坂屋へ来て、今夜のお礼をしたい。そしてこの太鼓持ちにも、もう一度会いたい、と思った。

その日はおまつのことをきく機会はなかった。しかし翌日の午後、石五郎は一人で大坂屋を訪れ、楼主に会っている。昨夜の礼を述べたあと、率直にいきさつを話し、消息を尋ねたのだ。楼主は花車《かしゃ》（楼主の妻のこと）もその場に呼んだ。

「確かにこの大坂屋には、大坂方面から流れてきた遊女は何人かおります。だけど、おまつらしい女子には残念ながら心当たりはありません」

楼主はそう言って、済まなそうに頭を下げた。がすぐに「あ、そうだ」と言うと、その足で花車と一緒に遊女たちの部屋へ行き、しばらくして戻ってきた。彼女たちも誰もおまつのことを知らないという。ただ長崎から流れてきた遊女がいて、目の綺麗なよく似た人が出島にいたような気がすると言ったが、すぐそのあとで自分の勘違いかもしれないと否定したらしい。

帰り際のことだ。石五郎が席を立とうとしたとき、楼主がやや両手を浮かし、「ああ、そういえば……」と、ふと思い出したというように遠くを見た。

「今から十年ほど前でしたか。清国の貿易商人と大坂から来たという女衒がお客に来られたことがあります」

「ほう十年ほど前に？」

「はい。その商人は日本語がとても上手で、日本名を持っていました。馬関の商売ではその名前で通していましてな。いつも散財してくれる常連客でして、私もよく存じ上げておりました……」

宴が始まって間もなく楼主が挨拶に座へ顔を出した。たまたまそこで聞くとはなしに耳にしたのだが、大坂から連れてきた遊女について話していたという。普段ならそんなありふれた話は忘れてしまうのに、その時ばかりは「えっ」と驚いたので印象に残ったのかもしれない。

「なんせその遊女の値段が破格でしてね。さすがの私もびっくりしました。というのは花魁ならともかく、まだ行儀作法もよく知らない素人娘のような感じで話していましたから」

越前という出身地については聞かなかったが、相当な美人であることは想像がついたという。

「その商人は今どこに住んでいますか」

「いえね、それから半年ほどして馬関へは来なくなりました……」

商人の言によれば当時、長崎に住んで、清との貿易に従事していたらしい。ただ楼主の感じでは、長州藩とは秘密の交易をしていて、巨額の富を築き、非常に危ない橋を渡っていたようで、或る時を境にぷっつり姿を消してしまったという。長崎での貿易は表向きだけで、実質の生業《なりわい》は長州との密貿易ではなかったかと、楼主は声をひそめて付け加えた。石五郎は考え深そうな目で相手を見た。

「ひょっとしたらその女子、おまつかもしれませんな。大坂から出たのが、ちょうど十年ほど前ですから」

そうに違いないと、確信に近いものを抱いた。

「当時の人たちにあちこち当たりをかければ、何か分かるかもしれません」

「いやいや、もうこれで十分です。有難うございました」

石五郎は心から楼主と花車に礼を述べ、大坂屋を辞した。楼主がここまで本心をさらけ出してくれたのは、大久保城代への恩義からであろう。

帰り道を歩きながら、そろそろおまつの消息を追うのも終わりにしようと思った。万が一、おまつの消息を知ったとして、いったい自分は何をしようというのか。おまつに昔のこと、古里の親兄弟のことを思い出させ、つらい思いをさせるだけではないか。たぶん今頃は異国の清で暮らしているのかもしれない。そして同じ空、同じ星、同じ月を眺めているのかもしれない。自分などより、おまつの方がよほど国際的な生き方をしていると、漠然と想像をめぐらせた。


海峡を越えて陸路をたどり、底冷えのする一月の終わり、一行は熊本郊外沼山津《ぬやまづ》の小楠宅に落ち着いた。

「よう来られた」

小楠は三年前に再婚した妻と二歳になったばかりの息子と共に、笑顔で出迎えた。熱い湯で体をほぐしたあと、膳が待っていた。用意された酒は湯で割って飲む熊本名産の球磨焼酎と石五郎用の丹醸だった。この頃には石五郎も少しは飲めるようになっている。それが小楠にはこの上なくうれしい。

馬関での調査報告に小楠は口を挟まず聞いていたが、弟子たちの成長ぶりに満足そうだった。本宅の横にある離れ、といっても相当大きな建物だが、石五郎らはそこに寄寓することになった。翌日は午後から、小楠の案内で城下巡りを始めた。

毎日が行事でほぼ詰まっていた。小楠の尽力で日々、奉行や大庄屋等に紹介され、肥後における貨物集積、産品の販売状況調査、生産現場の見学、地方訪問などを精力的にこなした。

さあ、次は最大で最後の目的地長崎である。小楠は実に筆まめで、繊細だった。要人たちへの紹介状を何通も推敲して書き上げた。自分は同行しないが、裏方としての役割を果たすのに喜びさえ感じていた。

熊本でひと月ほど滞在した後、安政六年（一八五九）三月初め、一行は長崎へ入った。越前とは違い、春の来るのが早い。生暖かい港の潮風が頬を撫でつけ、体はすっかり南の気候に順化している。海の面は明るい日差しを跳ね返し、小さな鏡をびっしり敷き詰めたように眩しく輝いている。石五郎は思わず感嘆の声をあげた。

「さすが崎陽《きよう》（長崎の異称）じゃ。まるで異国だぞ」

白帆をたなびかせた多数の千石船が悠然と行き交い、或いは停泊し、そのあいだを鮮やかな朱色、黄金色をまとった唐船や琉球船、何本も林立する高いマストのてっぺんに国旗を誇らしげに掲げたオランダ船、真っ黒な煙を吐き出す蒸気船などが、無言の調和を意図しているかのように、大きな一幅の絵になってゆったりと浮かんでいる。

最初の数日は出島のオランダ人街や唐人町などを見学して回った。見る物、食べる物、出会う人、何もかもが珍しい。以前、オランダ人は出島からの出入りを禁じられていたらしいが、今では相当自由になっている感じだ。三年ほど前に出島の日本人役所が廃止されて、もう役人はいない。唐人の方はもっと好きに振る舞い、伸び伸びと暮らしている。坂道や石畳、迷路のような細い道には閉口するが、料理のうまさは格別だと思った。諸藩に蔓延している質素倹約が、この一郭だけは嘘のようである。

小楠の実学党の信奉者が役人のあいだに多くいて、有難かった。交易品の調査には念を入れた。

主な輸入品としては高級絹織物、砂糖、薬、香料、ガラス製品、金属、書籍などがあり、昔は主力だった生糸がなぜか随分減少した。輸出品には金、銀、銅、海産物、樟脳、陶磁器、漆製品、醤油などがある。

（越前からは何を輸出すればいいのか……）

石五郎はまだ見当がつかないでいる。海外交易に踏み出す以上は長崎に基地を置かねばならず、今回の滞在中に福井藩屋敷（倉庫）の建設も目鼻をつけたいと思っていた。

或る程度の予備知識を得たところで、万才町に住む唐物《からもの》の豪商、小曽根乾堂《けんどう》を訪ねた。唐物商人とは唐人、つまり外国人と交易をする商人のことをいう。長崎では中国人もオランダ人もひとまとめにして唐人と呼ばれていた。

乾堂は小楠の親友である。紹介状を見せるとニヤリと笑い、「小楠先生、頑張っておられますかな？」と言って、右の手指を盃の形にまるくし、飲み干す仕草をした。

乾堂は篆刻《てんこく》（書画の落款《らっかん》印など実用以外の趣味的な印を彫ること）の名手であり、隷書《れいしょ》を書かせたら天下一品だ。絵や音楽にも才能がある。しかし何よりも腕利きの事業家で、今ちょうど長崎下り松、堀の内、浪ノ平海岸約六千坪の埋め立てを自費で進めている最中だ。半分は外人居留地として寄贈するが、残りは小曽根乾堂の私有地となり、「小曽根町」という町名がつけられることになっている。完成したらこの地へ引っ越す予定である。なお先祖はその昔、出島を構築した二十五人の出島町人の一人で、工事の指揮監督を司った采配人でもあった。

また元治元年（一八六四）、坂本龍馬は勝海舟に伴って初めて長崎を訪れたのだが、このとき勝と一緒に小曽根邸を訪れ、時局の論壇をしている。以後、龍馬はたびたび乾堂に会い、可愛がられたという。勝を乾堂に引き合わせたのは小楠であるが、この時点ではそんな多重線的な人的結合の事実を石五郎は知らない。勝が持っている印章は乾堂が彫っていた。

龍馬はこの出会いから、およそ一年後に長崎の地に日本初の商社「亀山社中」を設立するのだが、これは薩摩藩だけでなく、乾堂の財政上の助力あってこその実現であった。龍馬の妻お龍は一時期この小曽根邸に住み、乾堂の家族からピストルの手ほどきを受けたり、月琴を教わったりしたと伝えられている。乾堂と龍馬は家族ぐるみの付き合いだった。

石五郎は熱い茶を飲みながら、応接間で乾堂と話していた。日本式の畳部屋で正座するのではなく、オランダから取り寄せた卓子（テーブル）を挟み、椅子に腰かけている。

「いやあ、これは実に座り心地がよいですな。足が痺れませぬ」

「あちらでは寝床も違いますよ。畳の上ではなく、木や鉄で作った高い床をどかっと置いて、その上に毛布や布団をかけて寝ます」

小楠の推挙もあり、乾堂は一応、長崎における福井藩の御用も務めていた。今でいうコンサルタントの役割だ。乾堂が江戸へ行ったとき、時々、橋本左内にも会っていたらしい。そのことは熊本で小楠から聞いた。

乾堂は石五郎より一歳上に過ぎないが、顔の肉付きが乏しく痩せているからか、表情に老成した感じの落ち着きをたたえている。目も柔和だ。とても巨額の金を動かす豪商には見えない。むしろ文人特有の静かで知的な穏やかさを立ち昇らせている。

石五郎も武人や公卿、商人に対する時のような心の構えをまったく感じないから不思議だ。小楠の思想を共有しているという安心感があり、また左内とも旧知だということもあって、素直に相談できそうな寛ぎを覚えた。左内のことから始まり、長崎や馬関、熊本の印象など、あれこれ話したあと、本題に入った。

「ところで交易の相手国ですが、これはやはりオランダということになりますかな」

「清国はアヘン戦争でやられて、もう力がありません。メリケンやエゲレスは横浜を考えるでしょう。ロシアは蝦夷地の函館へ回ります……」

そう考えると、二百年以上の貿易実績のある長崎のオランダが最有力だと、乾堂は明言した。

「やはりそうですか。三国湊から長崎までの船便も便利ですからね。次に交易の産品ですが、越前にあるとかないとかではなく、何が一番売れると考えますか」

「それは何と申しても、生糸、絹織物が第一かと存じます。それと、茶、醤油でしょうか」

「ほう、生糸？　税関で調べましたが、日本からの積み出しでは、生糸はあまり輸出されておりませんが？」

「確かに今はそうですが、今後の有望商品になるのは間違いありません」

「それは心強いご助言。大いに助かりました。福井でも生糸は農家や小さな工場で作られておりまして、十分に土台はあると思います。こういうこともあろうかと、見本は携えてきています」

「まあ、ほかに蝋や漆器、海産物など、たいていの物は売れますが、これらはどうでもいいことです。儲けはしれてますからな」

しかし生糸はこれからの日本を支える主要産業になるだろうと強調した。乾堂によると、欧州、とりわけ主産地のイタリアとフランスでは昨年から蚕が病気にかかり、ほとんど全滅状態だという。そのため絹織物が作れず、社会不安が起こっている。急遽、清や日本の生糸に目が向きつつあるが、その清が内乱に見舞われてしまい、上海からの積み出しに問題が出てきた。ただオランダ商館は商交渉が不利にならぬよう、蚕の病のことはひた隠しにしている。

「不幸を喜ぶわけではありませんが、そういう状況は追い風です。貴藩で生糸に力を入れれば、うまく立ち上がれるのではないでしょうか。ただ問題は品質ですね」

石五郎は心持ちうなずき、「これは越前の産品ですが……」と言って、風呂敷から小さな生糸の束を持ち出し、卓子の上に置いた。乾堂は手に取って光沢を確かめたあと、両手で引っ張ったり、もんだり、捩じったり、匂いをかいだりした。

「ふうむ、残念ながら、まだまだですな。普通ならこの品質では相手にされません。相当値切られます」

「そう言われると思いました。でも、心配はしていません。すでに品質改良にとりかかっておりまして、必ずや福井藩の特産品にしてみせます」

「よろしいでしょう。その意気です。ただ彼らも弱みがありますから、困っている程度によっては買うかもしれません。いや、きっと買うでしょうな。近日中にオランダ商館へご案内しましょう」

その三日後に商館長のクルティウスを訪ねた。温厚そうな面持ちにはやや不釣合いな、狡猾な商人といった目の光がちらついている。石五郎は乾堂から教えられた通りに無事握手を終えた。乾堂のオランダ語通訳は堂に入っている。

案の定、クルティウスは蚕の病気には触れない。生糸不足の原因を上海港閉鎖のせいにし、いくらでも買う用意があると言った。

（生糸の将来は明るいぞ）

　乾堂の言っていた通りだ。石五郎は自信をもった。見本を見せながら、

「これは今、品質改良をしている最中でして、お望みの量を言ってくだされば準備します。我が藩は三十二万石の大藩ですからね。生産するのに問題はありません」

　と答えた。だがクルティウスは慎重である。

「では、とりあえず試しに二千ピクル（二十万斤《ぎん》＝百二十トン）でどうですか」

「よろしい。ただ、今は他国の注文もあって在庫があまりないが、二千ピクルなら今年中には出荷できます。一年後はもっと増やしてくれるでしょうね。二倍は大丈夫です」

「えっ、一年後のことまで言われるか」

「左様。貴国のような信頼の置けるお客に売りたいと考えておりますゆえ」

「分かりました。小曽根乾堂様のご紹介です。私共も末永くお付き合いをしたいですからね」

「あ、それから大事なことを忘れていました。我が藩の産品にはすべて越前藩の印をつけます。万一、この印のついた物に不良品があったなら、必ず補償をします。ご安心願いたい」

　クルティウスは満足そうにうなずいた。この男は買い手の心理を見通していると、頼もしさと共に警戒心をも同時に抱いた。

　値段は後日、品質改良ができた段階で上方に再調整するという前提で、この日とりあえず暫定価格を決めたのだが、思っていたよりも高かったので石五郎は少なからず驚いた。一先ず商談は成功裡に終わった。

帰り際、ふと壁に貼り付けた汽船の売却広告が目に入った。価格は小判だと三千両、米だと一万石、一分銀だと十二万両と書いてある。

（へえー、こんなふうにして船を売るのか……）

紙切れ一枚だ。石五郎は合理的というのか、外国の商慣習というものに興味を抱いた。

商館を出て、歩きながら乾堂は念のためという感じで尋ねた。

「二十万斤の契約、大丈夫ですか。貴藩では年にどれくらいの生糸が生産できますか」

「まあ、せいぜい十万斤くらいでしょう」

「何と、十万斤？　二倍もの量を請け負ったのですか。契約不履行になったら、大問題ですぞ」

「いやいや、ご心配には及びません。拙者には成算があり申す」

生産に従事する者の数を二倍にすればすむことだと、こともなげに言った。

「福井藩では仕事がなくて、人間が余っております。仕事さえ付ければ、働き手はいくらでもいますゆえ、心配はしておりませぬ」

事実、石五郎には農村訪問や鉄砲製造などで、如何にすれば人は働くかということを身に染みて実践してきた自信があった。財政的にもそれを可能にするべく御奉行が切手発行の準備をしてくれている。それを説明すると、乾堂は納得顔になった。

「どうです？　小腹もすいたことだし、饅頭でも食べませんか」

乾堂の勧めで、ぶらりと唐人町にある中華料理店に入った。昼と夜のあいだの中途半端な時間なので、客はまばらである。程なくして真っ白な饅頭が皿に何個か盛られて出てきた。

二つに割ると、中に肉汁のついた豚の肉がたっぷりと挟み込まれている。旨そうな生暖かい匂いが石五郎の鼻孔を刺激した。熱いお茶と合って実に美味である。二、三個続けて頬張ってしまった。

腹がふくれると現金なものだ。ふと先ほどの汽船の売却広告のことを思い出した。

「ところであの船の値段、確か三通りありましたね。小判だと三千両、米だと一万石、一分銀だと十二万両……でしたか。何ゆえあのように値段が違うのですか」

「ほう、よく数字を覚えておられましたな。日本は本当に阿呆なんですよ」

「阿呆？」

「ええ。ど阿呆です。為替というもので外国に好き勝手にやられて、大損をしております」

「為替って？」

乾堂は紙を取り出し、分かりやすく書き出した。日本の金《きん》の一両小判はエゲレスへ持ち帰れば、貨幣十八シリング五ペンス（二二一ペンス）に替えてくれる。同様に日本の一分銀は一シリング四ペンス（一六ペンス）に替えてくれる。逆に言えば、日本へ来て、一六ペンス出せば日本の一分銀が手に入るというわけである。

一方、日本の制度ではこの一分銀四個で一両小判一枚がもらえるのだ。つまりエゲレス人からすれば、一分銀四個（六四ペンス）差し出せば、小判一両（二二一ペンス）がもらえる。小判一両で差し引き一五七ペンス（一三シリング強）の利益が出る勘定になる。メリケン人も同様に自分たちの洋銀（メキシコドル）四枚で小判一両と交換でき、得をする。

これはつまり外国では当然ながら金の方が銀よりも価値が高いのに、日本では金よりも銀が高いという例外的に異常な状態にあるからだ。だから外国人は日本に洋銀を持ち込んでどんどん小判を買いあさり、つまり金に替えて、母国へ持ち込んで儲けるということが起こっている。両替屋だけでなく、妓楼などでも外人が遊女に洋銀を渡して小判を買い漁っているというのだ。日本から金の大量流出が起こっているのである。小判だけではない。つれて銀や銅なども流出して、止めようがない状態なのだ。

「だからあの汽船も小判三千両か一分銀十二万両のどちらか、となっているのですね」

「それは結局、何度も言いますが、一分銀四枚か洋銀四枚が、小判一枚と同じだからです」

石五郎は首を傾げた。どうも納得できない。

「一体、どうしてこんな不公平なことが日本で許されているのですか」

「理由は単純です。不平等条約のせいです……」

井伊大老が一年ほど前に日米修好通商条約を結んだが、その時に幕府の無知から通貨の交換比率を国際基準に沿って正しく決めていなかった。金の方が銀より価値が上だということを知らなかった。だから好き放題されても、条約が存在する限り仕方がないというのだ。

「メリケンは知らぬふりをして、稼ぐだけ稼いでいます。総領事のハリスや先ほど会ったクルティウスでさえ、総力をあげて個人的に小判を買ってせっせと本国へ送金していますよ。船乗りでさえもそうです。日本へ来ると、ひと財産もふた財産も作るくらいですから」

「幕府は傍観しているのですか」

「もう呆れて物も言えません。井伊大老はシーボルト（オランダ商館付き医者）から報告を受けていて、事態を知っています。改正の必要性は痛感しているようですが、しかし秘して発表せずです。むしろ自らこっそり商人を諸藩に送って、小判を買い付けていると噂されていますな」

エゲレスは麻薬のアヘンで清を蹂躙《じゅうりん》したが、日本はメリケンやエゲレスから金銀銅で蹂躙されていると、乾堂は憤慨した。日本の富が日々失われ、衰弱する一方である。石五郎は情けなかった。

「日本の無知に付け込んで、食い物にしている。何という悪辣な奴らなのか。王道政治はどこへ行ったのだ……」

それを聞いて乾堂は手の平をちらちらと横に振り、まだまだあるという顔をした。

「それだけではありませんぞ。幕府は関税のことをすっかり忘れていたのです。これも好き放題にされています」

「と言いますと？」

「例えばメリケンから或る産品が一個百文で輸入されたとしましょう。ところが日本で作ると、倍の二百文かかるとします。するとどうなると思います？　日本の生産者はぜんぶ潰れてしまいます」

「よその国はどうしているのですか。防げないのですか」

「そこですよ。普通は関税というものを設けて、予防します。その産品が輸入されるとき、百文に対して、例えばもう百文の税をかけるのです。すると同じ二百文同士となって、競争できますからね」

「その関税をかけるというのを知らなかったのですな」

それ以外にも治外法権といって、外国人が日本で罪を犯しても、裁くのはその犯人の外国であり、日本はいっさい反論できないことになっているという。石五郎は言葉を失った。

「これではどんな犯罪でも、無罪にされてしまいますね」

「でも三岡様。いくら嘆いていても仕方ありません。国と国との戦いというのは、勝つか負けるかですから。知らなかった方が負けです。力の弱い方が負けです。清国がそうでしょう。強い国はとことん強く出てきます。手加減はありません。外交というのはそういうものです」

石五郎は心が沈んだ。このままでは日本は滅んでしまうと焦った。尊王か佐幕か、攘夷か開国かどころではない。カネの問題、財政の問題の重要性を痛切に感じた。乾堂はそんな石五郎の心境を察したのか、急に明るい声を出した。

「でもね、悪いことばかりじゃないですよ。先ほどクルティウスがかなりいい値段で契約をしてくれたでしょう。なぜだかお分かりですか」

「はて、どうしてですか。拙者には合点がいきませぬが」

「今、話した金銀比価ですよ。気が遠くなるほど儲けていますからね。多少値が高くても気にしていないのでしょう。そこへ蚕の病気が出てきて、先ほどの様子ではそうとう深刻な感じですな。今後、生糸の需要は大いにありと私は見ました」

「なるほど、そうでしたか。だからといって、品質向上の手を抜くつもりはありません。いずれ彼の地の病気も解決されるでしょうから」

座しているわけにはいかない。翌日、石五郎は長崎奉行の岡部駿河守を訪ねた。オランダ商館で見た通貨のことを持ち出して、金銀比価の修正を説き、意見を求めた。もちろん乾堂との対話は伏せている。岡部は石五郎の鋭い指摘に驚いたふうだったが、率直な態度であった。

「現状は貴殿の仰せの通りでござる。先にシーボルトが心配のあまり、拙者の方に建言して参った。当奉行としても猶予はならじと、早飛脚をたて、幕府に陳情したところ、遠からず修正の用意があるとの回答でござった。しばし様子を見たいと思うておる」

だがその「しばし」は一九一一年まで、実に五十年以上も待たねばならなかった。修正に向けた交渉にはようやく幕府も腰を上げたが、遅々として進まない。金銀比価の方は比較的早く徐々に改善を見せ始めるも、他の不平等条約は放置され、一九一一年に外交官の小村寿太郎が関税自主権の完全回復を成し遂げるまで、半世紀以上もの長い年月がかかったのである。その間、日本は強国から食い物にされ続けた。

その夜、石五郎は勘定奉行長谷部甚平宛てに手紙を書いた。状況を詳しく報告し、決して小判等の金銀を買い占め商人に売らないよう促している。

長崎奉行に談判したことを乾堂に伝えたとき、乾堂は本気でおかしそうに笑った。

「三岡様、エゲレスやメリケンが、やすやすと利権を手放すとお考えですか。彼らは国益のことしか考えていません。そんなことを心配する時間があれば、どうです。今から福井藩の蔵屋敷の建設場所でも見に行きましょう」

熊本にいるあいだに、乾堂に土地の世話を手紙で頼んでおいたのだ。乾堂は現在埋め立て中の浪の平地区へ案内した。石五郎からの情報を基にして事前に準備しておいた簡単な蔵屋敷の図面を示しながら、船からの荷卸しや保管の仕方などを説明する。石五郎は一応、聞いてはいるが、乾堂に任せようと思っていた。

「いちいちのご説明、恐れ入ります。拙者、港湾のことは詳しゅうござらんでの。申し訳ないが、とりあえずのところ、貴殿にお任せしますぞ」

産物問題に目鼻をつけた石五郎は帰藩までに、建設中の製鉄所「長崎鎔鉄所」を見学している。長崎海軍伝習所の総監理、永井尚志が飽の浦にある九千坪の土地に、オランダから資機材を調達、技術者も招いて建設している最中だ。ゴーン、ゴーン、カン、カンという音が、何か新しい時代の到来を告げるかのように勢いよく、空高く鳴り響いている。同じ工場でも、自分たちがやっていた銃砲製造所などとはとても比較にならない規模である。

（これが西洋の力か……）

目の前に見る西洋諸機械の精巧さに舌を巻いた。試運転の段階ではあるが、工事が完成したあかつきには、どんな全容なのか想像もつかない。一事が万事で、技術力、生産力等、何においても日本とは圧倒的な差がある。先に結んだ不平等条約の存在だけでも明らかに劣勢なのに、艦船、大砲などの機械力で無防備な日本が、こんな国と戦って勝てるわけがない。攘夷攘夷と叫び、威勢がいいだけの精神論も困ったものだと思った。

興味は多岐にわたる。クルティウスの紹介で、長崎海軍伝習所で医学を教えている蘭医のポンペをも訪ねている。ポンペが経営している病院で実際の手術現場を見せてもらい、西洋医学の優秀な治療法に驚嘆した。漢方に基づく日本の医術とは根本的に異なる。学ぶべきことが大いにある。帰藩後、時を置かず上層部に進言し、留学生をポンペのもとに派遣している。

こんな多忙な中でも長持ちのことは忘れていなかった。一見、高級家具の装飾を施した堅牢なものを完成させ、福井経由で江戸表へ送り届けた。

長崎での仕事も終わって福井へ発つ前の日、乾堂が送別会をしてくれた。そのとき石五郎は気にしていたことを思いきって尋ねてみた。おまつの消息である。あれほどもう忘れようとけじめをつけていたはずなのに、どうしても気にかかる。もちろんおまつの名は出さず、声を落として、長崎に住んでいた清国の男ということで探りを入れた。ひょっとして同じ唐物商として、乾堂なら知っているかもしれぬ。

「ところで長州藩の羽振りのよさ、大したものですね。長年にわたる禁制の交易のお蔭でしょう。この前、馬関で知ったのですが、どうやら長崎に住んでいた清国の男が関係しているらしいですな」

乾堂の顔色がさっと変わった。人差し指を自分の唇にあて、「シッ」と言ったあと、数秒黙り、石五郎の目を凝視した。一段と声が低くなった。

「密偵に聞かれたら、大変ですぞ」

「いやいや、特に意図はありません。長州藩の豊かさにあまりにも感嘆したものですから」

「闇の世界では知られた男です。でも今はいません。故郷の上海へ戻っています。それもきれいな日本の娘を連れて帰りましたよ」

「日本の娘？」

「ええ。うれしそうに嫁さんにすると言っていましたな。親子ほども歳が違いますがね。まあ、娘にしたら、玉の輿でしょう」

おまつだ。おまつに違いない。石五郎は胸の奥で叫んだ。何番目の嫁かは知らないが、上海で少なくとも不自由のない生活をしているだろう。売られたり、遊女になっていなくてよかったと思った。瞼におまつの澄んだ瞳が浮かび、続いて焼き芋を食べた時の光景が、まるできのうのような鮮明さで広がった。

15　藩財政再建への道

安政六年（一八五九）五月下旬、石五郎は二ヵ月余りにわたる長崎滞在から帰藩した。国許を離れてから半年近い歳月が流れていた。もう山も田んぼも緑であふれている。からっと晴れた青空を見ると、昔からの越前がそのままあるような気がした。何もかもが音を立てて目まぐるしく変わっている世の中が、何だか越前と関係のない別世界の出来事のような錯覚を覚える。

（さあ、これからは産業振興に取りかかるぞ）

翌朝、石五郎は気分一新、意気込んで奉行の長谷部甚平を訪ねた。挨拶を終え、成果の報告をしようと書付けを広げたとき、いきなり長谷部が済まなさそうな表情で、しかし、迷いのないしっかりとした言葉で冷や水を浴びせた。

「切手の五万両だがのう。やはり難しいということに相成った」

「えっ、まさか。それは誠でござるか。着々と発行準備が整っているとばかり思っておりました。約束が違うではありませぬか」

石五郎は顔を真っ赤にし、いまにもつかみかからんばかりの見幕で迫った。あれから反対派が猛烈に巻き返したのだという。長谷部はこれまでとは違い、がんと踏ん張り、退く気配がない。

「切手とはいえ、本質は藩札と同じじゃ。知ってのように、藩札には上限がある。やはり今の二十五万両以上は発行できぬ」

「御奉行、覚えておいででしょう。その話は何十回、何百回もしたではありませんか。その結果、藩札はダメだが、切手なら構わないと承認をされたと、はっきり記憶しています」

「まあ、確かにそういう話はあった。だがダメなものはダメということじゃ。わしの力ではどうにもならぬ」

「長谷部様ほどの開明の士が、そんな弱気では困ります。一体、ご家老たちは藩の窮状を救う気概をなくされたのか。長崎では蔵屋敷の土地の手当も済んでおりますし、オランダ商館とは生糸の販売契約もしています。今さら取消はできませぬ。この半年で資金準備をしておいてくれているとばかり、今の今まで思っていました」

石五郎はまくし立てた。長谷部は内心では自分も石五郎と同じ考えであり、そんな思いがあって、勢い迫力を失った。持て余し気味になった。

「ま、分かったというわけではないが、お主の話をもう一度、重役方にしてみよう。期待せずに待て」

「ぜひお願いします。ですが切手発行は決定済みということで、私は走りますから。よろしいですな。武士に二言はありませぬぞ」

「まあ、そこまで言うな。ところでせっかく来たのだ。旅の報告を聞こうではないか」

と言ったあと、すぐさま気がついたというふうに別のことを尋ねた。

「それはそうと、もう小楠先生に会うたかの。春嶽侯の強いお望みで、五日ほど前に熊本からお戻りになられたばかりだ。喜ばれるぞ」

「いえ、まだです。ただ小楠先生とは切手のこともご相談したいと思います。きっと失望なさるでしょう」

長谷部はぐっと口をつぐんだ。困ったような表情を無理に隠し、ゆっくりと石五郎の書付けを手に取った。

三日後、石五郎は長崎土産にオランダ産の赤と白ワインを持ってたばこ屋に柳兵衛と沢吉を訪ねた。石五郎がかなり飲めるようになっていたので、二人は驚いた。嬉しい驚きであった。が、切手が拒絶されたことを話すと、がっかりした。

「あれほどはっきりと了解されたではありませんか。それなのに不在をいいことに、反故《ほご》にするなんて……」

憤慨する沢吉に柳兵衛がたしなめた。

「これ、お武家様のことをそんなに悪しざまに言うものではありません。おそらく石五郎様のご活躍を妬んでいる人たちがおられるのでしょうな」

石五郎はため息をついた。

「世の中は大きく変わっておりますぞ。これからは交易の時代です。中でも生糸は福井藩の財政を救う産品の中核になること間違いありません。もし切手がダメになり、我らがやらなくても、どこかの藩がやり出すのは目に見えています」

「悔しゅうございますなあ」

「いや、心配はご無用。拙者はあきらめてはおりませぬゆえ。毎日でも御奉行に約束の履行をせっつくつもりです」

その一方で、まだ殖産資金の裏付けはないけれど、養蚕の奨励作業に取りかかりたいと考えた。

蔵屋敷の建設に向けて至急、建物の細目を決めていかねばならないし、また契約した二十万斤の本年中という期日がすでに始まっているからだ。柳兵衛はその考えに膝を叩いて賛同した。

「二十万斤を達成するためにも、今一度、村々の生糸生産の状況を調べられるのがよいかと思います……」

前回調査からもう六年余りが経過している。もう一度現状を確かめた上で具体的な奨励活動に入るのが賢明だろうと進言した。

「なるほど、それがいい」

「さっそく大庄屋たちに、主だった養蚕所を紹介してもらいましょう」

「ご配慮、かたじけない。お二人は忙しかろうて、拙者一人で参ろう。馬で行くので、そんなに日にちはかからぬだろう」

「資金のことには触れないつもりですか」

「ああ。それについてはいずれ商家を集めて、物産総会所なるものを作るつもりでおる。そこを通じて生産者たちに資金貸付をすることになる。今、構想を詰めているところじゃが、大体こういうことになると思う……」

石五郎は紙に三つ書き出した。

一つ、輸出産品はすべて物産総会所に集荷すること
一つ、商会の運営は藩ではなく、民間の商人と生産者の代表に任せること
一つ、藩からは監督の役人を一人だけ派遣すること

「要は民間に任せるのが成功の近道ということじゃ。官は後ろから見ているだけでよい。長州や長崎など、あちこち見聞してきて出した結論です」

沢吉はさすがという感心の表情をしたが、柳兵衛は逆に困惑の目で応じた。

「骨子そのものには共感しますがね。問題は果たして商人たちがついてきてくれるかどうか。どう思うかでしょうな」

「それはどういうことじゃ」

「昔から藩が取り仕切った専売で、儲かった商人はいませんでしたからね。安く買いたたかれて、損をするばかりです。その傷跡がまだ心の奥深くに残っています」

「だから藩は値切らずに高値で買い取ろうと思っている。秋月藩の成功談もあるし、以前、話した通りじゃ」

「ですがいくら立派なことを唱えても、『また藩が……』と思われはしないか。本心から信用し、賛同してくれるかどうか、今一つ自信がありません」

「まあ、そうかもしれぬのう。武士に信用がないのは自業自得でござる。しかしそこを突破するだけの知恵を皆で考えようではないか」

それから日を置かずに石五郎は主な養蚕農家の現場視察に出かけた。昔、訪問した場所なので、当の庄屋のみならず、百姓や職人に顔見知りも多く、懐かしさも加わって屈託のない意見交換ができた。意思疎通という点では大きな収穫があったが、しかし肝心なことで落胆する事実に遭遇した。

半年いなかったあいだに、藩の節約令はいっそう過酷さを増し、絹織物がほとんど用いられなくなった。そのため生糸生産の熱意が冷め、桑畑の面積もすっかり減って、生産者の数も減少していたのだ。

だが石五郎は諦めない。落胆している暇はない。庄屋や農民を相手に、根気よく生糸生産の重要性を説き、それを実現するために自分は長崎まで行って調査してきたのだと強調した。そして蔵屋敷の建設にもとりかかっていて、すでに二十万斤の契約もオランダ商館と結んでいると告げ、ついては桑畑の拡張だけでなく、品質の改良にも力を注いでほしいと、追加注文さえした。即答を得られたわけではないが、こちらの考えをじわじわと相手の頭の中へしみ込ませる努力を惜しまなかった。

このとき石五郎はまだ物産総会所にまでは触れないが、先走るのを承知で、やる気を起こさせるよう具体的な提案をしている。

「このたび藩に生糸生産御用掛を設けようと考えておる。生産を希望する農家には種紙を貸し与えるつもりじゃ。初めての者には蚕の飼育方法も教えたい」

種紙というのは和紙の表面に蚕の卵を張りつけ種付けしたもので、カゴにたくさん丸めて入れ、各養蚕農家に配って回るのである。農家はそれを孵化させて蚕を飼育し、繭を生産する。

「種紙の代金はとらぬ。養蚕で生糸が出来たら、それを藩が買い取って、オランダに売る。そこで売上代金から種紙代を差し引いて、利益を生産者に渡すこととする」

皆は半信半疑である。

「そんなことをして藩は損しないのですか」

「結局、最後は生産者に損を押し付けるようなことになりませんか」

石五郎は迷わずオランダ商館と交わした二十万斤の契約書を取り出し、数量と価格を見せながら、忍耐強く説明する。

「これこの通りじゃ。決して損はせぬぞ。品質改良ができれば、さらに価格を上げてもらう約束である。安心されよ」

百姓たちは御上の大事な証文を自分たちのような者に見せてくれた石五郎に、驚きと共に素直な好感を抱いた。この侍は本気だと直感し、その場で「農業の傍らでよければ養蚕を始めてみたい」と申し出る者も現れた。最初の一人が申し出れば、勢いづく。他にも追随する者が続々と名乗り出た。石五郎にとってうれしい驚きであった。

時間は慌ただしく過ぎた。石五郎は佐々木権六の協力を得て、見切り発車の形で生糸生産御用掛を設置した。その下に三名の担当者を任命し、五万両切手の保証はまだないが、自分たちが持っている予算をやり繰りして、種紙の準備にとりかかった。この作業の責任者は権六が引き受けてくれ、石五郎自身は蔵屋敷の仕様を決めたり、三国湊からの船積みの段取りを調べたりする一方、相変わらず長谷部甚平を訪れて約束の履行を迫った。

長谷部はいつもながら又かという諦めの顔をする。が追い返しはせず、根気よく付き合う。同じ議論の繰り返しなのだ。

「お主もよく知っておろうが、今発行している二十五万両の藩札、どんどん価値が下がって困っておる。兌換すべき正金の裏付けがないからじゃ」

「だからこそ藩札ではなく、切手でいこうと決めたのではござらぬか」

「考えて見よ。たとえ切手であろうと、こんなところへ新たに五万両も発行すればどうなると思う？　切手は紙屑同然になってしまうじゃろう。そうなると、藩の信用が損なわれること、必定である」

　石五郎も引き下がらない。例の契約書をでんと置く。

「長崎の生糸相場は今、一ピクル（百斤）二百五十ドル強です。今回の契約数量が二千ピクル（二十万斤）ですから、五十万ドル、つまり両に換算すると、十二万五千両になるのですぞ」

「……」

「このように切手五万両といっても、いつもの藩札とは違うのです。来年には二倍の二十五万両の正金となって戻ってくる予定です。それを保証しているのがこの契約書ではござらぬか」

　それでも長谷部はウンと言わない。いや、言えないのだ。石五郎は背後にいる抵抗勢力の理不尽さに腹が立った。嫉妬もあるだろうが、根底には改革を好まぬ守旧の精神がこびりついているのだろう。長谷部は苦々しく唇をゆがめ、愚痴た。

「城中には文句を言う奴が多くて困る。武士は不浄な金には触るなとか、金計算などはもってのほかだとか、浮世離れしたことをほざいておってな。これが武士道だと思うておるから、話にならぬ」

　石五郎は相槌を打ちながら、進取の気性に満ちた長州藩士と何という違いだろうと、愕然とするばかりである。ふと春嶽侯はどう考えておられるのだろうかと思った。らちはあかないが、ただ生糸生産御用掛のことを長谷部が黙認してくれているのは有難かった。

　そうこうするうち、早や二ヵ月が過ぎようとしている。再度、長崎へ赴き、生糸価格の最終決定と、それ以外の茶や樟脳などの価格交渉、そして蔵屋敷の詳細の詰めなどをしなければならない。

権六に会い、生糸生産者に種紙を貸し付ける仕事を念押しした。また半年前に頼んでおいた生糸の品質改良の資料をもらい、出張に備えた。改良の進捗は鈍いが、着実に進んでいるのが確かめられたのはよかった。

八月初旬、福井を発った。今回は一人旅である。府中（武生《たけふ》）に着いたとき、思いがけず早馬が来た。母の幾久が急病で容態がよくなく、引き返すようにとの指令だった。

急いで帰ると、コロリ病（コレラ）で寝込んでいる。しかし徐々に快方に向かい、一安心した矢先、突然、病状が急変し、必死の看病の甲斐もなく、その月の下旬に五十六歳の生涯を終えた。十九歳で毛矢侍の三岡義知に嫁ぎ、清貧の家庭を守った一生だった。だが最後の数年間は出世した石五郎ら息子たち、石五郎の妻タカ子、そして孫たちに囲まれ、精神的には幸せな時間であったろう。そう思うことだけが石五郎にとって、せめてもの慰めだった。

母の死後間もなく、江戸から急報が届いた。藩内は動揺した。井伊大老による粛清だ。水戸の徳川斉昭が国許永蟄居となり、水戸藩士の安島帯刀は切腹を命ぜられ、同じく鵜飼吉左衛門と茅根伊予之介が斬罪、一橋慶喜も隠居・謹慎の身となったのである。

（このままいくと、左内はどうなるのか……）

石五郎の不安は募った。もっと早く外国に逃しておけばよかったと後悔した。長持ちを江戸へ送ったとき、左内は「大丈夫じゃ。心配無用」と言って端《はな》から受けつけず、のんきに構えていたと、報告を受けた。だが無理にでも強行しておけばよかったのかもしれない。多忙にかまけて、そのままになっていたのを悔やんだ。だがこんな時でも藩内では楽観論もあり、石五郎はそうなってほしいという願望に賭けるしかない自分の非力に苛立ち、恥じた。

　そんな九月の半ば、母の四十九日も終わらないうちに藩命で再び長崎へ向かった。母の死と盟友左内のことで気持ちを曇らせている石五郎に、小楠は彼なりに励ましの言葉で送り出している。

「五万両の切手だが、心配するな。重役たちを説得できる成算はある。お主が帰るまでには目途をつけておくから」

「春嶽侯にご相談なさるのですか」

「いやいや、そんなことはせぬ。じゃが重役たちも徐々に分かってきているようだ。任せておけ」


　長崎ではあまり長居しなかった。乾堂との話を詰め、クルティウスとの打ち合わせも終えて帰福したのは、安政六年（一八五九）十月初旬であった。

　小楠は約束通り藩論の取りまとめに精力的に動いていた。五万両の切手発行がほぼ決まったということを石五郎は聞き、師の労苦に感謝した。さっそく翌日、藩が小楠は出席しないが石五郎を呼んで、その旨の短い会議を開くという。

　会議には反対派だった重役も顔を見せていた。奉行の長谷部が進行役で、最初に結論を報告した。石五郎は緊張したが、一応、誰も異論を唱える気配が見えない。ところが、もうこれで決まりかと安堵しかけた時である。突然、長谷部が手指でちょっと月代を掻くようなしぐさをしながら、意外なことを言いだした。

「今、報告した切手であるが、よくよく考えると、やはりこれは止《や》めたほうがよいのではと思うのじゃ」

皆は「えっ」と驚き、一直線に長谷部の目を凝視した。長谷部はそんな反応を見届け、一呼吸置いたあと、続けた。

「某も一度は賛成したのだが、ここは切手ではなく、いっそのこと藩札を五万両増発したらどうかと思うに至った」

フウーという困惑の嘆息が空間をうずめた。何でこんな土壇場で言うのか？　そんな疑問と不満が顔に出ている。そのうちの一人が内心の動揺を抑え、「その理由をお聞かせ願いたい」と、口をひらいた。

「それは何も難しゅうない。今、流通している藩札に新たに切手が出回ったとしよう。切手には産物販売後、直ちに正貨と引き換えるという保証がついておる。それもオランダ商館との契約で十二万五千両もの裏打ちがあるのじゃ。すると、世間ではどうなると思う？　ただでさえ低い藩札の人気がいっそう落ちてしまうのではないか。切手の信用が上がり、一方、藩札の信用が落ちてしまうのではと、そのことを心配しておる」

石五郎は咄嗟に長谷部の提案に乗ろうと判断した。これこそが自分が長谷部に力説してきたことなのだ。なぜ今になって長谷部が言い出したのか分からないが、そんな詮索はどうでもいいことだ。この機会を逃したくない。石五郎は身を乗り出した。

「御奉行が指摘されるように、民は敏感に信用の違いを嗅ぎ分けるでしょう。そうなれば、藩の札所が倒産するかもしれず、藩財政の運営に支障が出かねません。混乱を防ぐためには、両方とも同じ藩札にするのがよかろうと思います」

もはや誰からも反論が出ず、あっけない形で藩札五万両発行が決まったのだった。

（さあ、いよいよ物産総会所の設立だ）

意気込んでその準備を始めかけたとき、江戸から急使が来た。十月七日は石五郎が帰福した直後であるが、左内がその日に小塚原刑場で斬首された、という悲報が届いたのだ。

城内はたちまち深い悲しみと激しい怒りで満ち溢れた。井伊大老討つべしという声が一段と高まった。石五郎もそのうちの一人であったが、時を置かずに夕刻、小楠に自宅へ呼ばれた。

珍しく酒は出ず、膳だけが用意してある。食べながら小楠はしんみりと諭すように言った。

「お主の気持ちはよう分かる。だがここで行動を起こして何になる？　左内殿が喜ぶと思うか」

「はあ……でも、私の気持ちが……」

「気持ちは大事だ。しかし井伊の命と福井藩の財政を救うということの、どちらが重いか、明らかであろう。このことは以前、お主が江戸表から帰って来た時にも話したことがある」

「はい、覚えております」

「井伊など、よその藩に任せておけばよいと思わぬか」

「よその藩？」

「そうじゃ。どこかは分かるだろう。これだけのことをされて、黙ってはいまい。お主は亡き左内殿に代わって、藩財政再建に邁進するのが天命だと考えよ」

言われてみれば、その通りかもしれぬ。ただ師に言われて、「はい、そうします」と答える自分が情けなかった。しかし一方で、ほっとしたのも事実だ。父に約束し、おまつに約束したことを果たすことこそ、師が言う天命なのかもしれないと、固く思い直した。

石五郎は精力的に動き出した。先ず懸案の物産総会所の設立である。柳兵衛の協力を得て、城下の主だった商家に声をかけ、集まってもらった。簡単に趣旨だけは伝えてある。生糸や絹織物を扱う三宅丞四郎、醤油問屋の内藤理兵衛、櫨の山口小左衛門、茶の竹内五兵衛、その他町年寄ら十五、六名だ。皆、商売の苦労を積み重ねてきた年寄りの兵《つわもの》たちである。集まるといっても、ただ口でそうしようと言っただけで、まだ集会所はない。そこで事前に大黒漆屋に頼み、そこの広い座敷を使わせてもらうことにしたのだった。

時間は告げておいたのだが、定刻に現われたのはほんの数名だ。あとはぽつりぽつりと遅れてやって来た。皆、武士から頼まれて仕方なしに集まったという感じの、控えめだが迷惑そうな顔をしている。やはり柳兵衛が危惧していた通りだなと、石五郎は心の準備があったからか、落胆はしていない。できるだけ柔和な表情と、下手《したて》に出た親しみやすい態度で接するつもりでいる。

その意味もあって、畳に正座するのではなく、ごろんと横になって、くつろいだ姿勢をとった。皆は驚いた表情だったが、石五郎に改める様子がないのを見てとると、自分たちもめいめいに楽な姿勢に変わった。膝を崩したり、同様に寝転ぶ者も現れた。

一同が揃ったところで石五郎は雑談をやめた。そして相変わらず横になって右肘で顎をささえたまま、疲弊した藩財政を救うための構想を話し始めた。

日米修好通商条約が結ばれた今、海外との交易こそが藩経済再建の解決策であり、そのために領内全域に物産を興し、その産品をオランダに売ろうと考えている。とりわけ生糸は国内で売るよりも高く売れるので、いい商売である。茶や醤油もそうだし、藁製品などは蝦夷地に売れば儲けられると、順を追って雄弁に説明した。しかしまったくと言っていいほど、反応がない。誰もが気の抜けたような表情で、黙って聞いているだけである。いや、聞き流しているだけである。

　石五郎はいぶかった。「賢い商人たちは口を開かず、黙っているかもしれませぬぞ」と言った柳兵衛の言葉を思い出していた。青二才同様の若者が物産を興すなどといっぱしなことを宣言したものだから、呆れているのかもしれぬ。それにしても物産振興のことは農村の庄屋や百姓たちから漏れ聞いているはずだ。二度目の長崎行の前に訪れて、生糸生産を奨励し、その場で驚くほどの好評を得た。今はすでに種紙の貸与を始めている。その事実をここにいる商人たちが知らないはずはない。

　話しながらそんなことを頭の奥で考えていたとき、保科という老熟の相当に年老いた人物が、座ったまままつっと前ににじり出てきた。丸く曲がった背のまま胡坐をかき、顔を上げて、寝転んだ石五郎を瞬時、見つめてから言った。

「さてさて若い人は感心なものですな。結構な志です。しかしながら物産のことは昔からいろいろ藩の方で考えあれやこれや、やってきました。ところがどういうわけか、越前ばかりでなく、実績の上がった国は一つとしてありません。だからお侍さんがこのように物産のことを言うのは危のうございます。先ずいい加減になされた方がよろしいのではありませんか」

　石五郎はいきなりのきつい言葉に面喰った。だが老人の目に偽りや張ったりの色はない。むしろ、また武士が商人に損の種を押し付けようとしているとでも言うふうな、親身の心配からの言葉に受け取れた。これは有難い忠告ではないのか。そう判断した。

「誠にご注意、かたじけのうござる。しかし私は武士です。武士が君命を奉じた以上は、やめることが出来ません。精いっぱいやってみる覚悟でいます」

そう言って、やや間を置き、また続けた。

「もし私のすることが道にかなったならば、どうか賛成して、助けてもらいたい。そしてまた、よろしくないということがあったならば、直ちに忠告をお願いしたい。もし忠告するまでもないと見限られるならば、私に寄りつかないでほしい。どうかよろしくお頼み申す」

座はシーンと静まり返り、いつの間にか正座して頭を下げている石五郎を、皆は戸惑った目で見つめている。「保科さん、よくぞ言ってくれた」という最初の反応が、「ちょっと待てよ」というように変化してきているのが見てとれる。保科老人が照れ気味に言った。

「いやあ、参りましたなあ。お侍さんにこんなふうに率直に謝られたのは、生まれて此の方、初めてです。お侍さんがやる商売をまだ信用しているわけではないが、どうです、皆さん。もう少し話を聞いてみますか」

数名が続けざまに応じた。

「そうですな。まだ時間もある。聞きましょう」

「いくら若くても、こうは出来ません。もっと怒って当たり前なのに、逆に謝罪されるとは……こちらが困りますな」

「どうか三岡様。先ほどのように肘枕で寝転んでくださいな。その方が私らも話しやすいですから」

石五郎はニコッと笑った。

「ではお言葉に甘え、皆さん方の気が変わらないうちに、寝転ばせてもらいます」

と言って、ごろっと今度はうつ伏せになった。脇の風呂敷包みからオランダ商館との契約書を取り出し、以前、農村でやったように数字を見せた。

「この通り、今年だけで生糸を二十万斤、十二万五千両も買ってもらうことになっています」

「ほう、噂は本当でしたか」

と誰かが言った。石五郎は弾んだ声で応じる。

「本当も何も……。大急ぎで蚕を育ててもらわないと、間に合いませぬぞ。そのためにも藩は五万両の資金を用意しました。農家の零細生産者に貸し付けるつもりです。いや、つもりではありません。すでに正式に五万両の藩札を発行することに決めたところです」

「その金は物産振興のためだけに使うのですか」

「もちろんです。産業資金用です。知ってのように、農家には生糸などの産品を生産したくても、肝心の資金がありません。そんな農家への貸付と、出来た産品をその農家から買い取るのに使う藩札です。ただオランダへの販売は農家では無理なので、藩がまとめてやります」

そう断言し、「金は藩が出すが、運営は民間の皆さん方にやってもらう」と強調した。そして現在長崎で建設中の蔵屋敷の図面を広げた。

皆は「ほう」と嘆声をあげた。

「もうここまで進んでいるのですか」

想像していたよりも遥かに先を走っていることに、これまでの藩政とは違う新しい息吹を感じ、「ひょっとしたら」というまだ淡いながらも、何かを賭けてみたい期待を抱いた。そんな心中の変化が、輝き出した目の色に正直に出ているが、石五郎は慎重である。気づかないふりをした。

夜も更けてきた。皆は忙しい。明日の仕事の準備もあるだろうし、そろそろお開きにしようと、石五郎はあえて賛否を問うことをせず、第一回目の寄合を終えた。その日は積極的な賛同までには至らなかったが、忌憚のない意見交換が出来たのは大きな収穫だと思った。外へ出ると、冷やっとした心地よい風が頬を撫でた。コオロギや鈴虫の澄んだ鳴き声が競争するように秋の夜を賑やかにうずめていた。

あまりのんびりも出来ないので、数日後にまた大黒漆屋で二回目の寄合を持った。雰囲気は前回とはまるで違っていた。警戒心が解けたどころか、積極的に自分たちも参加したいと、各人各様の意思表示をした。

「私が扱っているのは米ですが、これが大変な不作でしてね。米価が高騰して手がつけられません。四年前に比べて、二倍半もしています。このままでは民衆の生活は苦しくなる一方です。ここはもう物産振興で窮状を脱する以外にないでしょう」

「あれから村の農家の人たちに会ってみたんです。すると、自分たちは難しい経済のことは分からんが、三岡様の一途なお気持ちに賭ける気になっている、と皆が言っておりました」

「あ、私も何ヵ所か村へ行きましてな。百姓が口を揃えて言うには、三岡様は自分たちと同じごつごつした節くれだった手をされている。庭で鍬を持って野菜を作っているらしく、きっと我らの気持ちが分かってくれるお侍だと、余りにもほめるものだから、私の方が照れくさくなりましたよ」

「いや、この手は生まれつきでござるぞ」

石五郎は面白おかしく両の手指をパチパチ動かした。

ところで石五郎に対するこの民の好感度、信頼度だが、言ってみれば、周囲の者に「この人の言うことなら、一緒に協力したい」と、そう思わせるカリスマ的な力があるということなのだろう。現代社会でいうところの、指導者に必要なモラールアップ（やる気起こし）の能力を備えていたと思われる。

さて町方の商人たちが前向きになってくれ、石五郎は千人力の味方を得たと、勇気づいた。もう遠慮はいらない。早速、具体的な打ち合わせに入った。すると、内藤理兵衛が一同を見渡しながら提案した。

「何はともあれ、経済の相談をする場所がいりますな。今は大黒漆屋さんにお世話になっていますが、決まった会所を決める必要があると思います。どうですか、皆さん」

誰も反対する者はいない。協議の結果、城下で藩札の元締めをしている駒屋に会所を設けることに決まった。次に会の名称であるが、二、三の名前があがるなか、石五郎もかねてから考えていた「物産総会所」はどうかと提案した。

「物産のことを何もかも、お互いに相談しあおうということですから、この名でどうですか」

名称もすんなり物産総会所で決まり、いよいよ会運営の仕方に入った。石五郎は再度、民間に任せたいと力説した。

「官がやったのでは、昔のようにきっと失敗するでしょう。で肝心の人事ですけども、中心となる会の元締め役は、名望ある商家の皆さん方に任せるつもりです」

「本当に御奉行はそれで了解されたのですか」

「もちろんです。藩の役人は吟味役一人だけを出すだけです」

「えっ、たった一人？」

皆は驚いた。半信半疑の目を隠さない。

「そうです。制産方の中沢甚兵衛という者を考えています」

あえて名前を出すことで信用を得たいと考えた。そしてこの方式は長州藩ですでに実行していて、成功していると、見聞きしたことも交えて説明した。実例なので説得力があった。

「ところで、その制産方というのは、何をするところですか」

と後ろの方から誰かがきいた。

「ああ、それは私が責任者を務める部署です。藩内の物産の生産、管理、販売をつかさどります」

「すると、私たち町方の元締めは何人くらいを考えればいいのですかな」

「さあ、そこです。これは皆さん方でご相談願えませんか。この広い領内全村の物産を面倒みてもらわなければなりませんので」

石五郎には腹案がある。物産の種類もあるだろうし、また七郡六百七十五村を睨めば、一人百村として、最初は五、六人くらいから始めるのが妥当だと思っている。しかしあえて口に出さずに皆で考え、自主的に決めてほしいと、丸投げした。そうすることでやる気が出るだろうし、自治の精神も養われると期待した。ただ一つ付け加えるのを忘れていない。

「お気づきのように、この役は無報酬の奉仕です。以前のように特権的な商権もありません。ただお国のために尽くすという名誉だけです。この点、賛同してもらえれば有難い」

そう言ったあと、忘れていたというふうに急いで言葉を足した。

「それに元締め役の下で動く町人の数もどれほど必要か、考えてもらえませんか。役割としては、領内を回ってもらい、資金を貸し付けたり、産物を買ったり、納入の世話をしてもらいます」

　この議論にはかなり時間がかかった。人数を決め、人選もせねばならない。石五郎はごろんと横になったまま、一切、口を挟まず根気よく待っている。

　小一時間が過ぎたころ、三宅丞四郎が車座から抜け出て、白い長眉毛の下にある細い目をぱちぱちさせながら、「やっとまとまりました」と、皆を代表する形で発言した。

「元締め役ですが、まあ、十人くらいで始めたらどうでしょうか。その下に町人から五十人ほどついてもらいます」

　そう言って、主な物産を代表する形で元締め役の名をあげた。例えば生糸や絹織物では本人の三宅丞四郎、紙では版元の三田村大隅、醤油では問屋の内藤理兵衛らちょうど十人である。五十人の町人については、村割りと合わせ、至急、人選するつもりだと報告した。石五郎は即座に賛成した。心づもりの五、六人より大幅に増えたが、それだけ皆が物産振興に期待をかけているのだと思うと、うれしかった。

「これでようやく形が出来ましたな。皆さん方のご協力、誠に恐れ入ります」

「こうなった以上、五万両貸し付けはもう引っ込めませんぞ。よろしいですな、三岡様」

　三宅丞四郎が真顔で念押しした。

「もちろんでござる」

　と、石五郎はきっぱりと答え、次の問題に移った。

「さて藩札の貸付け条件、つまり利子ですが、どのくらいが適当か、考えをお聞かせ願いたい」

　いろんな意見が出た。金のない零細農家に貸すからには、出来るだけ低く設定すべきだと言う者、余り低いと安易な使用に流れるのではと危惧する者、町の貸金業者並みよりやや低めでどうかという者など、百家争鳴である。

当時の貸金業者はというと、誰が利用するかで分業が成り立っていた。小銭屋というのは旗本や御家人を相手とし、両替商は主に大名や武士、大商人を客にし、素金《すがね》と呼ばれる貸金屋は農民などの庶民が相手であった。盲金《めくらがね》、烏金《からすがね》貸し、さらには月一割、二割、三割、十割という暴利を要求する高利貸しもいた。質屋もあった。

素金などの農民相手の場合、利子は年一割二分前後が相場で、これを目安に議論が百出した。実際には借り手は年利を月割りにして、月何分、何朱というふうに計算して毎月返済する習わしになっている。幕府は天保十三年（一八四二）に法定利息を一割二分に定めていた。

結局、金利については最後に石五郎がまとめるような形で主導的に決めた。

「心情的には年五分（一割の十分の五）としたいところだが、これだと世間相場と違いすぎて頭が痛い。金を借りたい者は皆、藩に殺到して、たちまち資金が枯渇するのが目に見えておる。一方、民間の貸金業者は商売あがったりになるじゃろう。藩と民間の資金の両方が助け合ってこそ、藩全体のカネの融通がうまく循環すると思う。そう考えると、年八分くらいが妥当ではないか」

物産総会所の設立もどうやら目鼻がつき、順調な滑り出しに石五郎は気をよくした。村々を行脚し始めてから、かれこれ十余年。長くもあり、短くもあった。その蒔いた種がようやく芽を出そうとしている。いろんな思い出が次々と浮かんでは消え、消えては浮かび、心を感傷の域へと引っ張っていく。

だがそんなとき、あえて気持ちに鞭を当て、心の緩みを遮断した。感傷などに浸っている暇はないのだ。まだ現実に藩財政は悲鳴を上げたままではないか。これからは命がけで村々、町々の物産振興を着実に進めていかねばならぬ。そう叱咤し、激励した。

しかしその叱咤と激励は以前とは違い、未知への試みにありがちな不安というものを引きずっていない。一言でいえば、自信があるのだ。一歩、二歩と進めていけば、必ず藩財政がよくなるという確信を持っている。

このとき石五郎は三十一歳である。若さというのは怖い物知らずのところはあるが、彼の場合は計算に基づく大胆さとでも言おうか。物産振興の種が芽を出したその勢いで、藩経済をむしばんでいる別の問題、米価の高騰問題にも首を突っ込んだのだった。座して死を待つわけにはいかないと、長谷部や重役たちに或る提案をしている。というより議論を吹っかけた。

「当藩では長年、米が足りなくて困っております。その対策として、藩の備蓄米を安く払い下げておりますが、これを即刻、やめてほしいのです」

一同は驚いた。

「何？　今、何と言ったのじゃ。節倹策と、災害に備えた備蓄の備荒義免法は、春嶽侯が昔から進めてきた基本政策ぞ。それを知っての提言か」

しかし石五郎は怯まない。さらに追い打ちをかけた。それだけ自信があるからだ。

「もちろん。それともう一つござる。米の領外への持ち出しを禁じていますが、これも撤回願えませぬか」

重役の顔色が変わった。興奮して言葉が喉に詰まって出ない。握った手のこぶしと、角張った顎が細かく震えている。

「お、お主。我らの政道を批判するのか」

「いえ、そうではありませぬ。米価高騰の問題を解決したいと思い、あえて重役方のお怒りを覚悟で、申し上げております る」

　そう言って、深々と低頭した。長谷部がはらはらするように黙って見守っていたが、急に割って入り、

「そこまで言うには何か深い考えがあるのであろう。申してみよ」

　と、とりなすように声をかけた。

「はっ、それでは申し上げます。これまで私は米の如き重要なものは藩で自給自足するのが正しいと信じておりました……」

　ところが先般、肥前（現長崎県と佐賀県）に行ったとき、目の前で救貧施作として広く民に粥の施しをしているのを見た。さすが名君として天下に名高い鍋島閑叟《かんそう》だけのことはあると感心した。しかし何年ものあいだこんな善政を続けているのに、一向に米の値段が下がらない。なぜだろうと漠然と思いながら帰福したのだが、我が福井藩でも同じように払い下げの善政をしていることにふと思い至った。これだけ払い下げているにもかかわらず、肥前と同様に米価高騰で何年も民は苦しんでいる。

「これはなぜなのかと、よくよく考えました。すると、答えが見えてきました」

「ほう、見えてきたとな？」

　思わず今度は中根雪江が顔を突き出した。

「釈迦に説法かもしれませぬが、物を売る商いというのは、高く売れるところへ移動するものです。その方が得をしますからね。払い下げを続ければ、或る程度、米の値段が下がります。そうなると、隣国の方が高いことになり、そちらで売りたいと思う誘惑が起こります」

「まあ、それは道理じゃが、国外への持ち出しは禁じておる」

「ところが領内より隣国の方が高く売れるとなると、どんなことをしてでも、そちらへ流れていきます。止められません。それが商売というものの本性でして、我が藩で実際に起こっていることなのです」

「密輸が行われているというのか。して、それが領内の米価とどう関係するのじゃ」

「法を犯して出ていく以上、危険ゆえ、売値はいっそう高くなりがちです。その高い値段が今度は逆にこちらの領内にも影響して、あろうことか、確実に売り惜しみが起こります。その結果、米の流通量が減るだけでなく、価格も上がるのです」

　重役たちは考え込むふうに黙っている。密輸があるのは薄々、知っているのかも、と石五郎はいぶかしみながら、続けた。

「もし取り締まるのをやめ、思いきって他国との米の売買を自由にしたとしましょう。そうすれば、一時は今よりも値段が上がる可能性はあります。しかし、自由に売買ができるので、もう密輸の必要はなくなり、上乗せ利益も消えて、そこへ払い下げもないとなれば、売り惜しみする意味がなくなろうというもの。必ずや米の値段は落ち着きます。隠されていた米が徐々に顔を出してきまする」

　この場では石五郎は口にこそ出さなかったが、物産総会所のことで忙しくしているあいだも、米の密輸について調べていた。たばこ屋の沢吉に頼み、商家や豪農の蔵や納屋に米が秘匿されていないか、売り惜しみがなされていないか、密輸が行われていないかなど、それとなく何軒か当たってもらった。そして予想した通り、現実にそういうことが行われている事実が分かったのだった。

もし仮に重役たちから売り惜しみや密輸の証拠を出せと迫られても、「そこまでは調べていないが、理論的にはそういう帰結になる」と、そんな苦し紛れな弁解で逃げるつもりでいたが、幸いなことに言及はない。密輸の証拠を示されたら逆に重役たちが困るのかもしれないなと、勝手にそんなことを考えた。石五郎は長広舌を締めくくるように言った。

「お陰様で先般、物産総会所の設立もなり、今、制産方は農家に藩札貸し付けと種紙配りに精を出しております。この物産振興は必ず成功するでしょう。さすれば、払い下げ廃止と自由な米売買と合わせ、一気に藩財政が再建されるものと確信しております」

結局、本件は重役扱いとなり、上層部で検討されることになった。その後、長谷部から中間報告を聞いたが、彼らも正論であるのはしぶしぶ認めるものの、石五郎への反発は相当なものがあるという。鉄砲製造に始まり、軍制整備、長崎遊歴、物産振興の推進、そして今回の突拍子もない提言と、次々に改革的で革新的な手法を躊躇なく実行していくやり方に、旧慣行を重んじる守旧派や嫉妬を抱く一部の上士には我慢がならない。反発がますます強まっていると、忠告も込めて耳打ちされた。

そんな反発のなか、小楠は石五郎の意見を全面的に擁護し、最後は藩の実力者たちの多くも、「これで米価が下がるのなら」と、賛成に回った。米の持ち出し制限は大きく緩和され、払い下げの方も徐々に量を減らすこととなった。そして実行に移すうち、後日談だが、物産振興が軌道に乗ってきたこともあって、次第に藩内に米が出回るようになり、米価の高騰も止まって値段が落ち着いてきたのだった。

吟味役の中沢甚兵衛は物産総会所に来ても、毎日することがない。暇である。上司の石五郎からは「何もするな」と厳命されている。おとなしく部屋の隅に座って茶だけを飲んでいた。

一方、元締め役の長老たちは誠に忙しい。しょっちゅう総会所に顔を出す。白髪頭や禿頭を寄せ合い、産品の買い付け価格とか集荷をどうするかなど、和気あいあいの雰囲気ながらも、口角泡を飛ばして話し合っている。

産品の種類も生糸だけに限定せず、茶、醤油、櫨、漆製品、木綿、麻糸、蚊帳地など、各農家が得意とする物に選択を任せた。また石五郎の強い希望もあり、家の働き手以外にも声をかけている。普段何もしない老人や子供に内職的な生産に従事してもらおうと、縄や筵《むしろ》、蓑《みの》、俵、どんごろす、藁袋、草鞋などの生産を奨励した。それまで彼らは家でぶらぶらして、むしろ邪魔者扱いにされていたのだが、仕事の機会が出来たので、急に元気が出て、家の中に活気が生まれた。労働が価値を生むという石五郎の信念は、いろいろな人たちに前向きの変化をもたらしたのである。

荒子や足軽、下士である下級武士のみならず、生活に困窮している上士のあいだからも内職を望む者が現れ、藩内の生産人口はみるみる増えていく。当然それに伴い物産の生産高もうなぎ登りである。殖産興業はいよいよ軌道に乗ってきた。元締め役の数も倍の二十人余りとなり、その下部組織である町人の巡回員も百人は超えた。

ただ石五郎が留意したことがある。こうした活発な生産が原因で肝心の農家の本業である米や麦作りに影響を与えてはならないということだ。年貢の量はきちんと確保した上で、内職的に他の物産を作るようにと、元締め役を通して厳格に指導した。

総会所の重要な方針として品質管理の遵守を徹底した。農家の中には「そこまでしなくても」と文句を言う者もいたが、これには短気を起こしたり、命令したりするのではなく、

「よい物を高く売って、儲けようではないか」

と、巡回員の口から商売のありようを一から説いて聞かせた。

とりわけ生糸については厳格に品質を守らせた。また或る農家が技術改良に成功したり、新しい生産工夫をすると、それに総会所が金一封を渡して誰でもがただで使えるようにし、生産性の向上に努めた。このように石五郎の物産振興は領内の一大運動となって、大きなうねりを見せていく。

例えば麻織業者の場合、栗田部村では世評の高い近江《おうみ》蚊帳の技術をわざわざ本場の近江（現滋賀県北東部）から取り入れ、職工も招いて習得に努めた。腕利きの蚊帳染工を雇ってきたりもしている。お蔭でこの村では蚊帳製造農家が三十余戸にもなり、機《はた》の数も五百機に達して、蚊帳生産の一大集積地になった。

この頃には生糸を始めとするいろんな物産が連日、各町村から城下へ運搬されてきた。以前は城下に通じる大小の田舎の道路は子供たちが遊ぶ場所か、たまに人が通る程度だった。しかし今はひっきりなしに村々の物産を満載した荷車や牛車が通り、それに伴って道沿いに、にわか作り

の茶店も現れた。足羽川や九頭竜川流域などの河川も川底が許す範囲で河川舟運が使われている。

「さあ、次はどこの蔵に運び込むか」

それが元締め役の頭痛の種になった。たちまち蔵が不足したからだ。何分、新築するには多額の費用がかかるのと、早急の用には間に合わない。ともかく町中の蔵という蔵を賃借して、物産を収容している。なおそれでも収容できないほどにまで運び込まれた。

このありさまを見た一般の領民は、長い沈滞の経済からようやく抜け出せるかもしれないと、これまで持ったこともない希望という感覚を味わい、うれしい戸惑いで落ち着かない。

一方、これと正反対の人たちもいた。長年の辛苦に耐えに耐え、悲観論で凝り固まった長老的な町の一部の老人たちだ。希望などとは無縁のようで、わざわざ物産総会所へ文句を言いに来た。

「皆さんはこれほどまで倉庫いっぱいに産品を集めておるが、一体、どうするつもりか」

「世間ではこんなに物産がいるとは思えない。今に余って、困り果てるに決まっている。しまいに物産の山に押しつぶされ、窒息して死んでしまいますぞ」

また或る老人は、たまたま石五郎が総会所にいたとき、つかつかと入ってきて、文句をつけた。真っ白な顎鬚を仙人のように長く伸ばし、何だか学者然とした風貌をしている。

「そもそも物産には買いたい量と、売りたい量という大体の数があるもの。いくら売りたいからといって、こんなに集めても、とても売れまい。余るのは目に見えている。皆さんはどれほど売れると思っておられるのか、お聞きしたい」

石五郎はなかなか考えのある論だと思った。感情ではなく、筋道を立てて迫ってくる。こういう人にはこちらも筋道で向かわねばならぬ。

「その買いたい量と売りたい量じゃが、それは民度によると思いまする」

「民度、というと？」

「例えば某などは夏向けの着物は一枚あれば十分です。しかし富貴な人は何枚か余計に持っておられよう。つまり、そういう人は一枚ではなく、何枚も買いたいと思うておるのです」

老人は「なるほど」と言い、納得したようなしないような表情で、さらなる説明を待った。

石五郎は温和な目を向けて続けた。

「だから物産を蔵に積み過ぎておるなどと、決してご案じくださるな。物産というのはいつでもカネに変わるものでして、カネの正味です。今にきっと売れ出しますから……」

というのも、昨今は米の不作で不景気が蔓延して、どの国も仕事がない。働いていない。ところが我が藩は大いに仕事をして、こんなに物産をこしらえた。今に必ず売れてくる。いわば宝の山なのだ。

「物というのは、質がよくて安ければ、座っていてもさばけるものです。決して心配召されるな。西欧や蝦夷地などは、我らの物産を買いたくてうずうずしておりますぞ」

そう言って、今や伝家の宝刀となっているオランダ商館との契約書を見せた。

「生糸だけでも、この一年でこれだけ買ってくれます。しかも来年は二倍以上になりますぞ」

さらに最近、総会所が北前船の廻船問屋と交わした蝦夷地向けの物産契約書も見せた。

老人はやっと納得したのか、「ふむふむ」と、小刻みに二、三度うなずいた。がそれでもあえて晴れやかな顔をせず、「夷狄にはくれぐれも気をつけなされ」と言い残し、背筋を正して外へ出た。

脇にいた元締め役が後ろ姿を見送ったあと、石五郎に囁いた。

「これで一人、賛同者が増えましたな。きっと弟子や周囲の者に、蔵のことをよく言ってくれるでしょう」

「そうかもしれぬのう。あの顔は無理に不満顔をこしらえていたようじゃ」

そう言って、二人は愛着のある目になって、おかしそうにフフフと笑った。石五郎はそんな目前の相手の顔を見ながら、中沢甚兵衛が自分に言った言葉を思い出していた。

「元締め役には感服しましたよ。皆が皆、誠実で、絶対に嘘をつきませぬ。だから民の見る目が違います。商人としての格が上がったというのか、尊敬と言えば大げさですが、民は信頼を置いて、安心して取引をしています」

「見返りのない無償奉仕なのに、本当に頭が下がる。そうは思わぬか甚兵衛」

「おそらく民のそういう目線に張りと誇りを感じているのでしょう。いよいよ私の仕事がなくなりますが、うれしい苦痛です」

中沢甚兵衛も満足そうに言葉でおどけた。


足羽川にかかる九十九橋の手前に、突貫工事で船着き場が設けられている。蔵から物産を運び出し、ここでおびただしい数の川舟に積み込む作業がこの数日、行われていた。晴れ間が続いているので助かる。

ほとんどが小舟である。川底の深さの関係で、中舟や大舟は使えない。二十万斤の生糸を小分けで詰めた箱は数えきれないほどにのぼり、相当な数の舟がいる。そこへ醤油や酒の樽、茶の箱、いろんな藁製品の束なども積まねばならないのだ。

生糸が保管されている蔵の中では元締め役や巡回町人らが、必死に出庫前の品質検査をしている。糸の撚《よ》りにむらや節《ふし》が少なく均一で、強くて弾力性があり、細い、光沢のよいものが上等品である。品質管理を徹底していたので、幸い不良品は少ない。合格品には木札が付けられた。福井藩の紋と産地、生産者の名が記されている。こうすることで買い手の信用を得るだけでなく、生産者に逃れようのない責任感を植えつける効果があった。このことが品質改善への意欲につながってもいた。

石五郎も忙しく動いている。桟橋での荷積み現場だけでなく、時々蔵にも顔を見せた。出来るだけ作業の前面に出ないよう配慮しながら、目だけは注意深く観察するのを怠らない。気づいたことは元締め役に告げて是正した。

荷を積んだ小舟は足羽川を下って日野川まで行き、さらに川幅の広い九頭竜川へと出る。そこで物産を中舟や大舟に移し替え、九頭竜川河口の三国湊まで水上輸送した。小舟には船頭一人しか乗れないので、石五郎は馬で先に三国湊まで行った。

ここは昔から北前船で栄えている交易港で、物流の一大集積地だ。上方《かみがた》（関西）や瀬戸内、山陰、東北、蝦夷地などから物品が集まり、町には廻船問屋をはじめ、様々な物を販売する商店が軒を並べて大賑わいである。遊郭でさえ二ヵ所を数えた。

「さすが三国湊だのう」

石五郎は思わずつぶやいた。馬関ほどではないが、半年で二百隻の北前船が寄港する日本海最大の港町だけのことはある。待っていた元締め役の案内で、すでに城下から舟で運ばれ、荷揚げされた物産が積まれたところまで来た。一時的に川沿いにある廻船問屋の土蔵に運び込まれる物もあるが、ほとんどは目の前で停泊している北前船にどんどん積み込まれている。

そんな作業のあいだにも、福井藩の木札を付けた荷物を積んだ大舟が、ようやく川の長旅を終え、一艘二艘と、水面に細かなさざ波をたてながら近づいてくる。元締め役が、荷が積み込まれている船を指さした。

「これらがみな、この船に積み込まれるのですよ」

「おお、上《のぼ》りの船じゃな」

長崎出島にある福井藩蔵屋敷まで運ばれるのだ。醤油の樽と茶の箱も想像していたより多い。この航路は北上する対馬海流に逆流して、馬関まで上り、それから瀬戸内海を通って大消費地の大坂へ向かうことになっている。別の船には下りの航路である蝦夷地向けに藁製品や醤油、酒、茶などが積みこまれていた。

またこれらとは別に次回から京都まで物産を運ぶ予定でいる。北前船でいったん敦賀まで運び、そこから近江の塩津経由で琵琶湖の水運を利用して京都へ運ぶのである。それらの契約もぼつぼつ取り付けているところだ。物産総会所は大忙しであった。

そんな景気のいい話の一方で、石五郎にとって心が痛む出来事もあった。長州藩の吉田松陰が斬首刑にされたのもそうだが、他にも多くの藩士が命を落とし、井伊大老による慶喜擁立派や反幕派への締め付けはいよいよ過酷さを増していたことだ。いまだに左内の仇、井伊大老暗殺への衝動を覚えることがある。

だが別の面で朗報もあった。金の海外への大量流出が収束に向かったことだ。幕府はついに小判の純金量を三分の一に減らして、金銀比価を国際水準に合わせた。

（これでやっと出血が止まる……）

日本の将来に対する憂いの大きな一つが取り除かれ、何だか自分が将軍でもないのに安堵した。しかし小曽根乾堂が言っていたように、まだまだ不平等条約が横たわっている。福井藩の前途には明るさが見えてきたが、日本全体で見た場合、先は多難だと思った。しかし現実にはこの措置で金流出が完全に止まったとはいえず、大量出血は止まったが、その後も相変わらず流出は続いた。


そんな折の安政七年（一八六〇）三月三日、桜田門外の変が起こった。江戸城桜田門外で、水戸藩の脱藩者一七名と薩摩藩士一名が彦根藩の行列を襲撃し、大老井伊直弼を暗殺したのである。これを境として、幕府の権威が大きく失墜し、尊王攘夷運動が激化していく。そして七年七ヵ月後の慶応三年（一八六七）、第十五代将軍徳川慶喜によって大政奉還がなされるのである。もちろんこの変のとき、誰もその後にたどる歴史の激流を知るよしもない。

大老暗殺の報に石五郎は欣喜雀躍し、溜飲を下げた。

（これで世の中が大きく変わるに違いない）

異国との戦が始まるのか、それとも諸藩と幕府との戦になるのか。或いは京の天皇が江戸の幕府にとって代わるのか。異国との交易はどうなるのだろう。

期待と、そしてそれを遥かに凌駕する不安で胸が張り裂けんばかりであったが、このとき自分が進むべき道について不思議と迷わなかった。政治にかかわる意思をきっぱりと捨てている。藩から命ぜられない限り、そうするつもりはない。怨み骨髄の大老もすでにこの世にいないのだ。

初志貫徹である。目下、奮闘している財政改革に全力を捧げることに迷いはなかった。

さて話は前後するけれど、これより少し前のことだ。オランダ商館との交易であるが、最初の年の安政六年、生糸を主とし、副次的な醤油や茶も合わせて、二十五万両余りもの売り上げをたたき出した。予定の十二万五千両のほぼ二倍にあたる金額だ。これ以外に蝦夷地への輸出もある。驚くべき実績というべきか。

ちなみにその翌年の二年目になると、蝦夷地や京都も含めた売上は四十五万両を超えた。五万両の藩札が十倍近くにまで大化けしたのだった。予想した通り、労働が価値を生み、年を経るにつれてますます物産が興隆して、好循環がさらなる好循環を生んだ。その結果、藩財政は赤字解消どころか、大きな黒字を計上するようになっていくのである。

石五郎は吟味役中沢甚兵衛を連れて、浮き立つ気持ちで長崎へ赴いた。オランダ商館から売上代金二十五万両を受け取る旅である。今回は気が楽だ。北前船が長崎へ着くのに合わせ、出発していた。

乾堂が満面の笑みで出迎えてくれた。石五郎らはまだ汚れのついた旅姿のままだが、完成したばかりの福井藩蔵屋敷を先に見たいと申し出、快諾された。そこには藩紋と生産者の木札の付いた荷物が、製品ごとにきちんと形よく山積みされていた。

（むむ……）

石五郎は感無量でしばらく声が出なかった。領民の汗の結晶が誇らしげに積み上げられ、海を渡って異国へ行くのを待っている。様々な人の面影が浮かんだ。父、母、左内、おまつ、柳兵衛、沢吉、毘沙門村の弥左ェ門、村々で出会った百姓たち、元締め役、学者然とした仙人顔の老人、それから陰に陽に支えてくれている長谷部甚平、そして師の小楠らが、入れ代わり立ち代わり現れた。箱の一つを撫でながら感慨深げに言った。

「いよいよ明日はこれらが皆、小判に変わるのですね」

乾堂は大きくうなずき、

「一箱、一包み、一樽とも欠損はありませんでした。私共による検品は完了しています。福井藩の民は皆、真面目で優秀なんですな」

と、ほめたたえた。乾堂が世辞を言うなんて、実に珍しい。それだけに石五郎にはうれしかった。

その夜は以前行ったことのある唐人町の中華料理店で改めて再会を喜びあった。そしてさっそく翌朝、オランダ商館へ出向いた。

クルティウスは石五郎を抱きかかえんばかりにして歓迎した。石五郎もこういう所作は苦手だが、今は研究している。自分より大きな相手の肩に飛びつくように両手を回し、うれしさを表したあと、握手の手指にきつく力を込めた。

乾堂の立ち合いのもと、改定された契約書の内容を吟味した。クルティウスが署名をし、石五郎も藩の朱印を押した。

「さあ、次は蔵へ出向いて、品名と数量、品質の確認ですな。この検品が終われば、契約が遂行されたことになり、支払いが行われます」

と乾堂が念を押し、彼を先頭に一同は表へ出た。

歩いてもさほど遠くない。中沢甚兵衛とオランダ商館の係の者が書類と照らし合わせながら、時々、中を開けたり、見本を抜き取ったりして、時には醤油などは味見をし、入念に品質確認などの検品をした。

一週間弱は要しただろうか。時間はかかったが、乾堂があらかた事前に終えてくれていたので、まったく問題がなかった。最終日にはクルティウスと乾堂、石五郎も立ち会った。

「これで検品完了です。それでは三岡殿。明日、商館へおいで下さい。代金をお支払いしますので」

「それは有難いのですが、どうしてもドルで受け取ることになりますか」

「ええ。小判はなかなか入手できませんからね」

「分かり申した。しかし、どうやってドルを小判に両替するか、これから当たってみるつもりです。何分、巨額ですからね。目途がつくまで、二、三日、ドルをオランダ商館の金庫に預かってもらえませぬか」

「どうぞ、どうぞ」

クルティウスの了解を得、商館を出た。腹ごしらえに近くの天ぷらを出す料理屋へ入った。天ぷらは今や石五郎の好物だ。有名な店だけに、揚がり座敷はもう人で埋まっている。出ようとしたとき、店の者がひょいと乾堂の姿を見つけ、「あ、小曽根様」と呼び止め、あわてて中へ引き入れた。奥の間が空いているという。

酒と天ぷらで腹がほぼ満たされたころ、乾堂が「ダメで元々ですからね」と言って、

「私が懇意にしている両替商に明日、当たってみましょうか。二、三人はいますから」

と、提案した。

「おお、それは有難い」

「大坂とは違い、まだ長崎では為替手形の制度がありません。小判金貨に替えて、越前まで現金輸送するしかないでしょう」

そのことは石五郎も越前を発つ前に承知している。

さっそく翌日、乾堂に連れられて、出島の近くにある立派な店構えの両替商を訪れた。しかし相手をした主と番頭は金額を聞いて、とんでもないというふうに、びっくりした顔をした。

「百万ドルも？　両替すればちょうど二十五万両ではありませんか。そんな大金、急に言われても……」

「いや、脅かしてすまぬ。しかし大量のドルを越前の田舎へ持ち帰っても、どうにもなりませぬのでな」

「まあ、正直申し上げて、今日、明日といわれたら……そうですな。二、三万両なら、どうにか出来るかもしれませんが……」

「ううむ。弱りましたな」

結局、いい返事は得られず、次の両替商へ向かった。しかしここともう一軒の両替商も同様の反応であった。前もって十分な日にちをもらえれば可能だと言ったが、石五郎にそんな時間的余裕はない。急ぎ帰福しなければならない。この調子では両替は無理かもしれぬ。どこへ行っても同じだろう、と悲観した。

「まさかこんなことで悩むとは……。簡単に両替出来るものとばかり思うておりました。物産が売れたら売れたで、困ったものじゃ」

と、あてもなく歩きながら頭を抱えた。

「愚痴を言うなんて、三岡様らしくありませぬぞ」

「そう言われましてものう。実際、金融のことまで深く考えなんだ。何とかならぬものか……」

長谷部甚平の今か今かと待っている顔が思い浮かぶ。農民たちも早く藩札を現金と交換して、利益を手にしたいに違いない。

「ふむ、こうなったら、御上に当たってみるか。頼りにはならぬが、何もせぬよりはましじゃろう」

乾堂が首を横に振って応じた。

「さあ、どうでしょうか。御上がこれまで我らにいいことをしてくれた試しは、とんと記憶にありませんなあ。むしろ支払期日の大幅延期を承知で、もう一度、クルティウスに交渉したらどうですかな」

「そうはいかないでしょう。何ヵ月もの延期はあり得ない。藩の窮状は待ってはくれまい」

「なるほどねえ。では、当てにせず、御上の千三《せんみ》つの確率に賭けてみますか」

「いずれにせよ、早晩、長崎奉行へは行くことになっておりますので。大量の小判を越前まで運ばねばなりませんからね。幕府の宿駅伝馬《しゅくえきてんま》で助けてもらうつもりです。そのための手筈の細かい打ち合わせもせねばなりません」

宿駅とは街道沿いの集落で、旅人を泊めたり、或いは荷物や書状を次の宿場まで運ぶため、人や馬を集めておく宿場のことをいう。一方、伝馬は、幕府の公用を遂行するために宿駅で馬を乗り継ぐ、その馬のことを指す。この時代、公用の書状や荷物を、出発地から目的地まで同じ人や馬が運ぶのではなく、宿場ごとに人馬を交替させて運んでいた。その制度を伝馬制と呼んだ。そのため各宿場では、伝馬朱印状を持つ公用の書状や荷物を次の宿場まで届けるべく、必要な人馬を用意しておく必要があったのである。

この制度を利用しようと、石五郎は福井を発つ前に、藩を通じて長崎奉行に依頼をしておいたのだった。船便は最初から考えていなかった。瀬戸内海にいる海賊の心配に加え、もし沈没した時はすべての金貨を失うことになるからだ。それよりは盗賊の危険があっても、陸の方が望ましいと考えた。

腹もふくれ、料理屋を出たところで乾堂と別れた。日は高く、空が澄んでいるのがせめてもの気休めである。彼が言った「ダメで元々」という言葉を思い出しながら、その足で長崎奉行の岡部駿河守のもとを訪れた。

突然の訪問だったが、岡部は取次の門番から石五郎の来訪を聞き、

「おお、待っておったぞ」

と、快く会ってくれた。石五郎が一通り挨拶を終えて伝馬のことを話し出すや、「よいよい。分かっておる。お安い御用じゃ」と請け負い、以前、金銀比価のことで談判した時の話題を持ち出した。ひとしきり話が咲いたあと、石五郎は頃合いを見て、要件を切り出した。

物事は当たってみないと分からないものだ。岡部の顔がぱっと明るくなった。

「何、百万ドルがあるとな？　本当か。これはちょうどいい」

石五郎は「は？」と発して、聞き間違いかと、思わず相手の目を見返した。確かめずにはおら

れない。

「御奉行、今、ちょうどいいと言われましたな」

「おお、その通り。幕府は急にドルが入用になってのう。困っておるところじゃ。拙者の方にも、まだかまだかと催促してきておる」

「ならば、手元の百万ドル、明日にでも二十五万両に両替してもらえまするか」

「なんの、こちらこそ大助かりじゃ」

今回のドル調達については、幕府は秘密裡に進めていて、今のところ表だって大坂や江戸にある大手の両替商、豪商には接触していないという。石五郎は幕府の入用の理由はあえて尋ねなかったが、たぶん軍艦などの武器購入費用かもしれぬと推測した。

「これはかたじけのうござる。恩に着まする」

「恩に着るのは私の方ぞ」

思いがけないことで難問が解決した。こういう幸運もあるのかと、まるで富くじで大当たりを射止めたような喜びに圧倒された。岡部は率直な性格に加え、実務的でもあった。

「よし、そうと決まれば、さっそく触れを出すとしよう」

と言って、伝馬の係の者を呼んだ。一駄《だ》（馬一頭に背負わされる荷物の重量単位）に二千両積むとして、百二十五匹（現代は匹ではなく頭を使用）の馬がいる。それに人と警備の者も合わせ、宿場ごとに相当な人力、馬力の動員となる。岡部は脇にいる係りの者にその手配と日程の段取りをさせる一方で、別の者に命じ、各宿場の役人宛ての書状を認《したた》めさせた。

上りの街道は大そうな騒ぎとなった。小判をくりつけた何百匹もの馬の行列が、延々と練り歩いていく。誠に壮観である。

「見よ、あの馬の荷、ぜんぶ千両箱じゃ」

「どこの藩かと思いきや、福井藩か」

「盗賊に襲われなければいいが……」

「生糸の交易で儲けたらしいぞ」

九州の沿道では家の奥から町人や百姓がぞろぞろ出てきて、大賑わいだ。たちまち生糸は儲かるという話が広まり、我らも養蚕をやろうと、九州一円が一気に沸き返った。

この景観はさらに馬関から大坂、京都、そして古里越前まで続いた。幸い厳しい警護がきき、盗難などの事故は起こらなかった。岡部駿河守のお蔭だと、石五郎は道中で長崎の方角に向かって何度手を合わせて感謝したことか。

意気揚々、一行は小楠や長谷部甚平、大勢の藩士、領民、それに後ろの方に控える柳兵衛、沢吉らに迎えられて福井城下に入った。石五郎の長年の苦労が報われた瞬間である。馬に乗った長谷部と御金方の役人が、同じく馬上の石五郎の前に出、行列を先導した。

「どこへ金貨を収容するか」

そのことで事前に長谷部らは協議して、藩の御金方に預けることになった。所有する何ヵ所かの金蔵にしまおうということで、そのうちの一つに導いていたのであった。ちなみに金蔵というのは藩の金銭や財宝を納めておく蔵を指し、金専用の大きな長持ちが置かれている。建物の盗難に対する頑丈な建て付けはもちろんだが、火災への備えも万全である。いざというとき、その金長持を荷車で引き出せるようにと設計されていた。

「三岡殿、金蔵なら先ずは安心じゃ」

と長谷部が弾んだ声で言った。

そうこうするうちに最初の金蔵に着いた。馬上から千両箱を下ろし、荷車に積んで次々と蔵へ運び入れる。石五郎も興が乗って、面白がてらに箱を担ごうとしたが、思わず腰が抜けそうになり、あわててやめた。

檜で作られたその大きな金長持ちは、四隅だけでなく、要所、要所が鉄板で補強されていて、蔵の中のうす暗い空間に鈍い黒光りを放っている。長い年月に渡って藩を支えてきたのだろう。責任感と誇りのような凝縮された威圧感を静かに漂わせていた。ただ現在は財政不如意のため一両も入っていないと、御金方の役人が苦々しく言った。

いったん床に置かれた千両箱を人夫が一個ずつ、開けた金長持ちに慎重に積んでいく。一分金で七万両になったとき、突然、皆が「うわっ」と叫んだ。とんでもない事態が起きた。金長持ちの底が抜けてしまったのだ。

最初は何が起こったのか分からず、一斉に底に目を張りつけた。が次の瞬間、千両箱もろとも下へずり落ちて箱の底が抜けたのを知った。思わず今度は「ワハハ」という大笑いが蔵の中にこだました。

「何ということじゃ。昔からこれだけの金が入ったことがなかったということか」

「二百何十年間、この金長持ちは何をしていたのだ」

「何と貧乏な藩よのう」

などと、皆が口々に茶化した。

ところがこれにはさらにおまけが付いた。そうこうするうち、次はギシギシ、ミシミシという音がしたかと思うと、あっという間に蔵の床までが抜けてしまったのである。この降って湧いたような喜劇に、石五郎を始め、皆は腹をかかえて笑った。張りのある、充実した笑いであった。

産業振興はいよいよ軌道に乗った。疲弊していた農村にも活気が戻り、全国で石五郎への称賛は日増しに高まっていく。他藩からも物産総会所へ見学に来る者が後を絶たない。

しかし、ここで困ったことが起きた。藩内の商品流通が盛んになるにつれ、小銭である銅銭が底をついたのである。日本の銅相場が外国通貨に比して安すぎたため、金銀と同じように大量に海外へ持ち出された。その結果、各藩いずれも補助貨幣である銅銭が足りなくなり、小取引が困難になったのだ。

福井藩も例外ではない。そこで藩は急遽、潤沢な三百両の小判を使い、江戸で寛永通宝や文久通宝などの銅銭に替えて、伝馬で越前まで運んできた。領民たちはこの有様を見て、「越前小銭の馬荷」と得意げにはやし、隣国の人たちも「越前藩の富裕は天下無比なり」と、羨望を込めて喧伝した。

民の生活にも大きな変化が現れた。例えば城下町に物乞いがいなくなったのだ。それまでは托鉢に来る物乞いは随分と多かったが、最近はとんと見かけない。まだある。意外なことに賭博が消えて、急に町が明るくなった。或る日、九十九橋のたもとの小屋に住んでいる腰の大きく曲がった老婆が、杖をつきながら石五郎の家を訪ねてきた。礼を言うために来たという。

「お恥ずかしいことですが、倅《せがれ》は博打《ばくち》に凝って、とうとう家をなくしてしまいました。いくら諫《いさ》めても聞きませなんだ。ところがこのたび、近所の人が物産の仕事をお世話くださりましてな。その仕事が合《お》うたのか、きっぱりと博打から足を洗いました。お蔭さんで嫁も子供も喜んでおります。私はもういつ死んでも思い残すことはありません」

また長谷部甚平も石五郎を自宅に招待した酒の席で、

「最近は盗賊がめっきり減りましたぞ。仁政の効果ですかな」

と、喜びをあふれさせて語った。

「これもひとえに御奉行が支えてくれたお蔭でござります」

石五郎は心の底から感謝した。

「いやいや、お主の頑張りがあればこそぞ。今日は大いに飲もう。このところお互い、まるで人混みの中を全速力で駆け回ったような忙しさじゃったからのう」

楽しい団らんであった。


万延元年（一八六〇）九月、藩に吉報がもたらされた。井伊大老亡きあと、幕府は春嶽の処分につき、まだ制限つきながらも赦免したのである。

改革派はいっそう勢いづいた。殖産興業の流れは、領内全域における労働人口の量的な拡大だけでなく、質的にも藩士と民に対して貧困からの脱却という経済的利益をもたらした。諸藩のうち福井藩だけが突出して財政が回復の兆しを見せ、むしろ繁栄に向かって一直線に進んで行くことに、幕府としても、これ以上、無視を決め込むことが出来なかったのだろう。これを機に幕内における春嶽の地位は着実に上昇していくことになる。

その半年後の文久元年（一八六一）三月、石五郎にも朗報が届いた。奉行役見習いを拝命し、俸禄も役料五十石が加わって、百五十石へと大抜擢されたのだ。もっと高い立場から経済、財政問題に取り組むよう期待されたのだった。昇進はさらに続き、その一年余り後には御奉行本役になり、農兵御取調掛兼務も命ぜられた。生産方だけでなく、財政・民生全体にも大きな発言権を持つに至った。

ところで奉行役見習いに昇進したその年、物産総会所を通じて売った物産の総額であるが、実に三百万両近くにも達し、藩財政もすっかり立ち直った。金蔵には三十万両を超える余剰金貨が保有されるまでになっていた。そのとき石五郎は師の小楠と自信に満ちたこんな会話を交わしている。

「福井藩だけでなく、各藩もこのように歩調を共にして歩めないものか。もしそうなれば、日本は数年を待たずして世界に雄飛することが出来ましょう。今、天下はその機運に向かいつつあるように某には思われまする」

小楠もにっこり笑って応じた。

「天理（自然の道理）に従う者は必ず興る。策知を用いるべきではない。時機が一変するのは遠いことではないぞ」

と励ますと共に、為政者が取るべき態度へのさりげない訓戒をも忘れなかった。

文久元年三月下旬、小楠は石五郎が奉行役見習いに昇進したのを見届けて、江戸へ発った。徐々に復権へと助走しつつある春嶽侯からのたっての要請に応じたのである。侯なりに今後に向けた心の準備をしておきたいのだろうと推測した。

江戸では結構忙しかった。勝海舟や、そこへ一時的に身を寄せていた坂本龍馬などともたびたび会い、国事を論じている。当然、福井藩の物産振興が話題に上った。

小楠は自信に満ちてはいたが、驕ってはいなかった。繰り返し実学党の理念の正しさを講釈し、同時にそれを実践に移す石五郎の功績と苦労話、とりわけ藩の守旧派の抵抗や、領民一般の商売や産業振興というものに対する無知について如何に対処して教育していったかなど、誇張を交えずに話した。諸藩でも実行してほしいという石五郎と自分の切なる共通の願望が根底にあった。このとき龍馬の心の中に石五郎への興味が宿ったことは想像に難くない。

そして実際、この時点から二年ほど後に、龍馬が面識のない石五郎に会いに京都から福井へ出向くのだが、そのことは龍馬本人も含め、誰もまだ知らない。歴史は二人の出会いを忍耐強く待つのである。

さて国許では石五郎への朗報が続いた。今の家より北へ四丁ほどのところ、足羽川に接した毛矢舟場町に藩から宅地を賜ったのである。さっそく家の普請にとりかかった。

川向こうの前方には大昔に天守閣が焼け落ちたままの城が見える。この新しい宅地そばの岸と向こう岸とにそれぞれ太い柱が立っていて、それに頑丈な綱が一本ピンと張られている。柱のところにはギシギシと音のする粗末な桟橋があり、繰り舟と呼ばれる渡し舟が一隻、つながれていた。毛矢地区に住む毛矢侍たちは登城の時この繰り舟に乗り込み、船頭が櫓の代わりにこの綱を手繰って、ゆっくりと舟を向こう岸へと進めるのである。

川の上手には九十九橋があるけれど、城へ行くには遠回りで不便極まりない。だから近道の繰り舟を使う。町人たちも同様である。城下へ荷車や棒手振《ぼてふ》りで荷を運ぶのに、いつも苦労している。船頭は世襲でもう何代も続いてきたらしく、これからもさらに何代も続くかのように悠然と綱を手繰る。見慣れた光景でのどかな風物詩だが、いかにも生活に不便であった。

新居に移って間もなく、石五郎は子供の頃から思っていたことを実行しようと決めた。橋の建設だ。今では民生も自分の管轄となっている。もはや繰り舟の時代ではないと、さっそく藩に架橋を願い出た。

ところがすげなく反対された。

「橋はならぬぞ。足羽川は福井城の外堀の役目を果たしておる。自然の要害じゃ」

石五郎も負けてはいない。

「だからといって、登城の不便を何百年も放置していいとは思いませぬ。それに要害と言われるのなら、いざという時には橋を切り落とせば済む話ではござらぬか」

「それは理屈というもの。繰り舟登城は藩祖以来の不文律であるのを忘れたか」

「しきたりを守ることだけが民生ではないでしょう。近年は豪雨が多くて、水かさが増えるたびに渡船が中止されます。この前の豪雨では桟橋が流されたし、危うく人命も奪われるところでした。藩士たち以上に、南岸の民も迷惑しておりまする」

相当激しい議論の応酬があったが、結局、石五郎が押し切った。毛矢侍と町方の商人、民たちの支持があったのと、それ以上に財政再建を成功させた石五郎の実績が無言の圧力となり、「あの三岡石五郎がそこまで言うのなら……」と、いつの間にか批判の声が隅へ押しやられたのだった。

石五郎にも意地がある。建設資金をぜんぶ藩に頼る気はない。許可が下りたのち、商人らの寄付を募り、毛矢侍からの募金もあって、大半を自分たちの懐で賄った。やがて橋が完成し、幸橋と名付けられた。「橋が出来て幸いなるかな」と、南岸の民が心から喜んでいるのを聞き、そう名付けた。

「これが正義」と信じれば猛進する石五郎の姿勢は相変わらずだ。架橋以外にも、長年続いた村の水利権争いや農地の境界紛争などで、実地調査と現場重視主義を貫いて公平の精神で次々と解決している。

三国湊にも問題があった。長年にわたる泥土が河口に堆積して、今では五十石船くらいしか入港できなくなっていた。それなのにずっと放置されたままである。これもしばらく現地に張りついて、先ず知恵をもつ古老を探し出した。その人物に案を出してもらって、再び大船が出入り出来るようにしている。

16　復活

三岡石五郎は現場主義を貫く指導者である。深刻な財政危機にあえいでいた福井藩経済を再建し、世間も羨む富める藩へと再生した時がそうだ。

先ず藩内をくまなく歩いて一つの結論を導き出した。産業を育成し、経済を活性化することで達成できると喝破したのである。

これまでのような質素倹約をいくら続けたところで、再建は出来ない。むしろ百姓や町人たちに物を作らせ、それらを藩が海外へ輸出して利益を得たのち、彼らに分配する。そのためには資金のない彼らに紙幣である藩札を貸し与えることから始めねばならない。質素倹約一辺倒の過去と決別した、まったく新しい逆転の発想であった。

ところが藩の家老ら上層部はいくら説明しても理解しない。質素倹約こそが財政再建の唯一の道だと固く信じ、石五郎の産業育成策を拒否した。緊縮財政からの大転換を拒絶した。だが石五郎は諦めない。根気強く説得に努め、遂に上層部の許可を得る。そして実行に移すや、数年のうちに藩財政を再建するどころか、大黒字にしてしまったのである。

しかし思いがけない運命が石五郎、つまり改名した八郎（一八六二年、三岡石五郎から三岡八郎へ改名）を待っていた。公武合体をめぐる諸藩上洛のことで春嶽侯の不興を買い、蟄居幽閉を命ぜられたのだ。四年三ヵ月もの長いあいだ世間から隔絶されるのであった。

　そんな折、坂本龍馬が八郎の許を訪れ、近く誕生する新政府の財政担当として出仕願えないかと懇願する。

　八郎は満を持して出仕した。福井藩財政を立て直した成功体験をもとに、新政府でも似たシステムである太政官札を発行することで日本国財政の窮状を救い、同時に将来の財政基盤確立と殖産興業を目論んだ。そして岩倉具視らの支持を得て、見事に達成し、成功させたのである。

　しかし、太政官札発行に反対する欧米諸国や彼らの代弁者たる江藤新平、大隈重信ら外交官たち、そして改革に反対する守旧派大名らからの反発と抵抗で、明治二年（一八六九）二月十七日、ついに八郎は会計官の職を辞任するのであった。

　その後、ひと月ほどして故郷の福井へ帰り、真っ先にたばこ屋を訪れている。一年余りの無沙汰だ。いきなりの訪問だった。

　柳兵衛は驚き、すぐさまうれしさで顔をくしゃくしゃにして、まるで泣き出さんばかりの表情をした。しかし憔悴した体を見て、却って辞職してよかったと、出世を捨てた八郎をほめた。

「もう十分に働かれましたよ。従四位下にもなられ、亡きお父上もさぞかし喜んでおられることでしょう。私共もこれ以上のうれしいことはありません」

　そこへ外から沢吉が帰ってきて、俄作りの膳で酒盛りが始まった。沢吉も声が弾んでいる。

「そうだ。近いうちに毘沙門村の弥左ェ門さんも入れて、歓迎会をしませんか」

　と言い、直ぐにあとを柳兵衛が引き継いだ。

「ああ、それがいい。この前、弥左ェ門さんに会ったら、太政官札のお蔭で村の養蚕農家に活気が出たと、喜んでおりました」

「おお、太政官札が役立ったというのか。それは何よりのわしへの土産じゃ」

出来るだけ早く毘沙門村を訪れ、現場を見学したいと思った。

福井藩知事となっている松平茂昭も八郎の帰郷を歓迎した。再び病んでいる経済を近代化するため、自分の補佐として助けてもらえないかと頼んだ。

八郎も古里に貢献したい気持ちでいる。喜んでそれに応えた。早くも十一月には総会所を再設し、越前物産の振興に汗を流している。この頃までには体調もすっかり回復して、昔の頑健な体に戻った。翌年六月、福井藩庁大参事心得を命じられ、大いなる期待を寄せられた。

それから二ヵ月経った明治三年（一八七〇）八月八日、八郎は「三岡八郎」から「由利公正」へ改名している。戦国末期に家祖が羽後由利郡滝沢の城主で由利と名乗っていた。八郎はかねがねそれを誇りに思っており、今こそ家名を再興したいと考えたのだ。公正については「公正無私」とか「公明正大」からとった。第三者から見て、正に八郎の生活信条そのものではないか。この改名に沿い、以下、本書では三岡八郎に代えて、由利公正を使用する。

たばこ屋の沢吉はもうすぐ家督を継ぐという。それを知って、由利は沢吉に東京へ出ないかと誘いかけた。

「あんたの才覚だったら、東京へ出ても立派に成功すると思うよ。もっと広い世界で活躍してほしい。人ならいくらでも紹介するから」

「いやいや、お気持ちだけでもうれしいです。私はここ越前の『井の中の蛙』で頑張ります」

と言って、ハハハと控えめに笑った。

「惜しいけど、仕方ない。そんな浮《うわ》ついたところのない、どっしりした器量が、あんたのいいところかもしれんなあ」

由利はいい友を持ったと、つくづく思った。


政府を去ったとはいえ、由利公正は依然として岩倉や西郷、木戸、板垣らの強い信頼を得ていた。彼らは由利の中央復帰を早い段階から望み、そういう働きかけに余念がない。

大蔵省の井上馨は副大臣相当職の大蔵大輔に昇進したばかりであるが、その井上の信頼が厚かった渋沢栄一が後にこう述懐している。渋沢はかねてから由利の政策には批判的だった。

「……太政官では板垣さん西郷さん等が三岡（由利）といへば大変信用して居るので随分困った……三岡の経済学というものは当時名高くて西郷や板垣等の先輩者は、井上が何を言っても未だ若いというやうな調子でした……」


辞職から二年半ほど経った明治四年七月、政府は廃藩置県を断行した。これは全国の藩を廃して県を置き、中央集権的統一国家を樹立した政治の大変革だ。このとき由利公正は四代目の東京府知事に任ぜられた。実質的な初代知事といえる。自分から猟官運動することはないが、乞われれば断らない心の広さがある。広さというより、日本国の民を思う情熱の強さとでも言おうか。

政府内部では民部卿か大蔵卿に起用しようとの議論が出たが、伊藤博文、井上馨らが猛反発し、結局、東京府知事に決まったいきさつがある。

どんな職務であれ、全力で打ち込む由利の性分は変わっていない。真っ先に取り組んだのは治安回復だった。

東京では多くの大名屋敷が空家となり、盗賊の住み家と化している。浪人者や職のない元武士らが刀を引っさげて跋扈《ばっこ》し、甚だ危険である。日本国の近代化を進める上で、東京の治安回復は待ったなしで、政府の最優先課題であった。由利は早速、邏卒《らそつ》（巡査）三千人を雇って配置した。

「知事はいったい何を考えているのか。三千人もの人件費をどうする気だ」

と、大勢が反対するが、そんな声を気にする男ではない。よいと信じたことにはまっしぐらに突進する。警察制度を急ぎ整えるや、すぐに盗賊退治に乗り出し、短期間で解決している。

府職員の余剰人員も抵抗を押し切って整理した。お得意の経済では、町会所を設けて物産振興の拠点とし、府庁の積立金を活用して小口生産者向けの貸付制度をこしらえた。体がいくつあっても足りないくらい忙しい。幕末維新の国家財政確立の時と同様、これら仕事の結果を出すスピード感は、百五十年後の今日、巷《ちまた》で叫ばれている「成果主義」を彷彿とさせる。

そんな多忙な日々を送っていた明治五年二月二十六日、突如、銀座の大火が発生した。午後三時頃、烈風が吹き荒れて砂礫が舞う天候のなか、江戸城和田倉門内の兵部省添屋敷（元会津藩邸）から出火したのだ。火はまたたく間に銀座方面へと広がった。

このとき由利は風邪を引いて珍しく休暇をとり、ちょうど京橋区木挽町三丁目の屋敷で、国許から持ってきた書類を整理していた。「火事だ」という声がして表に飛び出ると、呉服橋の方角で火炎が上がっている。たちまち烈しい風に煽られて火がこちらに向かって走ってきた。

（これは大変なことになる）

咄嗟にそう思った。死傷者が出るに違いない。書類を放ったまま、飛ぶようにして府庁へ駆けつけた。

医療の手当をする段取りをつけると、火事の現場へ急いだ。火は銀座、京橋、さらに三十軒堀から築地にまで広がり、一帯はもう火の海である。赤い炎が勢いよく昇り、烈風の乱舞に乗って、まるで方角を構わず踊っているように見えた。

辺りを総なめしたのち、ようやく鎮火した。被害は甚大であった。五千戸、二十八万坪を焼き尽くし、死傷者八十名弱、罹災者二万名を数えた。由利の屋敷もまる焼けとなった。もちろん書類や家具一切が灰になっている。

「さっそく街の復旧にとりかからねばならぬ」

すぐさまその日の夜、府庁で会議をもち、翌日、焼け跡に本建築をしないようにと、市中に触れを出した。そして、その足で太政官へ向かい、復興計画の折衝をしている。

折衝というのは、こうだ。「火事と喧嘩は江戸の華」などと誇らしげに言うが、そんな燃えやすい木造建物との決別を誓い、不燃性の煉瓦建築による都市改造を提案したのである。そのためには資金がいる。由利は肩にあまりに力が入りすぎ、思わず廊下にまで聞こえるほどの大声になっていた。

「東京は日本の中心である。都である。この際、抜本的な都市改造をしようではないか。具体的には街路を思いきって広くし、煉瓦建築で二度と燃えない町にしたいと思う。そのための資金援助を願いたい」

大蔵大輔《おおくらたいふ》の井上馨は真っ向から反対した。由利とは以前から相性が悪く、財政問題ではいつも反発し合っていた。

「復興はぜひやらねばならぬ。じゃが、今、政府にカネはない。煉瓦建築などと、そんな贅沢な計画は認めるわけにはいかぬ。これまで通り、木造でよい」と突っぱねる。ところが西郷が大乗り気である。三ヵ月余り前に岩倉が使節団員百余名を率いて欧米十二ヵ国歴訪の旅に出た。その留守中は西郷が政治を取り仕切ることになっている。

「燃えない東京づくりとは面白い。それはよか。日本国の都を、もう火の海にしとうはない」

脇にいた板垣も賛成し、不燃化煉瓦建築が決まった。

大火からわずか四日後には「東京の不燃化を目指し、先ず銀座から着手する」との太政官布告が出た。大蔵省営繕局にいた英人トーマス・J・ウォートルスを設計技師に任命して測量にとりかかった。

次は道路幅をどうするかである。先ずは銀座大通りだ。「将来を見据え、ニューヨークやワシントン、ロンドンなどの国際都市にある目抜き通りと同様に、二十五間（四十五・五メートル）にすべき」と、由利は主張した。

だが大蔵省の井上馨や渋沢栄一はそんな広い道路は不要だと反論し、一方、住民も自分たちが住む住居が狭くなるのは嫌だと、これまた抵抗した。すったもんだした挙げ句、結局十五間（二十七・三メートル）に狭められた。由利は不満であったが、いつまでも復興を遅らせるわけにもいかず、妥協した。歴史にイフはないけれど、もしこの時に二十五間で決まっておれば、今の銀座の景観は大きく変わっていただろう。

さて不燃化煉瓦街の建設は決まったが、その予算でも両者は鋭く対立した。しかし、これも西郷や板垣らの推挙があって由利案で落着した。由利は何事も行動が速い。火事から二ヵ月後の四月、早くも設計図作成や資材購入など、本格的な事業が開始されたのである。

しかしこのスピード感の裏では、由利への怨嗟の声が増幅され、沸騰していた。それは殆ど大蔵省からのものだった。国家財政が難儀しているこの時期に、銀座のために巨額の資金を投入する羽目になった。国家予算の一割にも相当するという。そんな強引な由利の進め方に大いなる危惧を抱いたのである。

「これ以上、由利公正に振り回されたのでは、たまらぬわ。国家予算は東京だけのためではない。我らは日本国のためを考えねばならぬ」

と憂え、密かに一計を企てた。誠に強引な一計であった。

それはこうだ。五月になって、由利は大久保から、「すでに出発している岩倉使節団に合流しないか」と誘われた。大久保は最初、使節団副使として参加していたが、一時帰国し、再びアメリカに向かうことになったのだ。

由利は即座に「これはいい機会だ」と、何の疑問もなく受け入れた。銀座の復興計画もどうにか大枠が決まったし、この際、欧米の街を視察して勉強したいと考えた。そして五月十五日、府知事を現職のまま、わくわくしながら横浜を出港した。このとき十五歳になった長男彦一（後の三岡丈夫）を同伴し、そのままマサチューセッツ工科大学へ留学させている。

途中、船はあちこちの港に立ち寄った。上海もその一つである。あの上海である。下船し、大久保と共に租界の大通りをぶらぶら一時間ほど歩いた。石造や煉瓦造りの巨大な洋風建物が、真っ青な空に白、茶、赤などの鮮やかな色彩を誇示し、まるで城郭のように威風堂々、連なっている。おまつがこの街のどこかにいると思うと、切ない懐かしさが胸に押し寄せ、何だか涙が出そうになって困った。無条件に上海が身近に感じられた。

無事、目的地に着いた。アメリカでの視察も順調に終え、七月下旬に岩倉一行が滞在しているエゲレスへ向かった。大西洋を航行中、激しい暴風雨に出会い、夜中に寝床から転落して、したたか頭部を強打した。急遽、医師に手当してもらい、腫れは引いた。しかしこの打撲は以後もしばらくのあいだ頭痛を引き起こし、由利を悩ますことになる。

さてエゲレスに着いて、単身、オランダ、ドイツ、イタリア、フランス等を巡遊して各国の街並みや貿易状況を視察し、満足のうちに年末頃ロンドンへ戻った。するとホテルで岩倉から一通の書面が手渡された。

岩倉の笑いのない困惑した表情から、何だろうと見ると、筆書きした府知事罷免の辞令である。今年の七月十九日付となっている。日本を出発して二ヵ月余り後に書かれたらしい。

東京府知事
由利公正
免本官
壬申七月十九日
太政官

驚きの感情が由利の頭の中を揺らし、混乱させた。思わず険しい表情になって岩倉に理由を問うた。岩倉は弱ったというふうに眉を八の字にして、

「いや、理由《わけ》はよう知らんのやけど、府知事が長い間、外遊して留守にするのはよろしくないと、

言うてる連中もおるようや。気の毒やが、ここは一つ帰国してくれんやろか」

と苦しそうに絞り出した。

「これは異なことを聞きまする。外遊で留守になるというのは、初めから分かっていたことではありませぬか」

「うむ、まあ、そうやが……もう、決まったことやさかい……」

答になっていない。如何にもバツが悪そうに目を瞬かせ、いつもの撫で肩がいっそう縮まって小さく見える。こんな困惑の表情は戊辰戦争の時でさえ見たことがない。そのしどろもどろな話し方に、何だか正直さが見え隠れしているようで、由利はもう立腹するのを忘れて気の毒な気さえした。

（罷免か……）

そうだ、罷免なのだ。これは想像もしなかった。

銀座復興計画がその原因に違いない。由利は何もかも読めたが、口にはしなかった。岩倉公から言わせるとは敵もさるものだと思った。一人、二人、三人と、それらしき顔が浮かんだが、もう決まったことなのだと、自分を制した。かつて幽閉蟄居を命ぜられた時に抱いた感情に似たものがしきりに頭の中を舞っていた。

行李をまとめ、急ぎ船の手配をして帰朝の途についた。

あっけない芝居じみた幕切れであった。

罷免されたのは、直接には銀座復興をめぐる井上馨らとの対立だが、客観的に見て、別の大きな要因も作用したのは否めない。この頃から明治政権は藩閥化の方向をたどり、閥外にある由利の立場は弱まっていた。そして時と共にこの藩閥政治が幅を利かせる時勢となっていくのである。由利はその流れを肌で感じていた。感情の爆発を起こすことの無意味さを皮膚感覚で知っていたのだろう。

この日からいっさい煉瓦街の建設から手を引いた。骨子となる青写真を決めたことで、それなりの満足感はある。以後、建設は予算を握る大蔵省主導のもとに進められた。

明くる年の明治六年（一八七二）五月、銀座一丁目、二丁目西側の煉瓦家屋三十五戸が落成し、続いて三丁目、四丁目等々、順に進んで、十月には新橋にまで至る一帯の建物が完成した。翌年一月に京橋から新橋までの馬車道も出來た。

いざ完成してみると、当初こそ建物は不評を買い、空き家が多かった。「煉瓦建ての家屋に住むと、青ぶくれになって死んでしまう」という妙な噂が流れたからだ。しかしそのうち新聞社や輸入品を扱う業者が進出してくるにつれ、次々と新しい商業が集まってきて、気がつくと銀座は西洋文明の窓口となっていた。江戸時代からの中心地である日本橋をしのぐ商業地として、大きく発展していくのである。

並木道を持つ広い道路幅の煉瓦街は堂々たる景観を訪問者たちの目に焼きつけた。しかし大正十二年（一九二三）の関東大震災とそれに伴う火災とで、建物が倒壊焼失し、煉瓦壁だけが残った。こうして銀座煉瓦街は消えたのだった。

しかし道路は残った。ただ惜しむらくは由利の提案した二十五間が縮小されたことであろう。今、銀座通りを歩く我々の内、誰が由利公正の名を知っているだろうか。

東京府知事は辞したが、由利の行動は止まらない。欧州から持ち帰った上質の絹織物の見本を郷土の有志に提供し、研究するように励ましている。この人物の頭には常に産業振興という言葉が縫い付けられているのだろう。

いつの時も由利は人を恨んだり貶《おとし》めたりはしない。意識的にそれを習性にしている。決して楽観的というのではないが、起こった不快なことはその場で静止させて過去の時間に閉じ込める。そして何もかも忘れて将来へ向かって新しい一歩を踏み出すのだ。あれほど敵対していた江藤新平なのに、今度は同志として行動を共にするのである。

ただ、そのとき由利にとって重要なのは名分だ。事を起こすに当たって、自己を納得させ、民を納得させるだけの根拠である。それさえ確定し、一致すれば、たとえ自分を貶めた政敵であっても、手を組む度量の広さをもっている。感情よりも、名分という理性を重視した。

時が経つにつれ、藩閥政治はますます露骨になり、薩摩・長州出身者による排他的、朋党的結合が目に余るようになった。維新当時には薩長以外の出身者たちも政治の中枢に入っていたが、権力闘争の末に今ではまれである。政治の公共性を重視した基本理念が大幅にゆがめられてしまった。

「これでは日本の将来が心配だ」

と、明治七年一月、由利は佐賀藩士江藤新平、同じく副島種臣、土佐藩士後藤象二郎、同じく板垣退助ら七名に働きかけ、民選議員設立建白書を左院に提出した。左院というのは太政官内に設置された立法についての諮問機関で、官選の議員で構成されている。建白書でこう訴えた。

「政権は有司（官僚）に専有されており、失政を生んでいるが、人民は苦しみを訴えるところがない。専制をやめ、納税者の立法・行政への参加を認め、民選議院（国会）の設立を求める」

　これは政府に対して国会開設を要望した建白書であり、自由民権運動の発端ともなった歴史的文書であった。

　以後も由利公正は官僚としてではなく、政治家、実業家として政治と経済の両方で活動を続けるのである。明治九年に元老院が創設されたとき、議官に任じられた。明治二十三年に貴族院議員にも勅選されている。それほど人格、識見が皆から認められていたのであろう。

　一方、農工銀行法案を提出したり、明治三十二年には日本興業銀行期成同盟会長に推された。幾つかの金融や生産、鉱山開発などの事業会社を興し、自身が経営に身を置いた。晩年になっても世直しの活動から手を引いていない。

　慶應義塾を開校した福沢諭吉とはたびたび会う親しい仲である。国際情勢などをよく話し合った。諭吉は三度、欧米を訪れており、共通の話題は互いに話を飽きさせない。由利の長男丈夫は諭吉の姉の娘と結婚している。

　明治十三年（一八八〇）、諭吉は学校教育を終えた社会人を対象に、「交詢《こうじゅん》社」を結成した。日本最初の実業家向け社交倶楽部である。名称は「知識ヲ交換シ世務ヲ諮詢スル」に由来する。「激しく変化する実社会に対応すべく、各人が互いに知識を交換し合い、社会の実務に対処する機会を提供する」というのが目的だ。由利は実学を重視する諭吉の考えに賛同し、喜んで常議員に名を連ねた。その中には小泉信三（第七代慶應義塾塾長）の父、小泉信吉もいた。

　また明治十四年（一八八一）、諭吉は民衆が自由に演説できる演説会場の必要性を痛感し、「明治会堂」を建設した。たまたま京橋区木挽町にある由利の洋式邸宅が空き家になっていた。これはちょうどいいと、諭吉が建物と土地を格安で譲り受け、建設したという。三千人を収容でき、東京随一の演説会場として活用された。この場所は後の明治生命や専修大学発祥の地ともなっている。

明治三十一年（一八九八）十二月、第十三回帝国議会で日本興業銀行設立のための法案が審議されていた。七十歳になる由利は期成同盟会長として、賛成演説をするために控室で原稿に手を加えていたが、その日はことさら寒く、ストーブがあるのに、それでも手がかじかんで仕方がない。茶を飲もうとしたとき不意に頭が揺れ、上体がどっと机におぶさった。

近くにいた農商務大臣の金子堅太郎がびっくりして由利に声をかけた。目がうつろである。すぐに脳溢血だと判断し、近くの病院へ運んだ。幸い手当が早かったので数日で回復し、左半身に軽い麻痺が残る程度ですんだ。しかしこの頃から徐々に体が弱り始めるのである。

それから三年後、仲の良かった諭吉がこれまた脳溢血のため六十六歳で他界した。自分より若い友の死に、由利は人生のはかなさを感じ、いつになく弱気になった。龍馬といい、西郷といい、岩倉といい、諭吉といい、柳兵衛といい、弥左ェ門といい、かつての戦友はすでにこの世にはいない。何だか自分だけが置いていかれるような寂しさを覚えた。ただ希望とでもいうのか、いつか機会があれば、もう一度おまつがいる上海へ、今度はゆっくりと行ってみたいという気持ちだけは持っている。

八十歳になった時に福井会並びに日本橋倶楽部が祝いの宴を催した。そのとき由利が挨拶で述べた言葉に不明瞭な発音が多く見られ、皆は心配した。やがてその心配は一年四ヵ月後に現実のものとなったのだった。

人の命には限りがあるものだ。由利とても例外ではない。明治四十二年（一九〇九）四月二十六日、自宅の庭を家人に助けられながら逍遥したあと、居間に戻り、碁を打っていた。

とそのとき、つるっと碁石が指から滑り落ちた。隣座していた執事がすぐに助けて横にし、「先生、先生」と呼びかけた。

すると、由利は横になったまま薄目を開け、「ああ、何でもないよ」と普通に答えたが、それきり人事不省に陥った。直ちに主治医を呼んで看護を尽くすも、依然として昏睡状態を続け、二日後の四月二十八日午前十一時四十分、ついに息を引き取った。穏やかな表情だったという。享年八十一である。

五月四日、品川区南品川海晏寺《かいあんじ》で法要が営まれ、境内にある岩倉公墓地に隣接する由利家の墓に埋葬された。

法名　正眼院殿圓通雲軒大居士。

特旨により従二位に陞叙《しょうじょ》（現在よりも上級の官職や位階を授けられること）、旭日大綬章を授けられた。幕末維新の激動の時代に、財政を通して日本国の形のモトを作った男の生涯がひっそりと幕を閉じたのであった。

参考文献（順不同）

左記の文献を参考として使わせていただきました。有難うございました。

・子爵　由利公正伝　由利正通
・由利公正　芳賀八弥
・由利公正のすべて　三上一夫・舟澤茂樹　人物往来社
・横井小楠と由利公正の新民富論　童門冬二　経済界
・経綸のとき　尾崎護　文春文庫
・炎の如く　由利公正　大島昌宏　福井新聞社
・横井小楠　徳永洋　新潮社
・お金から見た幕末維新　渡辺房男　祥伝社
・大君の通貨　佐藤雅美　文芸春秋
・銀座物語　野口孝一　中公新書
・醒めた炎　村松剛　中央公論社
・（論説）藩札の整理をめぐって　鹿野嘉昭
・（論説）江藤新平と明治初期財政　星原大輔
・（論説）丹羽春喜ホームページ
・（論説）由利財政と第一次大隈財政　落合功
・（論説）太政官札安定方案について　岡田俊平

・（論説）嘉永・安政期の大坂城代　菅良樹
・（論説）幕末の福井・熊本両藩の藩政改革への横井小楠の対応についての一考察　三上一夫
・（論説）福井県の成立と近世、明治期の産業　南保勝
・（論説）明治維新期の財政と国債　富田俊基
・（論説）由利公正の研究（二）　辻岡正己
・（論説）若越郷土研究　由利公正の富国策について　三上一夫
・（論説）江藤新平と明治初期財政　星原大輔
・（論説）日本における近代通貨システムへの移行を巡って　鎮目雅人
・一般紙
・ウィキペディア

また文中に差別用語や社会的に不適切な表現がありますが、当時は一般的に使用されていたので、本小説ではそのまま使わせていただきました。

（了）

あとがき

由利公正は疲弊した福井藩財政を立て直し、また幕末に新政府が誕生したとき、会計官として財政の責任者となり、太政官札を発行した。

もしこの太政官札による造幣益がなければ、政府軍は旧幕府軍に勝っていなかっただろう。この金札発行は戦費調達だけでなく、その後の産業育成にも役立ち、維新政府の財政基盤の確立に多大の寄与をしていることが後世の資料で明らかになっている。由利公正が歴史において果たした役割はこれほど大きなものであった。

ひるがえって現在の日本の財政状況に目を転ずると、幕末維新と同じような窮状にあると言っても的外れではない。将来への不安が渦巻いている。二〇一七年九月末現在、国債と借入金、政府短期証券を合計した「国の借金」は約一〇八〇兆四四〇五億円で、これは赤子も含めた国民一人当たりで見ると、約八五二万円という借金大国なのだ。

ちなみに二〇一五年の世界の借金国の順位を見ると、日本はダントツの一位（対GDP比二四八%）で、二位のギリシャ（同一七七%）を大きく引き離している。財政破綻と騒がれたギリシャよりも遥かに悪いのだ。正に財政危機のどん底にいる。

ところがこれの解決策が見当たらないのが現状だ。解決の必要性を痛感しているが、なす術がない。名案が思い浮かばないのである。数学を駆使した最先端の金融工学を熟知していながら、手をこまねいている。消費税アップや日銀が超金融緩和に踏み込んでも、依然として問題を抱え続けて久しい。

しかし、何事も解のない問題はない。知らないだけである。気づかないだけである。どこかに必ずヒントはあるはずだ。ではどうすればそれを見つけられるか。

由利公正は今とは時代は違うが、福井藩、そして後に新政府の深刻な財政問題に直面したとき、過去にとらわれない柔軟な発想と、周囲への粘り強い説得、そして一旦許可が下りたら果敢に実行し、その解を見つけた人物であった。現在、膨大な国の借金に直面する我々にとって、由利公正の生きざまから学ぶべきものがあるのではなかろうか。方策自体には時代の差はあるが、問題解決への姿勢には多々、教えられるものがあると信ずる。

筆者

著者略歴

1941年生まれ。大阪市立大学経済学部卒業後、川崎重工業に入社。営業のプロジェクトマネジャーとして長年プラント輸出に従事。20世紀最大のプロジェクトといわれるドーバー海峡の海底トンネル掘削機を受注し、成功させる。後年、米国系化学会社ハーキュリーズジャパンへ転職。ジャパン代表取締役となり、退社後、星光ＰＭＣ監査役を歴任。主な著書に『凜として』『我れ百倍働けど悔いなし』『この国は俺が守る』『大正製薬上原正吉とその妻小枝』『サムライ会計士』（以上、栄光出版社）、『ドーバー海峡の朝霧』（ビジネス社）、ビジネス書『総外資時代キャリアパスの作り方』（光文社）、『アメリカ経営56のパワーシステム』（かんき出版）などがある。

龍馬が惚れた男

平成三十年二月一日　第一刷発行

検印省略

著者　仲《なか》俊《しゅん》二《じ》郎《ろう》
発行者　石澤三郎
発行所　株式会社　栄光出版社
〒140-0002　東京都品川区東品川1の37の5
電話　03（3471）1235
FAX　03（3471）1237

印刷・製本　モリモト印刷㈱

ISBN 978-4-7541-0163-3